THE BOSS NEXT DOOR

De la même auteure dans la collection

Luv

Imprévisible boss

EUGÉNIE DIELENS

THE BOSS NEXT DOOR

Luv

PARTIE I
ANNA

1

J'observe tout ce qui m'entoure avec émerveillement, fascinée par ce paysage verdoyant. Il n'y a aucun doute, Édimbourg est bien différent de Londres, même si j'aurais préféré y être pour des vacances plutôt que pour y vivre. Je voulais étudier chez moi, en Angleterre. Près de ma mère. Mais je n'ai rien trouvé dans la filière que je désirais. J'ai fini par en dénicher une à Édimbourg, en Écosse. Mais les coûts sont loin d'être moindres, et ma bourse n'était pas suffisante pour subvenir à mes besoins. J'aurais voulu rester chez moi, là où j'avais tous mes repères, mais je ne pouvais pas abandonner mon rêve pour une chose aussi ridicule qu'une localisation.

Devenir archéologue est un rêve de gamine, sûrement depuis l'époque où j'ai découvert le film de Stephen Sommers, *Le Retour de la momie*. Si, au début, il m'a fait faire une multitude de cauchemars, il m'a aussi vite fait réaliser que notre terre recelait sûrement des milliers de merveilles qui n'attendaient que d'être découvertes. Chaque relique a une histoire qui lui est propre et qui mérite d'être dévoilée, et je veux contribuer à les mettre en lumière. Hormis une momie flippante… Celle-ci, je préfère ne pas la découvrir.

Je sors mon portable de mon sac pour chercher l'adresse à laquelle j'ai rendez-vous. Je n'ai jamais mis les pieds en Écosse de ma vie, alors je ne risque pas de me repérer du premier coup. Je hèle un taxi, qui s'arrête à mon niveau ; un soupir de soulagement m'échappe et je lui indique l'adresse où je dois me rendre. Il fait une grimace en l'entrant dans le GPS de son tableau de bord, mais ne dit rien d'autre sur le problème qu'il a avec cette destination. Peut-être que c'est hors de son secteur habituel.

– Nous en avons pour une vingtaine de minutes, ma'ame, m'informe le chauffeur.

Je suis surprise par cet accent dont je n'ai pas l'habitude. Je me cale au fond du siège arrière puis sors mon portable pour m'occuper durant le trajet. J'envoie un message à ma mère pour lui dire que tout se passe bien et que je suis en route pour le lieu de mon emploi avant de laisser tomber le petit engin dans ma poche.

J'avais besoin d'un travail stable qui m'offrirait à la fois un bon salaire et un logement. Après avoir écumé toutes les petites annonces, j'ai fini par tomber sur celle d'un homme qui cherchait une jeune fille au pair pour sa fille âgée de huit mois. J'ai toujours aimé les enfants, mais je suis simplement terrorisée à l'idée de ne pas être à la hauteur.

– Pourquoi vous rendez-vous au manoir White ?

Je sursaute au son de la voix du chauffeur, perdue, déjà loin dans mes pensées. Pourquoi les gens ont-ils besoin d'être constamment si curieux ? J'aime le contact humain, le dialogue, le fait de s'intéresser aux autres, ce sont des valeurs que j'apprécie, mais j'avoue ne pas être à l'aise à l'idée de me retrouver seule dans un pays inconnu en présence d'un homme que je ne connais pas et qui me pose des questions sur mon lieu de travail.

– Je vais y travailler en tant que jeune fille au pair.

– Je vous souhaite du courage, me répond-il seulement en replaçant son rétroviseur.

Je fronce les sourcils et fixe le vide un instant, hébétée par cette réponse dont je ne comprends pas la portée. Ce n'est qu'un bébé de huit mois. Mis à part pour gérer des pleurs et changer des couches sales, je ne vois pas en quoi il me faudrait du courage. Peut-être que mon employeur est un gros con ?

Je secoue vivement la tête pour chasser ces inquiétudes. Ce n'est pas le moment de douter de ce qui m'attend. J'ai eu une chance monumentale qu'une famille cherche une jeune fille au pair tout près de mon école, je ne peux pas commencer à m'inquiéter pour des choses aussi futiles. Mon seul et unique but est d'obtenir mon diplôme et de garder mon emploi. Je ne sais pas où je mets les pieds ; la seule chose que l'on m'ait dite lorsque j'ai passé un entretien téléphonique, c'est qu'il n'y a qu'une petite fille et son papa qui vivent dans cet énorme manoir.

Je l'ai cherché sur Internet, par curiosité. Cette demeure est magnifique : des fleurs, un jardin énorme, coloré et lumineux ; c'est sans doute bien grand pour deux, mais je ne peux pas nier la beauté des lieux sur la photo. C'est l'endroit rêvé pour n'importe quelle personne qui aime les couleurs et les sites fleuris. C'est un peu la maison parfaite pour n'importe quelle petite fille qui a un jour rêvé d'être une princesse, même si je m'identifie plus à Mulan qu'à Cendrillon.

Le taxi finit par s'arrêter dans une allée gravillonnée et je sors de l'habitacle en m'étirant. Le chauffeur m'aide à reprendre ma valise, un sourire bienveillant sur les lèvres, et je le remercie timidement avant de me tourner vers le manoir où je vais travailler. Mais la vision qui s'offre à moi n'a rien de celle que j'imaginais grâce aux nombreuses photos que j'avais vues sur Internet.

– Vous êtes sûre que nous sommes au bon endroit ? demandé-je, un peu inquiète.

– Absolument. Bonne soirée, ma'ame.

Je fais volte-face et le regarde partir, figée. Je suis au bon endroit, et la seule chose que me procure la vision de ce manoir est un long frisson d'inquiétude qui me traverse le corps. Je me retourne vers cette habitation plutôt lugubre et inspire profondément avant de laisser mes yeux balayer le paysage face à moi.

Le jardin est broussailleux, montrant un manque total d'entretien, et la façade aurait cruellement besoin d'un ravalement, elle est devenue terne et grisâtre. Ce manoir n'est que l'ombre de celui que j'ai pu découvrir en photo, et je ne peux pas m'empêcher de me demander ce qui a pu causer un défaut si flagrant d'entretien. Malgré tout, je m'avance d'un pas peu assuré dans l'allée, ma valise à la main, et j'atteins une porte massive. J'attrape le heurtoir, le cœur battant, puis je frappe à la porte sans possibilité de revenir en arrière.

Celle-ci s'ouvre au bout de longues secondes d'attente qui me paraissent interminables, et un homme à l'allure guindée me fait face, le visage impénétrable et l'air incroyablement froid. Pitié, faites que ce ne soit pas mon patron.

– Bonsoir. Je suis Mlle Taylor. Anna Taylor. Je suis sûrement attendue, tenté-je sans vraiment savoir que dire.

– En effet.

Il se décale pour me laisser passer sans un mot de plus, à croire qu'un peu de chaleur humaine le tuerait. Ce mec est aussi aimable qu'une porte de prison, et j'ai peur de me retrouver dans un foyer où l'ambiance est aussi froide qu'un glaçon. Je passe à côté de l'homme qui m'a ouvert, en serrant la poignée de mon bagage, et je pénètre dans un hall immense, sûrement plus grand à lui seul que la maison où j'ai grandi. Le sol brille comme s'il venait d'être nettoyé et cette propreté contraste avec l'état extérieur de la demeure. Un large escalier me fait face et j'observe avec admiration ce lieu qui me paraît plus luxueux que tout ce que j'ai pu voir jusqu'ici. L'extérieur est peut-être en piteux état, mais l'intérieur est éblouissant.

Des bruits de pas me font tourner la tête vers le palier et mon regard tombe sur une femme d'âge mûr, aux cheveux grisonnants. Celle-ci descend les escaliers avec lenteur, et je remarque le bébé endormi dans ses bras. La petite semble paisiblement assoupie dans les bras de cette femme, qui me paraît déjà un peu plus agréable que l'autre.

– Bonsoir, mademoiselle. Je suis désolée pour cet accueil,

M. White ne rentre pas avant quelques jours. Vous devrez vous contenter de son intendante, plaisante-t-elle.

Je lui renvoie un sourire amusé alors que j'observe le visage angélique de la petite fille. Elle a les poings serrés contre elle et les lèvres pincées dans son sommeil. Je ne peux pas m'empêcher de sourire un peu plus face à une vision si adorable. Je ne sais pas ce que fait son papa, mais je me doute que, si je suis ici, c'est justement pour m'occuper de son enfant quand il n'en a pas le temps. Ce bébé est à croquer, ça ne sera pas une corvée, je le sens déjà.

– C'est Charline, c'est ça? demandé-je

– Absolument. Vous voulez la prendre?

J'acquiesce sans quitter ce petit ange des yeux et je laisse cette femme dont je ne connais pas encore le nom me la positionner dans les bras. L'enfant gigote doucement alors que je la cale mieux dans le creux de mon coude. Elle serre les paupières et fait des bulles avec sa bouche, mais il ne lui faut pas longtemps pour retrouver sa sérénité.

– Elle a le sommeil profond, pas d'inquiétude. Je vais vous montrer sa chambre et la vôtre, si vous voulez bien me suivre. Et je m'appelle Martha, m'informe-t-elle.

Je relève la tête pour la hocher et j'observe rapidement les alentours, à la recherche de l'homme qui m'a ouvert, mais celui-ci a déjà disparu avec ma valise. Je suis Martha jusqu'au premier étage en me calant sur ses pas volontairement lents. Je fais attention à bien tenir le bébé dans mes bras durant notre progression tout en observant furtivement ce qui m'entoure. Les murs sont blancs, modernes, et quelques peintures qui n'ont aucun sens pour moi décorent ce couloir qui me paraît long. Aucune photo ne vient orner les murs, ni de Charline ni de son papa ou d'une quelconque famille. J'ai grandi dans une maison chargée des souvenirs de mon père décédé trop jeune et de photos de ma mère et moi, alors ce foyer me paraît bien triste.

– Voici la chambre de l'enfant, m'explique Martha en me désignant une porte.

Elle l'ouvre pour me laisser pénétrer dans une jolie chambre. Celle-ci est beaucoup plus grande que celle dans laquelle j'ai grandi, et le contraste entre nos niveaux de vie est flagrant mais pas dérangeant. Je n'ai jamais été à plaindre et si certaines familles peuvent s'épanouir en étant aussi aisées, je ne peux qu'être heureuse pour elles.

Je laisse rapidement mon regard balayer la salle jusqu'à ce qu'une porte fermée attire mon attention et que Martha le remarque.

– La pièce attenante est votre chambre. Elle vous permettra d'être proche de Charline pour vous en occuper plus facilement.

Je me tourne lentement vers la femme, les sourcils froncés alors que j'assimile ses mots. Je pensais que la chambre la plus proche du bébé serait celle de ses parents, mais je me trompais visiblement.

– Et son père? Il ne veut pas être proche d'elle?

– Il n'y a que son papa ici, mademoiselle. Il a sa chambre au rez-de-chaussée.

Je hoche la tête, comme si je comprenais, alors qu'il

n'en est rien. Je n'ai pas voulu faire de recherches sur mon employeur pour ne pas violer l'intimité de cette famille, mais à présent je le regrette. Peut-être aurais-je dû, pour savoir où je mettais les pieds.

– Qu'en est-il de la maman? la questionné-je.

– C'est un sujet interdit. Vous n'avez pas le droit de l'aborder en présence de M. White au risque de vous faire sanctionner.

Je la fixe en me retenant de rire face à sa tentative de blague, mais je perds vite mon sourire en m'apercevant qu'elle est très sérieuse. Merde. Interdit. C'est quoi, cette blague? Quel genre de personne peut se permettre d'interdire un sujet de conversation? Ce n'est pas humain. Je peux concevoir qu'un sujet soit tabou, délicat ou blessant, mais de là à l'interdire? C'est surréaliste. Je ne sais pas dans quel monde j'ai atterri. Un monde formel et guindé, sûrement dirigé par plus d'argent que je n'en aurai jamais. On m'interdit un sujet sous prétexte que mon patron ne veut pas en entendre parler et je pourrais perdre mon emploi avant même d'avoir commencé pour ça. Mais je ne dis rien. Je prends sur moi et j'écoute Martha, qui n'a rien à voir avec les ordres de son patron.

– Comme indiqué sur votre contrat, vous devrez vous occuper de l'enfant à partir de votre retour au manoir jusqu'à votre départ pour vos cours. Vos tâches incluent les repas, celui du soir étant entre dix-neuf heures et vingt heures, le coucher, le lever, l'habillement et la toilette. Un récapitulatif des tâches vous sera transmis dès demain matin. Vous avez votre dimanche libre chaque semaine.

J'acquiesce sérieusement, à l'écoute de la moindre directive. Je prends ce travail au sérieux, même si cette interdiction d'aborder un sujet me révolte. C'est un environnement bien strict dans lequel ce bébé va grandir et devoir se faire une place. Mais après tout, peut-être qu'en grandissant entouré de règles pareilles, on finit par s'y habituer.

– Merci, Martha.

– C'est mon travail. Vous avez un babyphone juste ici. Je vais vous laisser vous familiariser avec les lieux. Je suis à votre disposition si nécessaire. Bonne soirée, mademoiselle Taylor.

Martha me sourit chaleureusement avant de battre en retraite et de m'abandonner au milieu de cette chambre d'enfant avec le bébé. Je me suis imaginé mille scénarios possibles lorsque l'idée de devenir jeune fille au pair m'a traversé l'esprit. Dans certains, j'étais accueillie par un gentil couple, avec un ou deux enfants, dans d'autres je me retrouvais avec des gamins flippants qui comptaient me faire la misère. Mais à aucun moment je n'ai songé au fait que je pourrais ne pas apprécier un des parents. Je n'ai même pas rencontré ce M. White que j'ai déjà le pressentiment qu'il va m'être antipathique.

Je dépose Charline, toujours assoupie, au milieu de son berceau puis j'enclenche le babyphone pour glisser l'autre partie dans ma poche. Je jette un dernier coup d'œil à son visage endormi avant de tourner les talons pour sortir de la chambre et emprunter la porte qui relie cette chambre-ci à la mienne. Je ferme doucement le battant avant de me retourner pour observer les lieux où je vais vivre pour les prochains mois.

La pièce est spacieuse, agréable à regarder. Les murs abricot donnent un aspect chaleureux assez plaisant même si ce n'est pas la couleur que je préfère. J'observe le lit double au milieu de la chambre avant d'aviser une grande armoire et une commode sur laquelle ma valise a été posée. Je me dirige vers celle-ci pour l'ouvrir, et j'en sors mon ordinateur pour réparer mon erreur. Je n'ai peut-être pas voulu taper le nom de mon employeur sur Internet jusqu'ici, mais je préfère savoir à qui je ferai face lorsque celui-ci reviendra.

Je connecte mon PC à mes données mobiles puis je tape son nom sur Internet en me posant au milieu du matelas ferme. La page charge lentement mais sûrement, et, au moment où le premier article apparaît, mon cœur se serre et je ne peux m'empêcher de m'en vouloir.

« Mort tragique de la femme de M. White, P.-D.G. de la multinationale White & Co. »

Il a perdu la mère de sa fille. Voilà pourquoi c'est un sujet interdit. Selon les médias, sa femme serait décédée à la naissance de leur seul et unique enfant. Une bien triste réalité pour sa fille, je ne peux qu'imaginer ce qu'elle ressentira en apprenant la cause de la mort de sa maman plus tard…

Ce pauvre homme est en deuil et, même si je n'en avais aucune idée, je me morigène intérieurement. Interdire un sujet me révolte toujours autant, mais je comprends. Sincèrement. Évoquer un sujet aussi douloureux a dû le blesser plus d'une fois… Je m'apprête à cliquer sur l'article suivant, mais les pleurs de Charline m'interrompent dans ma lancée. Je sors le babyphone de ma poche pour le couper et me lève. Je passe la porte mitoyenne, rejoins le berceau et je souris en découvrant deux grands yeux bleus qui me scrutent avec attention.

– Salut, toi…

Je me penche au-dessus de son lit bébé et la soulève délicatement pour la prendre dans mes bras. J'approche mon doigt de ses petites mains potelées et Charline l'attrape pour le serrer. Je la berce durant de longues minutes alors que ses pleurs redoublent d'intensité et j'attrape une tétine posée sur sa table à langer. La petite l'accueille avec un silence bienvenu et je continue à la bercer en observant chacun de ses traits de bambin.

– Que tu es belle ! murmuré-je en reprenant mon doigt.

Charline me répond d'un babillement qui n'a pas de sens. Je suis complètement sous le charme de cette enfant. Elle a l'air si paisible et insouciante dans mes bras, comme si tout le malheur du monde ne l'atteignait pas et ne pourrait jamais l'atteindre. J'ai du mal à imaginer que, moi aussi, il y a longtemps, j'ai pu être si innocente et calme. Ce moment n'est que de courte durée, car elle se met de nouveau à gigoter dans tous les sens. J'avise l'heure sur ma montre et je soupire en découvrant qu'il est déjà dix-neuf heures passées. Cette enfant est réglée sur une horloge.

– Tu as faim, c'est ça?

Je n'obtiens qu'un gazouillement pour réponse. Je cale Charline sur ma hanche et sors de la chambre pour rejoindre le rez-de-chaussée où le calme règne. Je n'ai aucune idée d'où se trouvent les cuisines; le manoir me paraît immense et je ne saurais même pas m'y repérer avec un plan. Je descends les marches en observant tout autour de moi jusqu'à ce que mon regard tombe sur l'homme qui m'a ouvert un peu plus tôt. Lui saura me diriger. Je m'avance vers lui en compagnie de Charline et il ne me remarque même pas, trop occupé à trier le courrier.

– Excusez-moi ?

– Oui, mademoiselle ?

Il me jette un coup d'œil rapide avant de se concentrer de nouveau sur sa tâche. Son ton formel me met mal à l'aise alors que je préférerais de loin une familiarité qui manque dans cette maison.

– Appelez-moi par mon prénom, s'il vous plaît. Est-ce que vous savez où je peux trouver un biberon pour la petite ?

– Je vais demander de vous en faire apporter un au salon d'hiver.

Il n'emploie aucune fioriture cette fois-ci et j'en suis soulagée, même s'il a soigneusement évité d'employer mon prénom. La vie de château, ce n'est pas pour moi. J'aime me débrouiller seule, n'avoir à compter sur personne, et pouvoir faire tout ce que je désire même si ça implique de vivre dans un appartement minuscule.

J'emmène la petite vers la pièce que m'a désignée cet homme dont je ne connais même pas le nom et je pousse la porte pour découvrir un endroit qui est sûrement le rêve de tout lecteur. Les bibliothèques ornent les murs dont la hauteur est hors normes, et les ouvrages vont des plus anciens aux plus récents. J'aimerais avoir assez d'une vie pour tous les parcourir.

J'aperçois un tapis d'éveil dans un coin de la pièce et je vais déposer Charline dessus en prenant soin de bien la caler. J'observe les étagères accessibles au son des gazouillements du bébé, impressionnée par la diversité des écrivains présents, allant de Jack London à Stephen King. Je pourrais prendre racine ici pour tenter de tout découvrir.

Je sors un exemplaire des *Hauts de Hurlevent*, admirant sa reliure dorée et sa couverture vieillie, et je commence à le feuilleter en prenant garde à ne pas abîmer le papier. Le roman sent la poussière, comme s'il était resté là durant une éternité, et je souris en découvrant la signature de Ellis Bell, le nom d'emprunt d'Emily Brontë. Malgré ma curiosité, je referme le roman pour le remettre à sa place : ce n'est sûrement pas le moment de lire pour moi. Je sursaute violemment en découvrant Martha à l'entrée de la pièce au moment où je me retourne, le souffle court.

– Si vous souhaitez, vous pouvez en emprunter. M. White ne le verra même pas.

– C'est très gentil, merci. J'y penserai quand Charline sera endormie, réponds-je, le cœur battant à cent à l'heure.

Elle me sourit gentiment, comprenant parfaitement que je n'oserai sûrement pas me servir, et me tend un biberon déjà tiède ainsi qu'un bavoir. Je récupère les affaires avant de m'approcher du tapis d'éveil pour récupérer Charline, et je m'installe dans l'un des fauteuils pour caler la petite, et la laisse boire tranquillement.

Je laisse mon regard se balader sur les nombreux livres tout en tenant le biberon, avant de me tourner vers Martha, qui m'observe avec curiosité.

– Avez-vous lu certains de ces livres ? lui demandé-je.

– Quelques-uns, oui. Je suis une férue de classiques, j'ai pu en découvrir énormément grâce à M. White.

Cette façon dont elle prononce le nom de son employeur me fait tressaillir. Le respect que ses employés lui portent le rend intimidant alors que je ne l'ai encore jamais rencontré. J'espère seulement qu'il ne sera pas du genre tyran à qui le pouvoir est monté à la tête.

– Lequel me conseilleriez-vous ?

J'attends patiemment sa réponse, heureuse de voir le regard de Martha s'illuminer à ma question. Elle semble être une littéraire dans l'âme, tout comme moi, et je souris en l'observant s'approcher des étagères pour regarder chaque roman tandis que Charline gigote dans mes bras.

– Avez-vous déjà lu *Le Pêcheur et son âme* d'Oscar Wilde ? demande Martha, le nez levé vers une étagère en hauteur.

– Absolument pas.

– Il est vraiment bien. Je vous le ferai porter dans votre chambre si vous souhaitez, dit-elle en se tournant vers moi.

Je perds mon entrain, assez incertaine. J'essaie de savoir si c'est une plaisanterie, mais elle a l'air tout à fait sérieuse. Une personne pour m'apporter un livre ? Est-ce que c'est une blague ? Il ne manquerait plus qu'on me propose de me laver ou de m'accompagner aux toilettes. Je suis là pour travailler, pas pour me faire bichonner et servir comme la princesse que je ne suis pas.

– C'est gentil mais je peux venir le chercher moi-même, vous savez.

– Je suis là pour ça, laissez-moi faire.

Je ne dis rien de plus, résignée : c'est son travail et je ne vais pas critiquer ou interférer dans ses habitudes. Je me lève, Charline ayant fini son biberon, et je remercie Martha une dernière fois avant de prendre congé pour rejoindre la chambre du bébé. Je reste une bonne heure dans le fauteuil de la chambre, avec le nourrisson sur les genoux. Elle gazouille, me raconte des choses qui m'échappent, et mes joues finissent par me faire mal à force de sourire face à cette petite bouille. Elle est à croquer, et quand elle commence à fatiguer et qu'elle s'endort dans mes bras, je fonds immédiatement. Comment ne pas craquer face à tant d'innocence ?

Je la dépose dans son lit, allumant le babyphone, et je regagne ma chambre, où je découvre avec surprise que le roman est déjà sur ma table de nuit, accompagné d'un mot me souhaitant une bonne lecture. Je l'attrape en prenant soin de ne pas l'abîmer et je m'installe confortablement dans le lit pour commencer à feuilleter le roman. Je ne connais pas encore le maître des lieux mais, ce qui est sûr, c'est que je me suis au moins fait une alliée en la personne de Martha. Espérons que cela dure !

2

Durant mes trois derniers jours de libre avant le début des cours, j'ai passé mon temps à vagabonder dans le manoir et ses jardins en compagnie de Charline. J'ai découvert chaque pièce accessible avec admiration – les autres étaient fermées à clé – et j'ai surtout passé la grande majorité de mon temps à l'extérieur, à respirer l'air frais à pleins poumons. La propriété est si grande qu'on ne peut entendre aucun bruit aux alentours à part ceux de la nature, c'est assez impressionnant comparé au vacarme quotidien du centre-ville de Londres. C'est l'endroit idéal pour se poser avec un bébé endormi et réfléchir.

J'ai passé ma soirée d'hier à préparer mes affaires pour mon premier jour, avec la peur d'oublier quelque chose. J'ai toujours besoin de vérifier mon sac une dizaine de fois afin d'être sûre qu'il ne me manquera rien, même si ça n'atténue pas vraiment mon stress. Je me suis couchée tard, et Charline n'a pas aidé à ce que je me repose. Elle a pleuré une bonne partie de la nuit et a décidé de me faire me lever une heure avant mon réveil. Je suis allée la chercher, je lui ai changé sa couche, et la voilà toute pimpante. C'est devenu mon quotidien, ces trois derniers jours.

Je cale Charline sur ma hanche puis je rejoins le rez-de-chaussée, où je découvre plusieurs personnes que je ne connais pas, en uniforme, en train de s'affairer comme des malades de tous les côtés pour nettoyer le manoir. Je reste un instant en retrait, complètement perdue par le fait d'être entourée de tant d'inconnus, puis j'aperçois Martha près du salon et je finis de descendre les quelques marches pour la rejoindre. Elle ne me remarque même pas, trop absorbée par la liste de tâches qu'elle tient, pour me remarquer.

– Bonjour, Martha. Pourquoi y a-t-il autant de monde?

Elle sursaute, surprise par mon intrusion, avant de me renvoyer un sourire chaleureux et de poser un regard bienveillant sur Charline.

– Bonjour, Anna. M. White sera de retour dans l'après-midi, donc nous préparons la maison pour son arrivée.

Je hoche la tête, alors qu'intérieurement, je ne sais pas si je suis pressée de rencontrer mon employeur ou angoissée après tout ce que j'ai pu lire sur lui ces derniers jours. J'ai fouillé dans les articles Internet: il est certes brillant et plutôt admiré dans le milieu professionnel pour sa réussite humaine et financière, mais je reste tout de même sur mes gardes à cause de la crainte qu'il inspire à ses employés. Ou est-ce du respect? Je ne sais pas.

Les seules photos de lui que j'ai pu trouver le représentent en costume, l'air impassible. Il semble grand, imposant, et ses cheveux ébène lui donnent un air sombre qui doit jouer en sa faveur dans le monde des affaires. Il a un charisme qui ne laisserait pas indifférent le plus froid des glaçons, et je suis persuadée que s'il souriait, il serait d'autant plus beau. Une partie de moi, bien cachée sous des dizaines de couches de professionnalisme, est curieuse de le voir en vrai, de constater de mes propres yeux si son charme est aussi impressionnant en réalité.

J'abandonne Martha pour rejoindre la cuisine où quelqu'un m'a déjà préparé un biberon pour Charline, posé sur le plan de travail à côté du menu de petits plats pour le week-end prochain. Je suis toujours aussi mal à l'aise par cette façon de faire, moi qui ai toujours tout accompli par moi-même. Me faire servir pour un rien est assez déstabilisant, même si je sais que c'est avant tout pour Charline que je suis si bien traitée. J'ai essayé d'accéder aux cuisines pour tenter de cuisiner moi-même, mais je me suis fait congédier avant d'avoir pu commencer quoi que ce soit.

Je récupère le biberon puis rejoins l'étage pour le lui donner tranquillement, prenant tout mon temps étant donné l'avance considérable que j'ai sur mon programme. J'emmène ensuite Charline dans ma chambre, une fois qu'elle a fini de boire, pour vérifier une énième fois mes affaires. Feuilles, stylos, papiers d'identité, portable. Je crois que j'ai tout.

Entre-temps, Charline s'est endormie sur mon lit, calée sur un traversin, et je vais la déposer dans son berceau avant d'attraper mon sac fermé et le babyphone. Je vérifie qu'elle est bien installée avant de quitter l'étage pour descendre et je cherche Martha du regard. Celle-ci est en train de donner quelques directives à un jeune homme qui repart vers une pièce que je crois être un bureau. Je m'approche de Martha à pas de loup, le babyphone à la main.

– Je vais partir pour l'université. Charline dort, je vous ai descendu le babyphone, je ne savais pas trop à qui le confier.

– Aucun problème, c'est moi qui vais m'occuper de Charline la journée. Bonne rentrée, Anna.

Je lui fais un sourire poli après lui avoir confié l'objet, puis j'enfile ma veste pour quitter le manoir. Une fois à l'extérieur, entourée de ces jardins qui me sont de plus en plus familiers, j'inspire à pleins poumons pour me booster. Lors de mes premières années de fac, j'étais confiante. Je quittais le lycée pour l'université d'à côté, comme la moitié de ma promo, et j'ai retrouvé tous mes amis et mon copain de l'époque en cours. C'était simple, inné. Alors qu'à présent, je me retrouve dans une ville qui m'est inconnue pour étudier dans une université où je ne connais personne.

Je tape rapidement l'adresse de la fac dans mon GPS avant de me mettre en route en comptant mes respirations. Depuis quand suis-je si stressée? J'ai été la meilleure de ma promo, j'ai survécu à des galas de danse classique durant des années et j'ai réussi à obtenir l'orientation dont j'ai toujours rêvé. Que demander de plus? Je ne laisserai pas mon angoisse m'ensevelir, sous prétexte que je suis nouvelle.

Je suis le trajet que m'indique Google Maps avec minutie, observant les maisons défiler au rythme de ma marche. Au bout d'un moment qui me semble interminable, j'aperçois enfin l'université et je suis surprise de découvrir une architecture ancienne. Pour peu, on se croirait à Poudlard et cette constatation ne me déplaît pas. Une bonne centaine d'étudiants sont déjà dans la cour, en pleine discussion ou en repérage, et je suis soulagée de voir que je ne suis sûrement pas la seule à être complètement perdue.

Je me dirige vers l'accueil juste à côté de cet attroupement pour demander mon emploi du temps, comme indiqué dans le mail reçu un peu avant mon départ de Londres, pressée de découvrir chacun des cours auxquels je vais devoir assister. Je pénètre dans ce grand bâtiment en pierre, le cœur battant à cent à l'heure, puis je fais la queue un instant avant que ce ne soit enfin mon tour et que le secrétaire ne me demande mon nom.

– Anna Taylor.

– Quel master?

– Archéologie des mondes égyptiens.

J'attends patiemment que l'homme me cherche dans son dossier en observant autour de moi avec une curiosité non dissimulée. Certaines photos sont accrochées au mur, et des copies des diplômes des élèves les plus brillants y sont fièrement présentées. J'espère un jour être là, à leurs côtés, lorsque j'aurai réalisé mes rêves. J'ai travaillé dur pour obtenir ma licence d'histoire et pouvoir m'inscrire dans le master que je désirais, j'espère y arriver!

Au bout de longues minutes d'attente, l'homme me tend un papier en me souhaitant la bienvenue et je ressors en lisant mon emploi du temps. Histoire, langues étrangères, cours pratiques, papyrologie, épigraphie… Je suis déjà excitée à l'idée de découvrir tout ça. Peut-être que tout ne m'intéressera pas, mais ce sont des cours nécessaires pour obtenir mon diplôme. Dans la contemplation de mon programme, je ne fais pas attention où je marche, si bien que je trébuche violemment sur un pavé, manquant de m'écraser au sol. Par chance, je me retrouve miraculeusement rattrapée.

– Est-ce que ça va ?

Je relève la tête avec le peu de dignité qu'il me reste pour adresser un sourire de façade à une fille aux cheveux violets. Elle me tient toujours sur le côté pour éviter que je ne m'écrase au sol comme une merde. Super. Voilà une première impression qui restera dans les annales, je ne pouvais pas paraître plus pathétique.

– Oui. Merci beaucoup.

Je me redresse pour tenir de nouveau sur mes deux jambes et je retrouve un peu de contenance pendant que cette fille continue à me dévisager avec une insistance gênante. Je soupire un bon coup avant de replacer mon sac sur mon épaule et de plier mon emploi du temps sous le regard de ma sauveuse. Celle-ci finit par me tendre la main, que je serre par politesse.

– Je suis Amethyst. Et toi ?

– Anna. Est-ce que ton prénom a un quelconque rapport avec tes cheveux ?

Un large sourire prend place sur les lèvres de cette Amethyst tandis que je lâche un petit rire. Ma question est sortie toute seule. C'était plus fort que moi. Ce n'est pas un prénom très courant, alors voir qu'il s'accorde en plus à la couleur de ses cheveux… C'est difficile de passer à côté.

– Oui ! C'est génial, non ? me demande-t-elle en souriant un peu plus.

Elle n'attend pas ma réponse pour poursuivre. Amethyst me prend mon emploi du temps des mains pour commencer à le lire sans même me demander mon avis. Je hausse un sourcil avant de croiser les bras, attendant le moment où elle relèvera la tête. Je ne sais pas si son culot m'amuse ou me dépasse.

– On a pas mal de cours en commun. Je me spécialise dans l'archéologie des mondes méditerranéens, dit-elle en relevant le nez du papier. Qu'est-ce que tu as ? Pourquoi tu me regardes comme ça ?

– Tu voles l'emploi du temps de beaucoup d'étudiants ?

– Non. Seulement ceux qui manquent de se ramasser au sol, ironise-t-elle.

Je ne peux pas retenir un rire face à sa pique. OK, je ne l'ai pas volée, celle-là.

– Tu connais bien l'université ? la questionné-je.

– Absolument. Je peux te guider si tu veux.

J'ai envie de sauter de joie. Je ne vais pas me perdre pour mon premier jour, Dieu merci. J'accepte son offre, trop heureuse d'avoir un guide dans ce labyrinthe qu'est la fac à mes yeux. Par chance, Amethyst semble connaître les lieux sur le bout des doigts et m'explique avec précision comment me repérer sur le campus. Je ne suis pas sûre de tout retenir, mais je ne me perdrai pas complètement, au moins. Elle nous emmène jusqu'à un grand bâtiment en pierre dans lequel elle pénètre sans aucune hésitation tandis que j'observe partout autour de moi. Cet endroit me paraît tellement vieux que je suis persuadée que chaque pièce a sa propre histoire. Ça doit être passionnant de travailler ici. Au bout de longues secondes d'observation, je vois Amethyst s'arrêter au milieu du couloir.

– On y est. Si je ne me trompe pas, tu as cours d'épigraphie aussi.

J'acquiesce après un rapide coup d'œil à mon emploi du temps, qu'elle m'a rendu, puis je pénètre dans la salle. Je profite de cette absence d'étudiants pour choisir ma place, au deuxième rang, comme je l'ai toujours fait à Londres, et je sors mes affaires avant de constater qu'Amethyst m'a suivie. Elle s'installe à côté de moi le plus naturellement du monde, un sourire aux lèvres, et je ne peux pas m'empêcher d'être soulagée de connaître au moins une personne ici, même si ce n'est que depuis une quinzaine de minutes.

– Amethyst? l'interpellé-je.

– Tu peux m'appeler Ame, dit-elle.

– Ça me va. Tu connais beaucoup de monde ici?

– Oui. J'y ai fait ma licence d'histoire. Tu verras, on a quelques-uns des meilleurs profs du pays.

Je hoche la tête, enjouée à l'idée de pouvoir apprendre des plus grands, puis nous ne parlons plus jusqu'à ce que le professeur arrive, une dizaine de minutes plus tard, les bras chargés d'ouvrages en tout genre. À peine a-t-il ouvert la bouche que je commence à prendre des notes, les informations allant dans tous les sens. Ma concentration a besoin d'être à son comble à cause de son accent très prononcé, mais je ne me démoralise pas et j'écoute attentivement. Avec le temps, je finirai par m'habituer à l'accent écossais, je n'en doute pas.

L'année débute tout juste, une bibliographie allant de A.E. Gordon à E. De Ruggiero nous est donnée. Je commence à prendre conscience de la masse de travail colossale que je vais devoir fournir, mais je ne suis en aucun cas effrayée : je savais dans quoi je mettais mes pieds. Ça ne sert à rien d'attendre que les occasions se présentent, il faut les créer. Et pour faire le travail de mes rêves, je vais devoir donner le meilleur de moi-même, même si ça me coûte du temps et de l'énergie. Le cours passe plus vite que ce à quoi je m'attendais, et je finis par quitter la salle en compagnie d'Amethyst, le sac plein de notes.

– J'ai un trou maintenant. Toi aussi ? me questionne Ame.

Je réponds par la négative tout en vérifiant sur ma feuille, j'ai encore deux cours avant d'avoir une pause déjeuner.

– Dommage. J'aurais pu te faire visiter un peu. Où habites-tu ? On pourra toujours se voir une prochaine fois.

Elle commence à marcher et je la suis, en faisant attention où je mets les pieds cette fois-ci. Hors de question que je me ramasse une seconde fois, ma dignité ne le supporterait pas.

– Au manoir White, répondis-je naturellement.

Ce n'est qu'en relevant la tête que je me rends compte qu'elle s'est arrêtée et qu'elle me dévisage avec une stupéfaction non dissimulée. Évidemment, je suis une idiote finie. M. White semble être plus que connu dans la capitale écossaise, j'aurais dû savoir que mon lieu de résidence ne passerait pas inaperçu.

– Tu vis là-bas? Avec M. White? s'étonne-t-elle.

– Oui…

– Tu l'as déjà vu? Ça fait des mois qu'on n'entend plus parler de lui.

Je me dégage de sa prise devant sa curiosité mal placée, sourcils froncés, et je quitte Amethyst après l'avoir saluée brièvement. Je ne suis pas du genre à aimer répandre des informations et il est hors de question que je le fasse concernant mon employeur. Elle n'a pas besoin de savoir ce qu'il se passe dans la maison des autres, d'autant plus que je ne le sais pas moi-même.

Après avoir laissé Ame derrière moi, j'observe partout pour me repérer tant bien que mal dans ce couloir en pierre, et je suis soulagée d'atteindre enfin la porte de sortie. Je respire l'air frais à pleins poumons pour me préparer à la suite et je rejoins ma prochaine salle, parée pour la suite de ma journée.

***

Cette journée m'a paru sans fin. Je n'ai pas recroisé Amethyst depuis notre discussion de ce matin et je ne m'en plains pas. Je ne suis pas spécialement à l'aise à l'idée de parler de ça, alors si je peux éviter ce sujet, je préfère le faire. Et puis, je n'ai pas vraiment le temps de me poser. J'ai une liste interminable de romans à acheter et à lire, et déjà pas mal de notes à réécrire au propre; ce n'est pas ce soir que je vais rester tranquille. Je prends le chemin du manoir en glissant mes écouteurs dans mes oreilles et je laisse défiler le nouvel album d'Elle King en marchant au rythme de la musique. Au bout d'une quinzaine de minutes, j'arrive enfin à destination, et je suis surprise de trouver le majordome en train de m'attendre.

– Bonsoir, Anna.

Je constate avec plaisir qu'il se souvient de ma demande et, pour une fois, il y répond, ses lèvres s'étirant en un mince sourire à peine perceptible. Il m'emmène jusqu'à la porte en marchant à mes côtés d'un pas lent.

– Au fait, est-ce que je peux connaître votre prénom ? lui demandé-je.

– Mon patron n'apprécie pas vraiment la familiarité lorsqu'il est présent… mais c'est Adrien, dit-il en me jetant un regard furtif.

– M. White est déjà arrivé ? m'étonné-je.

– Absolument.

J'observe autour de moi, curieuse de le découvrir enfin en chair et en os ; et j'aperçois un homme plutôt charmant près d'un des murs du manoir. Il me voit l'observer et je hausse les sourcils.

– Est-ce que c'est lui ?

J'essaie de faire un signe de tête discret en direction de l'homme en question. Le majordome tourne la tête vers lui et, pour la première fois depuis mon arrivée, il lâche un rire discret. Son rictus moqueur est une réponse à lui seul…

– Absolument pas. Il s'agit du jardinier arrivé il y a une heure pour remettre en état l'extérieur.

Adrien ne dit plus rien, il se contente de m'ouvrir la porte et de me laisser pénétrer dans le hall qui semble encore plus propre que lorsque je suis partie.

Martha descend les escaliers avec hâte en me souriant et vient me prendre mes affaires sans même que j'aie le temps de dire quoi que ce soit.

– Charline est dans sa chambre. Votre journée s'est bien passée?

– Oui. Très bien.

– J'en suis heureuse. Si vous avez du travail, je peux m'occuper de l'enfant encore une heure.

– Ça ira. Merci, Martha.

Je lui souris poliment et Martha repart dans l'autre sens, ma veste à la main. Je me dirige vers l'escalier, dont je monte les marches deux à deux, et je découvre Charline pleinement réveillée dans son lit. Ravie de la voir gigoter dans tous les sens, je la prends dans mes bras. Je me retourne pour aviser l'horloge au mur, et je suis surprise de découvrir un paquet sur lequel est posé un mot. Je m'approche de celui-ci, Charline babillant je ne sais quoi, et j'attrape la petite carte.

À l'attention de Charline,
M. White.

Sept mots. Pas plus, pas moins. Je fronce les sourcils face à ce manque de tendresse – la signature étant déjà écrite à l'imprimante sur une carte pré-faite – et je déballe l'emballage de ma main libre. Je découvre un nouveau mobile aux motifs floraux de toutes les couleurs, que je laisse de côté afin de l'accrocher un peu plus tard, trop occupée avec Charline pour faire deux choses à la fois. Je la dépose dans son parc que je n'avais pas utilisé jusqu'à présent et je me pose près d'elle. Elle attrape ses cubes en caoutchouc et commence à les jeter dans tous les sens alors que je souris en les regroupant chaque fois.

Le temps passe, le silence s'éternise, seulement troublé par les babillements de Charline, jusqu'à ce qu'un craquement se fasse entendre derrière moi. Je me retourne violemment, toujours au sol, pour découvrir un homme en costume dans l'encadrement de la porte. Merde. C'est lui.

Il paraît déjà plus fidèle aux photos que j'ai pu voir sur Internet. Le visage impassible, aucune ride n'apparaît sur son visage, rien d'étonnant étant donné qu'il a à peine la trentaine. Sa cravate négligemment détachée pend autour de son cou et lui donne un air aussi décontracté que l'on peut l'être avec un costume noir. Je ne m'attendais pas à ce qu'il soit aussi charismatique. Il dégage quelque chose d'attirant, du genre à subjuguer n'importe qui, tout en sachant qu'il est l'exemple parfait de l'inaccessible. Dommage qu'il soit aussi froid qu'un iceberg. Je me relève pour m'approcher de lui et me présenter, et je découvre sans surprise qu'il me dépasse d'au moins une tête. Cet homme est imposant sous tous les aspects.

– Bonjour. Je suis Anna Taylor.

Je tente un sourire pour détendre l'atmosphère, mais rien de son côté. Il reste de marbre, comme le ferait une personne dénuée de tout sentiment.

– Je sais qui vous êtes.

Aucun bonjour, aucune politesse, très charmant. J'aurais imaginé un homme un peu plus courtois ; après tout, il faut un minimum de diplomatie pour gérer une multinationale. Mais visiblement, son air hautain sur les photos est conforme à la réalité.

– Vous vouliez passer du temps avec Charline ? Je peux vous laisser, si vous souhaitez, proposé-je.

Son regard glacial se pose sur moi et me perturbe, j'en ai froid dans le dos. C'est comme s'il avait le pouvoir de me détruire en un regard, je commence à comprendre ce que ressentent tous ses employés.

– Sans façon, merci. Je ne suis là que pour vous remettre ça.

Il me tend une enveloppe à mon nom et je l'ouvre en continuant de le fixer du coin de l'œil, tout à coup méfiante. Il observe mes réactions, le visage fermé. Ma bouche forme un « o » de surprise lorsque je découvre un chèque à mon nom… White semble comprendre mon trouble et a au moins la décence de justifier son acte qui n'a aucun sens.

– Une avance sur votre salaire. Martha m'a fait part de vos achats futurs. Ça vous aidera.

Sans attendre de réponse, il tourne les talons en me laissant complètement hébétée. Son geste est généreux, je ne peux pas le nier, et il va sûrement beaucoup m'aider, mais il contraste avec son comportement détaché. Il a l'air si indifférent quand il s'agit de sa fille ou de tout le reste qu'il est difficile de l'imaginer vouloir aider qui que ce soit…

Je dépose le chèque sur la commode, toujours perturbée, puis je retourne auprès de Charline, gardant en tête l'image de cet homme qui me trouble. Je vais devoir rester méfiante quand il est aux alentours, il ne m'inspire aucune confiance, il a même réussi à me déstabiliser plus que quiconque…

3

Contrairement à hier matin, le manoir était désert à mon réveil. Je n'ai croisé que Martha pour la prévenir de mon départ pour la fac et j'ai quitté la maison sans attendre, de peur de rencontrer White encore une fois. Il m'inspire une crainte qui me déroute et je déteste ce que je ressens face à son air intimidant. Je suis partie d'un pas pressé sensiblement plus tôt que ce que je devais du manoir, en partie pour éviter de lui faire face. Est-ce que je suis lâche? Peut-être un peu.

J'ai décidé de prendre un chemin différent ce matin, histoire de passer le temps et de découvrir plus la ville, moi qui n'ai pas encore eu le temps de sortir, mis à part dans les jardins du manoir. J'ai testé des petites rues piétonnes que Maps m'indique, et j'ai déjà pu repérer quelques cafés dans lesquels me poser pour pouvoir lire tranquillement ou simplement travailler durant mon temps libre. Je suis à présent assise près du terrain de sport de l'université et je profite de l'heure matinale pour me détendre dans le calme lorsqu'une main se pose sur mon épaule.

Je sursaute vivement, complètement dans mon monde,

et me retourne vers Amethyst. Elle me sourit chaleureusement, l'air jovial, tandis que mon manque de sommeil doit sûrement se lire sur mon visage. Sa présence à mes côtés part sûrement d'une bonne intention ; malheureusement, j'aurais sincèrement aimé me retrouver seule avec moi-même… Une prochaine fois peut-être.

– Salut !

Je lui adresse un sourire pour seule réponse, avant de retourner à ma contemplation après l'avoir invitée à s'asseoir à mes côtés. Je suis du regard les étudiants qui courent sur l'herbe bien verte, un ballon de rugby à la main, pendant que je sens celui d'Amethyst sur moi.

– Je suis désolée pour hier. M. White attire la curiosité d'un grand nombre de personnes, y compris moi.

Je ne sais que lui répondre. C'est la seule personne dont j'ai fait la connaissance jusqu'ici, et ce n'est pas une malheureuse question qui me fera la juger. Même si je ne suis pas du genre à m'intéresser à ce genre d'actualité, je peux comprendre sa curiosité. Et puis, elle m'a beaucoup guidée hier, je ne peux pas le nier, et elle a été d'une gentillesse sans faille. Je ne me vois pas l'ignorer pour une chose aussi banale, ce serait puéril de ma part.

Au bout de longues minutes de silence, Amethyst finit par me proposer de rejoindre les bâtiments. Je ramasse mon sac pour la suivre jusqu'au bâtiment de la veille, que j'aurais sûrement été incapable de retrouver seule. Celui-ci est déjà bondé d'étudiants, et nous avançons en jouant des coudes jusqu'à arriver dans une salle dont les murs sont couverts de feuilles de papyrus. Il n'est pas bien difficile de comprendre que je suis au bon endroit. J'observe un instant tous ces documents avec une admiration non dissimulée, jusqu'à ce qu'Ame m'attrape le bras pour me tirer de ma contemplation.

– Je vais devoir te laisser. Je n'ai pas du tout cours dans ce bâtiment.

Je la remercie sincèrement de m'avoir accompagnée alors que ce n'était absolument pas sa destination, puis nous échangeons nos numéros pour pouvoir nous joindre si besoin. Le soulagement m'envahit à l'idée de m'être déjà fait plus ou moins une amie, je ne serai pas totalement perdue pour ce début d'année. Je dépose mes affaires dans un coin, près du bureau du prof et j'attends patiemment que les minutes défilent. Mes yeux balaient la salle, s'arrêtant sur chaque feuille qui la décore. Je reconnais quelques inscriptions égyptiennes, celle d'un tombeau, ainsi qu'une photo de la pierre de Rosette.

Je m'émerveille en tournant sur moi-même, fascinée par toutes ces découvertes qui ont marqué leur temps. Un jour, j'aimerais pouvoir faire face à de pareilles reliques, pouvoir moi-même constater l'usure du temps et l'histoire que de telles œuvres renferment…

Quelques étudiants commencent à arriver, doucement mais sûrement, et je passe tout à fait inaperçue, jusqu'à ce qu'une grande brune entre dans la salle en claquant des talons et vienne s'asseoir à mes côtés, attirant le regard de tout le monde. Elle ne m'adresse pas un mot, prenant juste place à mes côtés. Contrairement à Ame, cette fille ne m'inspire aucune sympathie. Elle me snobe, comme si je n'existais pas, et son parfum bien trop fort parvient à mes narines.

– Je ne t'ai jamais vue jusqu'ici. Tu es nouvelle ? finit-elle par demander.

Elle ne me regarde même pas en posant cette question. Elle continue de sortir ses affaires. Puis, après avoir ouvert son ordinateur, elle se tourne enfin vers moi, un sourcil levé, et attend ma réponse, visiblement impatiente.

– Oui. Je viens d'emménager, réponds-je enfin.

Cette fois, je prends soin d'éviter le sujet du manoir. S'occuper de la petite fille d'un homme d'affaires assez connu ici n'est pas anodin, ce qui ne colle absolument pas avec mon désir de me faire discrète. Face à ma réponse, le sourire faux de cette fille se transforme en une grimace, et je hausse les sourcils, surprise de ce changement soudain. Je ne sais pas quelle mouche l'a piquée, mais ça l'a transformée en l'espace d'une seconde.

– Super, encore une Anglaise, raille-t-elle.

Sur cette remarque, elle allume son ordinateur et ne m'adresse pas un regard de plus, comme si j'étais une pestiférée. Quelle idiotie de juger sur une chose aussi bête qu'un accent ! Mais grand bien lui fasse, si ça lui fait plaisir, je ne vais pas m'arrêter sur un détail aussi absurde. C'est ce moment-là que la professeure choisit pour entrer dans la salle, transformant le visage antipathique de cette fille en celui d'une élève modèle, comme si celle qui me regardait en grimaçant n'était plus qu'un lointain souvenir.

Je ne relève pas son changement d'humeur soudain, j'attrape mon stylo et je note la date du jour en haut de ma feuille pour préparer mes notes. Je pourrais utiliser mon ordinateur, mais j'ai toujours préféré écrire à la main. Ça me permet de mieux retenir, et puis je n'aurai pas un ordinateur à ma portée toute ma vie. La prof se présente rapidement, nous exposant le programme en quelques paroles, puis nous distribue un fascicule de hiéroglyphes à apprendre durant l'année, et commence par nous exposer les différents ouvrages qui vont s'ajouter à nos cours. Je ressors de chacun des cours avec toujours un peu plus de notes, commençant enfin à travailler réellement dans certaines matières que j'ai pu suivre la veille. Cette seconde journée passe à une vitesse incroyable, et je suis de plus en plus à l'aise lorsque je me balade dans les couloirs.

Lorsque mon dernier cours se termine enfin, je sors avec précipitation de l'université pour passer par la librairie la plus proche avant que celle-ci ne ferme. J'y commande une grande partie des ouvrages demandés par mes professeurs, que j'ai pu payer grâce à l'avance que m'a faite White la veille, et je ressors avec les livres que j'ai trouvés sur place. Je vais sûrement commencer la lecture de certains dans la semaine pour prendre de l'avance, mais pour ce soir, j'ai du travail. Les bras plus que chargés, je prends la direction du manoir d'un pas rapide, de peur d'être en retard.

En arrivant sur place, je constate que le jardin est de plus en plus beau, les haies ont été taillées et certaines mauvaises herbes arrachées ; cet extérieur commence à retrouver sa splendeur d'antan et j'ai hâte de découvrir le résultat final, même si ce n'est peut-être pas pour tout de suite… Peut-être que je pourrai y passer un peu de temps et pourquoi pas, jardiner si l'on m'y autorise, j'ai toujours aimé ça. Je passe près des jardiniers qui s'affairent en les saluant poliment puis je découvre sans surprise Adrien qui m'attend déjà à la porte.

– Mademoiselle Anna.

– Je vous en supplie, arrêtez avec ce « mademoiselle ».

Il me sourit légèrement avant de retrouver son sérieux et ouvre la porte pour me laisser passer. Je tente un sourire dans sa direction, mais il reste stoïque au moment où je passe devant lui. Est-ce que cela fait partie de son travail de ne laisser transparaître aucune émotion ? Si oui, je trouve ça bien triste. Un peu de chaleur humaine n'a jamais fait de mal à personne.

Je n'attends pas Martha pour ranger mes affaires, et je rejoins l'étage, mes livres à la main. Je passe directement par la chambre de Charline pour vérifier que Martha n'y est pas, et je trouve la petite paisiblement endormie. Je pose ma pile de livres sur la commode puis je sors le seul que j'ai acheté par plaisir pour commencer à le feuilleter dans le fauteuil près du lit de Charline.

Le récit des fouilles de Howard Carter me passionne, et sa trouvaille du tombeau de Toutankhamon me fascine. Ce ne sont pas ses propres mots, c'est raconté par un autre égyptologue, mais ça n'en reste pas moins un ouvrage qui me donne l'impression de voyager à des centaines de miles d'ici. Je me laisse prendre dans ma lecture, ne voyant pas les pages défiler, jusqu'à ce que Charline se réveille.

Je vais la prendre dans mes bras, puis je me réinstalle dans le fauteuil avec elle ; il est encore trop tôt pour son biberon. Je la fixe en souriant avec l'impression qu'elle me regarde dans les yeux, même si je sais que ce n'est pas le cas. Charline a un petit quelque chose qui me met totalement sous son charme. Elle paraît un peu agitée, et je m'apprête à la voir pleurer à tout moment, jusqu'à ce qu'une idée ridicule me vienne en tête. Je me souviens de la berceuse que me chantait ma maman lorsque j'étais dans ce même état, et je me lance dans cette chanson qui m'a bercée pendant de très longues années.

« Lavender's blue, dilly dilly
Lavender's green
When I am king, dilly dilly
You shall be queen
Call up your men, dilly dilly
Set them to work
Some to the plow, dilly dilly
Some to the cart
Some to make hay, dilly dilly
Some to cut corn
While you and I, dilly dilly
Keep ourselves warm
Lavender's green, dilly dilly
Lavender's blue
If you love me, dilly dilly
I will love you »

Je souris en même temps que j'observe la petite se rendormir au rythme des paroles, fière d'avoir réussi cet exploit. Mais lorsque je relève la tête, mon sourire s'efface complètement. Trop absorbée dans cette berceuse, je n'ai pas entendu l'intrus arriver, et j'ai la mauvaise surprise de découvrir White encore une fois à l'entrée de la chambre. Il n'amorce pas un seul pas pour entrer, comme si ce lieu était proscrit pour lui ; il se contente d'observer, le visage dénué de toute émotion mais le regard curieux. Je me lève en l'ignorant, sachant pertinemment qu'il n'est pas venu pour sa fille, et je dépose Charline dans son lit pour la laisser dormir tranquillement.

– Quelle est cette chanson ? finit-il par demander.

Je sursaute à cette question, sa voix résonnant dans la pièce. Il ne m'a pas adressé plus d'une dizaine de mots depuis son retour et il décide de me parler chanson… Je me sens perdue. Quel intérêt y a-t-il à parler d'une berceuse ? Je ne le comprends pas, et je crois ne pas en avoir envie. Ses yeux bleu glacial se posent sur moi et il croise les bras, attendant ma réponse. Son impatience me déplaît beaucoup, comme si j'étais une petite chose sous ses ordres – ce que je suis, dans un sens – et j'adorerais l'envoyer paître.

– *Lavender's blue*, réponds-je finalement.

Il ne dit plus rien et continue de m'observer. Il me déstabilise et je ne saurais dire si c'est en bien ou en mal. Il finit par détourner les yeux pour regarder sa fille un instant, le visage neutre. Presque aussitôt, il détourne son attention et regarde vers l'extérieur, comme si la seule vue de son bébé le faisait souffrir. J'ai mal au cœur pour eux. Charline ne mérite pas un papa qui la déteste alors même qu'elle ne sait pas encore parler et lui ne devrait pas avoir à ressentir ça en présence de sa fille. J'ai de la peine pour eux. Je sais mieux que personne à quel point la perte de quelqu'un est douloureuse, pourtant ça ne sert à rien de se renfermer, à part à faire souffrir ceux qui restent. Si rien ne change, Charline finira par grandir et se sentir coupable du décès de sa mère, et je ne sais que trop bien à quel point cette culpabilité est destructrice.

– Vous savez, je ne comprends pas que vous ne passiez pas de temps avec elle. Votre fille est merveilleuse.

Je m'approche du lit et caresse la joue potelée de la petite fille en la regardant dormir, les poings serrés. Elle semble paisible, inconsciente de ce qui se déroule autour d'elle, et c'est ce que j'envie aux enfants, cette innocence à toute épreuve. En relevant la tête, je rencontre les yeux froids et mécontents de White. Il se tient droit à présent et paraît en colère; pourtant, je n'ai pas peur cette fois-ci. Je suis même rassurée, cela montre au moins qu'il sait ressentir quelque chose, même si ce ne sont pas les sentiments les plus positifs qu'on pourrait imaginer.

– Alors heureusement pour moi que votre avis m'importe peu et que je ne vous demande pas de comprendre, assène-t-il sèchement, réveillant sa fille au passage.

Ses mots sont aussi tranchants qu'un couteau et il reste quelques secondes face à moi, ses yeux dans les miens pour observer ma réaction. Je finis par détourner le regard face au sien beaucoup trop insistant à mon goût et il lâche un rire narquois avant de tourner les talons. Je ne comprends pas son but. M'intimider? Avoir le contrôle sur tout le monde ? Il est peut-être à la tête d'une grande entreprise, mais je ne suis pas un larbin. Certes, je suis payée pour m'occuper de sa fille, mais je mérite tout de même un peu de respect. S'il s'amuse du fait de me déstabiliser, je rétorquerai, employeur ou non. Mais pour le moment, j'ai un bébé à nourrir.

***

Une fois Charline nourrie et endormie, je descends dans le salon pour remettre à sa place le livre que m'avait fait monter Martha et que j'ai dévoré en l'espace de quelques heures entrecoupées. Pensant être seule, je pousse les portes et je suis surprise de découvrir l'intendante devant la bibliothèque, en train de feuilleter quelques ouvrages. Je l'observe un instant, amusée par son air concentré, puis je m'approche doucement d'elle pour poser une main sur son épaule afin de signaler ma présence. Elle se retourne pour me sourire avec bienveillance avant de reposer le livre qu'elle lisait sur l'étagère.

– Heureuse de vous voir, Anna. Tout va bien ?

– Oui. Tout va parfaitement bien. Je suis venue vous rendre ce livre.

Elle me le prend des mains et part de l'autre côté de la bibliothèque pour le reposer sur l'étagère d'où elle l'avait sorti quelques jours plus tôt. Puis elle en attrape un autre et revient vers moi pour le tendre, un sourire aux lèvres.

– Si vous avez aimé, celui-ci devrait vous plaire aussi. C'est du même auteur.

Je l'accepte avec joie et je découvre *Le Fantôme de Canterville*. Ce titre me rappelle beaucoup de souvenirs. J'ai dû le lire une bonne vingtaine de fois pendant mes années de collège et je ne m'en suis jamais lassée. Le relire une énième fois ne fera que me ramener quelques années en arrière. Martha semble comprendre que ce titre me convient parfaitement car elle tourne les talons pour s'éloigner après m'avoir fait un signe de la main. Elle sort de la pièce, me laissant seule dans cet immense salon et j'ai tout le loisir de regarder les livres sans être dérangée.

Je découvre avec amusement que cette énorme bibliothèque contient les *Twilight*, ainsi que d'autres livres de ce genre, des lectures bien étonnantes pour un homme comme White. Même si je reste persuadée qu'il ne les a sans doute jamais ouverts... Ça n'a pas vraiment l'air d'être son genre. Peut-être qu'ils appartenaient à sa femme... Mon regard dérive vers le Stephen King que j'avais déjà aperçu la dernière fois et je m'apprête à en attraper un quand ma contemplation est interrompue par mon majordome préféré – sûrement parce qu'il est le seul – qui m'apporte un plateau-repas. Je souris devant cette attention provenant sûrement de Martha, toujours aux petits soins, et Adrien me rend mon expression, pour changer.

Je décide de remonter dans ma chambre pour être tranquille – et ne pas avoir peur de tomber sur White – et je commence à picorer dans mon assiette de pâtes tout en continuant le récit de Howard Carter que j'ai commencé un peu plus tôt. Il ne me reste plus qu'une quarantaine de pages – et plus que quelques miettes dans mon assiette – avant que je n'arrive à la fin, mais la vibration de mon portable vient troubler cette accalmie pour me signaler plusieurs SMS non lus.

[Coucou ma chérie,
Tu me manques terriblement ici.
J'espère que ces premiers jours
se passent bien. J'ai hâte de t'avoir
au téléphone. Je vais avoir plusieurs
journées chargées au travail,
mais on essaie de se parler rapidement.
Je pense fort à toi et n'oublie pas
que je t'aime,
Maman.]

Je réponds en quelques phrases pour lui dire que la petite est adorable et que je me sens bien dans le manoir, en omettant de préciser la présence déstabilisante du maître des lieux, ne voulant pas inquiéter ma mère pour un rien. Telle que je la connais, il y a deux scénarios possibles. Soit elle va me demander s'il est beau, soit elle va menacer de débarquer pour le remettre à sa place. Peu importe sa réponse, aucune des deux options ne me plaît. Puis je découvre un message d'Ame, datant d'il y a quelques minutes.

[Coucou, jolie rousse !
J'ai mon mercredi prochain

de libre. Tu veux sortir?
Je peux te montrer les coins
branchés de la ville!
Bises.]

Sortir… Je ne l'ai jamais vraiment fait à Londres. Alors, pourquoi pas. Poliment, je lui réponds que je vais y réfléchir, ne sachant pas si j'ai droit à une sortie exceptionnelle en semaine avec mes obligations envers Charline. Il est dit dans mon contrat que je peux demander quelques heures exceptionnellement, mais je ne sais pas si elles seront acceptées pour me permettre de sortir. J'en ai bien envie pourtant; je voudrais rencontrer du monde, me faire des amis, m'intégrer tout simplement.

Après avoir éteint et mis mon portable en charge dans ma chambre pour ne pas être dérangée pendant la nuit, je me dirige vers la chambre de Charline pour vérifier que tout va bien, et je la découvre profondément endormie dans son lit, le visage serein. À mon tour, je vais me coucher dans le mien, profitant de la chaleur de mes couvertures et me laissant étreindre par les bras de Morphée. Demain est un nouveau jour, et j'espère qu'il sera meilleur que celui-ci.

4

Une petite semaine s'est déjà écoulée depuis ma rentrée à l'université. J'ai commencé la nouvelle tranquillement et j'ai profité de la journée de mardi pour avancer dans les multiples devoirs qui m'ont déjà été donnés. Je m'attendais à devoir fournir une quantité de travail importante, mais je ne pensais pas que ce serait à ce point. Ma spécialisation semble bien plus complexe que mes premières années d'études, mais la perspective d'être diplômée me motive un peu plus chaque jour, je n'ai que deux petites années à tenir. J'ai fini ma soirée de révision tellement épuisée que je me suis endormie au milieu de mes cahiers, complètement exténuée après m'être occupée de Charline.

Mon sommeil paisible est troublé par un bruit provenant de la chambre de Charline, et je me réveille en sursaut malgré la fatigue bien présente.

C'est quoi, ce bordel? Je suis presque sûre qu'un bébé ne tape pas des pieds sur le parquet.

Je me lève en vitesse et j'attrape mon spray au poivre dans la précipitation pour aller à la rencontre de cet intrus nocturne, absolument pas rassurée de savoir quelqu'un dans la chambre. Martha m'a dit de ne pas m'en occuper durant la nuit pour ne pas m'effrayer, et je ne vois pas qui d'autre qu'elle pourrait être auprès de Charline.

Je déboule dans la pièce sans aucune délicatesse, me retrouvant face à une grande silhouette, et je brandis ma bombe devant le visage de l'inconnu, prête à défendre le bébé. Je ne me rends compte de mon erreur qu'au moment où je reconnais cette voix bien audible qui jure dans tous les sens.

Oh, bordel de merde.

Je me précipite sur White, tout à fait affolée. Il est appuyé contre la commode et se tient l'œil que j'ai réussi à toucher, le visage déformé par la colère. Je le comprends, je serais sûrement dans le même état si on m'avait fait ça ! J'ai l'impression qu'il va me tuer si je ne prends pas vite mes jambes à mon cou, l'air de plus en plus remonté. Mais je dois être suicidaire parce que je m'approche de lui pour m'excuser et tenter tant bien que mal de réparer mes erreurs. Je me sens mal. Bien sûr que c'était quelqu'un de la maison. À quoi je pensais, sérieusement? Je lis beaucoup trop de romans.

– Mon Dieu. Je suis tellement désolée. Je…

Il lève une main pour me faire taire et je n'ose plus bouger. Je ne sais pas où me mettre, je me sens tellement ridicule. Je ne sais pas ce qui m'a pris, bon sang. Qui aurait pu être là en pleine nuit, autrement? La vigilance du personnel est trop soutenue pour laisser un quelconque intrus entrer. Je suis tellement bête.

J'observe le bébé, toujours endormie, alors que je n'ose

pas regarder White. J'ai merdé. Et pas qu'un peu.

Mais d'un coup, une pensée me traverse l'esprit et me tétanise plus que je ne l'étais déjà. Et s'il décidait de me virer pour cette pitoyable erreur? Je ne peux pas me le permettre. J'ai besoin de ce logement et de cet argent. C'est vital pour mes études; sans ça, je peux dire adieu à mes rêves, et retour à la case départ. Je suis tellement désespérée que je tente le tout pour le tout. Je me tourne vers White, la main toujours posée sur son visage, et je m'approche doucement, comme de peur qu'il ne s'emporte. Je pousse doucement sa main – et White ne fait rien pour m'en empêcher – puis j'avise l'œil rougi.

Merde. Je ne l'ai pas loupé.

– Venez avec moi. Je peux encore contrer les effets du spray.

Pour une fois, il ne me rembarre pas et me suit jusqu'à ma salle de bains en traînant des pieds, comme engourdi. Je le fais s'asseoir sur le rebord de la baignoire et je commence à sortir ce qu'il faut avant de me retourner vers lui sans oser le regarder dans les yeux. Malheureusement, c'est cette zone que je dois soigner… Je n'ai pas le choix. Le visage fermé, White me fixe, attendant patiemment que je répare ma connerie. La vision de son œil rougi me fait me sentir terriblement coupable, sachant parfaitement que la brûlure du spray est affreuse.

– Mettez la tête en arrière. Ça ne va pas être très agréable.

Il s'exécute, bougonnant, plein de mauvaise volonté.

– Ça le sera déjà plus que votre spray ridicule, argue-t-il méchamment.

OK, celle-ci, je ne l'ai pas volée. Penaude, je n'ose même pas répondre ; de toute façon, je n'ai rien à dire. White grommelle en même temps que j'allume le pommeau de douche et que je tiens sa tête en arrière pour lui passer le jet d'eau fraîche sur l'œil. Une main dans ses cheveux, je tente d'ignorer ce contact étrange entre nous et je me concentre sur ma tâche : tenter de ne pas me faire virer. Il ne bronche pas une seule seconde ; contre toute attente, White se contente de supporter ce corps étranger dans son œil durant quelques minutes sans même se plaindre. J'en viens à me demander s'il est réellement humain.

J'essaie de ne pas montrer mon angoisse de le voir énervé quand je lui relève la tête après avoir éteint l'eau. Son œil est toujours aussi rouge, et j'ai peur de sa réaction quand il aura récupéré pleinement ses capacités après mon attaque involontaire. Je prends un coton, sur lequel j'étale du lait démaquillant et je lui passe sur l'œil pour finir de le soulager, espérant que cela suffira. Lorsque je le retire, son œil est dans un sale état, mais il ne pleure plus à cause du spray, c'est toujours ça de pris.

J'aimerais rire et me dire que c'est sûrement la première et dernière fois que je verrai un homme comme lui pleurer, même si ce ne sont pas de vraies larmes, mais j'en suis incapable, submergée par l'angoisse.

– Voilà. Ça devrait aller, conclus-je d'une voix peu assurée.

Il se relève d'un geste souple et se regarde dans le miroir pour inspecter l'état de son œil, passant doucement son doigt sur sa paupière gonflée. Plus les secondes défilent et plus son visage devient indéchiffrable, si bien que je n'arrive plus à savoir s'il est en colère ou non, comme s'il s'était transformé en glace. Il retrouve cet air détestable, et ça finit de me mettre hors de moi lorsqu'il tourne les talons pour partir.

– Mais de rien ! Je vous en prie ! m'emporté-je en tentant de ne pas réveiller Charline.

White s'arrête net au milieu de ma chambre et se retourne vers moi, les lèvres relevées en un sourire suffisant. Je suis allé trop loin.

Bordel, Anna, apprends à fermer ta gueule !

– Vous attendez un merci ? Vous avez conscience que c'est vous-même qui m'avez mis dans cette situation ? me demande-t-il, mauvais.

J'aimerais le rembarrer, lui faire perdre cet air agaçant et narquois, et plus que tout, le contredire. Mais le problème, là-dedans, c'est qu'il n'a pas tort. Et je ne peux pas contredire un homme qui a raison en toutes circonstances. En revanche, je peux l'attaquer comme il le fait avec moi, je n'ai pas envie de le laisser mal se comporter alors qu'il est presque autant en tort. Sérieusement, s'il veut s'occuper de sa fille la nuit, je lui laisse cette chambre volontiers. Il était convenu que je pouvais laisser la porte mitoyenne entrouverte, précisément parce que personne n'y viendrait la nuit. Et il ose m'en vouloir d'avoir paniqué ? Abruti.

– Excusez-moi de m'inquiéter en entendant du bruit. C'est tellement rare de vous voir près d'elle.

C'est la première fois que je me hasarde à lui répondre depuis le début de mon séjour, et ça a l'air de le surprendre presque autant que moi. Il ne s'attendait peut-être pas à ce que je réagisse, mais je ne suis pas une gamine fragile qui compte s'étaler comme un gentil toutou devant ce mec. Il est peut-être plein aux as, mon patron, et je ne sais quoi d'autre, mais il n'en reste pas moins une personne, et je mérite le respect autant que lui. Sérieusement, quelle idée d'aller dans la chambre d'un bébé que j'ai galéré à coucher en faisant un boucan pareil !

Le visage de White se ferme d'un coup et je peux voir ses mâchoires se contracter alors qu'il s'approche de moi. Je recule à chacun de ses pas jusqu'à me retrouver contre le mur, peu rassurée par sa proximité, White se retrouvant si proche de moi que je peux sentir son haleine qui pue le whisky. Je reste quelques secondes en transe, ne sachant pas comment me comporter à cause de ce que je viens de comprendre, mais je reprends vite mes esprits et mets mes mains à plat sur son torse pour le faire reculer avec toute la force dont je suis capable. Il manque de trébucher, mais je n'en ai rien à foutre. Je suis hors de moi.

– Qu'est-ce qui ne va pas chez vous ?

White ne semble absolument pas saisir où je veux en venir, me fixant comme si j'étais une sombre idiote. Il m'a vraiment prise pour une demeurée, je ne vois pas d'autre possibilité. S'il pensait que son état d'ébriété ne finirait pas par se remarquer, il se fourre le doigt dans l'œil. Je veux bien être gentille, mais je ne mettrai jamais personne en danger par peur d'être virée.

– Il faut que vous soyez alcoolisé pour vous approcher de votre fille ? C'est une grosse blague, rassurez-moi ?! Vous êtes au courant que vous pouvez être un danger pour elle dans votre état? Vous auriez fait quoi si vous l'aviez portée et que vous étiez tombé avec elle dans les bras? Une mauvaise chute pourrait lui coûter la vie. Je ne suis peut-être pas là pour vous donner mon avis, mais vous êtes inconscient pour un homme si intelligent.

Ce n'est pas tant le fait qu'il ait besoin d'être saoul pour s'approcher de sa fille qui me met hors de moi. J'ai compris qu'il ne souhaitait pas s'en occuper. C'est plutôt qu'il ait pu se dire que s'approcher d'un bébé en ayant bu était une bonne idée. C'est simplement du bon sens. Il aurait pu se passer n'importe quoi, et ce pauvre homme déjà détruit par le décès de sa femme aurait eu la mort de sa fille sur la conscience. Bon sang, rien ne va dans ce manoir.

– Qu'est-ce que ça peut vous faire? Vous êtes payée. C'est tout ce qui compte, lâche-t-il, hargneux.

J'ouvre la bouche, sidérée, et un rire jaune m'échappe. Je n'en crois pas mes oreilles. Est-ce qu'il part réellement du principe que l'argent est ma seule motivation? Si c'est le cas, je ne suis pas sûre de rester calme encore longtemps. Je veux bien qu'il soit blessé et concentré sur son monde alors qu'il a une petite fille qui n'attend que lui, mais je ne suis pas aussi égocentrique. Je suis humaine, merde! L'empathie, ce n'est pas pour les chiens, et ce n'est certainement pas l'argent qui changera ça.

– Je m'occupe de cette petite fille parce que c'est mon travail, oui. Mais vous ne pourrez jamais acheter mes sentiments, et vous savez quoi? Charline est une enfant adorable. Je ferai tout ce que je peux pour la protéger aussi longtemps que mon travail durera, même si ça veut dire me réveiller en pleine nuit parce que son père est trop bourré pour se repérer dans sa chambre.

Mes mots semblent l'atteindre plus que je ne le pensais. Son visage se décompose soudainement et je vois dans son regard que les souvenirs douloureux le submergent. Il me fait de la peine. Il se comporte peut-être comme un gros con, mais il est surtout blessé. Et je crois qu'il avait besoin de cet électrochoc, même si je suis sûre qu'il m'en voudra encore plus demain.

White se passe une main sur le visage et se laisse tomber sur mon lit. Tout mon corps me crie de le dégager d'ici, qu'il n'a rien à faire là, qu'il dépasse les limites de mon intimité, mais je ne peux pas. Je n'ai jamais su résister à une âme triste, et je ne retrouverai pas le sommeil en le sachant dans cet état. Je l'observe quelques secondes, il a la tête entre ses mains et sa jambe tressaute nerveusement. Je ne sais pas sur quel pied danser en sa compagnie. La journée ce n'est qu'un con froid et prétentieux, et voilà que sous toutes ces couches d'indifférence se cache quelqu'un de vulnérable…

Mais je n'ai pas le temps de dire quoi que ce soit, des pleurs se font entendre dans la chambre de Charline, et je n'attends pas de voir si White bouge pour y aller, il n'est de toute façon pas en état.

Je rejoins la chambre de Charline en secouant la tête, essayant de masquer mon agacement par rapport au comportement de White assis dans ma chambre. J'aurais vraiment préféré ne pas être réveillée en pleine nuit, et encore moins me disputer avec celui qui m'emploie.

– Je suis désolée, on a dû te réveiller… murmuré-je à l'intention du bébé.

Je la prends doucement dans mes bras, car ses pleurs redoublent, et je lui redonne sa tétine pour essayer de la calmer. Mais rien à faire. Je l'amène à sa table à langer pour vérifier sa couche, et je souris en la découvrant bien pleine. Le voilà, le problème. Je commence à la lui changer alors que je remarque que White nous observe grâce à la porte grande ouverte. Je soupire, Charline étant déjà plus calme, avant de m'adresser à lui d'une voix bien audible.

– Vous voulez le faire ?

Une expression incrédule apparaît sur son visage, son regard allant du bébé à moi, comme si ma question était la plus idiote du monde. Message reçu, je ferme ma gueule. Je me concentre sur le nettoyage des fesses de Charline, abandonnant l'idée qu'il me réponde. Il n'a visiblement aucune envie de s'occuper d'elle ; j'en viens à m'interroger sur la vraie raison de sa présence. Pourtant, sa voix résonne à côté de moi, me faisant sursauter.

– Non. Je ne saurais même pas faire.

Je souris tristement sans oser le regarder. Il n'a aucune idée de comment changer sa propre fille ; en huit mois, il ne l'a sûrement jamais fait, et je trouve ça tellement triste. Autant pour Charline que pour lui. Je finis de mettre la couche propre puis je la prends dans mes bras pour rejoindre ma chambre avec elle, et je m'assieds à côté de White. Il fixe sa fille avec curiosité, puis son regard se pose sur mon visage. Il m'observe d'une façon étrange, me procurant tout un tas de frissons déstabilisants. Je n'arrive pas à savoir ce qui lui passe par la tête et j'adorerais lire dans les pensées de cet homme, savoir ce qu'il peut bien avoir à l'esprit en ce moment même.

– Vous ne voulez pas la prendre sur vos genoux? Elle ne va pas vous manger, vous savez.

Les yeux dans les yeux, nous gardons un long moment le silence. White semble mal à l'aise, déglutissant péniblement, et j'attends de savoir ce qu'il compte répondre. Il est assis, je suis juste à côté, il pourrait la prendre dans ses bras s'il le voulait. Reste à savoir s'il en a envie. La première fois que je l'ai rencontré, il la fixait avec indifférence, de ce même regard qu'il a posé sur moi. À présent, il semble simplement profondément blessé. Il voit en ce bébé quelque chose que je ne capte pas mais qui semble lui rappeler des souvenirs douloureux. Il doit sûrement penser à sa femme. Je ne veux pas imaginer ce qu'il a vécu.

White finit par hocher la tête avec hésitation, à ma plus grande surprise, et je dépose Charline, qui commence à gigoter de plus en plus, sur ses genoux. Son visage face à celui de sa fille, il partage ce qui est sûrement leur premier moment à deux. Je souris doucement, touchée de voir que finalement il n'est pas dénué de sentiment.

– Est-ce qu'elle parle? demande-t-il en observant Charline.

Un petit rire m'échappe.

– Non. Pas encore.

Mon sourire s'élargit un peu plus en constatant qu'il ne la rejette pas. C'est toujours ça. Mais qu'il ne s'attende pas à lui taper la discute, il serait déçu. Charline commence tout juste le quatre-pattes, de ce que j'ai pu voir, et, même si elle grandit vite, le moment où elle saura faire des phrases est encore bien loin. Le visage neutre mais le regard expressif, il fixe sa fille dans les yeux alors que je reste à côté d'eux sur le lit. Je le maudissais il y a une quinzaine de minutes, et voilà que je me prends à être attendrie… Comme quoi, les apparences sont souvent trompeuses. Au bout d'un long moment, White relève la tête pour me fixer avec une intensité nouvelle.

– Vous pouvez la reprendre ?

Je hoche la tête, consciente que ce moment est déjà assez hors du commun et qu'il ne sert à rien de le pousser davantage. Je prends Charline dans mes bras alors que celle-ci gigote dans tous les sens. Elle est bien agitée, et je sens que la recoucher va être compliqué… J'essaie de la calmer en marchant dans ma chambre pour la bercer, sous le regard curieux de White. Je songe à ma petite-cousine qui se calmait toujours lorsque je faisais ça.

Égoïstement, même s'il vient de passer un moment avec sa fille, j'aimerais vraiment qu'il quitte ma chambre. La façon qu'il a de me dévisager me met mal à l'aise et je voudrais me terrer dans un trou de souris pour ne plus me laisser déstabiliser. Mais je n'en fais rien. Je continue à bercer doucement Charline alors que celle-ci se calme lentement mais sûrement. White, lui, continue à nous observer, toujours assis sur mon lit, sa présence devenant de plus en plus gênante.

– Vous devriez peut-être retourner dans votre chambre… tenté-je.

Il paraît amusé par ma suggestion, qui n'est qu'une façon polie de lui demander de sortir, mais il ne bouge pas pour autant. Au contraire, White se laisse tomber en arrière sur mon lit et croise les bras derrière sa tête, tendant sa chemise contre son torse. Malgré moi, mon regard tombe sur la peau découverte de son torse… Pour la première fois, je le regarde autrement. Derrière son caractère détestable, je ne peux pas nier qu'il est très agréable à regarder.

Je me reprends rapidement en secouant vivement la tête puis je détourne le regard en repartant vers la chambre de Charline pour la recoucher – et surtout m'éloigner de White. Je ne dois pas le voir sous cet angle-là. Pourquoi faut-il toujours que les mecs les plus canon soient les plus inaccessibles? Je chasse très vite cette question de mon esprit en allumant le mobile de Charline puis j'attrape la veste que White a laissée sur la commode pour la lui rapporter, espérant qu'il prenne ça pour une invitation plus concrète à partir. Je ferme doucement la porte de la chambre pour ne pas réveiller de nouveau le bébé et je le retrouve toujours allongé sur mon lit. Il compte passer la nuit dans ma chambre ou je rêve? Je sais que nous sommes chez lui, mais j'aimerais beaucoup dormir. Je balance sa veste sur lui pour attirer son attention et White se redresse d'un coup, de nouveau en colère.

– Mais ça ne va pas? s'emporte-t-il.

Je lui fais signe de baisser d'un ton puis je hausse les épaules et vais éteindre la lumière de la salle de bains comme si de rien n'était. Il passe son temps à me chercher, il ne va pas se plaindre de m'avoir trouvée. J'ai peut-être commencé avec mon spray au poivre, mais il a continué avec ses multiples attaques.

– Non, pas vraiment. Je suis fatiguée et mon lit est occupé malgré moi.

Il râle, lâchant quelques insultes que je ne comprends pas, avant de se relever en enfilant sa veste.

Enfin, je vais retrouver mon lit.

White passe à côté de moi, l'air complètement absent, et je détourne le regard pour ne pas me laisser déstabiliser une fois de plus. J'avise ma tenue pour la soirée à laquelle Ame compte m'emmener, sagement posée sur ma commode, et je me retourne vers la porte avant que White ne sorte.

– Monsieur White ?

Il se retourne, un air interrogateur sur le visage. Merde, même comme ça, il est vraiment pas mal. Si seulement il était différent !

– Oui, Anna ?

C'est la première fois que j'entends mon prénom dans sa bouche. J'oublie ce que je voulais dire l'espace d'une seconde face à l'effet qu'il me fait, puis je me reprends pour ne pas passer pour plus écervelée que je ne le suis. Il ne manquerait plus qu'il me prenne pour une idiote.

– Je suis de sortie demain. Martha m'a donné ma soirée, l'informé-je.

Il continue à me fixer, ne comprenant pas où je veux en venir. Il n'est pas très perspicace pour un homme d'affaires ; il gère sûrement mieux son entreprise que sa vie privée, ou alors l'alcool ne l'aide pas à se concentrer.

Cette constatation me fait sourire. Je suis presque sûre qu'il s'en voudra demain d'avoir été si vulnérable, même si, pour le moment, il n'est toujours pas clair.

– Martha est censée s'occuper de Charline. Peut-être que vous pourriez passer du temps avec elle ?

Ma suggestion le rend incroyablement pâle et j'ai peur qu'il ne fasse un malaise. Son ahurissement se fait sentir et il fronce les sourcils sans rien dire, comme s'il était ailleurs, dans un autre monde. J'essaie de m'approcher de lui pour croiser son regard, ne sachant pas si j'ai bien fait de lui proposer. Mes mots ont l'air d'arriver un à un à son cerveau ankylosé par l'alcool. Il relève peu à peu la tête pour se retrouver de nouveau droit, et ses yeux ombrageux sont ancrés dans les miens. Il retrouve son contrôle, il se ferme complètement.

– Certainement pas. Bonne nuit, Anna.

Je hoche la tête par politesse et je le laisse sortir de ma chambre avec soulagement. La pression redescend brutalement aussitôt la porte fermée et je retourne dans mon lit où règne une odeur de whisky qui va sûrement m'accompagner pour le reste de la nuit. Je n'ai absolument plus sommeil, mon cerveau tournant à cent à l'heure. La tension semble retomber d'un coup, et je reprends peu à peu contenance, soulagée d'être de nouveau seule. Il a quelque chose de troublant… Il est inaccessible et incroyablement imposant, comme si rien ni personne ne l'atteignait… et cette constatation ne me donne que plus envie d'approcher.

5

Posée près du berceau de Charline, j'attends patiemment d'être rejointe par Martha, qui ne devrait plus tarder. J'ai pris du temps pour m'habiller et me maquiller afin de sortir avec Ame ce soir, je suis surexcitée à l'idée de découvrir les bars de la ville. Amethyst m'a prévenue que c'était une soirée assez décontractée, et j'ai pu sortir cette robe noire que je m'étais achetée à Londres et que je n'ai jamais pu porter, par manque d'occasion. J'ai dû passer une vingtaine de minutes à m'observer. Simple et moulante, elle s'arrête au milieu de mes cuisses ; je me suis même surprise à me trouver plutôt jolie dedans. Ce n'est pas mon style habituel, mais ce n'est pas désagréable de sortir de sa zone de confort.

Je me relève en apercevant la porte s'ouvrir, m'attendant à voir débarquer Martha, mais je suis surprise de me trouver nez à nez avec White. Il a l'air aussi estomaqué que moi, le corps bien droit, solennel, et je suis plus que mal à l'aise. Je ne l'ai pas recroisé depuis cette nuit, et je ne sais pas comment me comporter. Avant que je n'aie pu dire quoi que ce soit, White me détaille de la tête aux pieds. J'ai l'impression que son regard me met à nu et je croise les bras pour tenter de mettre une certaine distance entre nous.

Je rêve ou il me matait?

Bien sûr que non. Tu délires, Anna.

Je déglutis péniblement et je m'écarte pour le laisser passer, troublée par sa présence et sa façon de me regarder.

– C'est vous qui vous en occupez, ce soir?

– Martha avait besoin de sa soirée. Donc je n'ai pas trop le choix…

Et moi, je parierais qu'il n'avouera pour rien au monde qu'il est là parce qu'il le veut bien. Mais au lieu de le mettre mal à l'aise, je lui tends le babyphone. Il est là, c'est tout ce qui compte. Plutôt que de l'attraper, White fixe l'engin avec un air dépassé. Je l'allume en soupirant et lui montre à quoi sert l'appareil, vu que la technologie pour enfant a l'air d'être un réel mystère à ses yeux. Il me prend ensuite le babyphone des mains, sans un merci, comme si un peu de politesse allait lui écorcher la bouche, et rejoint le lit de sa fille. Il l'observe, sans pour autant l'approcher réellement, avant de reporter son attention sur moi.

– Où allez-vous dans cette tenue?

Cette tenue? Est-ce qu'il est en train de me dire que je suis vulgaire?

Calme, Anna. Ce n'est qu'une question banale.

Un sourire poli prend place sur mes lèvres alors que je vérifie rapidement l'heure. J'ai encore quelques minutes devant moi avant de devoir partir, je peux faire l'effort de répondre. Après tout, il essaie peut-être de faire la conversation comme n'importe qui.

– À une soirée avec une amie.

– Amusez-vous bien, dit-il seulement en détournant les yeux.

Je discerne un semblant de sourire sur son visage, si rapide que je crois avoir rêvé. Je finis par attraper ma pochette pour ignorer le trouble que je ressens et je sors de la chambre, non sans un regard en direction de Charline, White l'observant toujours de loin. J'espère que ça se passera bien pour eux… Je sors de la demeure sans croiser personne, le manoir est désert sans Martha et Adrien, et je prends la direction du centre-ville pour rejoindre Ame au bar qu'elle m'a indiqué.

Le centre-ville est agité et la musique bat son plein autour de moi, changeant radicalement l'ambiance de la ville, comparée à celle de la journée. Plusieurs fêtes semblent être organisées un peu partout, et je ne peux empêcher un rire de m'échapper en croisant deux filles bourrées en train de s'esclaffer. J'espère ne pas avoir l'air si éméchée en ayant bu un peu… Je finis par arriver devant un bar bondé et j'ai un moment d'arrêt en observant ce décor très différent des endroits que je fréquentais à Londres.

Allez, Anna, ne sois pas coincée.

Je décide d'appeler Ame, qui décroche au bout de deux sonneries, la musique résonnant derrière elle.

– Yes ?

– Je suis devant.

– J'arrive !

Elle raccroche aussitôt et je la vois débouler quelques

secondes plus tard dans une robe courte et brillante. Ça ne m'étonne même pas. L'argenté fait ressortir ses cheveux violets, et je parie qu'elle n'a aucun mal à attirer tous les regards. Ame me saute dessus pour me serrer dans les bras avec chaleur, toujours aussi radieuse, et je manque de tomber à cause de ces talons ridiculement hauts. Elle me tire ensuite jusqu'à l'intérieur sans hésiter, nous créant un chemin entre les gens, et elle m'emmène directement au bar.

Elle nous prend deux verres de tequila. Elle boit le sien d'une traite et je tente de l'imiter en manquant de tout recracher tellement le liquide me brûle la gorge.

Merde, si elle n'avait pas remarqué que je ne suis pas habituée à boire, je suis cramée.

Je secoue la tête pour faire passer le liquide et j'en reprends un, prête à suivre Ame dans cette soirée. Je veux profiter à fond.

À peine ai-je fini mon deuxième verre qu'Amethyst m'entraîne jusqu'à la piste de danse, là où de nombreux fêtards sont déjà en train de se déhancher. Voilà, là, je suis dans mon élément. Ce n'est peut-être pas de la danse classique, mais faire bouger mon corps en cadence n'en reste pas moins une passion. Je me laisse aller aux côtés d'Ame, la musique changeant pour « Dance Monkey » de Tones and I, et je me laisse emporter un peu plus par le rythme.

Plus les musiques défilent et plus je me sens bien, Ame nous rapportant quelques shots de plus à chaque changement. Elle m'a encore une fois abandonnée pour rejoindre le bar, et je sens un mec s'approcher de moi sans aucune subtilité. Il me sourit d'une façon carrément craquante et m'invite à danser avec lui, et avant même que je ne comprenne ce que je fais, ma bouche accepte l'invitation. Le brun reste à mes côtés l'espace d'une chanson sans tenter le moindre mouvement déplacé jusqu'à ce que la dernière note de la musique résonne. Alors seulement, il s'approche de mon oreille.

– Je te paie un verre? souffle-t-il près de mon oreille.

– Seulement si tu me dis ton nom, rétorqué-je.

– Smith, crie-t-il au-dessus du bruit.

Alors, allons-y, Smith.

Pleinement consciente de me faire draguer, je le laisse me prendre la main pour m'inviter jusqu'au bar. Ce type est l'attirance incarnée, et je crois que mon état d'ébriété n'aide pas à ce que j'y voie clair. Smith nous commande des shots de tequila pour continuer dans ma lancée, et nous trinquons avant de boire cul sec. Un de plus, un de moins, je ne suis plus à ça près. Il m'entraîne de nouveau sur la piste, mon dos collé sur son torse, et j'ai l'impression que, au fil des secondes, nos corps se rapprochent, et les mains de Smith dérivent un peu trop. C'est le moment que mon cerveau choisit pour tirer la sonnette d'alarme et je m'écarte rapidement pour tenter de reprendre une respiration à peu près normale.

Je manque de perdre l'équilibre en tentant de m'éloigner de la foule, et je croise Ame par chance qui m'aide à me stabiliser. Elle m'entraîne à l'écart, dans un coin plus tranquille pour danser, et je ne fais même pas attention à ses mains qui dérivent sur mes hanches. Ame commence à vouloir remonter le bas de ma robe, caressant la peau nue de ma cuisse, quand je vire ses mains, un peu perturbée par ses gestes déplacés. Elle ne s'arrête cependant pas et me frôle la poitrine du dos de la main ; je le sens comme si je n'avais rien sur moi, la robe me créant une seconde peau, et je ne peux pas m'empêcher de frissonner.

Bon sang, je suis plus torchée que ce que je croyais.

Je me recule légèrement et Ame me sourit en me dévorant des yeux, confirmant de plus en plus ce que je pensais. Est-ce qu'elle me drague ? Ou l'alcool me fait délirer ?

– Viens, on va se poser, me propose-t-elle.

Elle ne me laisse pas le temps de protester, me traîne jusqu'aux toilettes, désertes, et me plaque contre le mur avant que je n'aie pu dire quoi que ce soit. Elle prend mon visage en coupe et plaque ses lèvres sur les miennes sans attendre alors que mon corps se crispe d'un coup. Mais lorsque sa langue s'immisce entre mes lèvres pour venir caresser la mienne, je sens ma dernière once de raison s'envoler. Ce baiser sonne faux, il ne me ressemble pas, mais c'est tellement bon… Juste un baiser, rien de plus. Pourtant, elle se fait de plus en plus entreprenante, jusqu'à déposer une pluie de baisers sur ma clavicule et baisser les bretelles de ma robe pour dévoiler ma poitrine, seulement contenue par ce bout de tissu, sans que je proteste. Son pouce passe sur la pointe tendue de l'un de mes seins, son regard brûlant est posé sur moi, et avant même que je ne comprenne ce qu'il me prend, c'est moi qui l'embrasse. Avidement, langoureusement. Sauf que j'imagine les lèvres de White sur les miennes.

Aussi surprise que moi par mon audace, Ame prend ça pour un feu vert. Sa bouche dérive sur mon cou avant de prendre le chemin de mon décolleté, puis j'étouffe un gémissement lorsque sa langue vient jouer avec mes tétons. Je passe une main dans ses cheveux violets, la tête penchée en arrière, et les doigts d'Ame descendent pour relever ma robe. Ils se fraient un chemin jusqu'à mon intimité, puis elle descend ma culotte en dentelle sur mes chevilles avant de glisser un doigt en moi.

Bon sang, je ne m'attendais pas à prendre mon pied avec une femme en pensant à un homme.

Je suis trempée et insatisfaite, ça fait bien trop longtemps que je n'ai rien fait, à part en solo, et Ame est en train de libérer toute la frustration accumulée. Ses doigts s'activent à l'intérieur de moi, puis ressortent pour commencer à jouer avec mon clitoris déjà durci alors que ses lèvres ont retrouvé ma bouche. C'est une douce torture accentuée par l'alcool coulant dans mon sang, et je pousse un gémissement de frustration lorsque Ame s'écarte de moi.

– Ça fait deux semaines que j'ai envie de toi, Anna, souffle-t-elle sans aucune gêne.

Je ne réalise pas tout de suite ce qu'elle me raconte, je suis comme en transe, ne réalisant pas réellement avec qui je suis, seulement concentrée sur un plaisir qui me donne l'impression de planer. Ame embrasse de nouveau mon décolleté, puis descend jusqu'à se mettre à genoux tout en laissant une traînée de baisers sur chaque parcelle de ma peau découverte. Elle remonte ma robe au niveau de mes hanches pour enfouir sa tête entre mes cuisses et commencer à embrasser mon mont de Vénus.

Sa langue s'immisce entre mes lèvres humides et elle

exerce un mouvement de va-et-vient à l'intérieur de moi qui commence à me faire perdre l'équilibre. Je passe mes mains dans ses cheveux en me cambrant pour éviter de tomber et je la laisse faire avec plaisir. Ses mouvements sont précis, délicieux, et je comprends mieux lorsque certaines de mes amies m'avaient dit que prendre son pied avec une femme était une expérience à faire. Même si, en dehors de cette soirée, je n'aurais jamais osé.

Sauf que ce n'est pas Ame que je vois contre moi. J'imagine une tête brune et un regard bleu glacial me scruter avec autant de désir que mon amie, et je perds pied. Mon inconscient et mon désir se sont ligués contre moi. Et lorsque son visage quitte mon intimité et qu'Ame remonte afin de m'embrasser, ce ne sont pas ses lèvres mais celles de White que j'imagine. *Ne pense pas à lui. Surtout, concentre-toi sur autre chose.*

Mais c'est trop tard, son image m'apparaît même lorsque j'ai les yeux ouverts. Lorsqu'elle remonte sa robe à son tour et qu'elle approche ma main de son intimité jusqu'à glisser elle-même un de mes doigts en elle et que je commence à le bouger, je me rends enfin compte de ce que je fais. *Je ne suis pas avec White. Et je fais une grosse connerie.*

Je repousse Ame doucement en tentant de me rhabiller, bien consciente que j'ai envoyé des messages complètement contradictoires. Mais là, tout de suite, je n'ai pas le courage d'affronter son regard. Je ne prends même pas la peine de remettre ma culotte, je commence à suffoquer, alors je sors d'ici sans même écouter mon amie, qui tente de m'appeler. J'ai besoin d'air.

Je prends la fuite aussi vite que je le peux avec ces foutus talons et cours dans les rues bondées jusqu'à m'arrêter devant un banc, sur lequel je m'affale. Je pose ma tête entre mes jambes, soudain prise d'une envie de vomir, et je compte mes respirations pour me calmer, sentant les larmes me brûler les yeux. L'alcool ne me réussit déjà pas, mais je me sens en plus terriblement mal par ce que je viens de faire. J'ai commis une énorme erreur, et je ne sais pas comment la réparer. *Je viens de coucher avec ma seule amie, bordel ! Je suis dans la merde.*

D'un geste rageur, j'essuie les quelques larmes qui coulent sur mes joues. Je me sens pitoyable. Au bout d'un long moment à rester seule avec moi-même, je sors mon portable pour vérifier mes messages. Évidemment, Ame a essayé de me joindre. Je tape un message rapide pour dire que je suis rentrée, histoire de ne pas l'inquiéter, puis j'ignore la suite de ses messages, bien trop perturbée par cette soirée. La notification d'appel manqué attire mon attention et je découvre le nom de White, m'indiquant qu'il a tenté de me joindre six fois. Je ne sais pas ce qu'il veut, mais ça a l'air assez urgent pour qu'il me dérange… Ça tombe à pic, j'ai besoin d'une distraction plutôt que de rester seule avec mes pensées.

Je rappelle et j'approche mon portable d'un geste maladroit près de mon oreille, attendant de l'avoir au téléphone. Quand il décroche enfin, j'entends des pleurs de bébé derrière lui et sa voix semble paniquée. Pourquoi j'ai rappelé, bon sang ?

– Allô ? Charline ne veut pas se calmer. Et Martha ne

décroche pas son téléphone. Je n'aurais jamais dû m'en occuper. Est-ce que vous pouvez rentrer? Je vous laisserai une autre soirée, je vous le promets.

Je ne réponds pas tout de suite, ne comprenant qu'un mot sur deux. Il parle beaucoup trop vite pour moi et mon crâne commence à me faire souffrir de plus en plus. Je me passe une main sur la tempe, espérant que ma tête va arrêter de tambouriner, mais rien à faire. Cette garce n'apprécie vraiment pas l'alcool.

– Anna? m'interpelle White.

Je sursaute face à sa voix inquiète et je souris comme une idiote. C'est amusant de le voir s'inquiéter pour quelqu'un, on dirait bien que M. Impassible a un cœur. S'il savait ce que je l'ai imaginé faire… J'en rougis moi-même.

– Oui, m'sieur?

Je me marre en entendant ma voix qui ne ressemble à rien; elle est rauque et ma bouche est pâteuse, mais ça n'a pas l'air de faire rire mon interlocuteur, au contraire. Pourquoi je ris d'ailleurs? Je pleurais y a deux minutes!

– Est-ce que vous avez bu? demande-t-il soudainement.

– Peut-être un peu.

Ou beaucoup.

Je l'entends souffler à l'autre bout du combiné et lâcher quelques insultes avant de donner des ordres à Adrien, puis une porte claque. Oh, oh. Je crois bien que je l'ai mis en colère. *Pourquoi cette perspective m'amuse, bon sang?*

Peut-être parce que ça devient habituel maintenant, j'arrive toujours à le faire sortir de ses gonds.

– Où êtes-vous?

– Sur un banc, près du Café 16.

– Tu ne bouges pas, j'arrive, m'ordonne-t-il sèchement.

Je suis surprise de sa familiarité soudaine, mais je ne bouge pas pour autant, dans un état second. J'attends patiemment sur mon petit banc en observant l'eau de la fontaine en face de moi ; elle reflète la lune et je ne peux pas m'empêcher de trouver ça magnifique. Je fixe l'eau comme une idiote, les paupières lourdes, alors que je sens que mes capacités ne sont pas au maximum. Je ne remarque même pas la voiture noire qui s'est arrêtée en face de là où je suis, ni White qui sort de l'arrière de la voiture pour me rejoindre à grandes enjambées.

Soirée de merde.

Je ne réagis pas lorsqu'il passe un bras autour de ma taille pour m'aider à me relever, je me contente de prendre appui sur lui. Je peine à placer un pied devant l'autre, et je commence à me demander comment j'ai réussi à sortir de ce bar en un seul morceau. Le pire, là-dedans, c'est que j'ai l'impression de m'amuser. Je sens que je vais douiller demain matin… White m'aide à rejoindre la voiture et il monte à l'arrière avec moi, indiquant au conducteur de rentrer.

– Waouh. Un chauffeur. C'est la classe, ça, dis-je sans réfléchir.

Il me dévisage comme si je ne venais pas de cette planète, et m'attache en frôlant mon corps, voyant que je ne le fais pas. Pourtant, ses gestes à lui n'ont rien de déplacé, comparés à ceux de mon amie un peu plus tôt dans la soirée, alors que j'aurais aimé que ce soit lui. *Mais qu'est-ce que tu racontes, Anna ? Tu. Ne. Fantasmes. Pas. Sur. Lui.*

– Tu m'as fait la morale la nuit dernière, mais tu es dans un état bien pire, me reproche-t-il.

– Sauf que, moi, je ne suis pas en train de m'occuper d'un bébé.

– Et c'est une raison pour se bourrer ? argue White.

Je le regarde du coin de l'œil me dévisager et j'ai très envie de rire. Il a l'air tellement mal à l'aise ! Le faire sortir de sa zone de confort m'amuse beaucoup, je dois l'avouer, même si j'aurai perdu tout mon courage demain. Je détourne mon attention de White pour observer tous les boutons de cette voiture luxueuse. Pas de doute, ce n'est pas un simple taxi. Je m'apprête à appuyer sur un des boutons pour voir à quoi il sert quand la main de White recouvre la mienne pour m'en empêcher. Son contact me fait frissonner et je m'arrête, la main en l'air. Son regard me cloue sur place.

– On ne touche pas.

Je hausse les épaules et je recule ma main pour la reposer bien sagement sur mes cuisses, loin de la sienne.

Vade retro, tentation extrême.

– C'est quoi, votre prénom ? demandé-je finalement.

– Liam.

Je me le répète intérieurement puis j'éclate de rire alors que White ne s'en soucie même pas. Je l'imaginais s'appeler Charles, Henry ou Edward, mais pas Liam. C'est un prénom bien trop détendu pour quelqu'un comme lui. Ça ne ressemble pas à l'image que je m'étais faite de lui.

Comme quoi, on peut toujours se tromper.

Je tourne la tête vers la fenêtre et j'aperçois le manoir approcher de plus en plus jusqu'à être juste devant mes yeux. Je sens qu'on m'aide à sortir de l'habitacle, qui commence à devenir étouffant, et je me retrouve sur mes deux jambes comme par magie, Liam me soutenant autant que possible. C'est magique, l'alcool, quand même.

– Vous n'avez pas autre chose à faire que de vous occuper d'une fille bourrée ?

– Étant donné que tu es la seule qui arrive à calmer Charline, non. Adrien ne pourra pas s'en occuper éternellement, il est nul avec les enfants.

Je manque de trébucher juste après avoir écouté sa réponse et il me rattrape de justesse, une main en travers de ma taille. Je n'ai jamais été aussi heureuse de me ramasser… *Qu'est-ce que je raconte encore ?*

J'essaie de faire quelques pas mais je n'arrive pas à aligner un pied devant l'autre. Il finit par lâcher une flopée d'insultes et me soulève dans ses bras pour avancer plus vite, visiblement agacé par mon état. Mince, je ne le pensais pas si fort. J'aurais presque l'impression d'être légère.

Mes paupières se ferment doucement alors que je laisse ma tête se poser dans son cou ; je suis à l'aise dans ses bras. Il ne dit rien et continue d'avancer jusqu'à arriver dans une pièce qui m'est inconnue. Il me dépose doucement sur un lit qui n'est pas le mien, comme s'il avait peur de me casser, puis m'abandonne pour aller je ne sais où. En attendant, j'observe les lieux avec curiosité, surprise de découvrir une grande chambre grise bien plus jolie que la mienne. Elle est certes très impersonnelle, mais je préfère les couleurs sobres.

Liam revient avec un verre d'eau et me le tend, accompagné d'un cachet que je fixe bêtement.

– Vous n'avez pas besoin de me droguer, je crois que je suis déjà assez éméchée comme ça.

– C'est pour ta tête.

Son expression attentionnée m'horripile presque autant que lui m'excite. Mais qu'est-ce que je raconte ? Je divague complètement. Cet homme ne m'excite pas. Mais je crois au fond de moi que j'essaie de me voiler la face. C'est normal d'être sexuellement attiré par quelqu'un. Ce n'est clairement pas un crime. Même s'il me faut quelques shots pour me l'avouer.

– C'est votre chambre ? demandé-je.

Il hoche la tête sans me quitter des yeux, le visage indéchiffrable.

– Oui.

– Je veux pareil dans la mienne. Elle est moche.

Les mots sortent tout seuls de ma bouche, l'alcool ayant supprimé les filtres qui m'empêchaient de parler à tort et à travers. Ça a l'air d'amuser Liam, qui continue de m'observer sans broncher. Pourtant, je me sens de plus en plus gênée. Je n'ai clairement rien à faire ici.

– Tu la repeindras de la couleur que tu souhaites quand tu seras un peu plus sobre.

Je lui souris, surprise qu'il me propose de changer la couleur de ma chambre à ma guise. Il se montre presque gentil et je dois avouer que je trouve ça très agréable. Sa compagnie n'est pas déplaisante cette fois-ci, et j'en viens presque à me demander pourquoi il ne peut pas être comme ça tous les jours… Son regard bleu rencontre le mien et, l'espace d'un instant, j'ai l'impression que le temps est suspendu. Une tension étrange emplit la pièce alors que mon corps entier frissonne. Ce n'est pas une bonne idée de rester ici. Je pourrais dire une très, très, grosse connerie.

– Pourquoi je suis dans votre chambre? demandé-je en me raclant la gorge.

– J'aimerais éviter que tu ne réveilles Charline.

Au moins, il se préoccupe d'elle…

– Je peux savoir pourquoi tu as bu à ce point? reprend-il.

Je me relève et j'essaie de tenir assise tant bien que mal pour faire face à Liam, dont le corps est droit comme un piquet. Je tente d'avoir l'air aussi sûre de moi que possible, mais c'est peine perdue. Face à un tel homme, c'est difficile de garder la tête haute.

– Je me suis laissé emporter par la soirée. Mais comme vous pouvez le voir, je tiens très mal l'alcool. Je vais regretter cette soirée toute ma vie.

Il lâche un petit rire rauque qui me surprend et se répercute au plus profond de moi. Eh bien, voilà, quand il veut, il sait rire… Liam ne remarque pas la façon dont je le regarde, il vient seulement s'asseoir à côté de moi comme si de rien n'était.

– Qu'est-ce que tu as fait? demande-t-il doucement.

– J'ai couché avec ma seule et unique amie, lâché-je tristement.

Il ouvre la bouche en me fixant avant de la refermer,

comme s'il venait de voir le Yeti ou un dragon. Bon sang. Voilà que lui aussi se met à me juger. J'ai honte, je ne vois même pas pourquoi je lui parle de ma vie sexuelle. Quelle idée, sérieusement ! Je m'apprête à me lever pour fuir cette conversation atrocement gênante, mais White reprend la parole.

– Tu es lesbienne ?

Je pars dans un fou rire incontrôlé face à sa mine abasourdie. Il ne comprend pas mon amusement mais, moi, j'ai l'impression qu'il a fait la blague du siècle.

– Absolument pas. C'est bien ça, le problème.

Il hoche la tête en continuant à m'observer avec curiosité. C'est sûr qu'il ne doit pas voir ce genre de situation tous les jours...

– Donc... Tu as couché avec ton amie pendant que tu étais bourrée, et tu regrettes ?

– Bravo, Sherlock.

Je me retiens de continuer à rire devant son intérêt soudain pour ce genre de détail. J'omets juste de dire avec qui je me suis imaginée... Il finit par détourner les yeux pour pivoter vers sa commode grise, le regard dans le vide alors qu'aucun de nous ne bouge.

– Elle a profité de ton état, tranche-t-il.

Je secoue doucement la tête, absolument pas d'accord. Bien sûr que non. Elle était aussi éméchée que moi, sinon plus, et j'étais complètement consentante. C'est une erreur, oui, je le regrette, mais je m'en veux, à moi, d'avoir réagi de cette façon. Pas à Ame.

– Ce n'est pas parce que je suis bourrée que je regrette.

Il assimile mes mots pendant que je saisis moi-même ce que je ressens. C'est ça, le problème. Ame est mon amie et rien de plus. Je n'ai jamais été attirée par les filles, et c'était certes agréable, mais ça n'avait rien à voir avec ce que je ressens en présence d'un homme. Ça n'a rien à voir avec l'attirance que je peux ressentir pour White…

– C'est parce qu'elle ne m'intéresse pas. Par exemple, si vous m'embrassiez maintenant, je ne pense pas que je regretterais. Parce que vous êtes un homme attirant, pas une femme. Vous voyez ?

Je me couvre la bouche de ma main devant l'absurdité de ce que je viens de dire et je me relève vivement en tombant lourdement sur les fesses. *Fait chier, merde ! Ce n'est pas ma soirée !* Je me sens tellement bête. Est-ce que j'ai vraiment osé dire à celui qui me paie que ça ne me dérangerait pas s'il m'embrassait ? Le pire, c'est que je le pense ! Ce n'est pas mon pote, bon sang ! C'est le papa de la gamine dont je suis censée m'occuper ! Je veux disparaître, là, tout de suite. Partir aussi loin que possible de tout ce merdier. Mais je ne le peux pas.

Liam se précipite vers moi pour m'aider à me relever tant bien que mal et je me retrouve de nouveau beaucoup trop près de lui à mon goût. *Bon Dieu, mais redeviens con ! Ça m'aiderait beaucoup !*

– Ce serait une très mauvaise idée, souffle Liam en se tenant trop droit.

Il caresse ma joue du bout des doigts, et mes lèvres s'entrouvrent. Pitié, qu'il arrête. Son toucher est tellement doux, contrastant avec son air habituel, et il me donnerait envie de me rapprocher de lui pour tester si ses lèvres le sont aussi. Pourtant, je mets fin à ce moment en me reculant jusqu'à me coller au mur, prenant mes distances avec lui. Ce n'est pas une bonne idée, je ne ferai pas deux erreurs de suite.

– Je veux remonter dans ma chambre. Je ne ferai pas de bruit.

Il hoche la tête, sachant parfaitement pourquoi je le fais, et m'aide à monter les escaliers puis me laisse rejoindre ma chambre seule, à mon plus grand soulagement. *Encore heureux, j'aurais été capable de l'inviter dans mon lit…*

Je le laisse derrière moi, bien trop honteuse pour croiser de nouveau son regard. Je finis par me jeter sur mon lit sans même me déshabiller, me laissant sombrer dans les bras de Morphée avec l'image de White en tête…

6

J'ai loupé les deux derniers jours de cours de la semaine. J'ai été malade comme un chien durant toute la journée de jeudi à cause de l'alcool que j'ai ingurgité pendant ma soirée avec Ame, et vendredi n'a été que la continuité de mon malaise. Ça m'apprendra à boire autant et à être tout à fait irresponsable, j'aurai au moins retenu la leçon. Il n'est pas nécessaire d'être saoul pour s'amuser ; la preuve, je profite bien mieux des soirées sans. Ame a tenté de me joindre, mais je l'ai soigneusement évitée, je ne suis pas encore prête à lui parler. Je n'ai aucune idée de ce que ça représentait pour elle, mais je sais que ça ne signifiait rien à mes yeux, à part un moment d'égarement total, et j'ai peur de lui faire du mal.

Je n'ai pas non plus recroisé Liam. Je le soupçonne de m'éviter dans les règles de l'art, et je ne peux pas lui en vouloir pour ça, je me suis complètement ridiculisée. Sérieusement, je crois que je suis encore plus mal pour la suite de la soirée que pour le début. Je lui ai quand même dit que s'il m'embrassait, ça ne me dérangerait pas.

Bravo, Anna.

Heureusement pour moi, mon mal de crâne et mon envie de vomir se sont totalement dissipés dans la nuit et je me suis réveillée en pleine forme pour profiter de mon week-end avec Charline. J'ai d'ailleurs prévenu Martha que je pourrais aussi m'en occuper dimanche, sachant que je n'avais rien de prévu et que je leur devais bien ça, après le désastre de mercredi.

Je finis de mettre son petit manteau à Charline et je la descends jusqu'à l'entrée, où Adrien est censé nous attendre pour nous conduire en voiture, et je regrette amèrement sa présence lorsque je me retrouve face à Liam qui me déstabilise encore plus qu'auparavant. J'ai très envie de faire demi-tour, mais ce n'est pas l'idée du siècle. Je suis adulte – même si ce que j'ai fait il y a quelques jours ne le montre pas – et je dois affronter la situation. Je finis de descendre les quelques marches qu'il restait, la tête haute et Charline qui babille dans mes bras.

– Je vous en supplie, ne dites rien et oubliez la soirée de mercredi, commencé-je.

– Bonjour, Anna.

– Oui, bonjour.

Le voilà, cet air que je déteste. Finalement, je le préférais presque bourré.

– Vous êtes au courant qu'il va être difficile de ne pas en parler? continue Liam.

– Vous êtes maître dans l'art de ressembler à un glaçon. Alors continuez, ça ira très bien.

Une grimace crispée prend place sur ses lèvres; je me rends compte que j'ai peut-être répondu un peu sèchement.

Voilà que le regret me fait passer pour une connasse sans cœur. J'ai l'impression de tout faire de travers ces derniers temps. Je dois absolument me reprendre. J'adresse un sourire faux à White, pour tenter de détendre l'atmosphère tendue, et celui-ci porte son attention sur sa fille déjà habillée pour sortir.

– Où l'emmènes-tu ? demande-t-il.

J'avise ma veste posée sur la rambarde, puis je m'approche de White pour lui mettre le bébé dans les bras pendant que j'enfile ma veste sans prendre le temps de répondre. Sa surprise est amusante, mais il ne rechigne pas à tenir sa fille dans les bras même s'il ne la regarde jamais dans les yeux.

– Je l'emmène à l'aquarium, soupiré-je finalement.

Une fois couverte, je lui reprends doucement Charline pour la caler contre ma hanche, et je glisse mon portable dans la poche de ma veste. Portefeuille, téléphone chargé et quelques affaires pour Charline dans mon sac, je crois que j'ai tout. Je relève la tête pour découvrir que White nous observe et je me racle la gorge avant de lui demander sa permission.

– Vous n'y voyez pas d'inconvénient ?

– Pas du tout. Je peux vous accompagner ? demande-t-il sérieusement.

Je le dévisage quelques secondes, pas convaincue que ce soit une bonne idée. Mais ma réaction est égoïste, car si ça peut lui permettre de passer du temps avec sa fille, je ne vais pas l'en priver. J'acquiesce à contrecœur et je lui laisse le temps de se préparer avant de le suivre jusqu'à l'extérieur, où sa voiture nous attend déjà.

– Nous y allons avec votre voiture?

– Oui. Ce sera sûrement plus confortable. Martha y a fait installer un siège auto.

Je hoche la tête face à cette intention presque paternelle, même si c'est Martha qui s'en est chargée. Paris ne s'est pas fait en un jour, mais au moins, il progresse. Mieux vaut une évolution minime que rien du tout.

Je suis Liam jusqu'à l'intérieur de la voiture, où j'attache Charline dans son siège avant de me glisser au milieu de la banquette, Liam à ma gauche. Cette proximité me ramène à mercredi où j'étais précisément dans cette voiture en train de faire n'importe quoi. Je ne portais même pas de sous-vêtement, c'est dire à quel point j'étais éméchée. Au bout de longues secondes où je peine à respirer correctement, la voiture finit par démarrer et nous éloigne du manoir après que je lui ai communiqué le lieu où nous nous rendons.

Je sens le regard de Liam posé sur moi pendant que Charline joue avec mes doigts. Je ne me retourne pas, ne voulant pas rendre ce moment encore plus gênant. Je suis presque sûre que lui-même repense à ce qui aurait pu se passer la dernière fois. Bon sang, on aurait pu s'embrasser, et ça aurait été une catastrophe.

Je suis tellement sur les nerfs que je ne me suis même pas rendu compte du paysage qui défilait jusqu'à ce que la voiture s'arrête devant l'aquarium, le chauffeur se garant en double file pour nous laisser descendre. Trop heureuse de pouvoir me retrouver loin de Liam, je détache Charline et sors rapidement de l'habitacle avant de suivre Liam jusqu'à l'entrée dans un silence gênant. Celui-ci ne me laisse pas intervenir ; à peine avons-nous passé les portes qu'il a déjà réglé nos entrées sans me demander mon avis.

– J'aurais pu payer, vous savez.

– Garde ton argent pour quelque chose d'utile.

Je fronce les sourcils devant sa réponse. C'est très prévenant de sa part, et c'est bien ce qui me met mal à l'aise. Je n'admets pas son changement d'humeur. Mais il ignore mon trouble et prend une brochure indiquant un plan du site sur le côté, puis m'en rapporte une aussi avant de poser une main dans mon dos pour me faire avancer. Je ne le repousse pas, j'en suis bien incapable… La chaleur qui émane de sa main me trouble, mais je ne la retire pas pour autant. Je suis faible.

– Par quoi veux-tu commencer? demande-t-il en lisant le prospectus.

– Le côté exotique.

Il n'attend pas plus, il nous dirige tous les trois à droite et nous fait entrer, à l'aide de nos tickets, dans un endroit entièrement vitré avec des poissons nageant tout autour de nous. L'ambiance est idyllique, presque magique. Je n'avais jamais mis les pieds dans un aquarium jusqu'ici, et je dois avouer que c'est loin d'être déplaisant. J'observe tout autour de moi, un sourire aux lèvres, et j'en viens presque à oublier la présence de Liam. J'approche Charline de la vitre, et elle pose ses petites mains potelées dessus pour tenter de toucher les poissons.

– Hé, regarde ça, princesse. Celui-ci brille.

Je sais qu'elle ne comprend pas vraiment ce que je lui raconte ; pourtant, elle pose une main là où passe le poisson et rigole toute seule en regardant autour d'elle. Son innocence m'amuse autant qu'elle m'émerveille. Je trouve que c'est le plus bel âge. Elle n'a encore conscience de rien. Je lui montre encore quelques poissons, puis je me retourne lorsque j'aperçois un flash à côté de moi et je trouve Liam, un appareil photo à la main. Mais d'où il sort ça ?

– Je peux savoir ce que vous faites ? demandé-je en ayant perdu mon sourire.

– Je vous prends en photo toutes les deux, pardi.

Sérieusement, qui dit encore « pardi » ? Personne. Sauf Liam, visiblement. Il garde cet air neutre, mais j'ai l'impression qu'il s'amuse au moins avec son appareil, même si ce n'est pas avec sa fille. Je m'approche de lui pour pouvoir voir son écran et j'aperçois le visage joyeux de Charline, ainsi que le mien, béat. Je ne me suis jamais vue si heureuse en photo. Les enfants ont le don de me faire cet effet-là. Je suis en train de lui montrer un poisson en lui souriant, et Liam a parfaitement réussi à capturer l'essence de ce moment.

– Elles te plaisent ?

Il a soufflé ces quelques mots près de moi et je me retourne vers lui en déglutissant péniblement, tout en reculant de quelques pas. Je dois mettre de la distance entre nous.

– Beaucoup.

Je marche tranquillement, entourée de tous ces poissons

qui ont l'air de fasciner la petite, essayant de ne penser à rien d'autre. J'avance à mon rythme, toujours suivie par l'appareil photo de Liam. Il semble immortaliser chaque moment de sa sortie, à quelques pas derrière nous, et je comprends peu à peu qu'il n'est venu que pour ça, malheureusement pas pour Charline.

Celle-ci lâche un petit « oh » lorsqu'elle aperçoit les requins, comme si elle se rendait compte de la taille phénoménale de l'animal et je ne peux m'empêcher de rire. Chaque fois que je la regarde, j'ai l'impression de tomber un peu plus amoureuse de sa petite bouille. Je commence à aimer cette gamine, je ne peux pas le nier ; de toute façon, je n'ai jamais su résister aux enfants.

Nous prenons ensuite le chemin de la partie polaire de l'aquarium, Liam sur nos talons, et je découvre en même temps que Charline des animaux dont je ne connaissais même pas l'existence. Comme quoi, notre terre regorge de milliers d'espèces incroyables… Charline pleinement réveillée, nous passons devant des crocodiles, et je souris en découvrant ces reptiles qui me fascinent. J'adorerais passer une main sur leurs écailles pour voir si elles sont aussi rugueuses que je le pense…

Charline tend les bras vers la vitre pour tenter de la toucher, mais je la recule. En plus des barres de sécurité, il est bien écrit de ne surtout pas taper dessus pour ne pas énerver les animaux et je ne céderai pas pour ses beaux yeux, si mignonne que soit cette enfant. Mais j'ai la malchance de me heurter au torse de Liam et je me retourne presque immédiatement pour mettre de la distance. Il ne sourit pas, il ne semble pas non plus agacé, il ne fait que nous fixer avec attention alors que je me heurte à la barre de sécurité qui nous interdit de nous approcher de la vitre.

Mais Liam ne semble pas du même avis que moi, car il s'approche d'un pas lent de nous. Son appareil photo autour du cou, il fait quelques pas jusqu'à n'être plus qu'à quelques centimètres de moi, et ma poitrine monte et descend bien trop rapidement alors que Charline ne se rend compte de rien.

Je ne bouge pas, ne sachant que faire, jusqu'à ce que ses lèvres se déposent sur les miennes avec une douceur infinie qui me perturbe plus que je ne me l'avoue. Je passe une main libre sur sa joue, en faisant attention à Charline, pendant que ses lèvres commencent à se mouvoir contre les miennes. Son baiser n'a rien à voir avec celui d'Ame, il est même radicalement différent, plus agréable, plus désirable… mais je finis par me reculer, troublée de ce contact. Mon corps me crie de l'embrasser, mais ma raison me dit que ce n'est pas raisonnable. J'ai résisté une fois, j'aurais dû continuer.

Liam semble aussi perturbé que moi, la bouche entrouverte mais, à l'inverse, il se reprend bien plus rapidement. Son visage se ferme et sa mâchoire se crispe et, à cet instant, je sais qu'il est celui qui regrette le plus de nous deux.

– C'était une erreur. On devrait rentrer.

Il ne me laisse pas le temps de parler, il est déjà parti vers la sortie. C'est lui qui m'a embrassée, c'est lui qui a pris cette initiative comme un grand. Il n'a pas le droit de m'en vouloir pour une décision qu'il a prise. Non, ça, c'est hors de question.

***

Liam ne m'a pas adressé un mot sur tout le chemin du retour. Il est resté impassible, à regarder le paysage défiler, alors que je tentais de me concentrer sur Charline pour ne pas laisser ma colère me submerger. Il est parti s'enfermer dans son bureau, me laissant comme une conne avec Charline au milieu du hall, un peu plus perdue qu'avant mon départ. Je ne comprends pas ses sautes d'humeur, son si soudain intérêt – puis désintérêt – pour ma personne, mais je ne jouerai pas à son jeu ridicule. Je sais à quoi m'en tenir avec lui et je ne me ferai pas avoir de nouveau.

Après avoir donné son repas à Charline et l'avoir couchée pour sa sieste, je me pose sur mon lit avec ma tablette pour tenter de me changer les idées ; je ne veux plus penser à Liam. Mais c'est peine perdue, même Internet ne compte pas m'épargner. Je tombe des nues en découvrant une photo de Liam et moi en train de nous embrasser, Charline entre nous deux. La légende de la photo me dégoûte.

M. White aurait-il tourné la page en se consolant dans les bras d'une jeunette ?

Une jeunette ? Ils parlent de moi, là ? Bon sang, je suis trop conne ! Je ne sais pas à quoi je m'attendais en sortant en public avec un homme aussi reconnaissable que lui, encore moins en me laissant embrasser. Je serre les dents de toutes mes forces, mais je n'arrive pas à calmer le brasier qui m'anime. Je me lève d'un bond et je descends à toute vitesse vers le bureau de Liam, dans lequel j'entre sans frapper, la tablette a la main. Il sursaute et son visage se déforme de mécontentement face à ma présence, mais ce n'est rien à côté de la colère qui bouillonne en moi.

– Que fais-tu là ? demande-t-il sans aucune délicatesse.

Je m'approche de lui d'un pas déterminé et je lui pose la tablette sous les yeux pour qu'il constate lui-même les dégâts. Cette fois-ci, il va m'écouter, je refuse de laisser cette merde m'atteindre. Encore plus en voyant qu'il n'en a rien à faire. Je ne veux pas me retrouver dans ces journaux de merde pour un stupide baiser sans aucune signification.

– Règle ce problème.

– Et je peux savoir pourquoi je ferais ça ? demande-t-il, hautain.

Bien enfoncé dans son fauteuil, il me fixe de son air supérieur qui me donne envie de le frapper. Il est de nouveau lui-même, restant de marbre peu importe la situation. J'ai envie de lui cracher toute l'amertume que je ressens au visage.

– Parce que c'est ta faute. Si tu ne m'avais pas embrassée, ça ne serait pas arrivé. Je ne suis pas un jouet. Donc assume ta connerie jusqu'au bout plutôt que de la fuir.

– Tu ne peux pas me dire que ça t'a déplu alors que tu étais la première à y penser mercredi.

Je reste bouche bée devant son comportement. Comment ce type odieux peut-il être le même que celui qui nous accompagnait tout à l'heure ? Celui même que j'ai laissé m'embrasser? Je ne vois pas pourquoi je me formalise de son comportement d'abruti. Il utilise contre moi un moment d'abandon, où il a été là pour moi, tout ça pour me blesser. Ça ne fait que me prouver encore une fois qu'il n'a pas de cœur.

– Très classe. Oui, j'y ai pensé. Mais moi, au moins, je l'assume. J'ai peut-être été attirée pendant un moment d'égarement, mais ce qui est sûr, c'est que ce n'est pas ton caractère de chien qui me donnera envie de retenter cette expérience désastreuse.

– Désastreuse? Vous n'aviez pourtant pas l'air de vous plaindre, mademoiselle Taylor.

Il appuie bien sur chaque mot, le regard acéré, et je jure que s'il continue, je ne réponds plus de rien. Je crois que si les choses perdurent comme ça, je vais devenir dingue.

– Si tu as envie de jouer au crétin, soit. Mais règle cette merde ou je démissionne, le menacé-je.

– Tu ne le feras pas.

Oui, je bluffe, et le fait qu'il le sache m'énerve d'autant plus. Je ne supporte pas la capacité qu'il a à lire en moi comme dans un livre ouvert. Bon sang, mais comment j'ai pu être attirée par un type pareil parce qu'il s'est montré presque sympathique durant plus d'une dizaine de minutes? Je dois vraiment être aveugle.

– Et qu'est-ce que tu en sais? argué-je.

– Tu aimes bien trop Charline pour partir.

Un rire mauvais m'échappe alors que je me passe une main sur le visage. Il a osé. Mais comment j'en suis arrivée là? Cette situation est totalement délirante. Ce mec est un connard. Je ne sais même pas ce que j'ai pu voir en lui.

– Ce qui est sûr, c'est que je ne reste pas pour mon employeur, craché-je.

Je tourne les talons pour rejoindre la sortie, prête à partir lorsqu'une main referme la porte avant que je n'aie pu la franchir. Je ferme les yeux de toutes mes forces pour tenter de me calmer et je me retourne vers lui, disposée à lui en coller une s'il le faut. Sa proximité m'agace et j'ai envie de le démolir.

– Où vas-tu?

Ça ne le regarde absolument pas, mais j'ai envie de répondre, juste pour l'emmerder. Quoique rien ne semble l'atteindre.

– Chez mon amie Amethyst.

J'ai sorti la première chose qui m'a traversé l'esprit. Et étant donné qu'il sait ce qui s'est passé entre nous, j'espère très fortement qu'il s'imaginera plein de scénarios différents. Je n'avais pas l'intention de parler à Ame avant lundi, mais si ça me permet d'échapper à Liam, alors je ne vais pas hésiter longtemps.

– Tu plaisantes, j'espère? demande-t-il, soudain blême.

– Pas du tout.

– Ne fais rien que tu pourrais regretter.

Je n'en ai pas l'intention, mais il n'a pas besoin de le savoir. De toute façon, ça ne le concerne pas. Il a été sympa avec moi parce que j'étais absolument torchée, rien de plus. Le reste, je n'en ai rien à foutre. Il réussit là où beaucoup échouent: il m'a fait sortir de mes gonds et, maintenant, je ne décolère plus.

– Ça ne te regarde pas. Mais peut-être que je vais la laisser m'embrasser, ce sera toujours mieux qu'avec toi. Maintenant, laisse-moi passer.

J'espérais que ma pique l'atteigne, mais il reste de marbre. Parfait. Qu'il continue à faire ça, mais sans moi. White se dégage de la porte et continue à m'observer en même temps que je l'ouvre et que je m'éloigne de lui sans un regard de plus dans sa direction. Je n'aurais pas dû lui faire confiance. Il ne vaut pas mieux que ce que je pensais ; j'ai juste été aveuglée par sa belle gueule, oubliant complètement la situation dans laquelle je suis, mais ça ne se reproduira pas. Je m'en fais la promesse. Je peux comprendre qu'il souffre du décès de sa femme, ça ne fait même pas un an, mais ce n'est pas pour autant que j'accepte d'être traitée de cette façon.

Je monte en courant dans ma chambre, vérifie que le bébé dort toujours et j'attrape mon sac. J'envoie un message rapide à Ame pour lui demander de me rejoindre au Café 16 pour parler, et je sors de la maison après avoir prévenu Martha de mon départ rapide. Je n'ai que deux heures devant moi avant de devoir rentrer, mais c'est largement suffisant. Je vais peut-être regretter ce rendez-vous, mais j'ai besoin de m'éloigner du manoir et de Liam, de respirer correctement.

J'avance dans l'allée des jardins, puis je me retourne vers le manoir, me sentant épiée, pour le découvrir à la fenêtre en train de m'observer. Je lui adresse un grand sourire et un signe de la main auquel il répond en se détournant de la fenêtre. J'ignore sa réaction puis je prends la direction du centre-ville et je profite du chemin pour me calmer. Ce n'est pas chose aisée étant donné toute l'amertume que je ressens envers Liam, et je n'ai toujours pas décoléré lorsque j'arrive au café. Ame m'attend, déjà installée à une table, et la gêne vient se mêler à ma colère. Ce n'était peut-être pas une bonne idée de venir…

Je m'approche d'elle et je m'assieds en face, les bras croisés, alors qu'Ame me fixe dans un silence étrange.

– Je ne regrette pas pour mercredi soir, finit-elle par dire.

Je me passe une main sur le visage face à sa confession, et je détourne les yeux un instant pour fixer la porte du café. C'est ce que je redoutais. J'aurais dû voir les choses avant que ça ne dérape pour éviter cette situation. Ame est quelqu'un de gentil, elle est généreuse et je ne doute pas qu'elle est sûrement sincère, mais ça ne change en rien le fait qu'il n'y aura plus jamais rien entre elle et moi…

– Ame… commencé-je.

– Non, écoute-moi.

Je soupire et je me place au fond de mon siège, attendant la suite. Je peux au moins lui laisser ça. Visiblement heureuse que je la laisse parler, elle reprend.

– J'en avais envie. Je pensais que tu savais que j'étais lesbienne. J'ai flashé sur toi et je pensais que c'était réciproque.

Bon sang, l'entendre l'exprimer me donne l'impression d'être encore plus horrible. Je ne sais même pas comment lui dire que, non, ce n'est pas réciproque.

– Mais je comprends que je ne fais pas le poids face à lui, reprend-elle.

– Je te demande pardon?

Je la fixe, un peu perdue, alors qu'Ame sourit tristement. Elle sort son portable puis me le tend pour me montrer où elle veut en venir, et je sens la colère repointer le bout de son nez. J'observe de nouveau notre baiser, à Liam et moi. Celui qui a foutu un bordel monumental dans l'équilibre fragile que j'avais trouvé au manoir. Même quand je n'y suis pas, mes conneries me suivent.

– C'est partout sur les réseaux, continue Ame.

– Bon sang!

Je me tape la tête sur la table, prise d'un désespoir énorme. Je ne veux pas que les gens me reconnaissent, encore moins qu'ils me considèrent comme la maîtresse d'un homme tel que Liam. Ce n'était pas mon but en venant à Édimbourg. Je ne suis là que pour mes études, rien de plus, et voilà que je me retrouve sur des sites Internet à la con.

– C'était une stupide erreur qui n'est arrivée qu'une fois.

– Donc s'il n'y a rien entre vous deux, j'ai une chance avec toi?

Je soupire encore une fois. Je ne sais pas comment m'exprimer. Ma vie est devenue un vrai bordel depuis mon déménagement, et j'en viens à regretter ma petite vie tranquille à Londres, où je me contentais de tout partager avec ma mère, mon ex-copain et deux ou trois amis. Mais je ne peux pas me plaindre. Je fais les études de mes rêves, j'ai un boulot qui paie bien, il y a pire comme situation.

– Non… C'était plaisant, je t'assure, mais je suis attirée par les hommes. Je suis désolée, Ame.

Elle me sourit tristement à nouveau et regarde la table

devant elle. Je me sens mal pour elle. J'aurais aimé que les choses soient différentes.

– Ce n'est pas grave. Je garderai un bon souvenir de cette soirée. Si tu n'es prête à m'offrir que ton amitié, je saurai m'en contenter. Mais si jamais tu changeais d'avis... Ne m'oublie pas, dit-elle gentiment.

Je lui fais un léger sourire et je commande un café à mon tour. J'imaginais cette discussion plus gênante, je ne m'attendais pas à ce qu'Ame fasse comme si de rien n'était, et pourtant c'est le cas. La gêne se dissipe peu à peu et je retrouve mon amie, même si je sens que la situation reste toujours aussi ambiguë de son côté. Elle me reparle de Liam et je me confie avec soulagement, lui racontant mon retour à la maison de mercredi et la journée d'aujourd'hui. En parler à voix haute me donne l'impression d'y voir un peu plus clair. Elle se montre attentive, et je me rends compte à quel point j'ai de la chance de l'avoir rencontrée. C'est une amie en or.

Nous discutons encore et encore jusqu'à ce que nous n'ayons plus rien à dire, puis elle décide de me raccompagner jusqu'au manoir pour ne pas me laisser rentrer seule, et elle me serre dans ses bras avant de rebrousser chemin. Je me sens mieux, maintenant que cette situation a été mise à plat, mais ça n'empêche pas mon angoisse à l'idée de rentrer de refaire surface.

Un peu de courage, je ne dois pas me laisser intimider. Je rejoins l'entrée où Adrien m'attend, m'adressant un léger sourire que je lui rends, puis je monte à l'étage en vitesse pour ne pas croiser Liam, me dirigeant directement vers la chambre de Charline. La porte est grande ouverte et je m'arrête brusquement en découvrant Liam, assis sur le fauteuil, tandis que Charline dort profondément. Il me toise avec dédain, comme s'il m'attendait. *Bien sûr, Anna, c'est vrai qu'il a que ça à faire de sa journée.*

– C'était bien? finit-il par demander.

Sa voix est basse, froide, monotone. Il me ferait presque peur si je ne l'avais pas déjà vu un peu plus empathique. Il a l'air en colère, le visage fermé et le regard noir, mais ça ne me fait ni chaud ni froid. Ses sautes d'humeur ne m'intéressent pas et me disputer avec lui alors que sa fille dort non plus.

– Oui. Merci.

Je l'abandonne là pour rejoindre ma chambre, mais Liam en décide autrement. Il se lève et me suit sans me demander mon avis, pénétrant dans ma chambre sans aucune gêne. C'est la seule pièce de la maison où je suis à peu près chez moi, je ne supporte pas qu'il y entre comme dans un moulin, j'ai l'impression qu'il viole mon intimité.

– Mais je t'en prie. Fais comme si c'était ta chambre, grommelé-je.

Il me jette un coup d'œil suffisant, et s'assied sur mon lit sans détourner les yeux. *Je rêve ou il me cherche?*

– La photo a été retirée du Net. Mais elle va revenir, ne te fais pas d'illusion.

Le soulagement envahit chaque partie de mon corps et je me détends instantanément. Ce n'est que provisoire, mais je vais au moins avoir un peu de répit pour me préparer à réagir. Je ne suis pas faite pour être sur le devant de la scène et, de toute façon, je n'aime pas ça. J'aime être discrète et vivre ma vie comme bon me semble, et de préférence sans un Liam sur mon lit, même si je lui suis reconnaissante.

– Merci, Liam.

À ces mots, il se relève et s'approche de moi, une aura de noirceur l'entourant et me faisant frissonner. Je ne sais pas si je le trouve attirant ou au contraire flippant quand il est dans cet état-là, mais je ne suis pas capable de m'éloigner de lui.

– Ce n'est pas comme si j'avais eu le choix, lâche-t-il près de moi.

Je garde la tête haute malgré sa proximité soudaine et j'ancre mes pupilles dans les siennes. Il est hors de question que je le laisse encore gagner. Il veut m'intimider, il veut montrer que c'est lui qui commande, et c'est hors de question. Alors il se rapproche, la mâchoire crispée.

– Ne t'avise plus de me parler ainsi, tonne-t-il.

– Sinon quoi ? Tu vas me traiter comme un chien ? C'est déjà ce que tu fais. Trouve autre chose.

Je joue avec le feu et je le sais… Ses iris deviennent un peu plus noirs à chacun de mes mots et, tout en me maintenant contre lui par la hanche, il m'attrape le menton avec force, bien loin de la douceur dont il faisait preuve quelques heures plus tôt. Je déteste la façon qu'il a de se comporter, en soufflant le chaud et le froid, et je déteste encore plus mon corps de le désirer.

– Qu'as-tu fait avec ton amie ? finit par demander Liam.

– On s'est envoyées en l'air partout dans son appartement. Encore et encore. C'était incroyable, dis-je en souriant faussement.

Sa prise se raffermit sur ma hanche, comme si cette idée l'énervait vraiment. Pourtant, je suis sûre que la seule raison pour laquelle cela l'agace, c'est parce qu'il a perdu.

– C'est quoi, le problème, Liam?

– Mon problème, c'est que tu penses tout savoir alors que tu n'es qu'une ignorante.

Je plisse les yeux, de plus en plus hors de moi, et j'amorce un geste pour le gifler, mais Liam m'attrape le poignet pour me retenir. Je grommelle dans ma barbe; Liam approche sa bouche de mon oreille.

– Vas-y, demande-moi pourquoi je t'ai embrassée, souffle-t-il d'une voix rauque.

J'obtempère sans pouvoir m'en empêcher.

– Pourquoi tu l'as fait?

– Parce que j'en avais envie. Tu es attirante, et je me suis laissé aller l'espace de quelques secondes. Alors ne crois pas ces journaux qui disent que je me consolerais de la mort de ma femme avec toi, parce que tu ne représentes rien.

Je tente de le repousser violemment, blessée par ses mots froids et odieux, mais il ne bouge pas d'un pouce. Je respire profondément pour me calmer alors que je rêve de lui renvoyer la monnaie de sa pièce. Il va me le payer.

– Tant mieux. Ce baiser était horrible. À côté de toi, Ame est une déesse, elle sait faire de ces trucs…

– Tu mens, me coupe-t-il.

– Qu'est-ce que tu en sais? le défié-je.

Je l'ai énervé. J'ai réussi. Au moins, on est deux dans ce cas à présent. Mais il ne prend pas le temps de me répondre. Il dépose ses lèvres sur les miennes dans un baiser totalement différent du premier. Il est plein de rage, il n'a aucune douceur. Ses doigts pétrissent mes hanches avec force, il passe sa langue entre mes lèvres et commence à m'embrasser avec plus de fougue. Je pose mes mains à plat sur son torse et je le repousse de toutes mes forces, le faisant reculer à quelques pas de moi alors que je bouillonne plus que de raison. Liam ne se démonte pas pour autant, au contraire, il semble encore plus confiant qu'avant.

– Parce que si tu disais réellement la vérité, tu n'aurais pas l'air aussi frustrée par un simple baiser, aussi horrible soit-il.

Il me sourit de façon suffisante et je serre les poings pour ne pas le frapper. Tout ça n'est qu'un jeu pour lui, un moyen de montrer qu'il a le contrôle sur tout. Il se sert de moi et je ne le supporte pas. Je ne veux pas qu'il m'approche, qu'il me touche. Je veux qu'il reste loin de moi.

– Avise-toi encore une fois de m'embrasser sans que je t'en aie donné la permission et je te jure que tu vas me le payer très cher.

– Pourtant ton corps ne semblait pas contre.

– Le consentement, tu connais ? Ce n'est pas parce que tu supposes que je suis d'accord que je le suis.

Il plisse les yeux, déstabilisé par ma réponse, et s'approche de moi de nouveau, tentant de poser ses mains de part et d'autre de mon visage. Mais avant qu'il n'ait pu faire quoi que ce soit, ma main part toute seule à la rencontre de sa joue, le bruit de la gifle résonnant dans la pièce.

– Tu viens de me gifler !

– Oui. Ça te remettra peut-être les idées en place. Non, c'est non.

Il n'a rien à voir avec l'homme que j'ai laissé m'embrasser un peu plus tôt. On dirait qu'il regrette tellement son geste qu'il en est devenu encore plus con qu'avant, et ça ne le rend que plus détestable. Patron ou non, il ne me marchera pas dessus. Liam semble peu à peu comprendre mon point de vue alors que je suis prête à exploser tellement la colère monte en moi. Il fait un pas dans ma direction, mais c'est trop tard.

– Sors d'ici ! Va te faire foutre et dégage de ma chambre !

Je lui ai tellement gueulé dessus – les larmes dévalant sur mes joues – que j'ai réveillé Charline. Je n'attends pas que Liam sorte de ma chambre pour rejoindre celle du bébé. Je me précipite pour la prendre dans mes bras, et je la serre contre moi en tentant de me calmer. Elle ne mérite pas d'être affectée par les bêtises des adultes, encore moins quand cet adulte est son papa. Il a joué, il a perdu, et je ne lui laisserai pas l'occasion de prendre sa revanche. Il n'est rien pour moi, et ça ne changera pas.

7

Je n'ai presque pas fermé l'œil de la semaine. Après le départ de Liam, je suis restée avec Charline et, lorsqu'elle s'est endormie, j'ai tenté de travailler pour me changer les idées. Et quand j'ai enfin senti la fatigue poindre, j'ai rejoint mon lit, mais impossible de trouver le sommeil. Je me suis tournée et retournée sans cesse dans le lit, ressassant chacun de mes problèmes en boucle. Et ça a été la même chose toute la semaine. Mon altercation avec Liam m'a touchée bien plus que je ne l'aurais pensé. J'ai du mal à le suivre, à intégrer pourquoi il se comporte comme ça, et je crois que ça me met mal à l'aise, d'un certain côté. J'aurais pu comprendre s'il m'avait dit que c'était une erreur et qu'il ne voulait simplement personne dans sa vie. Mais, au lieu de ça, il a préféré être blessant et brusque.

Depuis, je l'évite au maximum. J'ai passé la semaine à tout faire pour ne pas le croiser, mais ce n'est pas si facile, une fois le week-end venu. Alors j'ai décidé de passer du temps dehors avec Charline. Martha m'a dit que je pouvais jardiner si je le souhaitais, et qu'Adrien me fournirait tous les outils nécessaires. Nous voilà donc dans les jardins, posées, à l'ombre. Charline est assise sur une couverture au sol, une peluche dans les mains, et je désherbe tranquillement le contour des rosiers. J'avais l'habitude de faire ça avec ma mère lorsque j'habitais encore à Londres, ça a au moins le don de me changer un peu les idées.

Je jette régulièrement des coups d'œil à Charline, et je souris chaque fois que je l'entends rire toute seule. Je l'envie. Elle n'a aucun problème parce qu'elle n'a conscience de rien ; j'aimerais pouvoir tout mettre de côté et me vider la tête, rester tranquille ne serait-ce qu'une journée et ne penser à rien. Ce serait un repos bienvenu. Mais j'ai l'impression que c'est devenu une chose impossible, ces derniers temps. Il y a toujours quelque chose pour troubler ma tranquillité.

Je frotte mes mains pleines de terre sur mon jean pour prendre Charline sur mes genoux lorsque je la vois commencer à s'agiter. Je la maintiens contre moi d'une main et continue à ratisser de l'autre, la laissant gazouiller et me raconter je ne sais quoi. Cette enfant est un vrai petit rayon de soleil. J'entreprends de me relever pour nous déplacer toutes les deux un peu plus loin, près du rosier suivant, mais je m'arrête dans mon mouvement en apercevant Liam. Les mains dans les poches, il nous observe de loin, le visage neutre.

Quand je le vois, je ne peux que penser à son comportement du week-end dernier. Il a été odieux, abject, et je ne veux pas avoir à lui parler. Il est là pour Charline, soit, mais je ne veux rien avoir à faire avec lui, mis à part pour le travail. Je l'ignore et finis de déplacer la couverture et les outils, Charline dans les bras, puis je me replace au sol en gardant le bébé sur moi pour reprendre mon jardinage, sans un regard de plus pour Liam. Le sol est une vraie jungle quand on regarde de près et qu'on tente de démêler le tout, ces mauvaises herbes sont autant en bazar que ma tête…

Chaque fois que je relève les yeux, l'objet de mon trouble est toujours au même endroit, son regard fixé sur nous, mais ne tentant aucun geste pour s'approcher. Il est à une dizaine de mètres de nous et, même si je me sens un peu coupable de savoir qu'il n'est pas avec Charline en partie à cause de moi, je suis soulagée. Mieux vaut trop loin que pas assez.

Même si je lui en veux, je ne peux pas m'empêcher de le trouver différent. Il a troqué son costume pour un jean, avec son éternelle chemise blanche, et il donne l'impression d'avoir aussi peu dormi que moi cette semaine. C'est plus fort que moi, en le sentant m'épier, je n'arrête pas de lui jeter quelques coups d'œil, complètement distraite, si bien que je finis par me blesser sur l'épine d'un des rosiers. *Fait chier, bordel !*

Je dépose Charline sur la couverture à côté de moi puis je glisse mon doigt dans ma bouche pour aspirer le sang. Il fallait que ça m'arrive maintenant et que Liam assiste à la scène. Je l'aperçois du coin de l'œil s'approcher de moi d'un pas décidé et je me crispe immédiatement, le pouce toujours sur mes lèvres.

– Est-ce que ça va ? Je peux t'aider ? me demande-t-il en s'arrêtant à un mètre.

– Non.

Ma réponse est sans appel. Je n'ai pas besoin de son aide, encore moins si c'est pour le voir se montrer de nouveau odieux d'ici une heure. Mais c'est compter sans sa détermination à toute épreuve. Il s'assied à même le sol juste à côté de moi, se moquant visiblement de ses vêtements, laissant à peine une trentaine de centimètres entre nous. Il se rapproche petit à petit, et s'il croit que je ne le remarque pas, il se fourre le doigt dans l'œil.

– Est-ce que je peux t'aider à jardiner? demande-t-il.

Je ne lui réponds pas. Je n'ai rien à lui dire. Il aurait dû songer à être courtois le week-end dernier, plutôt que de tenter de m'intimider à coups de baisers langoureux à deux balles. Et puis, si je suis venue ici, c'est justement pour être seule avec Charline.

Devant mon absence de réponse, il remonte ses manches et attrape un outil pour commencer à déraciner les mauvaises herbes sous mon regard surpris. Eh bien. Moi qui pensais qu'à part bosser il ne savait rien faire, laissant les tâches à son personnel, je me trompais. Encore une fois. Je tente d'ignorer sa présence, me décalant de quelques centimètres, tandis que Charline attire mon attention en me lançant sa peluche. Je souris avant de la lui redonner, et je surprends Liam en train de me dévisager.

Je l'ignore davantage et il tente quelques rapprochements chaque fois que sa main passe près de la mienne, frôlant mes doigts des siens. Mais je ne laisse rien transparaître. Je ne me ferai pas avoir. Je commence à m'énerver en le voyant s'approcher un peu plus à chaque seconde, et je pose ma petite bêche avec agacement au sol pour lui jeter un regard noir.

– Bon. Quel est ton problème, Liam ?

J'essaie de me la jouer aussi détachée que lui peut l'être, mais c'est difficile tellement il m'agace. Liam s'en rend bien compte et pousse un profond soupir avant de poser son outil à son tour. Il sort un chiffon de sa poche pour s'essuyer les mains avec une lenteur préméditée, distingué même dans le jardinage. Dans d'autres circonstances, j'aurais pu en rire. Il se retourne enfin vers moi en restant à genoux et me regarde droit dans les yeux alors que je reste de marbre.

– Je voulais m'excuser pour le week-end dernier, souffle-t-il.

Je me lève pour tenter de reprendre une certaine contenance, comptant mes respirations, le regard posé sur Charline. Voilà qu'il s'excuse à présent. Je me passe une main sur le visage, perturbée, car je sens Liam m'épier. Mais merde ! Il ne peut pas se ramener avec des excuses à deux balles alors qu'il n'a pas été foutu de comprendre un truc aussi con qu'un « non » et qu'il m'a clairement fait sentir que je n'étais personne !

– Pour quel moment ? Quand tu m'as insultée ou quand tu t'es permis de m'embrasser comme le crétin que tu es ? lâché-je sans me démonter.

Il se relève à son tour pour me rejoindre et essaie de m'approcher, mais je me soustrais à chacun de ses gestes, évitant soigneusement tout contact physique avec lui. Son visage est tendu mais, cette fois, je ne crois pas que ce soit dû à la colère. Il paraît en détresse pour la première fois depuis que je l'ai rencontré, et j'aurais presque envie de le laisser approcher, mais ce serait me faire avoir encore une fois. Être égoïste et penser à soi est souvent nécessaire.

– Anna…

Il murmure mon prénom comme s'il me demandait quelque chose, et je ne peux pas nier que me laisser amadouer serait tentant, mais absolument pas bénéfique pour moi. Tout chez lui m'attire inexplicablement, et je commence à détester ce sentiment parce que Liam est un mec détestable par moments. Et surtout inatteignable. Ce n'est pas n'importe qui, avec n'importe quelle vie.

– Quoi, Liam ? Qu'est-ce que tu veux me dire ? Tu veux peut-être m'embrasser de nouveau pour me dire ensuite que c'est une énorme erreur ? Ou alors me renvoyer à la tête la soirée où j'ai bu ? Ou peut-être que tu veux encore entrer dans ma chambre sans mon autorisation ?

Je joue à un jeu dangereux sans être sûre de gagner, mais je crois que j'avais besoin de faire entendre ma voix. Si je n'ai même plus le droit de m'exprimer, je ne sais pas ce qu'il me reste. Je me fous royalement que Liam soit mon employeur à cet instant, je veux avoir cette discussion sans mâcher mes mots. Et Liam semble le comprendre. Il reste stoïque face à moi, la bouche pincée.

– Je ne l'ai pas volé, avoue-t-il.

– Non, ça, c'est sûr.

Il soupire avant de se passer une main sur le visage, visiblement décontenancé par ma façon de lui répondre.

– Écoute, je suis désolé pour ce que j'ai fait, mais pas pour ce que j'ai dit.

– Quel tact! raillé-je.

– Ce n'est pas ce que je voulais dire. C'était mesquin de ma part de te parler de cette façon, mais ça ne change pas le fait que c'était une erreur.

– Sur ça, au moins, on est d'accord.

Je lui tourne le dos pour me rapprocher de Charline, qui ne comprend absolument rien à ce qui lui arrive et je m'accroupis face à elle pour regrouper les affaires. La présence de Liam m'a coupé l'envie de profiter de l'extérieur. Mais au moins, les choses sont claires entre nous. Enfin, j'aime à le croire.

– Est-ce que tu as vraiment recouché avec ton amie? demande-t-il dans mon dos.

Je tourne la tête vers lui, les yeux écarquillés. Il est sérieux? Bon sang, il l'est. Et il m'a crue. Moi qui pensais ne pas savoir mentir, je me suis peut-être sous-estimée. Liam me dévisage avec impatience, attendant la suite sans laisser transparaître ce qu'il ressent, et je ne sais pas si je dois être amusée ou exaspérée par sa curiosité mal placée.

– Tu es toujours là-dessus?

– Réponds-moi.

– Et le « s'il te plaît », c'est une option?

Il plisse les yeux en lâchant une insulte bien sentie et je me détourne de lui pour prendre Charline sur mes genoux et replier la couverture. Il veut jouer au con, qu'il y joue tout seul. Je coince la couverture sous mon bas, Charline de l'autre côté, et je contourne Liam sans un regard dans sa direction pour rejoindre le manoir. Je ne compte pas perdre mon temps pour satisfaire sa curiosité.

Je peux comprendre qu'on se laisse guider par ses envies, c'est humain, mais ça ne veut pas dire que je l'accepte pour autant. Il ne fait que jouer. Il ne semble pas s'être remis du décès de sa femme, ce que je conçois, et il ne semble pas non plus prêt à s'approcher de sa fille. Je le sens instable, et je ne compte pas l'encourager dans ses sautes d'humeur. Je ne suis ici que pour travailler, rien d'autre.

J'ignore le fait que Liam nous suit, je pénètre dans le hall et je prends le chemin de l'étage pour rejoindre la chambre de Charline. Celle-ci s'amuse avec mes mèches rousses, une main dans ma nuque, et je dépose la couverture sur la commode avant de m'asseoir dans le fauteuil avec le bébé.

– Bon sang, tu peux arrêter de jouer à la gamine ? s'emporte Liam.

Je lui jette un regard mauvais avant de tendre le bras pour récupérer une tétine. Je la montre à Charline, qui ouvre la bouche, attendant que je la lui donne, puis je tourne de nouveau la tête vers Liam, resté à bonne distance.

– Désolé de te le rappeler, mais je travaille.

Il hausse les sourcils et un air suffisant déforme son visage alors que je me contrôle du mieux que je peux. Je commence à connaître cet air, celui qu'il arbore chaque fois qu'il s'apprête à gagner une bataille contre moi, et surtout, chaque fois que je m'apprête à perdre.

– Raté. Mes avocats ont rédigé ton contrat et je l'ai relu. Tu ne travailles pas le dimanche, ce n'est que du bénévolat. Donc cherche une autre excuse.

Encore une fois, il a raison. Et je déteste ça. Mauvaise perdante, je l'ignore jusqu'à coucher Charline après l'avoir changée pour sa sieste. Déterminé à m'emmerder jusqu'au bout, Liam me suit – encore une fois – jusque dans ma chambre, l'air tout à fait à l'aise alors que je déteste le savoir dans la seule pièce où je suis un tant soit peu chez moi.

– Si tu veux parler, fais-le, peut-être que tu partiras plus vite.

Je lui tourne le dos pour commencer à ranger le linge que j'ai lavé et repassé, m'occupant les mains et l'esprit pour ne pas me laisser envahir par la tension sexuelle qui emplit la pièce. Parce que ce n'est que ça. Il n'est question que d'attirance. Liam souffle d'agacement face à mes réactions, et un sourire discret étire mes lèvres. Je l'agace au moins autant qu'il m'agace, c'est déjà ça.

– Tu comptes me répondre un jour?

– Je ne sais pas. Tu comptes me laisser en paix un jour? contre-attaqué-je.

Je me retourne lentement et m'appuie sur le rebord de la commode. Liam me détaille d'une façon qui me déstabilise, et j'attends la suite. Je peux être très patiente. Il finit par détourner le regard pour jeter un œil à sa montre avant de soupirer fatalement.

– J'ai un rendez-vous d'ici une heure. Je n'ai pas toute la journée, alors réponds-moi.

– Mais je ne te retiens pas. Tu ne pourras t'en vouloir qu'à toi si tu es en retard.

Ma remarque fait mouche, Liam serre la mâchoire, passablement agacé. Voilà ce que c'est de jouer avec un adversaire à sa taille.

– Et je peux savoir en quoi ma vie sexuelle t'intéresse? demandé-je sans détour.

– Je ne voudrais pas que tu aies fait quelque chose que tu ne voulais pas, uniquement pour m'emmerder.

Un rire jaune m'échappe. Il ne peut pas être sérieux.

– Tu n'es pas le centre du monde, Liam. Tu l'es peut-être dans ton entreprise ou auprès de certains de tes fans, mais je ne fais partie d'aucune de ces deux catégories.

– Non, c'est sûr qu'on n'a jamais osé me parler comme tu le fais.

– Ça ne peut te faire que beaucoup de bien.

Liam me fixe durant un long moment sans amorcer le moindre geste ou la moindre parole, puis il rejoint mon lit pour s'y asseoir comme il l'a déjà fait. Il ne faudrait pas qu'il en prenne l'habitude, je ne suis pas sûre que le retrouver sur mon lit chaque fois que je suis dans ma chambre m'aide à faire abstraction de mon attirance physique.

– J'ai presque autant envie de t'embrasser que de t'étriper, finit-il par souffler.

– Je te demande pardon?

Les yeux écarquillés et la bouche ouverte, je le dévisage sans discrétion. Il lâche un petit rire rauque face à mon air scandalisé alors que je ne suis que plus perturbée. Voilà qu'après m'avoir insultée et dépassé les limites, il me dit vouloir m'embrasser. Bon sang, pourquoi je ne suis pas tombée sur un autre genre d'employeur? Ça m'aurait facilité beaucoup de choses.

– Tu ne peux pas comprendre ce que c'est de s'en vouloir pour la mort de quelqu'un.

Je referme la bouche et sens mon cœur battre un peu plus fort. Alors le voilà, le problème. Ce n'est pas son deuil, c'est simplement qu'il se sent responsable de la mort de sa femme, et j'ai mal pour lui. Doucement, comme au ralenti, je me décolle de la commode pour m'installer sur le lit, à bonne distance. Je peux saisir sa tristesse, je l'ai moi-même ressentie en perdant quelqu'un, mais ça n'efface en rien son comportement, même si ça l'explique en partie.

– Depuis que tu m'as confié ce que tu as fait avec ton amie Amethyst, je ne peux pas m'empêcher de l'envier, je ne comprends même pas pourquoi, continue-t-il.

Pourquoi est-ce que mon rythme cardiaque augmente à ces mots? Peut-être parce que j'ai aussi envie de lui...

– Sauf que je n'ai rien fait depuis la dernière fois, finis-je par dire sans réfléchir.

Il relève vivement son visage vers moi, surpris par ma confession. Il y croyait vraiment. Il pensait sincèrement que j'avais passé l'après-midi avec Ame, dans un sens plus qu'amical.

– Tu vois, je dois avoir un problème. C'est bien la première fois que je laisse mes désirs me guider et que je ne cerne pas un mensonge.

Un rire nerveux lui échappe alors qu'il fixe le vide, les mains posées sur sa nuque. Il est si jeune et déjà si brisé. J'ai sincèrement mal au cœur pour lui, et mon côté âme sensible aimerait l'aider, sauf que je ne le peux pas. Ce serait aussi dangereux que de s'approcher d'une flamme, on sait pertinemment qu'on va finir par se brûler.

Je soupire doucement, perdue dans mes pensées, et

je me laisse tomber en arrière sur le lit en mettant mon bras en travers de mes paupières. Je me sens terriblement perdue entre toutes ces sautes d'humeur. Il voudrait que les choses soient plus simples ; pourtant, c'est lui qui continue à s'approcher encore et encore.

– Je peux te demander quelque chose, Liam ?

Le lit s'affaisse à côté, m'indiquant qu'il s'est allongé à son tour près de moi, et je sens mon corps se crisper. De désir, d'appréhension, de trop de sentiments contradictoires. L'avoir si près de moi n'est pas une bonne idée.

– Oui ? murmure-t-il bien trop près.

– Je voudrais que tu arrêtes d'être blessant.

Je l'entends respirer profondément près de moi, comme si ma seule demande lui coûtait énormément. Je ne sais pas si c'est un homme de parole, mais j'ai besoin d'essayer. Nous savons tous deux que je ne pourrai pas continuer à travailler pour lui si les choses continuent sur leur lancée. Ce ne serait pas sain.

– C'est simplement le seul moyen que j'ai trouvé pour te tenir loin.

– Mais je ne t'approche pas, Liam. C'est toi qui es toujours dans mon ombre.

Et je le pense sincèrement. Les deux seules fois où nous nous sommes embrassés, c'est lui qui en a pris l'initiative. C'est lui qui est toujours dans ma chambre, dans mon intimité – sans mauvais jeu de mots – et qui n'a pas été capable de respecter ma demande, lorsque je lui ai demandé d'arrêter.

– Tu as raison. C'est plus fort que moi.

Je le sens bouger et sa main se pose sur ma joue. Je sursaute à ce contact, surprise par cette initiative déroutante. Je dégage mon bras afin de pouvoir l'observer, et je le découvre, accoudé à ma gauche, le visage dénué d'expression. Je me bascule pour lui faire face, assez incertaine de mon geste, mais guidée par une envie soudaine qui semble avoir noyé ma raison.

Il continue à caresser ma joue du bout des doigts, comme s'il cherchait à savoir que faire alors que je reste figée. Cette situation n'a rien à voir avec celle du week-end dernier. Il n'est pas là pour prouver l'emprise qu'il peut avoir sur moi, et il semble sincère, cette fois-ci. Je ne sais pas comment me comporter, encore moins lorsque son visage d'approche du mien.

– Je peux? souffle-t-il.

Sa question finit d'achever ma raison.

– Oui.

Ses lèvres se posent sur les miennes et, même si j'ai conscience que je ne devrais pas, son contact est trop tentant… Je me rapproche de lui, colle ma poitrine à son torse en entourant sa nuque de mes mains, approfondissant le baiser comme je l'ai fantasmé à plusieurs reprises. J'ai l'impression d'être dans un autre monde, profitant de la sensation de ses mains à présent sur mes hanches et de sa langue dansant avec la mienne. Tous mes sens sont décuplés à son toucher et j'aimerais que ça ne s'arrête jamais, tout en sachant que je devrais mettre fin à ce moment.

Lorsqu'il se recule enfin, je suis encore plus troublée par

mes réactions physiques. J'aimerais plus, tout en sachant que ce serait une très mauvaise idée.

– Voilà ce que je disais. C'est bel et bien plus fort que moi…

Et moi, je suis faible. Je n'aurais pas dû céder. Cette fois-ci, c'est moi qui m'en veux. Je me sens ridicule et je ne comprends pas ma propre réaction. Je détache mes mains de son cou et me redresse pour me retrouver assise et tenter de mettre mes idées au clair, me passant une main dans les cheveux. Je ne veux pas imaginer la suite des choses si aucun de nous n'avait arrêté ce baiser. Liam me déroute complètement. Il arrive à me faire le détester un soir et tout le contraire la semaine suivante. Il y a de quoi devenir chèvre.

Il se relève à son tour, tout en restant près de moi, alors que je voudrais mettre le plus de distance possible entre nous pour garder les idées claires. Liam semble être du même avis, il se lève et se tient bien droit face à moi, sans détourner le regard. Son visage n'exprime rien ; le mien traduit sûrement le regret.

– Je suis sincèrement désolé que tout ça ne soit qu'une erreur.

Et moi donc…

Sur ces derniers mots, il sort de ma chambre sans un regard de plus vers moi. Il me laisse seule avec mes pensées et mes interrogations alors que j'aimerais mettre ma conscience sur « off » pour ne plus réfléchir. Mais c'est impossible. Et une part de moi, très bien cachée derrière ma raison, se demande quand ce genre de dérapage se reproduira…

8

Je n'ai plus recroisé Liam depuis que nous nous sommes embrassés. Je l'ai aperçu un soir en rentrant de la fac, mais il a pris soin de m'éviter. Grand bien lui fasse, je ne vais pas m'en plaindre. J'ai passé mes soirées à travailler, Charline à côté de moi, et plus les jours passent, plus j'ai l'impression de m'attacher à cette enfant. Comment un homme aussi froid a-t-il pu concevoir une fille si rayonnante ? Mis à part la couleur de leurs cheveux, je ne leur trouve pas encore beaucoup de ressemblances. Liam ne s'est plus occupé d'elle depuis qu'il nous a accompagnées à l'aquarium, et j'en suis déçue. C'est un retour au point de départ.

Parfois, je l'entends dans le babyphone. Il reste dans la chambre de Charline sans pour autant l'approcher, et la seule fois où j'ai osé entrebâiller la porte pour l'observer, il se tenait la tête entre les mains. Il me fait mal au cœur, mais je ne peux malheureusement rien faire pour lui. Parce que je sais que l'aider serait me perdre.

J'essaie de me le sortir de la tête en arrivant sur le campus, ne voulant pas être distraite une fois de plus, et je cherche ma seule et unique amie parmi la masse d'étudiants. J'aperçois Ame au loin grâce à ses cheveux violets et je me décide à la rejoindre. J'avais peur que notre relation ne devienne étrange, mais ce n'est pas le cas. C'est comme s'il ne s'était rien passé, et je dois avouer que je suis soulagée. C'est la seule à qui je me suis confiée et j'ai bon espoir qu'elle pourra m'écouter à propos de Liam.

– Anna! Comment vas-tu?

Je lui souris en jetant un coup d'œil autour de nous pour être sûre qu'aucune oreille indiscrète ne traîne avant de lui répondre. Je ne veux pas me retrouver au cœur de rumeurs idiotes pour quelque chose que j'aurais dit et qui pourrait être déformé.

– C'est compliqué. Et toi?

– Ça a un rapport avec la photo que Beth montre partout? m'interroge Amethyst.

– Qui est Beth?

J'ignore qui est Beth, mais je sais parfaitement de quelle photo il s'agit. Liam m'avait prévenue qu'elle réapparaîtrait et qu'il n'y pourrait rien; j'aurais juste préféré avoir un peu plus de temps. Si elle est déjà sur le campus et que quelqu'un s'amuse à la montrer, les étudiants ne vont faire qu'une bouchée de moi à coups de rumeurs. Mais qu'est-ce que je peux faire? Je récolte ce que j'ai semé, je n'avais qu'à faire plus attention.

Je m'apprête à questionner Ame sur cette fameuse Beth, mais je m'interromps en découvrant la brune qui m'a snobée la dernière fois. Celle-ci sourit fièrement, un sourcil levé, et je ne sais pas pourquoi, mais j'ai un très mauvais pressentiment.

– C'est elle.

Eh merde.

Ame lui sourit poliment alors que je me crispe de la tête aux pieds. Il a fallu que je me mette à dos cette fille uniquement à cause de mon accent. Est-ce que le karma s'acharne sur moi ? Peut-être un peu.

– Je suis impressionnée, lâche-t-elle.

– Merci, tenté-je.

– Oh, mais ne me remercie pas. Ce n'est pas très glorieux de se taper un mec aussi riche pour profiter de lui.

Un rire jaune m'échappe. Est-ce qu'elle plaisante ? Malheureusement, non ; elle a l'air d'être tout ce qu'il y a de plus sérieux. C'est pire que ce que je craignais. Je m'attendais à ce qu'on me blâme de coucher avec mon employeur, mais qu'on puisse penser que je profite de lui… Ça me donne presque envie de rire. Surtout parce que je suis persuadée que Liam n'est pas homme à se laisser faire.

– Tu ne sais même pas de quoi tu parles, lui rétorque Ame avant que je n'aie pu réagir.

– Parce que toi tu en sais plus ? Je ne comprends pas qu'un homme tel que White s'intéresse à une fille comme elle.

« Une fille comme elle. » Venant de ce genre de personne, je crois que je préfère le prendre comme un compliment. Je m'apprête à partir pour ne pas gaspiller ma salive, mais Ame me retient par le bras. Super… Voilà que je vais me retrouver prise dans un conflit d'adolescents à la *Gossip Girl*. Et puis, mince à la fin, si j'ai envie de coucher avec mon prof, l'associé de ma mère ou mon patron, je le fais. C'est quoi, le problème, à la fin? Cette discussion n'est qu'une perte de temps.

– Serais-tu jalouse, Beth? Après tout, c'est sûr que ce n'est pas à toi qu'il s'intéresserait, se moque doucement Amethyst.

Beth devient rouge de colère alors que je soupire dans mon coin, spectatrice de cette discussion stérile.

– Tu défends ta nouvelle petite copine, Ame? Fais attention, tu pourrais encore finir seule à aimer les mauvaises personnes.

Sur ces derniers mots, elle tourne les talons comme si elle venait de sortir la repartie du siècle. *Oh. Est-ce que c'est ce que je crois?*

– Vous… Il s'est passé un truc entre vous? l'interrogé-je.

– Malheureusement, oui.

Elle souffle et commence déjà à rejoindre le bâtiment où a lieu son prochain cours. Je la rejoins en trottinant, toujours surprise qu'Ame et elle aient pu sortir ensemble. Je n'arrive pas à imaginer quelqu'un d'aussi gentil qu'Ame avec une telle fille. Elles sont comme le feu et la glace, l'une est adorable et l'autre est aussi chaleureuse que pourrait l'être un glaçon. Mais après tout, les opposés s'attirent… Enfin, je crois.

– C'est arrivé quand? continué-je.

– L'année dernière. Et crois-moi, je suis la première à me demander ce qui m'a pris.

Un rire m'échappe face à sa remarque. C'est sûr que Beth ne ressemble pas vraiment à la copine idéale. Elle est jolie, c'est un fait; même, moi, je le vois, mais la beauté ne fait pas tout et, en l'occurrence, elle manque cruellement de cœur. Je me surprends même à me dire qu'elle ressemble à Liam sur ce point-là… Lui aussi sait se montrer dénué de tout sentiment. Comme quoi, je ne peux pas blâmer Ame d'être sortie avec quelqu'un de si désagréable alors que je suis moi-même attirée par une personne de ce genre.

– Si ce n'était pas la photo, qu'est-ce qui ne va pas? me demande Ame, perspicace.

Je soupire fatalement en fixant le sol, avançant de quelques pas. Comment dire délicatement à quelqu'un avec qui vous avez couché que quelqu'un d'autre vous a embrassée et que ça vous chamboule? Je crois qu'il n'y a pas de bonne façon de le faire. Autant retirer le pansement d'un coup sec.

– Liam m'a de nouveau embrassée.

Je relève la tête pour juger de sa réaction. Je ne suis pas dénuée de cœur, j'ai peur de lui faire du mal en lui parlant de ça, car même si nous faisons comme si de rien n'était, il s'est bien passé quelque chose entre nous. Ame sourit tristement, comme pour confirmer ce que je pensais.

– Et c'était comment?

– T'es sûre de vouloir savoir ça? demandé-je.

– Oui. Ce n'est pas parce que je l'envie que je ne veux pas savoir.

Je lui jette un coup d'œil perplexe alors qu'Ame me renvoie un sourire moqueur. D'accord… C'est parti. Je souffle en cherchant que lui répondre. Je ne lui ai pas parlé de ce qui est arrivé la semaine dernière, simplement parce que je ne veux pas que ce moment désastreux sorte du manoir. Ça n'avait rien de sincère et j'ai détesté le voir comme ça. Mais celui de dimanche… C'est une autre histoire. Il m'a fait me sentir désirée et je ne me serais jamais arrêtée de l'embrasser si ma raison n'avait pas été là pour me ramener à la réalité et me rappeler que cet homme a le pouvoir de me détruire.

– Agréable mais compliqué. Il peut être aussi gentil qu'horriblement détestable. Je ne sais pas sur quel pied danser, soufflé-je.

Je marche en silence aux côtés d'Ame, qui semble réfléchir à une réponse. On finit par se poser sur un banc près du bâtiment où nous avons toutes deux cours. Ce silence pesant s'éternise entre nous jusqu'à ce qu'elle finisse par enfin me répondre, me fixant d'un air sérieux.

– Tu as l'air malheureuse quand tu en parles, Anna. Et quelqu'un qui ne sait pas te faire sourire ne te mérite pas.

J'analyse chacun de ses mots, me rendant compte que ça ne fait que me troubler davantage. Il sait me faire sourire, la preuve, j'ai passé notre sortie à l'aquarium avec un air béat sur le visage. Mais il sait aussi me mettre hors de moi, et je déteste ce sentiment. Tout chez Liam me trouble. Et je ne suis que plus perdue face à la remarque d'Ame. Celle-ci comprend rapidement que je ne suis pas tout à fait d'accord avec sa remarque. Elle se relève, prête à mettre fin à cette conversation en prenant la fuite.

– Je vais devoir te laisser, mon cours va bientôt commencer.

Sur ces mots, Ame m'adresse un sourire rapide avant de tourner les talons et de partir en quatrième vitesse.

Je l'observe partir de son côté pendant que je rejoins ma salle de cours à mon tour, prête à affronter cette journée malgré le bordel qui règne dans ma tête.

***

Assise juste devant le bâtiment principal, j'attends Amethyst, qui m'a promis de me raccompagner. Je dois avouer que c'est agréable de ne pas faire le chemin seule, et c'est gentil de sa part de me le proposer alors qu'elle habite en plein centre-ville. Je relis mes notes tranquillement, concentrée sur ce que j'ai écrit. Je suis plutôt fière de m'être si bien concentrée malgré les événements récents. Je commence à ranger mes feuilles quand je sens quelqu'un s'asseoir à côté de moi et je me tourne, m'attendant à voir Ame. Mais en relevant la tête, je reconnais le garçon de mercredi dernier, celui avec qui j'ai dansé.

Je rougis au souvenir de la façon dont nous nous sommes rapprochés et je me mords la lèvre pour ne pas rire de honte. Smith semble s'en amuser, car un large sourire prend place sur ses lèvres, dévoilant une rangée de dents blanches.

– Je pense deviner que tu te souviens de moi.

Je hoche la tête avant de lui répondre un oui timide, soudain très gênée. Cette soirée va me poursuivre encore longtemps, je le sens. J'ai déconné de A à Z, entre lui et Ame, j'ai terriblement honte de mon comportement. À croire que l'erreur ne m'était pas permise.

– Je suis Smith, au cas où l'alcool te l'ait fait oublier.

– Non, j'ai malheureusement gardé tous mes souvenirs.

Il rit de bon cœur, et je souris sincèrement, amusée par ma propre bêtise. Au moins, avec un black-out, j'oserais le regarder dans les yeux sans avoir terriblement honte. Heureusement pour moi, il est assez solaire pour me mettre à l'aise. Je replace une mèche derrière mon oreille puis je lui tends la main, amusée.

– Moi, c'est Anna, je ne te l'ai pas dit la dernière fois.

– Je sais, dit-il en la serrant.

Je hausse un sourcil, plus amusée qu'autre chose. Même si Smith est bien plus mon genre qu'Ame ou que Liam – même si ce dernier est tout à fait mon genre, il est inatteignable –, je ne veux pas de relation dans ma vie. Ma dernière relation ne s'est pas bien finie, et être seule est appréciable parfois. Smith sourit un peu plus face à mon air surpris, et je croise les bras pour me donner une certaine contenance.

– On ne parle que de toi sur le campus, se justifie-t-il.

– Oh…

C'est vrai. Cette foutue photo. Ça aussi, ça va me coller à la peau. Est-ce qu'il y a vraiment des personnes qui ne l'ont pas encore vue ? J'espère. Je ne veux pas être au centre des rumeurs. Celles-ci n'ont de valeur que grâce à ceux qui les propagent, et malheureusement, ces personnes-là sont nombreuses… Smith a l'air de s'amuser de mes réactions et je souris malgré moi. Cette situation est délirante, il le sait aussi bien que moi.

Je ne peux pas m'empêcher de le détailler. Il est canon dans son genre. Ses cheveux bruns en bataille lui donnent un air de mauvais garçon qui aurait pu me tenter à l'époque du lycée. Malheureusement, je n'ai plus 17 ans...

– Alors, toi et Liam? Je n'y aurais pas cru après t'avoir vue mercredi, se moque-t-il gentiment.

– Lui et moi, rien du tout. Ce n'est qu'une stupide rumeur...

Je m'arrête sur un détail qui me fait tiquer.

– Je rêve ou tu viens de l'appeler Liam?

Je me relève pour lui faire face et le surplomber de ma petite hauteur, méfiante. Et au sourire que m'adresse Smith, je comprends très vite que je me suis fait avoir comme une bleue. Je compte mes respirations en me contenant, les poings serrés.

– Démasqué, plaisante Smith.

– Je ne sais pas ce que tu me veux, mais si c'est pour être aussi caractériel que Liam, ne t'attends pas à ce que nous soyons amis.

Il se marre et se lève en se tenant bien droit. Merde, je ne fais clairement pas le poids face à lui. J'en ai marre de ne croiser que des hommes qui me surplombent de leur hauteur, ça commence à être frustrant et j'ai l'impression que je vais me déboîter le cou à force de lever la tête pour le regarder. Mais bon, ce n'est pas la taille qui compte, c'est ce qu'on en fait.

Sans mauvais jeu de mots.

– On se calme. Ce n'est pas l'amour fou entre vous, à ce que je vois. Et désolé de te décevoir, mais nos rencontres ne sont que le fruit du hasard. Mon cousin n'a rien à voir là-dedans.

Super. J'ai une de ces chances ! Dans une ville aussi grande qu'Édimbourg, il a fallu que je tombe sur deux White. Smith me toise d'un air moqueur, visiblement fier de ce qu'il vient de m'apprendre, et je me contiens pour ne pas laisser mon agacement s'exprimer. Cet air suffisant doit être de famille et je ne veux même pas imaginer ce que les deux doivent donner ensemble. Quelque part, je suis déçu. Je pensais avoir rencontré quelqu'un sans prise de tête avec qui discuter bêtement, et voilà qu'il fait partie de la famille de celui qui me fout l'esprit en vrac.

– Qu'est-ce que tu me veux ?

– Au début, je voulais juste te sauter.

Je reste bouche bée devant sa réponse pour le moins honnête. Il a réussi à me faire perdre ma langue.

– Mais maintenant, je suis juste curieux de savoir ce qu'il te trouve.

Je prends chacun de ses mots comme une insulte, comme si j'étais trop banale pour être remarquée par un homme tel que son cousin et qu'il me voyait comme une bête curieuse. Entre lui et Beth, je vais vraiment finir par croire que je ne vaux rien. Je ne comprends même pas leur obsession avec moi. Ils ne pourraient pas me laisser vivre ? Je ne suis ni la première ni la dernière à embrasser un homme riche. Et puis, ce n'est qu'un baiser ! Pas une sextape !

– Tu n'as qu'à lui demander. C'est ton cousin, pas le mien, m'emporté-je.

Il part dans un rire rauque sans me quitter des yeux. Les siens sont presque dorés, rien à voir avec ceux de Liam qui sont d'un bleu glacial. Il me fixe et me détaille sans retenue, comme s'il cherchait à deviner ce qui se trouve sous mes vêtements, et je déteste ça.

– Mon visage est bien plus haut.

– Tu n'as pas ta langue dans ta poche. J'aime ça. Ça change d'Elizabeth, qui se tenait toujours si bien en compagnie de Liam.

Elizabeth… Je connais ce nom. C'est la mère de Charline. Je ne peux pas m'empêcher d'être surprise par le ton condescendant qu'il emploie en prononçant le prénom d'une personne décédée. Je conçois qu'on ne puisse pas apprécier tout le monde, mais de là à critiquer un mort… Je trouve ça horrible.

– Tu ne l'aimais pas? le questionné-je.

– Si. Tout le monde l'aimait. Sauf Liam.

Je le regarde sans vraiment comprendre. J'ouvre la bouche avant de la refermer, sourcils froncés. C'était sa femme. Il devait forcément l'aimer. Ou alors j'ai raté un épisode, ou même toute une saison.

– Pourquoi dis-tu ça? C'est horrible. C'était son épouse!

– Anna, Anna, Anna… commence-t-il en secouant la tête. Apprends à faire la différence entre amour et amitié. Ils se sont mariés parce que c'est ce que voulaient leurs parents. Ils ont appris à s'aimer et à vivre ensemble, même à avoir un bébé, mais il n'a jamais été question d'amour.

Oh, bon sang. C'est un mariage arrangé. J'écarquille les yeux, surprise par cet aveu dont je ne suis pas sûre de la véracité. Je ne sais même pas quoi dire. Ni si je dois le croire. Son visage angélique ne me trompe pas, je vois cette lueur de méchanceté briller dans ses yeux. Ses mots sont amers et je ne sais pas qu'en penser. La seule chose que je voudrais, c'est partir loin d'ici. Je suis soulagée de voir Ame arriver vers moi.

– Est-ce que tout va bien, Anna ? demande-t-elle en arrivant à ma hauteur.

– Oui, elle va très bien. Je vais la raccompagner.

Je le regarde avec de grands yeux ébahis face à son audace. Mais quel con ! S'il croit que je vais le laisser faire sans broncher, il se trompe. Je ne sais pas pour qui il se prend ni ce qu'il me veut vraiment, mais je ne veux pas le laisser avoir ce qu'il veut.

– Va te faire foutre.

Je tourne les talons en prenant Ame par le bras, ignorant le rire de Smith dans mon dos. Mon amie semble ne pas comprendre mon empressement, mais a la gentillesse de ne rien dire avant d'être hors du champ de vision de Smith. Je jure que je vais finir par commettre un meurtre.

– Tu as le chic pour attirer les White, on dirait, se moque Ame.

Je m'arrête pour la fixer, la bouche ouverte. Je rêve. Je suis la seule à n'être au courant de rien ici ou quoi ? C'est comme si je vivais en marge de la société pour être si peu informée.

– Tu le savais ? Pourquoi tu ne m'as rien dit ?

– Ça n'avait pas d'importance pour moi, je ne pensais pas qu'il s'intéresserait à toi après cette soirée. Smith est du genre coup d'un soir.

Elle hausse les épaules comme si ce détail était insignifiant et continue d'avancer d'un pas rapide. Je la rejoins à petite foulée et me retrouve de nouveau à sa hauteur ; je ne dis plus rien jusqu'à arriver au manoir, bien trop perdue dans mes pensées pour discuter de quoi que ce soit. Donc Liam se serait marié à cause d'un arrangement… Et Charline serait née comme ça. Je ne sais même pas que penser de cette information. En soi, elle ne veut rien dire. Apprendre à aimer quelqu'un ne veut pas dire que ce n'est pas d'un amour sincère… Mais je n'ai pas le temps d'y réfléchir plus que le grand portail se dresse déjà face à nous.

– Ça va aller si je te laisse ? me demande mon amie.

– Bien sûr. Liam n'est pas si horrible, la plupart du temps, je peux le supporter sans problème, plaisanté-je.

Elle me sourit et me prend dans ses bras avant de faire demi-tour en me jetant de petits regards en arrière. Elle s'inquiète, mais mis à part pour mon pauvre cœur, je ne cours aucun risque. Je pousse le portail et je rentre lentement, retardant le moment où je vais retrouver la maison. J'aimerais me poser près des roses et profiter du calme que m'offre l'extérieur avec un bon roman, mais malheureusement pour moi, j'ai du travail qui m'attend auprès de Charline.

En pénétrant dans le hall, je suis soulagée de ne croiser personne. Ni Martha, ni Liam, ni même Adrien. Je commence à monter les marches pour rejoindre la chambre de Charline, lorsqu'une voix beaucoup trop familière résonne dans mon dos.

– Martha est partie avec Charline faire des courses, m'informe Liam.

– Merci de m'avoir prévenue.

Je souris poliment pour la forme avant de lui tourner le dos. Il m'a ignorée toute la semaine, et voilà qu'il se remet à me parler. Soit. Mais je ne compte pas prolonger cette conversation. L'avoir près de moi est bien trop risqué. Je reprends mon ascension jusqu'à entrer dans ma chambre et je verrouille ma porte pour être sûre de rester seule. Je m'attelle à sortir mes notes pour les ranger lorsque la porte mitoyenne à la chambre de Charline s'ouvre sur Liam.

– Apprends à fermer les deux portes si tu veux vraiment t'enfermer.

Je souffle d'exaspération avant de m'approcher de lui pour essayer de fermer la porte en le poussant, mais rien à faire, il reste en plein dans le passage. Très bien. Comme il voudra. Je finis par déposer les armes et je retourne à mes affaires. Je classe mes feuilles et je commence à les trier dans mes classeurs alors que je sens Liam m'observer depuis l'embrasure de la porte. Je l'ignore du mieux que je peux, faisant comme s'il n'était pas là, et j'allume ma tablette, qui vient de me signaler une notification.

– Non mais, c'est une blague, soufflé-je, les yeux écarquillés.

Je me retrouve identifiée des centaines de fois sur les murs Facebook de gens que je ne connais pas. La photo de Liam et moi fait le buzz, et visiblement, ils ont trouvé qui j'étais. *Bordel, cette journée ne pourrait pas être pire !* Pour couronner le tout, Smith m'a envoyé une invitation et un message que je ne prends même pas la peine d'ouvrir. Je sens déjà l'embrouille arriver, alors autant l'éviter. Je ne sais pas ce que me veut Smith, et je ne compte pas le découvrir. En relevant la tête, je sursaute en me rendant compte que Liam est au-dessus de mon épaule en train d'observer l'écran de ma tablette comme si de rien n'était. Je la mets immédiatement en veille, n'appréciant pas son intrusion.

– Ça va ? Je ne te dérange pas ? m'énervé-je.

– Depuis quand connais-tu Smith ? demande-t-il en ignorant ma question.

Son ton est redevenu froid, et son visage est tiré à l'extrême. Génial, lui non plus ne le porte pas dans son cœur. Je hausse les épaules pour toute réponse, aucunement désireuse de me retrouver entre les deux cousins. Je commence à le connaître, il va s'énerver et je ne vais pas tendre le bâton pour me faire battre.

– Anna. Réponds-moi.

Je quitte ma place près de la commode pour aller ouvrir la fenêtre et aérer ma chambre alors que je le sens se tendre un peu plus à chaque seconde de silence. Grand bien lui fasse, un « non » ne peut que lui faire du bien. Au bout d'un long moment de silence, je finis par croire qu'il a lâché l'affaire, mais Liam m'attrape le poignet pour me forcer à lui faire face, ne se rendant même pas compte de sa force. J'émets une plainte et j'essaie de me dégager, mais c'est peine perdue.

– Tu me fais mal, Liam. Lâche-moi tout de suite.

Il relâche aussitôt la pression et passe son pouce à l'endroit où il serrait quelques secondes plus tôt. Mais je ne le laisse pas faire. Je retire vivement mon poignet, la mâchoire serrée à l'extrême.

– Excuse-moi… commence Liam.

– Je me fous de tes excuses. C'est la deuxième fois que tu te permets ce genre de comportement. Je ne suis pas ta chose sous prétexte qu'on s'est embrassés, quoi… Trois fois?

Liam hoche la tête, conscient du fait que j'ai raison. Il pourra s'excuser autant de fois qu'il le veut, ça ne changera pas le fait que son impulsivité a tendance à le dépasser, du moins, lorsqu'il est avec moi.

– Je suis désolé, mais ça ne change rien. Tu ne dois pas t'approcher de Smith.

– Et pourquoi je t'écouterais?

Il soupire en détournant les yeux avant de plonger ses iris dans les miennes. Pour la première fois, j'ai l'impression qu'il est réellement sincère.

– Il me déteste. Je ne veux pas que tu te retrouves entre nous.

– C'est gentil mais tout ne tourne pas autour de toi, Liam.

Je mens. Je sais parfaitement que j'intrigue Liam à cause de cette histoire avec son cousin, il l'a avoué, mais je crois que j'aime trop contredire Liam. Et puis, c'est une petite vengeance pour la façon dont il se comporte avec moi. Liam se relève face à mon manque de réaction et s'approche de moi en quelques enjambées. Instinctivement, je recule, mais je me retrouve vite acculée contre la fenêtre grande ouverte. Liam en profite pour s'approcher en douceur et attrape mes mains alors que je le fixe sans pouvoir détourner le regard, prise au piège.

– Tu ne comprends pas, Anna.

– Explique-moi. Je ne peux pas comprendre ce que je ne sais pas.

Liam semble réfléchir, le visage tiré et la bouche pincée. Je respire plus vite que la normale à cause de sa proximité, mais je tente d'en faire abstraction pour le laisser parler et l'écouter.

– Il était amoureux d'Elizabeth. Mais elle ne l'a pas choisi. Elle a préféré la stabilité. Et il ne me le pardonne pas. Tout ce qu'il veut, c'est m'atteindre à travers toi.

– Alors il va falloir que je lui explique que rien ne touche le grand Liam White, et surtout pas moi, lâché-je.

Je le repousse doucement puis je le contourne pour mettre de la distance entre nous. Le regard qu'il pose sur moi a quelque chose de différent. Je ne saurais pas dire quoi, mais je sais que ma remarque le blesse. Je l'avoue, je m'en veux de me montrer si garce. Mais d'un autre côté, il ne récupère que la monnaie de sa pièce. J'observe sa mâchoire se crisper et son visage changer d'expression : Liam retrouve cette colère qui l'habite chaque fois que je lui réponds.

– Vas-y. Fais ce que tu veux. Tu ne pourras pas dire que je ne t'aurai pas prévenue quand il tentera de te séduire pour mieux te jeter après.

– Qui te dit qu'il n'a pas déjà tenté ? Et puis, ça doit être de famille. C'est bien ce que tu fais, après tout.

Je sais que ce n'est pas très malin de ma part de lui parler de cette façon, il va juste s'énerver un peu plus, mais ça fait du bien de dire ce que l'on pense parfois. Je m'attends à ce qu'il quitte la chambre en colère mais, au lieu de ça, il me rejoint en deux enjambées, et pose ses mains sur mes épaules de façon à me tenir en face de lui et à avoir le contrôle de la situation. Je me retiens de lui mettre une gifle, encore une fois.

– Je refuse de le laisser t'avoir. Tu m'as compris?

Je me dégage d'un geste brusque, sentant mon sang bouillir dans mes veines. Il est gonflé de me dire ça. J'ai l'impression qu'il essaie de faire main basse sur moi et je n'apprécie pas du tout. Je ne suis pas un objet. Je suis une personne, avec des sentiments, et je refuse de me laisser contrôler par un crétin condescendant.

– Le laisser m'avoir? Tu t'entends parler, Liam?

– Je suis sérieux.

– Eh bien, moi aussi. Je ne suis pas un objet. Je n'appartiens à personne, et tu sais quoi? Si je veux passer du temps avec Smith, je le ferai. Tu m'as bien comprise?

Liam me fixe quelques instants alors que je ne décolère pas. Mais au lieu de me répondre, il vient frôler ma joue du bout des doigts dans un geste doux. Il a l'air toujours agacé, mais plus calme; il parcourt mon visage des yeux, en proie à une hésitation visible. J'ai l'impression qu'il hésite à m'embrasser, et j'hésite à le laisser faire… Mais il finit par se reculer et se dirige vers la porte de ma chambre pour la déverrouiller.

– S'il te plaît, je te le demande, ne laisse pas Smith obtenir ce qu'il veut. Je refuse qu'il te fasse du mal.

Beaucoup trop perturbée, je ne réponds pas à sa requête. Je ne pensais pas qu'il se souciait de moi, et pourtant, je crois que si… Je ne laisserai pas Smith m'approcher, mais je ne le fais pas pour lui, je ne le fais que pour moi. Liam est aussi perdu que moi, et nous savons tous deux qu'il n'y aura rien de plus que quelques moments d'égarement entre nous. Mon cœur se serre à cette idée, déçue que les choses n'aillent pas plus loin… Je ne devrais pas ressentir ce genre de chose, parce qu'il n'y a rien de possible entre nous. Pourtant, cette petite voix qui m'attire est bel et bien présente… Et ne cesse de vouloir me pousser dans ses bras.

9

Liam n'est pas revenu à la charge depuis notre dernière discussion. Il m'évite – pour changer – et je dois avouer que, même si une part de moi est soulagée car cela me permet d'évacuer cette tension perpétuelle entre nous, je suis aussi frustrée. Je désire ces rapprochements autant que je les évite et, même si cette situation est plus que contradictoire, je n'ai pas pour autant envie de l'ignorer… Sauf que son absence ne fait qu'empirer ces sentiments.

En revanche, son cousin, c'est une autre affaire. Il est toujours dans mon ombre, et le plus agaçant là-dedans, c'est que, mis à part ses propositions indécentes, il sait se montrer gentil. Il est aussi têtu que peut l'être Liam. Lorsque je lui demande de me laisser tranquille, il revient de plus belle à la charge. Ce midi ne fait pas exception, je le retrouve encore une fois à m'attendre devant le bâtiment, les mains dans les poches et un sourire aux lèvres. Si seulement il pouvait se rendre compte qu'il ne m'intéresse pas !

Je le contourne mais il se redresse et commence à me suivre comme il le fait depuis quelques jours. Ce sont mes dernières heures avant que mon week-end ne commence et je n'ai pas vraiment envie de les passer avec Smith collé aux basques. Je me sens à bout de nerfs et j'aimerais qu'il me laisse souffler un peu.

– Tu fais quoi ce soir?

– Je rentre au manoir, soufflé-je en avançant.

– J'ai appelé Liam. Je lui ai demandé si je pouvais passer te voir, j'aimerais bien qu'on passe du temps ensemble.

Je soupire avant de lui jeter un coup d'œil. Le pire, c'est qu'il semble sérieux.

– Dis plutôt que tu veux visiter ma chambre.

– Peut-être un peu. Mais ce serait bien de se voir aussi. Je ne suis pas si méchant et tu le sais.

Il m'agace parce qu'il a raison. Il n'est pas détestable. Mais je sais pertinemment qu'il n'est pas le bienvenu au manoir. Je ne doute pas du fait que Liam l'a rembarré, mais je sais que Smith est capable d'être très buté et de me raccompagner même si je refuse. Il est pire que des morpions; même quand j'essaie de m'en débarrasser, il est toujours là. Il finit par passer un bras autour de mes épaules, me faisant sursauter, et je m'écarte avec précipitation pour l'éloigner, manquant de tomber à cause des pavés au sol.

– On dirait que je te fais chavirer, chérie.

– Mais bien sûr. Tu accapares toute mon attention, je ne pense qu'à toi, raillé-je.

Je lève les yeux au ciel et je prends la direction de mon prochain cours, Smith toujours sur mes talons en train de rigoler à ma remarque. Malheureusement pour moi, j'ai découvert qu'on avait certains cours en commun. Et quand Ame n'est pas là, il adore s'asseoir à côté de moi et me parler alors que j'essaie de me concentrer. J'en viens presque à regretter l'époque où mon seul souci était ce malentendu avec mon amie.

Je me place au même endroit que d'habitude pour mon cours de langues mortes et Smith s'appuie négligemment contre le mur en se mettant de travers sur sa chaise pour m'observer. Je ne sais même pas ce qu'il fait à la fac, il n'écoute pas les cours, et il passe son temps à parler… Et à me draguer.

– Couche avec moi, finit-il par dire.

Je souris excessivement avant de lui jeter un regard en coin.

– La réponse reste la même. Tu devrais vraiment songer à consulter un pro, tu sais, ça te ferait beaucoup de bien.

Je ne me formalise plus, ce n'est pas la première fois qu'il me le demande et certainement pas la dernière. Et puis, j'ai plus l'impression que c'est devenu une blague, il ne tente jamais rien de physique. Et tant mieux. Si son cousin souffle le chaud et le froid, lui se contente de souffler le chaud à longueur de temps.

– Tu finiras par changer d'avis, répond-il fièrement.

Je lève les yeux au ciel encore une fois. Il ne doute de rien.

Le professeur arrive à ce moment-là, interrompant Smith dans ses conneries, et commence déjà le cours en dépit de quelques retardataires. Je tente de prendre des notes malgré le guignol qui me lance des bouts de papier et à qui je réponds par des regards noirs qui ne font que l'amuser davantage ; j'aurais presque envie de lui foutre un coup bien placé entre les deux jambes pour qu'il la ferme enfin. Mais je me retiens, ce n'est ni le lieu ni le moment.

L'heure s'écoule lentement et ce cours devient interminable en présence de Smith. Je commence à ranger discrètement mes affaires peu avant la sonnerie, et quand elle retentit, je me précipite dehors. Smith ne me suit pas, et je suis soulagée de l'avoir semé. Je marche à toute allure dans la cour, ne faisant pas attention à ce qui m'entoure. Pourtant je regrette de ne pas avoir été plus observatrice lorsque j'ai la mauvaise surprise de tomber sur une voiture noire reconnaissable entre mille. *Journée de merde.* Je m'approche de la fenêtre et je toque, attendant qu'elle descende pour découvrir le visage de Liam, complètement fermé. Je ne sais pas ce qu'il fait là, mais je n'apprécie pas beaucoup de savoir qu'il me surveille.

– Que fais-tu là ?

– Je viens te chercher.

– C'est moi, la nounou de Charline. Tu n'es pas la mienne, que je sache.

Il ne relève même pas ma remarque. Je me redresse en secouant la tête, me retenant de rire. Les hommes de la famille White se sont décidément donné le mot pour me rendre chèvre. Quand je me retourne pour fuir le regard de Liam, j'aperçois Smith qui s'approche à grandes enjambées et je ne réfléchis pas deux fois. Entre le diable et le pot de colle, le choix est vite fait. J'ouvre la portière de la voiture et je fais signe à Liam de se déplacer avant de m'engouffrer à mon tour dans l'habitacle et de fermer la fenêtre à toute vitesse. Je fuis, mais je m'en fiche.

Soulagée, je reprends enfin ma respiration. En me retournant, je découvre Liam, une expression victorieuse sur le visage. Encore un jeu pour lui…

– Ne te méprends pas. Ta compagnie est juste moins désagréable que celle de ton cousin.

– Je n'en doute pas.

Sur ces mots, il pose une main sur ma cuisse, ce qui ne manque pas de me faire réagir. Son toucher me brûle, je déteste ressentir une telle attraction à son égard alors que je sais que ça ne signifie rien pour lui. Mais elle est bien là et je me sens incapable de retirer sa main.

– Je peux savoir ce que tu fais? soufflé-je à l'intention de Liam.

– Ce dont j'ai envie. Retire-la si tu n'es pas d'accord, me défie-t-il.

Son pouce se déplace sur ma cuisse d'un mouvement circulaire et je me retiens de bouger pour ne pas lui montrer l'effet qu'il me fait. Je ne lui donnerai pas cette satisfaction. J'ai connu des garçons, je suis même déjà tombée amoureuse, mais rien à voir cette fois-ci. C'est purement physique. Cet homme me rend complètement folle et le désir que je ressens pour lui ne fait que s'accroître et me consume, il est bien plus fort que ce que j'ai pu ressentir par le passé. Et je déteste ça.

Il ne retire pas sa main du trajet et je fais un effort surhumain pour ne pas céder à l'envie de me rapprocher. Lorsque la voiture se gare enfin dans l'allée du manoir, je sors avec précipitation de cet espace clos dans lequel la tension commençait à grimper beaucoup trop à mon goût.

Je rentre sans attendre Liam, prenant la fuite, et je monte dans la chambre de Charline, où je la trouve tranquillement réveillée dans son lit, le babyphone à côté du lit. J'aime me réfugier ici et la retrouver après mes cours, elle m'apaise.

J'attrape son manteau et je lui enfile doucement, dans l'idée d'aller prendre l'air avec elle, et je quitte ensuite sa chambre. Malheureusement, Liam est toujours dans l'entrée et nous observe sortir du manoir avant de nous suivre.

– Il faut qu'on parle, lâche-t-il dans mon dos.

Je ne réponds pas, attendant la suite. J'attrape une fleur sur le chemin pour la montrer à Charline et je la place dans mes cheveux. La petite en décide autrement et la prend entre ses petits doigts avec gaieté pour la chiffonner. Je souris bêtement en l'observant, tout en avançant à l'aveugle dans les allées. Un peu plus et j'en oublierais Liam.

– Smith m'a appelé aujourd'hui, continue Liam.

– Je le sais, il me l'a dit.

Il paraît s'énerver un peu plus et tire sur ses mèches de cheveux comme pour se retenir de s'emporter. J'attends patiemment en m'enfonçant dans les jardins derrière le manoir, sachant pertinemment qu'il ne va pas s'arrêter là. Bien sûr que non, on parle de Liam après tout.

– Et ça ne te dérange pas? Tu sais au moins ce qu'il m'a demandé?

Je m'arrête au milieu de l'allée, Charline concentrée sur ce qu'il reste de sa fleur, et je dévisage Liam. Je ne sais pas pourquoi tout est toujours si compliqué avec lui. Je ne vois même pas en quoi ça peut le concerner non plus.

– Non, Liam, je ne le sais pas. Il m'a dit t'avoir demandé

de passer, c'est tout ce que je sais et je n'en ai rien à faire du reste.

Je tourne les talons pour le laisser là et continuer la balade, Charline ne s'en plaignant pas. C'est bien la seule de nous trois à être détendue. Ce petit rayon de soleil est l'unique chose qui me retient d'insulter Liam, qui vient de me rejoindre.

– Il m'a demandé de vous laisser la soirée pour que vous puissiez… Tu vois.

J'essaie de ne pas rire devant l'audace de ce petit con mais c'est plus fort que moi. Bon sang. Il ne recule vraiment devant rien. Sa persévérance est remarquable même si ce n'est pas pour une bonne raison. Malgré moi, un léger rire m'échappe.

– Ça t'amuse? s'étonne Liam.

– Bien sûr. Il me fait ce genre de proposition au moins trois fois par jour. Si lui, ça l'amuse, tant mieux pour lui.

– Donc il ne t'intéresse pas?

Je soupire bruyamment, ce qui me vaut un regard surpris de Charline. La pauvre ne doit pas comprendre ce qui nous arrive, mais je ne peux pas cacher mon agacement. Je n'y arrive pas. Liam me tape sérieusement sur le système avec toutes ses questions déplacées, et je ne peux même pas le rembarrer comme je le désire pour ne pas faire peur à Charline.

– Ça n'a aucune importance, dis-je simplement.

– Pour moi, ça en a.

Un autre rire m'échappe. Ça n'a de l'importance pour lui que parce qu'il veut être sûr que Smith ne « m'aura pas ».

Cette phrase me reste encore en travers de la gorge.

– Alors sois rassuré, les crétins obsédés ne sont pas mon genre.

– Et quel est ton genre?

Toi. Mais je ne te le dirai pas.

– Le célibat.

Et je le pense, d'un certain côté. J'ai abandonné beaucoup de choses à cause de la fin de ma dernière relation. Y compris la danse, étant donné que mon copain était aussi mon partenaire. Aussi, ça fait du bien de se retrouver avec soi-même. Liam ne semble pas me croire, mais il ne relève pas non plus. Je rejoins un banc tout défraîchi un peu plus loin et je me pose dessus avec Charline alors que Liam nous observe. Il a un moment d'absence lorsqu'il la regarde dans les yeux, mais il se reprend assez vite. Je ne peux pas m'empêcher de l'observer, de noter cet air triste qui transperce ses iris.

– Elle me fait toujours penser à sa maman, dit-il dans un murmure.

Sous la surprise, j'écarquille les yeux. C'est la première fois qu'il en fait mention, et j'y vois là un pas en avant à ne pas gâcher.

– C'est pour cette raison que tu refuses de t'en occuper?

– Oui. Et je sais que c'est égoïste.

Je soupire doucement en fixant le vide. Je ne sais pas quoi dire.

– Oui, c'est égoïste. Mais c'est surtout humain. Il faut simplement que tu intègres que ce n'est qu'un bébé. Elle n'a pas conscience de ce qui est arrivé à sa maman…

Je fixe Charline en disant ça et celle-ci me sourit. Non, quand on est enfant, on ne comprend pas ce qui se passe. Et quand on grandit, qu'on apprend la vérité, on finit blessé. Je le sais mieux que quiconque. Un silence suit ma réponse et je ne fais rien pour le rompre jusqu'à ce que je capte le regard triste de Liam. Je n'ai jamais su résister à une âme en peine.

– Smith m'a parlé d'elle.

J'avais besoin de lui dire. Qu'il sache pour lui laisser l'occasion d'en parler lui-même s'il le désire. Même si je doute très sincèrement du fait qu'il va s'ouvrir à ce point…

– Je suppose qu'il s'est fait un plaisir de te parler du mariage arrangé et qu'à présent je dois paraître encore plus dénué de sentiments à tes yeux.

Chacun de ses mots est mauvais, ils reflètent parfaitement son amertume. Amertume que je comprends, dans un sens. Liam a sûrement déjà assez de problèmes pour laisser Smith en rajouter.

– Oui, il m'en a parlé. Mais quelle importance de savoir de quelle façon tu l'as aimée ? Tu l'as aimée, et c'est tout ce qui compte.

C'est très exactement pour ça que notre attirance ne rime à rien. Et il le sait. Liam ne me répond plus et se contente de rester dans un silence paisible, seulement troublé par les babillements de Charline. J'aimerais que ces moments soient plus fréquents et qu'ils ne s'arrêtent jamais. C'est reposant de se poser à l'air frais, en ne pensant à rien. J'ai l'impression d'aérer mon cerveau, qui a tendance à surchauffer ces derniers temps.

Mais si je pensais que ma tranquillité allait perdurer, je me trompais lourdement. Une voix dont je pensais être débarrassée pour le week-end atteint mes tympans, et tout mon corps se crispe lorsque j'aperçois Smith s'approcher de nous. Je n'ose même pas regarder la réaction de Liam.

– Comment es-tu rentré ici ?

La voix de Liam tonne à côté de moi, sèche et tonitruante, il a l'air énervé. Je me doutais que ça ne pouvait pas rester calme…

– Adrien m'a laissé entrer.

– Alors tu connais la sortie, répond Liam.

– Je suis pas là pour toi, Liam, je voulais voir ta fille au pair.

Je souffle sans pour autant me redresser. Voilà que je finis au milieu de leur querelle, exactement comme je le redoutais. J'aimerais leur dire à tous les deux d'aller se faire foutre, mais malheureusement pour moi, je me suis juré de ne pas balancer d'insulte devant Charline.

– Tu ne t'approcheras pas d'Anna, assène Liam.

Sa voix est de plus en plus coléreuse et il fait peur à Charline, qui commence à pleurer. Et voilà. C'est précisément pour ça que je n'ai pas réagi. Mais bon sang, est-ce qu'il a si peu d'instinct paternel ? Ce n'est pourtant pas compliqué ! On ne se dispute pas devant un bébé.

– Je vais aller la confier à Martha.

Je les laisse tous les deux dans le jardin pour aller trouver Martha dans le salon. Elle a l'air inquiète de la présence du cousin de Liam, et j'avoue l'être aussi mais je ne dis rien de plus et je repars en vitesse dans le jardin, mal à l'aise à l'idée de les laisser seuls tous les deux. Je ne le sens pas. Un des cousins va finir par frapper l'autre, et ça va partir en live. Je ne suis pas fan de la violence. Malheureusement, mes craintes sont fondées, je retrouve Liam qui tient Smith par le col, prêt à le frapper. L'idée de les laisser se défigurer est tentante, mais ce ne serait pas responsable. À croire que je suis la plus adulte de nous trois, tout en étant la plus jeune…

Je m'approche avec prudence, ne voulant pas me prendre un coup par accident, et je pose une main sur l'avant-bras de Liam pour attirer son attention.

– Lâche-le.

– Certainement pas.

– Bien. Alors je démissionne.

Mes mots font mouche et Liam relâche doucement sa prise. Je me place entre les deux pour éviter un nouveau dérapage, sachant ce que je risque en m'interposant entre deux personnes en colère. Mon regard s'accroche à celui de Smith, qui semble aussi perturbé qu'amusé par le comportement de son cousin. Crétin.

– Qu'est-ce que tu fais ici ? Tu ne peux pas continuer à me suivre partout, commencé-je.

– Détends-toi, je n'ai pas forcé le verrou de ta chambre.

– Ah parce que c'était ça, la prochaine étape ? raillé-je.

– Peut-être bien… dit-il avec un sourire canaille.

Je sais sans même me retourner que Liam se laisse submerger un peu plus par sa colère et que ses yeux commencent à devenir noirs de colère. Ça n'augure rien de bon pour Smith, et c'est le moment pour lui de prendre la fuite. Liam a l'air plus énervé qu'il ne l'a jamais été face à moi et, s'ils en viennent aux mains, je ne veux pas voir qui tuera l'autre en premier.

– Tu devrais partir, Smith.

– Comme tu voudras. Mais laisse-moi au moins te dire au revoir.

Sans même que j'aie le temps de réagir, ses lèvres se pressent sur les miennes. D'abord perturbée, je ne réagis pas. Sa bouche contre la mienne sonne faux, comme une mascarade. Il ne veut que mettre Liam hors de lui. Ses lèvres commencent à se mouvoir contre les miennes mais, avant même que Liam n'ait le temps de réagir, je le mords avec force pour le faire reculer. Il porte immédiatement sa main à sa bouche avec une expression de douleur, une petite entaille laissant échapper un liquide rouge sur sa lèvre inférieure. Quant à moi, je me sens souillée.

– Mais t'es malade, ma parole ! Je ne veux pas de toi ! Je dois te le dire combien de fois ?

Je m'apprête à le planter là, dégoûtée par tout ça, et à le laisser avec son cousin quand le poing de Liam s'abat violemment contre le visage de Smith. Ce dernier se retrouve au sol avec le nez qui commence à saigner de plus en plus. Je place une main devant ma bouche devant la violence de ce geste. Merde ! Liam a une sacrée droite !

– Bordel, tu m'as sûrement cassé le nez ! se plaint Smith.

Liam ne prend même pas le temps de répondre, il part en direction du manoir sans dire un mot de plus, sans même me regarder, me laissant là avec son cousin. Je m'approche de Smith, n'ayant pas le cœur de le laisser à terre même après ce qu'il a fait. On m'a appris à ne jamais tourner le dos à quelqu'un de blessé. Je l'aide à se relever et je le laisse s'asseoir sur le banc en se tenant le nez alors que je croise les bras.

– Tu es conscient que tu l'as bien cherché ?

Il me jette un regard mauvais pour la première fois et je retrouve l'expression que Liam arbore lorsqu'il s'énerve. Ils ne sont pas de la même famille pour rien.

– J'avais peut-être sous-estimé son attachement envers toi.

– Pardon ?

Ma voix est devenue aiguë à cause de la surprise. Je ne sais pas s'il le pense ou s'il cherche juste à me déstabiliser mais, si c'est cette dernière hypothèse, il a réussi. Je ne peux pas imaginer Liam tenir à quelqu'un. Ça ne colle pas.

– S'il ne tenait pas à toi, il n'aurait même pas réagi. Fais-moi confiance, je le connais.

C'est bien ça, le problème. Je ne peux pas lui faire confiance. Je suis en plein milieu de leur bataille et je ne sais pas démêler le vrai du faux dans ce qu'il dit. Je me sens perdue, entourée des hommes White.

– Tu te trompes. Il ne se passe rien entre lui et moi, démentis-je.

– Tu es bien aveugle pour une fille aussi intelligente, se moque-t-il.

Il ne dit plus rien pendant quelques minutes ; je reste debout face à lui, observant le sang couler sur son visage. Je ne sais pas si je dois avoir mal pour lui ou si je dois espérer que ce coup lui ait remis les idées en place.

– Bon. Je vais aller à l'hôpital, je crois.

– Tu as besoin d'aide?

J'ai beaucoup d'animosité envers lui, mais je ne peux pas m'empêcher de lui proposer. Je ne peux pas laisser quelqu'un de blessé seul, encore moins quand il perd autant de sang. Ce ne serait pas sérieux. Mais il n'a pas l'air de cet avis car il lâche un rire nerveux avant de me répondre.

– Même là, tu restes gentille. C'est con que tu me détestes, tu commences vraiment à me plaire.

J'aimerais répondre quelque chose, mais je n'ai rien à dire. Je ne le déteste pas totalement. Je lui en veux, oui. Mais ça ne change rien au fait que Smith ne sera jamais plus qu'un ami pour moi. Et encore, je ne suis pas sûre qu'une amitié entre nous mènerait quelque part. Smith secoue la tête, visiblement déçu, puis tourne les talons après un dernier sourire dans ma direction, me laissant plantée au milieu du jardin. Je reste un long moment seule avec mes pensées, n'ayant aucune envie de rejoindre le manoir.

– Anna! finit par m'appeler Liam.

Je me retourne pour le trouver à la fenêtre de son bureau, la voix pleine de colère. Je soupire, dépitée par la façon dont commence mon week-end. Au moins, ça ne pourra pas être pire. Je me lève au ralenti pour rejoindre le manoir, consciente du fait que je suis censée travailler à cette heure-ci. Lorsque je rejoins le bureau de Liam en traînant des pieds, je le découvre faisant les cent pas, et sa réaction est sûrement la plus inattendue de tout ce que j'ai pu imaginer.

Il se précipite vers moi et encadre mon visage de ses

mains, commençant à m'observer sous toutes les coutures, comme si j'étais blessée, sans que je comprenne pourquoi. Je l'observe, perplexe devant ce moment de… douceur.

– Est-ce que ça va?

Je ferme les yeux et je les rouvre pour être sûr que c'est la réalité, son visage inquiet est bien réel et m'est destiné.

– Euh… Oui…

Je dois avoir l'air d'une idiote. Mais c'est plus fort que moi, sa question sonne tellement étrangement à mes oreilles. C'est la première fois qu'il se montre si humain, et je me rends compte que, s'il était plus souvent ainsi, ce serait dangereux pour mon pauvre cœur.

– C'est la première fois qu'il se comporte comme ça ou il a déjà tenté de te faire quelque chose que tu ne voulais pas?

– C'est quoi, cette question?

J'écarquille les yeux de surprise. Je ne connais pas bien Smith mais, mis à part ce soir, il n'a jamais rien tenté de déplacé. Et le fait que Liam puisse le penser ne me rassure absolument pas. Il soupire doucement en lâchant mon visage, les traits tirés.

– Je n'aime pas savoir qu'il t'a touchée sans ton consentement.

– Pourtant tu l'as bien fait, toi.

– C'est différent.

Un rire jaune m'échappe. Liam ne changera jamais. Je ne sais même pas pourquoi je continue à espérer.

– Différent? Et en quoi c'est différent?

– Tu le sais, répond simplement Liam.

– Non, je ne le sais pas. Je ne suis pas devin.

Sérieusement, il a vraiment cru qu'un « tu le sais » serait une réponse suffisante? Je commence à en avoir marre de le voir souffler le chaud et le froid sans jamais se positionner. J'en ai marre de tourner en bourrique.

– Parce que même si c'était maladroit de ma part, tu ne peux pas nier qu'il y a quelque chose entre nous.

Quelque chose. De grands mots pour une misérable attirance qui m'empêche parfois de raisonner sainement.

– Tu m'as embrassée pour les mauvaises raisons.

– Oui, je le sais, souffle-t-il. Mais ce que je veux dire, c'est que t'avais juste l'air… dégoûtée, quand Smith t'a embrassée.

Il grimace en disant ça, et je ne peux pas le contredire. Oui, Liam a merdé, mais il y a bien cette attirance entre nous, même si elle n'excuse en rien certains de ses gestes…

– Eh bien, sois tranquille, ton cousin n'a jamais rien fait dans ce sens-là.

– Jusqu'à ce soir, rajoute-t-il.

– Je crois que ta droite lui a remis les idées en place.

Il se passe une main sur le visage, visiblement exaspéré par mes arguments, et j'aperçois ses phalanges rougies. Je lui attrape la main pour l'observer et il se laisse faire sans rien dire. C'est moche. Et d'un côté, c'est un maigre prix à payer pour un acte de violence.

– Va te poser dans le salon, je vais chercher ce qu'il faut, dis-je en soupirant.

– C'est toi, la patronne, maintenant?

– Étant donné que je suis la seule à être un tant soit peu adulte aujourd'hui, oui.

Il a au moins la décence de ne pas me contredire, son poing attestant de sa connerie. Il prend la direction du salon pendant que je rejoins la cuisine pour me servir dans le congélateur. Je cherche dans tous les tiroirs des meubles jusqu'à attraper un sachet et je glisse des glaçons dedans avant de me diriger vers le salon pour retrouver Liam. Il est assis sur le canapé et ouvre les yeux en m'entendant arriver. Je lui tends la poche de glace improvisée et il la pose en grimaçant contre son poing en même temps que je prends place en face de lui.

– Tu n'avais pas besoin de le frapper.

Il me regarde, à la fois consterné et déçu. Qu'est-ce que j'ai encore fait, bon sang?

– Tu te soucies de lui? se méprend Liam.

– Non. Même si je me doute que ça doit être douloureux de se faire casser le nez. Je ne supporte simplement pas qu'on se batte à cause de moi.

Il baisse la tête comme si je l'avais pris sur le fait, ça ne lui ressemble pas de se sentir coupable et pourtant, il n'y a pas de doute sur ce qu'il ressent actuellement.

– Et si je l'appréciais? Si j'avais décidé de lui laisser une chance? tenté-je.

Je le teste et je sais que c'est méchant. Mais c'est le seul moyen que j'ai pour savoir ce qu'il pense, étant donné qu'il ne laisse jamais rien transparaître. Il relève vivement la tête vers moi, sa respiration s'étant légèrement accélérée, et je tente de ne pas laisser paraître mon mensonge.

– Est-ce que c'est le cas?

Il tente de rester neutre, mais je vois bien que cette

question le taraude sérieusement. Pourquoi ? Aucune idée. Et je sais que je ne le découvrirai pas ce soir.

– Non.

– Alors ma réponse n'a pas d'importance.

Sur ces derniers mots, il prend la fuite comme il le fait toujours. Il claque la porte du salon derrière lui sans même se soucier de ce que je peux ressentir après les galères de la soirée. Il me laisse encore une fois seule et la tête en vrac.

10

Après le désastre de vendredi, j'ai décidé qu'il fallait que je prenne un peu de temps pour moi. Je suis allée acheter deux grandes bâches, de la peinture et tout ce qu'il faut pour m'atteler à redécorer ma chambre. Après tout, Liam m'en a donné l'autorisation. Quand Martha m'a vue revenir, elle a été surprise mais m'a proposé de le faire faire par un professionnel. Je sais que ça part d'une bonne intention, mais j'ai poliment décliné, j'avais envie de faire les choses moi-même, comme à Londres. Après tout, j'ai deux mains et je sais m'en servir.

J'ai déjà déplacé une grande partie de mes affaires dans la chambre de Charline, qui a l'air de ne pas trop s'en formaliser vu son sommeil profond de bébé. Je l'observe chaque fois que je passe et je souris un peu plus à la vue de son visage angélique. Elle grandit beaucoup trop vite. Elle a déjà 9 mois. J'ai du mal à réaliser que cela fait seulement un petit mois que je suis là alors que j'ai l'impression que ça fait une éternité.

Je déplace ma commode dans un coin de la pièce puis je couvre le lit d'une des bâches avant de commencer à préparer mon matériel. J'installe du scotch sur les plinthes pour éviter de tout dégueulasser, et je déballe mes outils. J'ai passé une bonne heure dans le magasin hier, à hésiter entre les couleurs et les textures de peinture. Mon choix s'est arrêté sur un bleu roi, d'une texture satinée, sur lequel j'ai flashé. Je me suis dit que ça donnerait du peps à cette chambre.

Je pose le récipient au sol et j'y verse de la peinture avant de préparer mon rouleau, prête à peindre. J'applique la peinture sur le mur tout autour de la porte de ma chambre et j'avance progressivement. La couleur prend forme même s'il me faudra passer une deuxième couche. Le bleu est joli et je suis plutôt contente du rendu, du peu que j'arrive à voir. Une fois un premier mur fini, je me recule et j'observe mon œuvre, assez satisfaite. Je préfère ça à la couleur précédente.

Je pose mon pinceau pour faire une pause puis je me dirige vers la chambre de Charline pour vérifier que tout va bien. Elle est toujours paisiblement endormie, mais rien d'étonnant, nous avons passé une petite heure dehors un peu plus tôt. Je reste quelques instants à la regarder téter sa tétine puis je repars dans ma chambre pour continuer à peindre. J'avance doucement mais sûrement et je place mon échelle juste devant la porte qui mène à la chambre de Charline après l'avoir verrouillée pour peindre au-dessus. J'approche doucement de l'avant-dernier mur lorsqu'on toque à ma porte. Je n'ai même pas besoin de demander pour savoir qu'il s'agit de Liam. Moment de détente fini…

Je descends de l'échelle avec prudence et je la déplace

avant d'ouvrir la porte en grand, me moquant totalement d'avoir de la peinture partout et de ne ressembler à rien. Liam me détaille comme si ça n'avait rien de gênant, le visage neutre, comme toujours. *Bon sang, mais déride-toi!*

– Je peux entrer?

Je m'écarte en lui faisant signe de passer et il observe partout autour de lui, l'air légèrement admiratif. Je croise les bras devant ma poitrine, un sourcil levé, et j'attends de connaître la raison de sa présence. Nous sommes dimanche, c'est mon jour de libre normalement, alors je ne vois pas ce qu'il peut me vouloir.

– Tu as besoin de quelque chose? demandé-je.

Il ne me regarde toujours pas, observant ma chambre pour s'attarder sur chacun des murs avec minutie. Un peu plus et il va s'autoproclamer inspecteur des travaux finis.

– Je voulais te proposer de l'aide, me dit-il avec assurance.

J'ouvre la bouche, mais aucun son ne sort. Il est sérieux, et c'est bien ce qui fait que j'en perds mon latin. Il est toujours tellement propre sur lui… Je ne le vois pas toucher un pot de peinture.

– Tu sais peindre? m'étonné-je.

Il me regarde enfin, un sourire amusé sur les lèvres, confirmant ce que je pensais. Et même si sa proposition me déconcerte, son air sincère le fait bien plus.

– Absolument pas. Mais tout s'apprend. Tu me montres?

J'opine sans savoir que dire. *Bon sang, Anna, arrête de jouer la cruche!* Je déballe mon rouleau de rechange et je lui tends. Il retrousse les manches de sa chemise, dévoilant ses avant-bras, qui me donnent envie d'en voir plus, ne prenant même pas la peine de se changer et il m'écoute attentivement comme le ferait un bon élève. J'essaie de lui montrer dans quel sens le rouleau doit aller, la quantité de peinture à prendre… Mais c'est compliqué lorsqu'il est si près de moi.

Mais bien entendu, il n'est pas assez patient pour ce genre d'activité et commence à peindre dans tous les sens comme le ferait un enfant de 5 ans sur une feuille de papier. C'est sûr qu'on est loin de ce qu'il doit faire dans son boulot.

– Hey ! Ne fais pas n'importe quoi !

Il me regarde, amusé par ma réaction, et brandit le rouleau devant moi quand je tente de l'approcher pour le lui retirer. Je lève les mains en signe de paix, ne voulant pas me faire peindre comme les murs, ne pouvant retenir un sourire. *C'est qu'il sait rire…*

– C'est plus drôle comme ça.

Il se déride peu à peu, autant dans sa parole que dans ses expressions, et ça fait du bien. Ça le rend plus humain. Même si son côté tiré à quatre épingles avait quelque chose d'assez attirant, un peu genre Elijah dans *The Originals*. Ce mec a un balai dans le cul, mais il le porte avec classe. Un peu comme Liam.

– Ma chambre n'est pas une cour de récré, Liam, dis-je pour la forme.

J'essaie de garder mon sérieux, mais c'est impossible. Tout me donne envie de rire, à commencer par le voir avec un rouleau de peinture dans les mains. On se fixe un long moment sans qu'aucun de nous baisse les armes, et je finis par le laisser faire. Je rattraperai cette catastrophe avec la seconde couche. Et puis, si ça me permet de le voir sourire, je crois que ça me va.

Il ne cesse de me jeter des regards chaque fois que son rouleau part dans tous les sens, et je finis par me tourner vers lui, prête à rétorquer.

– Au fait, Liam…

– Oui, Anna ?

Cette façon qu'il a de prononcer mon nom… Non, je ne dois pas y songer.

Liam ne se retourne pas vers moi, continuant à se concentrer sur le mur alors que le résultat serait le même s'il ne regardait pas. C'est dommage. J'aurais aimé voir sa tête après ce que je vais dire, ça m'aurait fait un super souvenir.

– On ne sera pas seuls pour peindre. Smith vient m'aider.

Il manque de lâcher son pinceau et se retourne vers moi, le regard noir. Bon sang, c'est si facile de l'énerver. Je n'aurais jamais cru faire ça pour m'amuser alors qu'il est si dur à calmer. Mais c'était tellement tentant ! Je commence à rire toute seule en me tenant le ventre, le voyant comprendre peu à peu ma blague. J'aurais dû le prendre en photo !

– Tu trouves ça drôle ?

– Oui, beaucoup.

Je me mords la lèvre, en proie à un fou rire que je n'arrive pas à arrêter. Quant à Liam, il continue de me fixer avec intensité, jusqu'à ce que je me prenne de la peinture en plein sur le tee-shirt. J'écarte les bras et ma bouche forme un « o » de surprise pendant que Liam hausse un sourcil, visiblement fier de sa connerie. Est-ce qu'il a vraiment osé?

– Et toi, tu trouves ça drôle? Tu as quel âge?

Je le vois se mordre l'intérieur des joues, je ne pensais pas un jour le voir rire autant. Ça ne fait que lui ajouter un charme dont j'aimerais me passer…

– Le même que toi au vu de ta blague pathétique.

Je secoue la tête, amusée par son air détendu, et je vais me chercher un autre haut avant que la peinture ne tache ma peau. Le délire Schtroumpf, ce n'est pas vraiment mon truc. Je tourne le dos à Liam pour rejoindre la chambre de Charline, là où j'ai laissé deux hauts de rechange au cas où, pour ne pas avoir à déplacer les bâches, et je suis surprise de trouver Martha en train d'habiller Charline.

– Vous êtes avec un ami? me demande gentiment celle-ci.

– Non… Liam m'aide à peindre.

Si Martha est surprise, elle n'en laisse rien paraître. Elle se contente de me sourire et de finir de mettre son manteau à Charline avant de se tourner vers moi, le bébé dans les bras.

– Eh bien, bonne peinture. Vous ne serez pas embêtés, je vais emmener Charline au parc. Juste le temps que je finisse son sac.

Je hoche la tête avant de tourner les talons, tout à fait consciente que je ne vais pas pouvoir me changer ici. Ma salle de bains n'est pas accessible, la chambre de Charline est occupée, et la mienne est squattée par Liam. Lorsque je le retrouve, il me détaille avec insistance alors que je tiens dans mes mains mon tee-shirt de rechange. Je sais pertinemment à quoi il songe, car je pense exactement la même chose.

– Je… Tu veux bien te retourner?

Il hoche doucement la tête en déglutissant puis se retourne vers le mur. J'enlève mon tee-shirt en faisant attention de ne pas en mettre partout avec la peinture qui est dessus et j'enfile le nouveau en vitesse, mal à l'aise à l'idée d'être en sous-vêtement dans la même pièce que l'homme que je désire.

– C'est bon.

Il se retourne et me regarde des pieds à la tête sans aucune gêne. Cette nouvelle facette de lui est pour le moins troublante, il a l'air différent aujourd'hui, comme s'il avait enfin décidé de s'ouvrir…

Je finis par me soustraire à son regard brûlant en reprenant mon rouleau pour recommencer à peindre, mais lui ne bouge pas. Je le sens encore me fixer dans mon dos et un frisson remonte le long de mon échine.

– Est-ce que je peux te demander quelque chose, Anna?

Sa voix est rauque et j'aimerais lui répondre qu'il peut me demander tout ce qu'il veut. Mon esprit tordu pense même à tout un tas de scénarios interdits aux mineurs. Mais ce serait une très mauvaise idée.

– Bien sûr.

Je ne me retourne pas, angoissée par ce qu'il peut avoir à me demander de si sérieux et je continue à peindre comme si de rien n'était, dans l'attente interminable de savoir ce qu'il a à me dire.

– J'aimerais que tu m'apprennes à changer une couche.

Je m'arrête brusquement et me tourne vers lui. Il semble gêné, mais sérieux. Je ne pensais pas que ce jour arriverait, mais je suis plus que ravie de sa demande. Peut-être qu'un jour, il aura une vraie relation avec sa fille !

– Bien sûr, avec plaisir même.

Il m'adresse un sourire poli alors que je suis déroutée par son soudain intérêt pour Charline.

– Tu penses pouvoir me montrer tout mardi ? continue Liam.

Je hoche vivement la tête, ne sachant plus quoi dire. Mardi, ça peut se faire. Je finis assez tôt et puis ce n'est pas comme si j'avais une tonne d'amies à voir. Smith va sûrement enfin me lâcher après s'être fait péter le nez, et Ame finit bien plus tard que moi. J'ai toute ma soirée rien que pour Liam…

– Est-ce que je peux savoir ce qui t'a fait changer d'avis ?

Il passe une main sur sa barbe naissante, prenant le temps de répondre. Il a l'air d'hésiter à me confier la raison de sa demande, mais il finit par se lancer.

– Toi et Charline. Te voir si à l'aise avec elle, et voir comme elle est heureuse dans tes bras… J'aimerais savoir faire ça aussi. Je me suis rendu compte que je ne veux pas qu'elle grandisse sans moi et qu'elle finisse par me détester. Tu avais raison.

Mon cœur fond à sa déclaration. Il a un grand cœur quand il veut, je suis juste déçue qu'il ne le montre pas plus souvent. Il commence à se rendre compte de la chance qu'il a d'être papa et à vouloir en profiter ; ça ne le rend que plus attirant à mes yeux… Il sait être gentil, il sait même parfaitement comment l'être, et je suis persuadée que je pourrais m'attacher à lui un peu trop facilement.

– Je suis contente que tu me l'aies demandé.

Il amorce un début de sourire avant de se retourner vers le mur comme pour me fuir. *Et voilà que ce moment s'arrête…* Il continue pourtant à me parler tout en peignant, comme si c'était le fait de me voir qui le dérangeait.

– Je ne t'ai jamais demandé, mais qu'est-ce que tu étudies ?

Je souris doucement en songeant à mes études, surprise que Liam s'y intéresse, lui qui ne m'a jamais vraiment questionnée sur ma vie. Je recommence à peindre avant de répondre, laissant planer le silence un instant.

– L'archéologie des mondes égyptiens.

– Tu veux voyager ? s'étonne-t-il.

Je réfléchis quelques secondes, choisissant mes mots pour lui répondre. C'est une question qu'on me pose souvent et dont les gens ne comprennent pas forcément la réponse, alors autant bien exprimer ma pensée.

– Non. J'y ai beaucoup réfléchi, mais je ne crois pas que ce soit pour moi. J'ai envie d'avoir une maison à moi et une famille, et ce n'est pas vraiment compatible avec le fait de voyager. De temps en temps, peut-être. Mais pas à temps plein.

– Alors que veux-tu faire ?

J'hésite à lui répondre. La dernière fois que l'on me l'a demandé, c'était à Londres et on m'a ri au nez. Comme si c'était un désir ridicule que de vouloir faire ce que je voulais. Mais je l'espère assez ouvert d'esprit pour accepter mon envie.

– Je voudrais travailler dans un musée. J'adorerais m'occuper de déchiffrer les nouvelles reliques, ce genre de chose.

Je souris en m'imaginant déjà décrypter un papyrus ancien ou même un vase. Ce serait un rêve pour moi. Je ne m'intéresse pas au terrain, plutôt aux reliques qu'on y trouve et à leur histoire.

– C'est une belle ambition, dit-il simplement.

Je suis surprise par sa réponse, mais elle me convient très bien. Je ne sais pas s'il le pense réellement mais, dans tous les cas, ça me va droit au cœur, pour une fois que quelqu'un respecte mon choix de carrière. Nous ne parlons plus ensuite, comme si aucun de nous ne voulait rompre ce moment, continuant de peindre dans le silence jusqu'à finir la première couche. Je me recule pour être au centre de la pièce afin d'avoir une vue d'ensemble et Liam en fait de même.

– On a fait du beau boulot, dis-je en souriant.

Je lui tends la main pour faire un *high five*, mais il me regarde comme si je venais d'un autre monde. OK. Il doit visiblement avoir raté son adolescence pour ne pas savoir taper dans une main.

– Tu es censé taper dessus.

Il lève le bras et pose simplement sa main sur la mienne et entremêle nos doigts d'une façon qui n'a rien à voir avec mon but premier. Mon sourire s'efface, ma respiration s'accélère à ce contact; je ne sais plus où me mettre. Il tente de s'approcher de moi, mais je recule chaque fois, pas sûre que ce soit la meilleure des idées, jusqu'à me retrouver contre la porte d'entrée de ma chambre, la seule partie qui n'est pas pleine de peinture fraîche. Il approche ses lèvres des miennes mais il ne bouge plus; nos souffles s'entremêlent.

– Est-ce que je peux? me demande-t-il.

Ma respiration saccadée trahit mon envie, et je crois que le fait qu'il me pose la question, comme la fois précédente, y est pour beaucoup… Je sais que je ne devrais pas, mais je mets ma raison de côté et je décide de faire ce que j'ai envie aujourd'hui, rien qu'une fois.

– Oui.

Il n'en attend pas plus pour fondre sur mes lèvres et m'embrasser comme il ne l'a jamais fait avant. Sa langue danse avec la mienne, il s'amuse à me dévorer la bouche et je gémis tout contre lui en même temps que ses mains descendent jusqu'à mes cuisses. Je pousse un hoquet de surprise lorsqu'il me soulève, mais je ne proteste pas et je continue à l'embrasser en enroulant mes jambes autour de lui, sentant son érection contre moi.

Est-ce que tout ça est réel? Son désir pour moi, mon désir pour lui?

Pourtant son envie se fait on ne peut plus claire quand il me retire mon haut pour que je me retrouve en soutien-gorge contre lui. Ses mains se baladent partout sur moi, laissant une traînée brûlante sur ma peau à chacun de ses baisers. Je me consume de l'intérieur, mon brasier interne en activité. Il embrasse mon cou et descend entre mes seins avant de revenir vers ma bouche sans me donner ce que je veux vraiment.

– Je ne sais pas ce que tu me fais…

Il parle contre mes lèvres sans pour autant rompre le contact et je le serre un peu plus contre moi à l'aide de mes jambes, lui montrant que j'en ai autant envie que lui, sinon plus. J'ai envie de le toucher, de le découvrir, mais il n'en a pas décidé ainsi et continue de m'embrasser encore et encore jusqu'à ce que l'on soit tous les deux à bout de souffle et hors d'état de réfléchir correctement.

Mais lorsqu'il croise mon regard, c'est un retour à la réalité, il semble enfin se rendre compte de ce qu'il était en train de faire et me repose doucement au sol en faisant attention à la peinture qui nous entoure. Il ne s'éloigne pas, pourtant il n'a jamais été aussi loin, j'ai l'impression qu'un fossé vient de se créer entre nous. Je replace mon haut, le cœur lourd.

– Je connais ce regard. Tu regrettes déjà.

Je retiens mon agacement, commençant à être habituée à ce genre de situation. Un pas en avant, deux en arrière. Il ne fait que ça. Je commence à saturer de le voir me repousser chaque fois qu'il tente un rapprochement.

– Oui. Non. Je ne sais pas.

Il recule de quelques pas en se passant une main dans les cheveux ; une bataille se livre à l'intérieur de lui, je le vois dans ses yeux. J'aimerais pouvoir l'aider, mais je ne crois pas être la bienvenue dans son débat intérieur. Et les mots qui suivent me stoppent dans ma réflexion.

– Pas comme ça.

Je crois comprendre le sens de ses mots, et je ne suis que plus perdue. Je n'ai aucun doute sur le fait que notre attirance est partagée, mais j'étais persuadée qu'il n'y céderait jamais. Pourtant il semble exprimer le contraire… La seule chose qui reste claire dans mon esprit, c'est que si nous étions allés au bout, les choses auraient radicalement changé et je ne suis pas sûre que ce soit pour le mieux.

– J'ai besoin de temps. Ne pars pas, s'il te plaît. Mais laisse-moi du temps.

Je ne sais pas que dire ni que faire. Du temps, c'est bien la seule chose que j'ai.

– OK.

Il hoche simplement la tête avant de m'aider à ranger les affaires de peinture dans un silence pesant. Il fait tout pour ne plus me toucher, quitte à se tenir à l'opposé de moi dans la pièce, qui n'est pourtant pas immense. Quand nous avons enfin fini, il me fait un léger sourire et sort de la pièce sans plus un mot, alors que je me laisse tomber sur mon lit.

Je prends le temps de réfléchir à ce qui vient de se passer, l'esprit encore embrouillé par son toucher, et la meilleure option qui s'offre à moi est de faire comme si de rien n'était pour le moment. Comme si ce moment, aussi merveilleux soit-il, n'était jamais arrivé, et que je ne ressentais rien.

Comme si je ne l'avais pas déjà dans la peau.

11

J'ai attendu que mardi arrive avec impatience et angoisse. Je n'ai pas beaucoup vu Liam jusqu'ici, et j'ai peur que nos relations ne soient encore plus conflictuelles qu'avant à cause de notre dérapage. J'ai passé la nuit dernière à rêver de lui, de ce moment qui a pris fin dans ma chambre, mais qui a bel et bien continué dans mon subconscient. Et bon sang… J'ai rarement eu aussi chaud. J'en viens à regretter que ce dérapage ne se soit pas prolongé.

Ame a très vite compris ce qu'il se passait dans ma tête quand elle m'a vue perdue dans mes pensées et en train de rougir, et elle a eu la gentillesse de ne rien dire. Je viens tout juste de la quitter pour me rendre à mon dernier cours, fatiguée par cette journée éreintante mais heureuse que les choses soient revenues à la normale avec mon amie.

Sur le chemin qui mène au bâtiment, je reconnais une tête familière qui s'approche de moi en me souriant, et je n'ai pas le cœur de le fuir. Encore moins en apercevant son nez cassé.

– Salut, Anna.

– Hey… Ça va mieux?

Je pointe du doigt son nez, sincèrement inquiète. Je lui en veux peut-être, mais j'ai quand même un minimum de compassion pour lui, la violence ne résout rien même si elle lui a sûrement remis les idées en place. Je n'aurais pas aimé être à sa place.

– Pas vraiment. Mais je fais avec. Ça me donne un air de bad boy, plaisante-t-il doucement.

Un rire m'échappe alors que je me sens en partie responsable de ce qui lui arrive. Oui, il n'avait pas à faire ce qu'il a fait, mais j'ai horreur de savoir qui s'est pris un coup à cause de moi. Si ça n'avait été qu'une gifle, j'aurais été la première à le faire, mais de là à lui péter le nez…

– Anna ? m'interrompt-il.

Je lui jette un coup d'œil pour l'inviter à continuer, attendant patiemment la suite. Je ne sais pas ce qu'il a envie de me dire, mais ça a l'air de lui tenir à cœur, je peux au moins l'écouter.

– Est-ce que tu accepterais de sortir avec moi ce soir malgré ce qu'il s'est passé ?

Je m'arrête pour me tourner face à lui. Il semble sincère et un peu coupable pour ce qu'il a fait, mais je ne veux pas aller sur ce terrain-là. D'autant plus que Liam me perturbe déjà assez, je ne veux pas laisser un autre White venir foutre le bordel dans ma tête. Je baisse la tête pour ne plus voir ses yeux qui me scrutent et je me concentre sur le sol. Je ne sais pas comment lui dire le fond de ma pensée.

– J'ai quelque chose de prévu ce soir.

– Avec Liam, je parie.

– Oui.

Je ne sais pas pourquoi je me sens si gênée. Après tout, il n'y a rien de mal, ce n'est pas un rencard, je vais juste lui montrer comment changer la couche d'un bébé. Pourtant, je me sens mal de lui dire, comme si ce qu'on avait prévu était un secret d'État alors qu'il n'y a rien à cacher.

– Et mercredi? tente-t-il.

– Écoute, Smith… commencé-je en relevant la tête.

Il m'arrête d'un geste de la main, il a perdu son sourire et je sais que c'est à cause de moi.

– J'ai compris. Je n'aurais jamais dû t'embrasser et, maintenant, tu as encore moins envie de me voir qu'avant.

Il n'a pas saisi ce que j'essaie de lui dire. Ce n'est pas quelqu'un de mauvais, il semble même gentil, mais je ne suis pas prête à me lancer là-dedans. Du moins, pas pour lui.

– Non. Je ne suis simplement pas dans cette optique-là pour le moment. Je ne veux personne dans ma vie.

– Je suppose que c'est toujours mieux qu'un refus catégorique…

Je soupire et je le laisse me suivre jusqu'à la salle, où il se pose à côté de moi, sans rien dire, pour changer. Il reste calme et m'emprunte mes notes, l'air soudain sérieux. Il ne se fait pas remarquer et me laisse suivre mon cours comme bon me semble sans même me charrier. J'ai l'impression que le fait que je me sois montrée honnête avec lui joue aussi.

Smith me suit toujours lorsque le cours se finit et nous quittons la salle ensemble, dans un silence religieux.

– Est-ce que je peux te raccompagner?

Sa proposition est tout ce qu'il y a de plus polie, jusqu'au sourire qu'il m'adresse, mais je ne peux pas accepter. Premièrement car le retour est un des rares moments où je suis seule, et puis je ne veux pas que Liam se mette encore en colère en le voyant. Pas alors qu'une entente commence tout juste.

– Je ne pense pas que ce soit une bonne idée.

– Liam a toujours su avoir ce qu'il voulait, même si tu refuses de te l'avouer.

– Il ne m'a pas. Je ne suis pas sa chose et il ne se passe rien de ce que tu crois entre nous.

Je me mens à moi-même en disant ça. Évidemment qu'il se passe quelque chose avec Liam, mes rêves en sont témoins. Mais je préfère le nier, ça rend les choses moins compliquées, moins réelles. Smith se passe une main dans les cheveux, comme s'il réfléchissait à quoi dire. Liam ne me possédera jamais. Du moins, pas d'un point de vue matériel.

– Je ne dis pas que tu lui appartiens. Mais tu ressens des choses pour lui. Ça se voit.

Il a raison. Je suis loin d'être indifférente, et les bons côtés de Liam commencent doucement à me charmer... Mais ce n'est pas à cause de ça que Smith ne m'intéresse pas. Et s'il ne veut pas le comprendre, je ne peux malheureusement rien y faire.

– Si tu changes d'avis, tu sais où me trouver.

J'acquiesce en le laissant partir sans tenter de le retenir. Je ne changerai pas d'avis, du moins, pas avant longtemps. Et d'ici là, j'espère qu'il aura trouvé quelqu'un qui lui correspondra mieux que moi. Je finis par me remettre en marche et je prends la direction du manoir, prête à rentrer. Je ne m'arrête pas sur la route, je marche d'un pas rapide et j'atteins vite ma destination. Je ne sais pas si je veux mettre de la distance entre Smith et moi ou si je suis simplement pressée de rentrer, mais le résultat est le même.

En entrant dans le hall, j'entends des bruits provenant du salon et je m'y rends avec curiosité, mourant d'envie de savoir qui peut être là à cette heure-ci. J'y trouve Liam, assis, seul, en train de fixer le babyphone avec attention.

– Tu t'amuses bien ?

Liam relève la tête pour m'observer, un léger sourire flottant sur ses lèvres.

– Je t'attendais en espérant qu'elle ne se mette pas à pleurer.

Il se relève et s'avance jusqu'à me toiser de toute sa hauteur alors que je déglutis. Il y a quelques jours, j'embrassais ses lèvres et ses mains caressaient ma peau… La tension est toujours aussi palpable entre nous, mais j'essaie d'en faire abstraction tant bien que mal en détournant les yeux. Liam me passe devant pour rejoindre l'escalier et je le suis en tentant de ne pas me rincer l'œil en montant les marches.

Il s'arrête devant la porte de la chambre de Charline, comme s'il n'osait pas y pénétrer, et je rentre la première pour la trouver paisiblement éveillée, une peluche dans la main. Je la sors de son lit sous le regard curieux de Liam qui nous détaille.

– Par quoi on commence?

– La première étape, plaisanté-je en déposant Charline sur la table à langer.

– Très drôle. Mais encore?

– Tu dois la déshabiller, retirer sa couche, et la nettoyer.

Il affiche une expression dégoûtée mais ne bronche pas alors que je souris à l'idée de le voir faire ça. Intérieurement, j'espère que Charline lui a laissé un joli cadeau dans la couche… Il peine à lui enlever ses vêtements, et le body est un mystère pour lui. Au bout d'une longue minute, Charline, rieuse, se retrouve uniquement vêtue d'une couche. Quand vient le moment de la détacher, il le fait du bout des doigts comme si c'était un produit chimique hautement toxique, et je ne peux retenir un rire.

– Liam. Ça ne va pas te tuer. Fais-le sérieusement.

Quand il détache la couche, je suis presque déçue que Charline n'ait fait que pipi, mais Liam semble soulagé. Je sors les lingettes pour bébé et je les pose à côté de lui alors que son regard va et vient entre le paquet et sa fille. Il me jette un regard suppliant, mais je ne le sauverai pas de cette situation.

– Tu ne veux pas le faire?

– Non. Le but, c'est que tu apprennes, pas que je le fasse à ta place.

Est-ce que je prends un malin plaisir à jouer la patronne? Oui.

Liam sort une lingette avant de commencer à nettoyer Charline et, curieusement, il sait se débrouiller malgré la grimace qui ne le quitte pas. Il tourne le dos une microseconde, et je secoue la tête pour lui signifier qu'il ne doit pas.

– Tu ne dois pas la laisser sans surveillance quand tu es seul. Il suffit d'une seconde d'inattention pour qu'une catastrophe arrive.

Il hoche la tête pour me confirmer qu'il a compris, jetant un regard désolé à sa fille, et attrape la couche que je lui tends. J'attends qu'il la mette à Charline, mais au lieu de ça, il se la met sur la tête.

Qu'est-ce qu'il fait, bon sang?

– Mais qu'est-ce que...

Je n'ai pas le temps de finir ma phrase, Liam éternue un grand coup devant sa fille et la couche lui tombe dessus. Charline éclate de rire en essayant d'attraper la couche sur elle pendant que j'observe Liam d'un œil nouveau. La première fois que je l'ai vu, j'ai pensé qu'il ne serait jamais capable de s'occuper de sa fille comme il le fait aujourd'hui. Pourtant, à le voir, on pourrait croire qu'il fait ça depuis toujours, et Charline a l'air d'apprécier autant que moi le comportement de son papa...

Liam retrouve son sérieux, alors que je ne perds pas mon sourire, et lui attache la couche selon mes conseils, commençant par la mettre à l'envers, ce qui ne manque pas de me faire rire. Je rectifie chacune de ses erreurs et il se corrige, bon élève. Il tente de la rhabiller et raccroche plus d'une fois le dimanche avec le lundi. Lorsqu'il a enfin terminé, il fixe fièrement son œuvre, sous les babillements de Charline.

– Je ne suis pas si nul que ça, tout compte fait.

Je lui souris sincèrement puis Liam s'occupe de déposer Charline dans son lit alors que je les fixe, songeuse. Je n'ai pas accepté l'invitation de Smith sous prétexte que je ne veux personne dans ma vie pour le moment mais, en fin de compte, je crois que je ne suis pas honnête avec moi-même. Mon attirance pour Liam est indéniable, c'est un fait, et j'en suis bien consciente, mais je crois qu'il y a… plus. Je ne peux pas ignorer mon rythme cardiaque qui s'accélère chaque fois que je suis en sa présence, ou ce que je ressens lorsque je le vois avec sa fille. Il commence à y avoir plus qu'une simple attirance de mon côté, et je crois que ça me perturbe.

– Anna?

Je papillonne doucement des yeux, partie loin dans mes pensées, alors que Liam me fixe avec insistance.

– Est-ce que ça va? C'est… par rapport à dimanche? hésite-t-il à me demander.

Oui, non, peut-être. Je ne sais plus où j'en suis. Et avoir une paire d'yeux d'un bleu profond fixés sur moi ne m'aide pas à avoir les idées claires.

– Smith m'a proposé un rencard, lâché-je sans réfléchir.

Presque aussitôt, je regrette mon aveu. Pourquoi je lui ai dit ça? Ça ne le concerne pas, ça ne concerne que moi, et je sais pertinemment que ça va encore l'agacer, et que c'est moi qui vais m'en prendre plein la tête. Mais, contre toute attente, Liam se contente de me fixer sans laisser paraître une quelconque trace d'agacement.

– N'y va pas.

Il ne prend pas la peine de me demander ce que je

compte faire, il me donne un ordre comme il le fait toujours, et je dois avouer que ça ne me plaît pas. J'ouvre la bouche pour répondre, mais Liam reprend de plus belle :

– Laisse-moi le temps de comprendre ce qui se passe entre nous.

« Ce qui se passe entre nous »... Comme si je le savais moi-même. Je suis tout aussi perdue que Liam, même si ce n'est pas pour les mêmes raisons.

– Je ne comptais pas y aller, de toute façon. J'ai décliné son invitation.

Avant même que je n'aie pu capter son expression, il détourne les yeux pour concentrer son attention sur Charline. Sa main serre le bois du lit tandis que je ne le quitte pas du regard.

– Tu sais, je crois que Smith est sincèrement désolé pour vendredi.

Liam lâche un rire sans joie qui me fait froid dans le dos. Je déteste les moments où il devient cet homme distant, sombre.

– Non. Il est désolé à cause de toi. Parce qu'il a perdu toutes ses chances de t'avoir, continue Liam sans me regarder.

– Mais il n'en a jamais eu. Je ne suis pas un objet qu'on peut posséder.

Smith fait des suppositions sur mes sentiments pour Liam, Liam se permet de parler à ma place du fait que Smith n'a aucune chance avec moi... je commence à saturer. Je souffle, tentant de me contenir devant Charline, alors que Liam relève enfin la tête vers moi.

– Pourquoi? demande-t-il.

– Pourquoi quoi?

– Pourquoi il n'avait aucune chance avec toi?

Je soupire sans même tenter de m'en cacher et je m'éloigne de lui, me plaçant à la fenêtre pour observer la verdure extérieure. J'hésite à répondre. D'un côté, j'ai envie de lui dire que ça ne le regarde pas. Mais d'un autre… Je ne veux pas que Liam fasse des suppositions plus idiotes les unes que les autres.

– Parce qu'il ne m'intéresse pas. C'est uniquement platonique, je ne ressens aucune attirance pour lui.

Et je le pense. Dire que la compagnie de Smith est désagréable serait mentir, il sait être gentil, mais rien de plus. Pour le moment, je crois que je suis trop perturbée par l'ouragan Liam. Celui-ci s'approche de moi, les mains derrière le dos et le regard fiévreux, et je ne peux plus détourner les yeux.

– Est-ce que je t'attire?

Je fronce les sourcils, j'ouvre et referme la bouche, ne sachant que dire. Je m'attendais à tout, sauf à ça. Je me décale pour me soustraire à son regard et atteindre la table à langer, puis je commence à ranger les affaires pour m'occuper les mains.

– Pourquoi tu veux savoir ça?

Ma voix est à peine audible, je sens mes joues chauffer et mon cœur battre un peu trop vite. Je suis mal à l'aise, et je ne saurais pas dire pourquoi.

– Je veux te l'entendre dire.

Je me retourne vers lui en secouant la tête. Il ne veut que flatter son ego.

– Tu sembles bien sûr de toi.

– Parce que je le suis.

– Alors je n'ai pas besoin de le dire pour que tu saches que tu m'attires.

Une expression triomphante remplace son air neutre. Je viens de lui donner ce qu'il veut sans faire attention. Il me détaille avec lenteur et j'ai l'impression d'être mise à nu sous ses iris qui me déshabillent. Il touche avec les yeux, et je sais qu'il ne fera rien de plus. Je suis frustrée, et je suis persuadée qu'il le sait. Au bout d'un long moment de silence durant lequel des regards brûlants sont échangés, Liam se racle la gorge et détourne les yeux pour fixer le lit bébé, là où s'est endormie Charline.

– À quelle heure finis-tu demain? me questionne-t-il.

Méfiante, je prends un instant avant de répondre. Qui sait, peut-être veut-il seulement venir me chercher en voiture comme il l'a déjà fait.

– Onze heures.

– Alors je vous emmène quelque part, lâche-t-il sans hésiter.

Mon regard va et vient entre lui et Charline, pas sûre de comprendre où il veut en venir. Est-ce qu'il me propose vraiment de sortir? Avec lui?

– Tu veux dire… Charline, toi et moi?

– Non, je m'étais dit que je pourrais emmener Martha et Adrien.

– Très drôle… dis-je en levant les yeux au ciel. Où voudrais-tu aller?

S'il m'a fallu un temps de réflexion avant de refuser

l'invitation de Smith, je n'ai pas besoin de beaucoup réfléchir pour accepter celle de Liam. Celui-ci semble satisfait de ma réaction, il m'adresse un mince sourire, l'air énigmatique.

– C'est une surprise.

Peut-être qu'avec quelqu'un d'autre, je me serais posé des questions. Mais pas avec Liam. J'ai toute confiance en lui, je sais qu'il ne nous emmènera pas là où nous pourrions être surpris par les photographes qui semblent prêts à tout pour avoir un cliché de lui. J'espère seulement qu'il ne se refermera pas sur lui-même juste après, comme il l'a fait après notre sortie à l'aquarium…

12

J'ai séché les cours de la matinée. J'avais pourtant préparé mon sac et mes vêtements, mais je n'ai que peu dormi et n'ai pas eu le courage de me lever. Je n'avais que deux heures de cours et, honnêtement, je préfère les passer à dormir.

Contrairement à moi, Charline a dormi comme une souche. J'ai confié le bébé à Martha pour la matinée, et je suis retournée me coucher sans croiser personne. J'ai failli balancer mon portable lorsqu'il a sonné à dix heures et demie, mais je me suis retenue. Me lever pour rejoindre Liam et Charline est une assez bonne motivation. Après de longues minutes à rêvasser sous la couette, je finis tout de même par me sortir du lit et je traîne des pieds jusqu'à la salle de bains pour prendre une douche et tenter de me réveiller.

Je prends tout mon temps pour profiter du jet chaud. Je sens mes muscles se détendre grâce à l'eau, ça fait un bien fou. Je crois que j'ai besoin de décompresser. Mon corps est tendu à l'extrême, je le sens jusque dans mes muscles. Je finis par éteindre l'eau à contrecœur et j'enroule une serviette autour de moi avant de rejoindre ma chambre pour récupérer mes vêtements. Je m'approche de la commode pour attraper mes affaires, les cheveux pleins d'eau. Je me retourne, prête à laisser tomber ma serviette, mais un hurlement m'échappe au moment où je découvre Liam dans l'encadrement de la porte mitoyenne à la chambre de Charline.

Il a la bouche légèrement ouverte, le regard fixe sur mon corps, et je serre ma serviette un peu plus contre moi, me sentant incroyablement vulnérable dans cette tenue.

– Qu'est-ce que tu fais là ? demandé-je, gênée.

– Euh... Je... Enfin... C'était...

Dans d'autres circonstances, j'aurais jubilé de voir Liam bégayer à cause de moi, mais étant donné que je suis tout aussi perturbée que lui, je m'abstiens sans difficulté. Il se passe une main sur le visage et essaie de reprendre contenance.

– Je venais chercher le truc pour les dents de Charline. Je me souviens t'avoir vue le laisser ici... J'ai toqué, mais je pensais que tu n'étais pas là devant le manque de réponse. Je ne pensais pas vraiment que tu serais...

Il me désigne des pieds à la tête de sa main, sans finir sa phrase et détourne les yeux. Le malaise est présent entre nous et je lâche un rire nerveux. S'il était arrivé quelques secondes plus tard, il aurait pu me voir nue... Et nous savons tous les deux que ça n'aurait fait qu'augmenter notre perturbation respective. Je me déplace en faisant attention que la serviette ne tombe pas et j'attrape ce qu'il est venu chercher pour lui tendre.

– Voilà.

Il s'en empare et s'attarde encore quelques secondes pour m'observer alors que je sens mes joues chauffer. J'ai autant envie de le mettre à la porte que de l'inviter à entrer…

– Bon. Je crois que je vais aller attendre en bas.

– Je pense que c'est mieux.

Je referme la porte derrière lui et cette fois-ci, je la verrouille pour être sûre que ce moment gênant ne va pas se reproduire. C'était la situation la plus… perturbante que j'ai vécue jusqu'ici. Quoique, celle où je l'ai aspergé de mon spray au poivre n'était pas mal non plus.

Je ferme les rideaux et je fais tomber ma serviette pour m'habiller simplement. Après tout, Liam m'a déjà vue en pyjama, en tee-shirt dégueulasse, et même en serviette. Alors ce n'est pas un débardeur et un jean qui vont le tuer. Je ne suis pas du genre à me cacher sous une tonne de maquillage et des vêtements trop chics pour me correspondre.

Une fois prête, je démêle mes cheveux et je les attache avant de descendre les marches deux à deux. Liam m'a donné rendez-vous pour onze heures et demie, et je suis tout juste à l'heure.

– Anna ? Vous n'êtes pas encore partis ? m'interpelle Martha dans l'entrée.

– Non. Je suis censée retrouver Liam, mais il n'est nulle part.

– Il est dehors avec la petite.

Surprise, je prends un instant pour fixer la fenêtre qui

donne sur l'avant du manoir. Je suis soulagée de voir que Liam commence enfin à passer du temps avec sa fille... J'espère tellement que cela va durer. Je souris à Martha et m'apprête à aller rejoindre Liam lorsqu'elle m'interrompt dans ma lancée.

– Merci, Anna. Ça faisait longtemps qu'il n'avait pas souri.

Pour toute réponse, un large sourire ourle aussi mes lèvres. Je ne sais pas si j'en suis réellement la cause, mais peu importe ce qui le fait sourire, le résultat reste le même. J'enfile ma veste en vitesse, bien trop pressée de les retrouver, et je quitte le hall après un regard pour Martha. Liam se tient près de la voiture, Charline dans les bras et l'air incertain. Je les rejoins en quelques pas et il m'ouvre la porte avec une galanterie surprenante qui ne fait que plus m'amuser.

– Il me faudrait juste de l'aide pour le siège auto... commence Liam.

Un rire incontrôlé m'échappe alors qu'il observe ce siège qui semble constituer un mystère à ses yeux. Je m'occupe d'attacher Charline pendant que Liam observe, puis je prends place sur la banquette arrière. Liam s'assied à mes côtés, le visage fermé et tourné vers la vitre, et j'en profite pour le scruter. Je ne saurais pas dire s'il est heureux ou non, même si c'est lui qui a eu l'idée de cette sortie. Martha dit qu'il sourit; moi, je trouve qu'il se renferme la plupart du temps. J'aimerais pouvoir l'aider, mais je ne suis pas sûre de le pouvoir.

– Ça ne va pas te porter préjudice de rater le travail? demandé-je finalement.

Je suppose que, en tant que grand patron, les responsabilités sont importantes, proportionnelles au poste. Se dégager une journée ne doit pas être chose aisée, et je me demande comment cela se déroule à l'intérieur de l'entreprise. La seule référence que j'ai en matière de patron, c'est Christian Grey dans *Cinquante Nuances*, et je ne suis pas sûre que les choses soient comparables.

– Non. Mon équipe est dessus.

Il ne dit rien de plus, ne me regarde même pas, et je soupire en me tournant vers Charline. Celle-ci attrape mon doigt dans sa petite main. Elle, au moins, elle sourit, contrairement à son papa. J'avoue ne pas arriver à le suivre. Il m'invite à sortir, mais il reste aussi froid qu'un glaçon. J'en viens à me dire qu'il aurait mieux valu que j'aille en cours ce matin, le plaisir aurait été le même.

– Où est-ce que tu nous emmènes ? tenté-je pour engager la conversation.

– À Malleny Garden. C'est à Balerno.

Mes sourcils se froncent alors que je continue à observer le paysage défiler. Nous nous éloignons peu à peu d'Édimbourg jusqu'à arriver à Balerno, dans la banlieue de la capitale écossaise. Les minutes s'égrènent dans un silence religieux, le chauffeur de Liam ne nous adresse pas un mot, Charline s'est endormie, et je ne sais plus où me mettre. Lorsque la voiture s'arrête enfin devant un parc, je me tourne vers Liam, le découvrant en train de m'observer.

– Qu'est-ce qu'on va faire ? Se balader ?

– Non, pique-niquer.

Il me sourit doucement, mais ce sourire n'atteint pas son

regard, qui reste bien trop sombre pour ne pas couver un orage. Et je suis persuadée que ce n'est qu'une question de temps avant qu'il n'explose. Mais il ne me laisse pas le temps de réfléchir plus que ça, il s'extrait déjà de la voiture, m'invitant à en faire de même. Le chauffeur de Liam sort un sac du coffre et le landau du bébé, qu'il tend à son patron tandis que je me charge de prendre Charline. Je suis son papa à travers les allées du jardin dans un silence plein de tension.

Je laisse mon regard parcourir les alentours, Charline gazouillant dans mes bras, et j'observe les nombreux groupes se balader en riant et en souriant, insouciants. Nous ne devons sûrement pas ressembler à ça. Mais plus j'avance, plus je me prends à froncer les sourcils chaque fois que je vois quelqu'un avec un téléphone ou un appareil photo à la main. Nous ne sommes pas à l'abri d'un nouveau scandale, et si Liam semble s'en moquer, ce n'est pas vraiment mon cas. Je ne veux pas être perçue pour ce que je ne suis pas. Liam semble remarquer mon air contrit car il s'arrête au milieu de la pelouse pour me forcer à le regarder.

– Tout va bien?

– Comment sais-tu qu'il n'y a pas de journaliste ou je ne sais quoi d'autre?

Un soupir lui échappe puis il extrait un énorme plaid du sac pour l'étaler au sol, laissant le silence s'éterniser. Lorsqu'il relève enfin le visage vers moi, il semble bien plus serein que je ne le suis. *Évidemment, il doit avoir l'habitude.*

– Je n'en ai aucune idée.

– Et ça ne te dérange pas?

Je ne sais pas comment il fait pour rester toujours si calme. À sa place j'aurais déjà pété une durite à force de voir ma vie dans les journaux. Mais Liam reste impassible, il se pose sur la couverture et m'invite à en faire de même avec le bébé. Une fois installée en face de lui, je ne le quitte pas des yeux, attendant sa réponse avec une impatience non dissimulée.

– Non. Même si au début, c'était le cas. Ce genre de connerie a complètement gâché la vie d'Elizabeth. Alors qu'elle est décédée, ils continuent à parler d'elle. Elle était obsédée par ce que disaient les journaux. Moi, j'ai appris à m'en détacher. À faire comme s'ils n'existaient pas. Je connais ma vie privée et c'est tout ce qui compte.

Je souffle face à son aveu. Ça n'a pas dû être facile d'être le centre de cette attention malsaine. Je ne veux même pas imaginer ce qu'elle a dû ressentir en se retrouvant dans ce genre de journaux à de nombreuses reprises. Moi-même, alors que ce n'est arrivé qu'une fois, j'ai eu du mal à l'accepter. Je ne suis pas le genre de personne à aimer être mise en avant…

– Ça te dérange? On peut toujours rentrer si tu le souhaites, me propose Liam, comprenant mon trouble.

Est-ce que je veux rentrer? Non. Je n'ai pas envie d'être ailleurs, et je ne veux pas laisser de stupides journalistes gâcher notre sortie.

– Non. Je suis bien ici.

Je lui adresse un sourire avant que Liam ne commence à sortir le repas du sac. Il me tend un petit plat pour enfant – sûrement préparé par Martha – et je l'ouvre pour commencer à nourrir Charline, sagement positionnée contre moi. Je jette quelques coups d'œil en direction de Liam, qui semble s'appliquer à tout mettre en place tandis que je me retiens de rire. Son repas est parfait. Si nous avions mangé au manoir. Je ne suis pas sûre qu'il ait réellement conscience de ce qu'est un pique-nique. Liam semble se rendre compte que je l'observe car il soupire, suspendant ses gestes et se retenant de sourire. *Bon sang, ce que j'aime son sourire.*

– Vas-y. Dis-moi ce qui t'amuse.

Je pars dans un rire incontrôlé, c'est plus fort que moi.

– Bon. Je suppose que c'est ton premier pique-nique?

– Je l'avoue.

Il se passe une main sur la nuque, tout à coup gêné. Une partie de moi se sent flattée. Qu'il se déride, lui qui contrôle toujours ses expressions, qui ne montre jamais ce qu'il ressent, me donne l'impression de le voir vraiment, sans ces barrières qu'il érige entre nous. Je souris doucement pour ne pas qu'il prenne mal mes remarques et j'inspire avant de me lancer.

– Chez moi, un pique-nique, c'est des chips, un sandwich et éventuellement une bière ou un soda.

– Je vois. Les assiettes et les couverts sont de trop, c'est ça?

Il observe son œuvre, se passant une main sur sa barbe naissante, et je détourne le regard en souriant pour donner à manger à Charline. Je parie que Liam est déjà en train d'analyser ses erreurs.

– Dans ce cas-là, non… Ça va être dur de manger tes

salades sans, plaisanté-je doucement. C'est toi qui les as faites?

– Bien sûr, répond-il avec précipitation.

Je lui adresse un clin d'œil moqueur, absolument pas dupe. Pour une fois, je peux affirmer avec certitude qu'il ment. Il a détourné le regard, il tente de ne pas rire… Il ne fait rien pour le cacher, et ça ne m'amuse que plus. Il finit par relever la tête en reprenant son sérieux, l'air coupable.

– Bon, OK. C'est Martha qui s'en est occupée…

Je secoue la tête, amusée. Je m'en doutais, Martha est un ange. J'ai vu Liam jardiner, peindre, mais pas encore cuisiner. Mais il a peut-être d'autres talents cachés… *Merde. Non. Je ne dois pas penser à ça.*

Liam me sert une assiette pendant que je finis de donner à manger à Charline, puis il s'en prépare une à son tour alors que je sens son regard brûler mon épiderme.

– Ce n'est pas si désagréable de manger dehors, finit par avouer Liam.

Il a la trentaine, pourtant j'ai l'impression qu'il a raté tellement de choses. Je ne compte plus le nombre de fois où j'ai mangé en extérieur. C'était l'une des choses que je préférais faire au collège, et cette sortie me rappelle ma vie à Londres…

– C'était comment lorsque tu vivais à Londres? demande Liam comme s'il lisait dans mes pensées.

Je souris, nostalgique. Ma vie à Londres était parfaite jusqu'à ce que je parte. J'étais heureuse, je vivais ma vie comme je l'entendais, et je n'ai jamais fait de vague. J'étais sage, peut-être un peu trop intello, et je ne reconnais plus cette fille-là depuis que je suis arrivée à Édimbourg. Mais je ne suis pas sûre que ce soit un mal. J'ai l'impression de me lâcher, de ne plus avoir peur d'être moi-même, et c'est agréable.

– Différent d'ici. J'étais dans les meilleures de ma licence. J'étais bien là-bas. J'avais même quelqu'un à une époque, j'avais des amis, des passions… Ma vie était parfaite, en quelque sorte.

– Si tu étais si heureuse à Londres, pourquoi être partie?

Il semble perplexe, et qui ne le serait pas? Je lui avoue avoir quitté une vie de rêve, il faut être dingue. Mais parfois, pour réaliser ses rêves, il faut les suivre. Et les miens m'ont menée à Édimbourg. Je ne regrette pas mon choix, en aucun cas, ce déménagement me permettra d'exercer le métier de mes rêves, mais ça n'empêche pas que ma vie d'avant me manque à certains moments. Sauf que je n'ai aucune envie de le lui avouer.

– Pour suivre mes rêves. La fac d'Édimbourg m'a acceptée, j'ai trouvé ce travail chez toi… C'était le choix le plus logique.

– Tu ne regrettes pas d'être partie?

Je secoue doucement la tête. Non, pas un seul instant, même si à certains moments j'aimerais avoir mes anciens amis ou ma mère à mes côtés. J'ai pris mon envol, j'ai quitté le nid, et je ne compte pas y retourner.

– Non. Je commence à aimer cette ville. Et puis l'université est vraiment bien. Ame est là pour moi en tant qu'amie, et même Smith est étrangement sympa, quoique un peu lourd, plaisanté-je doucement.

Presque immédiatement, je regrette mes mots. Bon

sang, mais qu'est-ce que je suis en train de faire? Je ne vais faire qu'énerver Liam en évoquant son cousin alors que nous passions un bon moment. Mais le mal est déjà fait, sa mâchoire se contracte et son visage se ferme presque instantanément. *Je viens de gâcher ce moment.*

– Désolée. Ce n'est pas ce que je voulais dire, dis-je en tentant d'attirer son attention.

– Si. C'est exactement ce que tu as voulu dire.

Il relève la tête pour planter ses yeux glacials dans les miens. Son ton est aussi froid que le bleu de ses pupilles. Je ne sais pas comment réparer les choses. Alors je fais la seule chose qui me paraît correcte, j'approche ma main de son dos, tremblante et hésitante, et je la pose sur lui. Son corps tressaute à mon contact mais, à mon plus grand soulagement, il ne s'éloigne pas.

– Est-ce qu'il t'intéresse? finit-il par demander.

– Je t'ai déjà dit que non. Il est à la fac avec moi et on suit certains cours ensemble, c'est tout.

Je retire ma main de son dos et tapote doucement celui de Charline tout en ne quittant pas Liam des yeux. Il ne semble pas convaincu par ma réponse, pourtant elle est tout ce qu'il y a de plus vraie. Smith sait se montrer gentil, et je ne doute pas du fait qu'il aurait pu être un bon ami, mais je ne le vois pas comme Liam le pense. Il n'y aura rien entre Smith et moi, parce que je ne le veux pas.

– Il est gentil avec toi parce qu'il te veut, conclut-il.

Je soupire d'agacement. C'est une discussion de sourds, et je n'aime pas la tournure que prennent les choses. Je ne suis pas une chose qu'on peut obtenir.

– Liam, est-ce que tu as déjà tourné le problème dans l'autre sens? lui demandé-je.

Il ne semble pas comprendre où je veux en venir, alors je continue.

– Plutôt que de te demander si Smith veut quelque chose de moi, demande-toi si moi, je veux quelque chose de lui.

Liam me fixe du coin de l'œil avant de se laisser tomber en arrière pour s'allonger sur la couverture. Je dépose Charline dans son landau après son rot, puis je m'allonge à mon tour pour le fixer, attendant qu'il rompe enfin le silence entre nous.

– Je n'aime pas savoir qu'il te veut.

Nous revoilà au point de départ…

– Fais comme moi. Ignore-le, dis-je pour tenter de le calmer.

Je ferme les yeux après ces derniers mots pour profiter du calme, les rayons du soleil caressant ma peau et bercée par le son de la respiration de Liam. On reste là sans bouger pendant de longues secondes, profitant simplement du moment présent. Je le sens se rapprocher de moi et tout mon corps se tend en attendant le moment où un contact se produira, mais au lieu de ça, il frappe mon épaule.

– Aïe! Qu'est-ce qu'il te prend?

Je me redresse vivement en ouvrant les yeux et je lui jette un regard mauvais.

– Tu avais une araignée sur l'épaule.

Et moi qui pensais qu'il allait m'embrasser… Je me sens bête. Je m'attends à ce qu'il parle, qu'il me dise quelque chose, mais au lieu de me donner ce dont je meurs d'envie, il se relève et range les affaires en me jetant quelques coups d'œil.

– Ça te dit de visiter les jardins? me propose-t-il finalement.

Je hoche la tête, incapable de dire quoi que ce soit. Oui, visiter les jardins me tente, mais ce n'est clairement pas ce dont j'avais le plus envie à l'instant présent…

13

La sortie n'a pas duré aussi longtemps que prévu. Au bout d'une petite demi-heure de marche, Liam a reçu un coup de fil du travail et a dû écourter notre promenade. J'avoue avoir été déçue, je passais un bon moment en sa compagnie, et nous avons été coupés dans notre lancée. J'aurais voulu connaître les raisons qui l'ont poussé à m'inviter à sortir, mais ça non plus, je n'ai pas eu le temps de lui en parler. Le chauffeur de Liam nous a déposées au manoir, Charline et moi, avant de conduire son patron au travail.

Plutôt que de ressasser ce moment écourté, j'ai préféré utiliser mon temps libre à bon escient. J'ai travaillé encore et encore jusqu'à avoir pris toute l'avance qu'il était possible de prendre sur mes cours. Charline est endormie, j'ai pu finir le roman que Martha m'a prêté et, à présent, je la cherche dans le manoir afin de lui en emprunter un nouveau pour m'occuper l'esprit. Les pièces s'enchaînent, aussi désertes les unes que les autres, et je finis par me faire une raison : Martha n'est pas là.

Déçue, je rebrousse chemin pour rejoindre ma chambre,

mais je m'arrête face à une grande porte entrouverte. Je jette un œil de chaque côté du couloir afin de m'assurer que je suis bien seule puis, poussée par ma curiosité, je pénètre dans la pièce. Je fais quelques pas avant de m'arrêter tout net face au spectacle qui se déroule devant mes yeux. Je n'aurais jamais pensé trouver ce genre de pièce ici.

Une grande salle entourée de miroirs s'étend devant moi, et je ne peux pas retenir l'excitation qui se propage dans mes veines. Voilà une éternité que je ne m'étais pas retrouvée dans une salle de danse. À une époque, j'aurais sûrement voulu danser, mais plus maintenant. J'aimais ça, et j'aime toujours autant cette discipline, mais ce sport ne me rappelle pas que de bons souvenirs. La dernière fois que j'ai dansé, c'était en duo avec mon ex-petit ami. Quand les choses se sont finies entre nous, mon départ pour Édimbourg était déjà amorcé et je n'ai pas repris seule.

Je me laisse glisser contre l'un des miroirs, puis je sors mon portable pour allumer la playlist que j'écoutais toujours à l'époque. En tailleur et les yeux fermés, je laisse le son de « Lost Boy » de Ruth B. envahir la pièce vide. La musique résonne et atteint mes tympans, faisant vibrer tout mon être alors que je n'amorce pas le moindre mouvement. Je ne sais pas combien de temps je reste ici, une minute, une quinzaine, ou même trente, trop absorbée par la sérénité que m'apporte ce moment seule avec moi-même.

Des pas se font entendre, et à peine ai-je tourné la tête que Liam se matérialise sous mon regard coupable. Je n'ai rien à faire ici, je le sais pertinemment, mais Liam n'a curieusement pas l'air en colère. Il s'appuie contre le chambranle, le visage impassible, et je tente de réfréner les battements de mon cœur qui s'accélèrent bien malgré moi.

– Que fais-tu ici ? finit-il par demander après un long échange de regards.

Je me relève doucement, mal à l'aise d'avoir été trouvée ici. L'attention de Liam se pose sur mon portable qui diffuse à présent « Eternal Flames » de The Bangles avant de tomber de nouveau sur moi.

– Je… La pièce était ouverte. Je ne voulais pas te déranger.

– Tu dansais sur ces chansons, n'est-ce pas ?

Surprise par sa question, je reste un moment hébétée. Il est rare que Liam se montre si ouvertement intéressé. Comme un peu plus tôt, lorsque nous mangions, et j'aime cette facette de lui plus humaine. Un sourire nostalgique prend place sur mes lèvres alors que je me remémore certaines chorégraphies que j'avais moi-même élaborées en compagnie de mon partenaire. J'ai l'impression que c'était il y a une éternité.

– Oui.

Liam fait un pas en avant, restant à bonne distance de moi tout en se rapprochant. Je sens ma respiration s'accélérer en espérant un contact que j'attends depuis des jours. Il me rend dingue.

– Pourquoi avoir arrêté ? Ça crève les yeux que tu aimes ça, continue-t-il.

– Parfois il vaut mieux arrêter les choses sur un bon souvenir que de continuer, au risque de tout gâcher.

Liam se racle la gorge, y voyant là sûrement un double sens inexistant. Il fait de nouveau un pas vers moi, puis un autre, jusqu'à se retrouver à quelques centimètres de moi. Sa main se retrouve entre nous, tendue vers moi, et mon regard va et vient entre celle-ci et son visage.

– Ça fait une éternité que je n'ai pas dansé. Tu m'accordes cette danse?

Sans même réfléchir, je hoche la tête et mes doigts viennent frôler sa paume jusqu'à ce que mon corps se retrouve près du sien. Je tente d'ignorer le brasier intérieur qui me consume, mais c'est impossible. Mes sens sont en éveil face à la proximité de Liam. Si je peux tenter de contrôler mon esprit, mon corps et mon cœur sont irrémédiablement attirés par Liam. *Je ne veux rien y faire.*

Sa main se déplace du creux de mes reins à ma hanche et ma respiration se coupe alors que sa bouche se rapproche dangereusement de mon lobe. Il bouge lentement au rythme de cette musique qui me donne l'impression d'une parenthèse hors du temps.

– Ma mère aimait danser. Elle passait ses journées ici. Je n'ai jamais eu le cœur de modifier cette pièce, souffle-t-il.

Sur cet aveu, il me fait tourner sur moi-même avant que me poitrine ne vienne s'écraser contre la sienne. Son visage tout près du mien, il suffirait d'un geste pour unir nos lèvres. J'en meurs d'envie, je ne pense qu'à ça, mais je ne le peux pas. Pas tout de suite. Chaque fois qu'il y a un rapprochement, Liam s'éloigne de façon trop violente pour mon cœur. Il souffle le chaud et le froid constamment, créant un panel d'émotions contradictoires en moi.

– Pourquoi est-ce que tu fais ça? soufflé-je.

Ses yeux me cherchent, il semble perdu alors que je n'ai

jamais eu les idées aussi claires. Je tombe amoureuse, je le sais pertinemment, mais je ne peux rien y faire.

– De quoi parles-tu ?

Je reprends ma respiration, mais ça ne fait que me troubler un peu plus. Son parfum atteint mes narines.

– Depuis le début, tu te rapproches de moi pour mieux t'éloigner. J'ai parfois l'impression que tu me détestes tout en m'appréciant, et ça n'a aucun sens.

Il me serre un peu plus contre lui, ma tête à présent nichée dans son cou. Un long silence suit ma réponse jusqu'à ce que je l'entende soupirer dans mes cheveux. Je crois que mon cœur n'a jamais battu si vite.

– C'est ça, mon problème avec toi. Je n'arrive pas à rester loin de toi. C'est comme une obsession. Dès que je te vois, j'ai besoin de t'avoir tout en sachant que je ne devrais pas.

Je lâche un rire incontrôlé face à sa réponse qui n'a ni queue ni tête. Ça n'a aucun sens, mais ça représente assez bien ce qu'il y a entre nous. Je me colle un peu plus à lui, incapable de m'éloigner, et les mains de Liam me maintiennent fermement contre son corps, me faisant frissonner.

Je sais qu'il le sent, car ses doigts raffermissent leur prise sur ma peau et ne font qu'augmenter l'excitation que je ressens. Il a le don de m'enflammer en un toucher.

– Tu sais de quoi j'ai envie, là, tout de suite ? murmure-t-il d'une voix rauque.

J'avale difficilement ma salive, complètement troublée par nos corps collés l'un à l'autre, et je murmure un « non » contre lui.

– J'aimerais t'embrasser. Et te déshabiller. Puis t'embrasser encore. Et ne plus jamais m'arrêter.

Si je pensais que Liam avait allumé un brasier au creux de mon ventre, c'est à présent un volcan en éruption. Merde.

– Alors pourquoi tu ne le fais pas ? dis-je avec une assurance que je ne me connaissais pas.

Il soupire profondément contre mon crâne. J'aimerais qu'il exécute ses envies pour enfin satisfaire les miennes. Je n'attends que ça depuis qu'il m'a embrassée la première fois devant cet aquarium. La frustration ne me donne que plus envie de lui, hantant jusqu'à mes rêves les plus inavouables.

– Parce que je sais que je ne le devrais pas. Je te désire tout en sachant que c'est mal. Je ne suis pas quelqu'un pour toi, Anna.

Liam se recule alors que je sens le froid m'étreindre, et ses lèvres viennent embrasser mon front avant qu'il ne prenne la fuite, encore. Je reste un instant, hébétée, avant de serrer la mâchoire. Comment peut-il savoir ce qui est bon ou non pour moi ? S'il pense que je vais le laisser décider pour nous deux de nouveau, il se trompe.

Je sors de la salle à toute vitesse, prête à dire ses quatre vérités à Liam une bonne fois pour toutes. Je n'en ai rien à foutre qu'il se mette en colère, j'ai besoin d'évacuer la mienne. Je ne le trouve ni dans le salon ni dans son bureau, donc je prends la direction de sa chambre, dans laquelle je ne suis pas revenue depuis cette fameuse soirée arrosée. Je ne toque pas, je me contente d'ouvrir cette foutue porte d'un geste brusque.

Je trouve Liam devant son bar, une bouteille de liquide ambré devant lui et un verre qui a visiblement déjà été vidé. Bien sûr. Quand tout va mal, vider un verre d'alcool est la meilleure solution. L'alcool n'a jamais rien résolu, ça ne fait que repousser les ennuis, et ça ne m'empêchera pas de lui dire les choses.

Je m'approche de lui sans rien dire et je lui prends la bouteille avant de partir dans la salle de bains pour commencer à la vider dans les toilettes sans aucune once de remords. Liam se précipite pour l'attraper, mais je l'esquive jusqu'à ce qu'il ne reste plus une goutte du liquide. Je la remets dans le bon sens et la lui tends, et il la fixe comme si je venais de commettre un meurtre.

– Putain, mais t'as une idée du prix de cette bouteille ?

Il jure. Bien. Il commence au moins à exprimer sa colère. C'est mieux que ce silence insupportable qui commence à me taper sur le système. Il faut vraiment qu'il apprenne à communiquer sinon je sens que je vais devenir folle.

– Je n'en ai rien à faire, de ta bouteille.

Je jette quand même un coup d'œil à l'étiquette et je grimace. Eh merde. Je viens de vider dans les toilettes une bouteille d'armagnac 1888. Je ne m'y connais pas en alcool, mais il faudrait être débile pour ne pas voir qu'il doit coûter une petite fortune.

– Sors de ma chambre, dit-il calmement, la mâchoire serrée.

Il semble vouloir m'intimider, mais ça ne marche plus. Je sais qu'il ne me fera pas de mal et je ne sortirai pas d'ici avant de lui avoir dit le fond de ma pensée.

– Non.

Il me dévisage, visiblement surpris par ma réponse. Je ne compte pas le laisser me marcher dessus de nouveau. Il a l'air de le comprendre, car il va s'asseoir sur son lit sans plus un mot et se prend le crâne entre les mains. Je finis par m'approcher prudemment jusqu'à me mettre à genoux devant lui pour être à sa hauteur.

– Pourquoi tu ne peux pas me foutre la paix ? souffle-t-il.

– Mais parce que je n'en ai pas envie, Liam !

Je me lève brusquement et je tire légèrement sur mes cheveux, à bout de nerfs à cause de cette situation. Il ne prend pas en compte mes sentiments et ça me blesse bien plus que je ne veux me l'avouer. Liam relève enfin la tête, et je me lance avant de me dégonfler en voyant son air désespéré.

– Merde à la fin ! Est-ce que tu penses à moi là-dedans ? Est-ce que tu t'es déjà dit que, moi aussi, je pouvais souffrir de cette situation ?

Son visage se décompose peu à peu, mais je n'en ai pas fini avec lui. Je vais lui dire absolument tout ce que j'ai sur le cœur jusqu'au dernier détail et, après, je le laisserai peut-être.

– Non, bien sûr que non. Parce que tu ne t'intéresses qu'à ta pomme, là-dessus ! Tu dis ne pas être un homme pour moi, mais tu veux le scoop de l'année ? Tu. N'es. Pas. Dans. Ma. Tête. Tu n'as aucune idée de ce que je peux ressentir, alors arrête de dire ce qui est le mieux pour moi !

Il ne dit toujours rien, me fixant d'un regard vide. Je sais que chacun de mes mots le blesse, mais il a besoin de se faire secouer une bonne fois pour toutes. Tout le monde prend des pincettes avec lui comme s'il était fragile, mais c'est tout le contraire. Il est assez fort pour entendre la vérité.

– Parce que tu sais quoi, Liam? Cette situation me fait souffrir. Tu es sûrement le mec le plus compliqué que j'aie jamais rencontré, et pourtant, je suis toujours là. Moi, je ne te fuis pas comme tu le fais toujours.

Il passe une main dans ses cheveux en continuant de me fixer. Je n'ai aucune idée des répercussions de mes paroles, mais ça fait du bien de vider son sac, je me sens plus légère, comme si je retirais un poids de mes épaules en disant tout ce que je garde pour moi depuis des semaines.

– Et tu sais pourquoi? Parce que même avec ton caractère de merde, ton côté lunatique et le mal que tu me fais, je suis tombée amoureuse de toi et ça me rend folle parce que je n'arrive pas à te suivre. Je sais très bien que ce n'est pas réciproque, que ça ne le sera sans doute jamais, mais…

Il ne me laisse pas finir, il se lève et m'embrasse comme j'en rêve depuis des jours. Ce n'est pas le moment, pas alors que nous sommes tous les deux plein de colère. Et je sais que si je le laisse faire, tout va changer. Mais j'ai envie de ce contact, j'en ai besoin. Même si c'est sûrement la première et dernière fois que ça va arriver.

Aussi, je fais la seule chose qui m'importe, je m'abandonne totalement dans ses bras.

14

Liam m'embrasse à en perdre haleine sans jamais s'arrêter. J'ai l'impression d'être en plein rêve érotique et c'est loin de me déplaire. Ses mains se baladent partout sur mon corps encore bien trop habillé à mon goût et sa bouche me dévore avec une impatience similaire à la mienne qui se fait ressentir dans chacun de ses gestes. Je sors sa chemise de son pantalon et je la déboutonne avec une hâte non dissimulée avant de m'attaquer à son pantalon.

Je sens son érection contre ma cuisse à travers le tissu de son boxer, et je n'ai pas le temps de m'y attaquer que Liam s'attelle à me déshabiller jusqu'à ce que je ne sois plus qu'en sous-vêtements devant lui, mise à nu, au sens propre comme au figuré.

Il se recule légèrement et me fixe avec intensité, le regard rempli d'un désir qui fait écho au mien. J'ai l'impression qu'il scanne chaque partie de mon corps pour ne jamais les oublier, et j'en fais de même avec l'envie d'unir nos cœurs comme j'en rêve depuis des jours. Il revient à moi et m'embrasse tout en me poussant sur son lit, et grimpe à son tour pour se retrouver au-dessus de moi. J'ai perdu la raison, tout ce qui compte à cet instant, c'est Liam et moi et rien ne pourra venir perturber ce moment. Peut-être que ce n'est pas une bonne idée, que je suis en train de faire une énorme connerie, mais j'en ai envie, et je laisse enfin parler mes désirs.

Je passe mes mains sur son torse, mais Liam me les attrape d'un geste doux et les place au-dessus de ma tête pour m'empêcher de bouger en même temps qu'il descend vers ma poitrine, laissant une traînée de baisers brûlants sur ma peau. Je perds complètement le contrôle, à sa merci. J'essaie tout de même de me dégager lorsqu'il commence à embrasser ma poitrine, me cambrant et voulant le toucher à mon tour, le rapprocher de moi, mais il me maintient dans cette position, et je ne peux exprimer mon plaisir que par des gémissements irréguliers.

Lorsqu'il lâche enfin mes mains pour enlever mon dernier vêtement, j'en passe une dans ses cheveux. Il laisse une traînée de baisers le long de mon ventre, et je frissonne quand je me retrouve entièrement nue sous son corps. Je ne ressens aucune gêne, juste un désir profond que je rêve d'assouvir.

Le regard de Liam croise le mien avant que sa bouche ne fonde sur la mienne, une bosse déformant son boxer entre nous, et je noue mes jambes autour de ses hanches pour le rapprocher un peu plus de là où je le veux vraiment.

De plus en plus impatiente, je descends son boxer et je nous fais basculer pour me retrouver au-dessus, pas question que Liam soit le seul à contrôler la situation. Il a l'air surpris, mais ne dit rien et me laisse faire, un sourire taquin sur les lèvres. Je l'embrasse encore et encore, le sentant durcir un peu plus sous moi. Je glisse les mains entre nous pour attraper sa verge dure et je commence à le caresser dans un long mouvement de va-et-vient avant que Liam ne m'attrape le poignet.

– Si tu continues, je vais venir avant d'avoir commencé la meilleure partie, souffle-t-il contre mes lèvres.

Je souris contre ses lèvres.

– Tu as un préservatif?

J'ai murmuré ce mot contre sa bouche, espérant qu'il en ait un, je ne supporterais pas d'arrêter maintenant, alors que je suis enfin là où je rêve d'être. Je le regarde avec soulagement ouvrir la table de nuit et m'en tendre un, ses iris voilés par un désir faisant écho au mien. Je l'ouvre et le déroule autour de son érection avant de m'empaler sur son sexe, savourant cette sensation que je n'ai pas ressentie depuis une éternité.

Un long soupir de satisfaction m'échappe, mais avant que je n'aie pu entamer un mouvement de va-et-vient, Liam nous retourne pour se retrouver de nouveau au-dessus de moi, me dominant de toute sa carrure. Lorsque je relève le menton afin de voir son visage, son érection toujours en moi, son regard s'accroche au mien comme pour s'assurer que je suis toujours consentante, et je hoche vivement la tête.

– Ne t'arrête surtout pas, dis-je dans un souffle.

– Je n'y compte pas.

Liam commence à se mouvoir et je gémis à chacun de ses coups de reins. La frustration mélangée à l'excitation qu'il me procure ne rend les choses que meilleures. Je rêve de son corps, de sa présence en moi depuis des semaines, et j'ai l'impression de me retrouver au septième ciel dans cette chambre.

Sa bouche se pose sur la mienne en un baiser passionné ; nous savourons tous les deux cette étreinte qui nous consume et profitons de cet instant magique qui ne sera sûrement pas éternel.

***

Je me réveille baignée d'une chaleur bienvenue, des bras musclés entourant mon ventre nu. C'est arrivé. Nous avons passé la nuit ensemble, et je ne saurais pas dire à quel point c'était merveilleux. Je me sens comblée.

Je me tourne lentement dans le lit pour ne pas le réveiller, et je reste quelques secondes à l'observer. Il a le visage serein et une respiration régulière, comme si plus rien ne pouvait nous atteindre alors que je sais pertinemment que dès qu'il sera éveillé, tout cela ne sera plus qu'une parenthèse dans sa vie. Il ne veut personne, je l'ai bien saisi.

Je passe une main sur sa joue dans une dernière caresse, mes doigts frôlant sa barbe naissante, puis je la retire avant de le réveiller. Sans faire le moindre bruit, je m'extirpe de son étreinte, me dégageant de son bras qui me maintenait fermement contre lui, et je ramasse mes affaires une à une pour me rhabiller et sortir de la chambre. *Je sais ce qu'il me reste à faire.*

J'y ai déjà pensé et, après cette nuit, je ne suis que plus sûre de ma décision. Bien qu'il ait tout fait pour que je le déteste, je suis tombée amoureuse de lui. Et c'est pour cette raison que c'est si difficile de faire ce qui est le mieux. J'aime sa fille, je l'aime lui, mais je sais que si je restais, plus rien n'irait. Je vivrais dans l'ombre de celle qu'il a aimée, et je me respecte bien trop pour le laisser me repousser encore et encore. *Je préfère me briser le cœur seule que de laisser Liam le broyer.* Je ne veux pas souffrir en restant aux côtés d'un homme qui ne m'aime pas comme je l'aime. Je préfère rester loin de lui et garder mon cœur en un seul morceau.

Je me retourne dans le couloir afin de jeter un œil à cette porte fermée, derrière laquelle se trouve Liam, encore endormi, et j'essuie d'un geste rageur une larme solitaire sur ma joue. Je ne peux pas pleurer. Je savais qu'en franchissant cette limite, tout changerait. Je ne veux simplement pas attendre le matin pour le voir me dire que tout ceci n'était qu'une erreur. Car ce n'en était pas une.

Je monte doucement les escaliers, espérant ne réveiller personne, et j'entre dans ma chambre, sortant ma valise et commençant à ranger toutes mes affaires à l'intérieur. Mes larmes coulent sans que je les contrôle alors que je voudrais rester forte et je retiens mes sanglots pour ne pas réveiller Charline.

Je pensais que partir serait libérateur, mais ce n'est pas le cas. C'est devenu ma maison et ça me fait mal de la quitter, tout comme ça me fait mal de quitter ceux qui y vivent. Je pensais ne jamais me plaire ici, et voilà que j'ai l'impression d'arracher une partie de moi.

Je ferme ma valise et la pose au sol avec délicatesse. Je jette un dernier coup d'œil à ma chambre, dans laquelle je n'ai même pas eu le temps de faire la seconde couche de peinture, le cœur serré à l'idée de la quitter.

À l'idée de quitter Liam.

Je pars ensuite dans la chambre de Charline, qui dort profondément, et je l'embrasse sur la joue, les larmes dévalant sur mon visage en la voyant pour la dernière fois. Elle va me manquer. Terriblement. Lui aussi. Ils étaient devenus des éléments importants de ma vie, mais je ne peux pas rester. Pas après cette nuit, je n'ai fait qu'avancer l'inévitable. Mon travail aurait fini par être entaché par cette relation ambiguë que j'entretiens avec Liam, et j'aurais fini par partir. Il n'y a pas d'avenir possible entre nous parce qu'il ne le souhaite pas, il l'a dit lui-même.

Je descends au salon avec ma valise en espérant ne croiser personne et je prends un papier et un crayon sur la console près de la bibliothèque. Je pars avant que tout ceci ne dérape, mais je ne veux pas le faire sans prévenir personne. Ce ne serait pas juste. Je commence à écrire une courte lettre à Martha, puis un mot à l'intention de Charline, espérant que son papa le lui lise même si elle ne le comprendra pas. Je rédige rapidement une lettre de démission, sachant pertinemment que je vais rompre mon contrat, et enfin, j'écris une lettre à Liam. Sûrement la partie la plus difficile, parce que je ne sais pas comment lui exprimer tout ce que je ressens dans une simple lettre.

Des larmes viennent tacher le papier, mais je ne peux rien y faire, j'ai trop mal au cœur en l'écrivant. Ce n'est pas une décision facile, mais je sais au fond de moi que c'est ce que je dois faire, pour moi. Liam m'oubliera et, moi, je me remettrai doucement de ce chagrin d'amour que j'aurais aimé éviter.

Si seulement tout avait été plus simple.

Je trouve des enveloppes dans le tiroir et je cèle chacune des lettres en mettant le nom de leurs destinataires. Je dépose celle de Charline et Martha, ainsi que ma démission, bien en évidence dans l'entrée, puis je me dirige vers la chambre de Liam.

Intérieurement, je voudrais le voir réveillé, le trouver en train de me chercher, qu'il me retienne. Mais en ouvrant la porte, je le trouve toujours endormi, le torse découvert et les bras écartés. J'aimerais rester et me remettre contre lui, profiter de cette chaleur qui l'entoure, mais s'il me repousse encore demain matin, je ne le supporterai pas.

Au lieu de ça, je dépose l'enveloppe à côté de lui, espérant seulement qu'il la trouvera à son réveil, et qu'il la lira. Puis je ressors de la pièce à toute vitesse, ne voulant pas être tentée de revenir sur ma décision.

Je récupère ma valise et j'ouvre la porte d'entrée sans faire de bruit. J'ai l'impression de dire au revoir à une part de moi. Mais je sais que c'est pour mon bien et que je ne dois pas me retourner sur cette maison.

Je ne dois pas me retourner sur lui.

Je ferme cette grande porte qui m'a accueillie quelques mois plus tôt, tournant la dernière page d'un chapitre aussi merveilleux que compliqué de ma vie.

PARTIE II
LIAM

Liam,

Cette nuit aura été l'une des plus belles de ma vie. N'en doute jamais. Je suis partie parce que je me sens incapable de faire comme si ce qui s'était passé entre nous n'était jamais arrivé. Et je ne supporterai pas que tu me repousses une nouvelle fois.

Je me respecte bien trop pour rester tout en sachant que tu ne m'aimeras sans doute jamais autant que je peux t'aimer.

Au moment où je t'écris ces mots, je suis tiraillée entre l'envie de rester et le besoin de partir. Ne crois pas que c'est une décision facile à prendre. Je t'aime et j'aime ta fille plus que je ne m'en serais crue capable, et c'est pour ça que je préfère m'éloigner maintenant, avant d'avoir moi aussi le cœur brisé, comme l'a été le tien par la perte de quelqu'un.

Je sais que tu me manqueras, mais je crois au fond de moi que c'est pour le mieux.

Je vous aime tous les deux.

Embrasse Charline pour moi,

Anna

15

Je m'étire de tout mon long, les paupières lourdes à cause du manque de sommeil. Je tends le bras de l'autre côté du lit, cherchant à tâtons le corps d'Anna dans le lit, et j'ouvre brusquement les yeux en ne trouvant que les draps froids. Le cœur battant la chamade, je tourne la tête, sachant pertinemment que mon regard ne rencontrera que le vide. Mais je me trompais. Là où devrait se trouver celle avec qui j'ai passé une nuit incroyable est posée une pauvre enveloppe, mon nom dessus. La main tremblante, j'attrape ce bout de papier pour en sortir un mot, et je reconnais immédiatement l'écriture d'Anna.

Dès les premiers mots, ma mâchoire se contracte. Je n'ai pas besoin d'arriver à la fin, je sais déjà comment les choses se finissent. *Par son absence.* Mais comme si je ne me faisais pas assez de mal tout seul, je me force à aller au bout de la lettre avant de broyer le papier entre mes doigts. Je suis en colère, mais je l'ai cherché. Je l'ai repoussée, encore et encore, sans vraiment comprendre ce qu'Anna faisait encore là, et au moment où je me décide à voir où les choses pourraient nous mener, elle baisse les bras.

Elle a supporté mes multiples rejets sans jamais montrer un seul signe de résignation, et à présent qu'elle m'a rejeté à mon tour, je perçois ce qu'elle a pu ressentir. *Je ne pensais pas pouvoir me sentir si blessé de nouveau. C'est au moins la preuve que mon cœur existe toujours...*

Je déplie lentement le papier tout chiffonné, regrettant déjà mon geste précédent, pour relire ses mots. Je pose la lettre dépliée sous la bouteille qu'elle a vidée pas plus tard qu'hier soir pour tenter de le défroisser, ne voulant pas perdre ses derniers mots. *Qui aurait cru que nous étions dans les bras l'un de l'autre cette nuit même? Ce moment me paraît déjà si loin...*

Je ne veux pas jeter cette lettre, je ne sais pas quand je vais revoir Anna. Je n'ai aucune idée de ce que je ressens pour cette femme, mais je sais que je refuse de la laisser partir. Si elle ne me revient pas, j'irai la chercher.

Je sors de la chambre où elle aurait encore dû être pour atterrir dans le hall complètement désert. *Je m'attendais à quoi? À ce qu'elle ait changé d'avis et qu'elle soit encore là? Je suis pitoyable.* Je prends la direction de la cuisine, là où se trouve sûrement Martha, la mâchoire crispée. Je dois chercher la seule personne qui peut être au courant de ce qui se passe. Après tout, j'ai vu Anna proche d'elle plus d'une fois, elle sait forcément quelque chose, autrement, je ne vois pas à qui parler.

– Martha!

Je l'appelle en tentant de ne pas hurler, Charline dormant encore sûrement à cette heure-ci. Je me sens trahi, j'ai l'impression qu'Anna m'a piétiné le cœur en m'abandonnant, et je ne croyais pas ça possible. J'ai longtemps cru mon cœur brisé mais, si ça avait été le cas, Anna n'aurait pas eu le pouvoir de me le rendre en miettes, et je crois que je lui en veux pour ça. Je finis par voir Martha sortir de la cuisine d'un pas pressé, et je devine à son visage qu'elle sait déjà ce qu'il se trame. Je n'attends pas plus pour l'accabler de questions, bien trop sur les nerfs pour prendre des pincettes.

– Elle est venue vous voir? Vous lui avez parlé?

Martha soupire, un air triste sur le visage que je dois moi aussi arborer. J'observe sous un nouveau jour cette femme que j'ai connue une grande partie de ma vie. Je ne me suis jamais vraiment rendu compte à quel point elle a été bien plus qu'une intendante, jusqu'à ce qu'Anna arrive et traite tout le monde de la même façon, qu'elle les traite comme des humains et non comme de simples employés. Je n'ai jamais remercié quiconque pour son travail alors que j'aurais dû, j'ai l'impression de voir les choses différemment depuis que ma jolie rousse est arrivée, c'est comme si je commençais enfin à ressentir certaines choses grâce à elle. *Je ne veux pas que ça change.* Martha finit par me répondre, la voix emplie de lassitude.

– Non… Elle m'a laissé une lettre pour me dire au revoir, sans m'expliquer pourquoi. Il y en a une pour Charline et une autre pour vous dans l'entrée.

Je hausse un sourcil, sincèrement surpris, mais je n'en attends pas plus pour tourner les talons et rejoindre l'entrée. J'ai bon espoir qu'Anna m'informe du lieu où elle se trouve et que je puisse aller la trouver. J'ai beaucoup de choses à lui dire. Mais au lieu de ça, c'est une lettre de démission qui m'attend et qui ne fait que briser un peu plus mon cœur que je pensais déjà au plus bas.

Elle a démissionné. Elle a quitté le manoir, et elle ne compte visiblement pas revenir. J'avise la lettre adressée à Charline d'un œil morne et je l'attrape, la main tremblante avant de me diriger vers la chambre de ma fille, le papier serré entre mes doigts, avec la ferme intention de lire cette lettre à Charline.

Après tout, elle lui est destinée.

J'ouvre la porte de sa chambre où je la trouve paisiblement endormie et je m'approche de son lit. Son visage est détendu et ses petits poings sont serrés ; elle semble si innocente... Elle n'a aucune idée du vide qui emplit mon cœur en ce moment même. Je ne m'étais jamais rendu compte combien Charline ressemblait à Elizabeth, peut-être parce que je n'ai justement jamais pris le temps de l'observer jusqu'à récemment. Elle a la même bouche, je m'en souviens comme si c'était hier...

Mais aujourd'hui, y penser ne me fait plus aussi mal. Je me sens serein.

J'ouvre la dernière lettre avec hésitation, ne sachant pas ce qu'Anna peut lui avoir écrit, et je déplie la feuille pour découvrir un mot bref, un mot qui veut dire beaucoup de choses en peu de phrases, même si ma fille ne les comprend pas.

Charline,

Je suis désolée de t'avoir abandonnée comme je l'ai fait même si tu n'en as pas conscience. J'aurais voulu que les choses se passent autrement. Même si tu ne te souviendras sûrement pas de moi en grandissant, je ne t'oublierai pas.

Anna

Je serre les poings après avoir déposé la lettre sur la table à langer, la mâchoire crispée. Elle aurait aimé que les choses se passent autrement ; pourtant, ça ne tenait qu'à elle ! C'est elle qui est partie, c'est elle qui nous a abandonnés en ne laissant que de stupides lettres et un mot de démission.

Anna ne s'imagine sûrement pas ce qu'elle représente pour moi. Elle m'a appris à aimer ma fille, à la voir comme un cadeau et non comme un fardeau. Elle m'a montré que je pouvais encore ressentir des choses, mais elle est partie presque aussitôt. Je pensais qu'on pourrait passer du temps tous les trois, profiter de ce changement entre nous, que cette nuit serait un commencement et non une fin. J'en avais envie, et je pensais sincèrement qu'elle aussi. Mais elle a préféré nous abandonner.

Elle est partie.

Je me répète cette phrase encore et encore, comme si cela allait changer quelque chose, sans vraiment réaliser que je ne la reverrai peut-être pas, ne sachant même pas où elle peut être.

Mais je ne peux pas m'y résoudre. Je ne peux pas la laisser partir, pas sans me battre. Je jette un dernier regard au visage de ma fille endormie, puis je quitte sa chambre sans un bruit. Je dévale les marches pour rejoindre le rez-de-chaussée et je trouve rapidement Martha pour la prévenir de mon départ. J'aimerais emmener Charline, mais le genre de discussion que je souhaite avoir avec Anna ne peut pas avoir lieu avec un bébé dans les bras.

Je tente de joindre Anna, mais je tombe directement sur la messagerie. Je compte mes respirations pour tenter de contrôler mon énervement, puis je prends une minute pour réfléchir. Elle ne veut pas me parler, ce que je peux comprendre après avoir lu ses lettres, mais où est-ce qu'elle aurait pu aller ? Elle ne connaît pas grand monde à Édimbourg à ma connaissance. Sauf Smith… Et cette seule pensée a le don de me mettre hors de moi.

Mais je chasse bien vite cette idée, conscient que, si je veux la retrouver, je ne dois pas me laisser emporter par ma jalousie. Elle ne veut pas répondre au téléphone ? Très bien, j'irai moi-même à sa rencontre. La seule option possible en si peu de temps est qu'elle se soit rendue chez son amie, cette Amethyst, et même si cette pensée est loin de me réjouir, je préfère la savoir avec elle qu'avec mon cousin. Je compte la convaincre par tous les moyens de rentrer. Je ferai tout ce qui est en mon pouvoir pour la récupérer, parce que je ne suis pas prêt à renoncer à Anna et à ce qu'elle me fait ressentir.

16

J'ai passé le trajet en voiture à me torturer l'esprit en pensant à Anna et son amie. Je ne sais pas ce que je ferai si j'apprends qu'elles ont fait quoi que ce soit de nouveau, j'ai pu le supporter la première fois parce que je ne ressentais pas encore tout ce que je ressens, mais aujourd'hui, c'est différent. Il peut se passer n'importe quoi quand on se sent mal, on perd la notion de nos actes, et on fait des choses que l'on regrette ensuite, je suis bien placé pour le savoir. J'ai peur de la voir avec quelqu'un d'autre.

Sauf que si je n'avais pas été un tel abruti, nous n'en serions pas là.

Je n'ai pas sollicité mon chauffeur pour rejoindre Anna ; au lieu de ça, je gare ma propre voiture en centre-ville, juste devant l'immeuble de son amie. Je reste quelques instants à observer ce bâtiment à la façade rose pâle avec réticence, sachant pertinemment que jamais je n'aurais mis les pieds dans ce genre d'endroit si j'avais eu le choix.

Je ne comprends pas qu'Anna ait pu se réfugier ici.

Je rentre dans l'immeuble sans soucis grâce au manque cruel de sécurité, encore une preuve que cet endroit est loin d'être recommandable, puis je monte les marches deux à deux pour rejoindre l'étage d'Amethyst. *Merci à mon détective privé d'avoir été si rapide.* Je suis complètement essoufflé lorsque j'arrive sur le palier et je maudis intérieurement le constructeur pour ne pas avoir mis d'ascenseur.

Je suis soulagé d'arriver devant l'appartement et je prends le temps de reprendre ma respiration avant d'appuyer sur la sonnette sans m'arrêter jusqu'à ce que celle que je suppose être Amethyst m'ouvre. *Difficile d'oublier une chevelure pareille.* Elle me reluque sous tous les angles, un sourire aguicheur sur les lèvres, et j'aurais presque envie de la pousser pour retrouver Anna et me soustraire à son regard gênant. *Chaque chose en son temps.*

– Salut, bel homme… Je peux vous aider?

Son ton est suggestif alors que je la soupçonne de savoir parfaitement qui je suis et de ne faire ça que pour m'embêter. *De toute façon, qui ignore qui je suis à Édimbourg?* Mais peu importe ce qui la pousse à agir de cette façon, la seule chose que je désire, c'est retrouver Anna. Et elle est forcément ici. J'ai juste besoin de lui parler, de lui expliquer qu'elle doit revenir.

– Je veux voir Anna. Je sais qu'elle est là.

La fille lève les yeux au ciel, perdant son air faux, visiblement agacée de ma présence. Ce n'est pas bien difficile de voir que, sous ses airs faussement charmeurs, elle ne m'aime pas.

– Je m'en serais doutée. Et qu'est-ce qui vous dit qu'elle est ici? s'amuse-t-elle en s'appuyant sur le chambranle.

– Mon détective, mens-je.

Je souris faussement à mon tour, arborant le même air que celui que je présente aux collaborateurs réticents. Je ne supporte pas cette fille. Je suppose que c'est en grande partie parce que je sais qu'elle et Anna ont couché ensemble, mais je pense que je ne la supporterai jamais.

– Elle est occupée avec un ami, répond-elle, l'air sournois.

Un ami.

Je reste un instant décontenancé, angoissé à l'idée de comprendre ce que cela signifie, puis je bouscule Amethyst pour pénétrer dans cet appartement incroyablement minuscule. La maîtresse des lieux m'insulte dans mon dos, mais peu m'importe, je progresse dans l'appartement avec le seul espoir de trouver Anna seule. *Faites qu'elle ne soit avec personne…*

Pourtant, lorsque j'arrive dans le salon, mes espoirs s'effondrent et je me fige d'un coup en découvrant Anna, assise dans un fauteuil club, Smith juste en face d'elle. *C'est quoi, ce délire?* Je serre les poings, la mâchoire crispée à m'en faire mal, et je fixe mon cousin sans pouvoir me détourner. Je sens le regard surpris d'Anna peser sur moi alors que Smith se lève et vient se placer en face de moi, ses pupilles sûrement aussi noires que les miennes. *Nous n'apprécions pas notre présence mutuelle, c'est assez clair.*

– Pour une fois que tu as un truc bien, tu gâches tout. T'es vraiment qu'un pauvre con, mais ça, c'est pas nouveau, lâche-t-il avec dédain.

Sur ces mots, il attrape ses affaires et part d'un pas rageur après avoir dit à Anna de l'appeler si elle a besoin de quoi que ce soit. *Mais qu'il n'y compte pas trop, je ne le laisserai pas l'approcher.* Une fois mon cousin hors de ma vue, j'ose enfin poser les yeux sur Anna, un peu plus détendu lorsque mon regard rencontre le sien. Son visage est cerné, signe que la fin de sa nuit n'a pas dû être meilleure que la mienne et, intérieurement, je suis rassuré. C'est égoïste, j'en ai parfaitement conscience, mais je préfère la trouver comme ça qu'heureuse de m'avoir quitté, parce que ça signifie que je compte au moins un peu pour elle.

– Liam. Qu'est-ce que tu fais là? demande Anna dans un souffle.

Elle a l'air lasse mais je ne peux pas la laisser me quitter sans rien faire. Peut-être qu'au début elle n'avait aucun intérêt à mes yeux, du moins, c'est ce que j'essayais de croire, mais à présent je sais à quel point elle représente bien plus. Amethyst quitte la pièce sans un mot et Anna enlève son plaid pour se redresser dans le fauteuil, sourcils froncés, et je l'observe sans même m'en cacher. *Je ne veux plus faire semblant.*

– Charline a un souci? Elle est malade? s'inquiète-t-elle.

Elle paraît sincèrement inquiète et je secoue la tête pour la détromper. Je passe une main dans ma tignasse brune, déstabilisé qu'elle ne pense même pas au fait que je suis là pour elle.

– Non. Tu pensais vraiment que j'allais te laisser partir comme ça?

– Oui, dit-elle avec franchise.

Son regard paraît triste, et la sincérité de sa réponse me fait un mal de chien. Elle n'a même pas réfléchi, cette déclaration lui venait du cœur, elle pense réellement que son départ n'allait rien me faire. Elle n'a même pas conscience de ce que je ressens pour elle. Je ne pourrais pas la laisser s'en aller sans tenter de la retenir, ça me serait impossible, parce qu'elle me devient peu à peu indispensable.

– Pourquoi ? demandé-je.

À son tour, elle passe une main dans ses cheveux emmêlés et recule un peu plus dans le fauteuil avant de se prendre la tête entre les mains. Son dos est secoué de spasmes et je sais qu'elle se retient de pleurer. Je ne veux pas la voir dans cet état, j'aimerais pouvoir la serrer dans mes bras comme j'ai eu la chance de le faire cette nuit, mais je sais au fond de moi que ce n'est pas le bon moment, pas maintenant. *Si je l'approche, elle va me repousser.*

– Parce que toi et moi, ce n'était qu'une passade. Tu ne ressens pas pour moi un quart de ce que tu as pu ressentir pour elle, dit-elle d'une voix éteinte.

À l'évocation d'Elizabeth, mon cœur se serre, mais d'une façon différente aujourd'hui, comme si mon monde ne tournait plus autour de sa mort et que mes cicatrices s'étaient enfin refermées après ces mois de solitude et de douleur. J'ai enfin envie d'avancer, pour moi, pour ma fille, pour ce que l'avenir pourrait représenter. Je ne veux pas subir ma vie, je veux la vivre.

Je m'approche d'Anna en deux enjambées et je lui attrape fermement le menton avec toute la délicatesse dont je suis capable dans mon état pour la regarder dans les yeux. Elle paraît terrorisée par cette discussion, mais ça m'est égal.

Elle doit avoir lieu. Je ne supporte pas qu'elle pense savoir ce que je ressens alors qu'elle est à côté de la plaque. Je m'accroupis devant elle, tenant toujours son visage tourné vers moi, et je compte mes respirations pour me calmer avant de me lancer.

– Et qu'est-ce que tu en sais, de mes sentiments, hein? De quel droit tu te permets de dire ce que je ressens?

Elle se dégage avec violence de ma prise et me repousse de toutes ses forces comme si ma simple présence la brûlait. Je manque de tomber au sol mais je me rattrape de justesse sur la table basse. Son geste n'a pas d'importance, je veux juste qu'elle m'écoute attentivement et qu'elle comprenne qu'elle se fourvoie. On aura tout le temps de se disputer après.

– Tu te fous de ma gueule? s'emporte Anna, le regard noir. Oui, c'est forcément ça. Tu veux savoir pourquoi je ne peux que supposer ce que tu ressens? Peut-être parce que tu ne me parles pas! Tu te la joues pauvre con, puis tu passes du temps avec moi, ensuite tu me repousses, et pour finir, tu passes la nuit à me caresser comme si tu ressentais des choses pour moi! Je n'arrive pas à te suivre! Si seulement je savais ce que tu pouvais bien ressentir face à cette situation, peut-être que les choses seraient plus faciles.

Le désespoir qu'il y a dans chacun de ses mots m'atteint plus que je ne l'aurais cru possible. Je n'avais pas compris à quel point mon silence lui pesait, tout comme son absence m'a touché. Aucun de nous n'a vraiment communiqué, et nous nous retrouvons dans une impasse parce que nous n'avons pas su nous diriger ensemble. Je n'attends pas la suite de ce qu'elle peut avoir à dire, je m'approche d'elle et je l'embrasse doucement, comme si ce simple geste pouvait réparer tous les malentendus. Ce contact me revigore instantanément et j'aimerais pouvoir ne jamais quitter ses lèvres.

Mais Anna met vite fin à ce baiser, trop vite à mon goût, et me repousse en secouant la tête, une larme solitaire roulant le long de sa joue. *Pourquoi elle pleure ? Qu'est-ce que j'ai mal fait ?* Son regard est affolé et je sais de suite que mon geste n'était pas la meilleure des idées.

– Tu vois, c'est exactement pour ça que je suis partie. Tu souffles le chaud et le froid, mais tu ne dis rien. Tout ce que je veux, c'est que tu me parles et que tu arrêtes de me repousser. Pas que tu m'embrasses quand tu ne sais pas quoi faire.

– Je t'en supplie, reviens…

J'ai soufflé ces quelques mots en y mettant tout le désespoir que je ressens, j'ai presque chuchoté, mais je sais qu'elle les a entendus. J'ai besoin d'elle au manoir, près de moi, ça m'est essentiel, presque vital. Je ne veux pas abandonner l'espoir d'être de nouveau heureux en la laissant partir, je ne le peux simplement pas. Je sais que je suis loin d'être parfait, que communiquer n'est pas mon point fort, mais je peux essayer de changer ça. J'en serais capable, je le sais. Pourtant, elle continue de secouer la tête pour me dire non, et les fissures de mon cœur grandissent.

– Non, Liam. Je ne peux pas. Je ne veux pas vivre dans l'ombre d'un fantôme et souffrir.

– Mais tu ne vis dans l'ombre de personne ! Et qui te parle de souffrir ? Laisse-moi au moins une chance de te parler ! Comment veux-tu savoir ce que je ressens si tu ne m'en laisses pas l'occasion ?

Elle détourne les yeux, prise d'un doute. Elle sait très bien que j'ai raison, elle ne peut pas me reprocher de ne pas lui parler si c'est elle qui me repousse quand je tente de le faire. J'ai besoin qu'elle me laisse une chance de m'expliquer, de lui parler sincèrement comme j'aurais dû le faire avant qu'on passe la nuit ensemble. Sans ça, je ne sais pas ce que je ferai. Il faut absolument que je réussisse à la convaincre. J'ai merdé, je le sais, mais il n'y a pas d'erreur irréparable.

– Viens dîner à la maison ce soir. S'il te plaît, tenté-je.

Anna continue de secouer la tête et mon pouls s'accélère un peu plus à chacun de ses mouvements réguliers. Je ne sais pas quoi faire pour la faire changer d'avis. Je finis par m'approcher doucement d'elle, espérant qu'elle ne me repousse pas de nouveau, et je prends ses mains tremblantes dans les miennes pour les porter à ma bouche et lui embrasser les doigts. *Si elle savait comme je regrette de ne pas avoir compris mes sentiments plus tôt.*

– Je peux te le demander à genoux s'il le faut, mais s'il te plaît, laisse-moi une chance. Une seule.

Ses yeux se fixent sur les miens et je lis une multitude d'émotions contradictoires dans ses iris. Je suis désespéré et je ferais n'importe quoi pour qu'elle accepte de venir ce soir, elle pourrait me demander tout ce qu'elle veut, je serais prêt à le faire. J'attends patiemment avec espoir, les secondes passent de façon interminable jusqu'à ce que le verdict tombe et me soulage d'un poids énorme.

– Très bien. Donne-moi l'heure, je serai là. Mais si tu tentes quoi que ce soit, je m'en irai.

Je hoche vivement la tête alors que j'ai enfin l'impression de respirer de nouveau. Je sais que rien n'est gagné, mais c'est déjà un grand pas pour moi, même si elle est réticente à l'idée de venir, je ne désespère pas. Je ferai ce qu'elle veut pour réparer les choses, pour essayer de la récupérer. Je ne suis pas patient, mais pour elle, je pourrais le devenir. Elle va me revenir, d'une façon ou d'une autre.

17

Je vérifie une dernière fois dans la salle à manger que tout est prêt pour la recevoir comme il se doit. Je crois que j'ai réussi à faire quelque chose de presque correct avec le peu de temps que j'avais. Tout est assez nouveau pour moi, je n'ai jamais eu à inviter qui que ce soit à manger ni à essayer de convaincre quelqu'un de revenir. C'était assez simple avec Elizabeth, on savait qu'on devait finir ensemble, on s'est bêtement mariés à nos 26 ans pour un accord entre nos deux entreprises, il n'y a pas eu nécessité de faire quoi que ce soit de ce genre, pas de séduction, de rencard ou de dîner aux chandelles.

Alors aujourd'hui, je veux faire les choses bien. J'ai tenu à me charger moi-même de ce repas. J'ai demandé à Martha de me montrer comment faire quelque chose de simple à manger pour ce soir et, même si ce n'est rien d'incroyable, je suis assez fier d'avoir réussi seul. J'espère qu'Anna prendra ça en compte, qu'elle verra que je suis prêt à faire des efforts pour qu'elle me laisse une chance. *Je ne suis pas du genre à cuisiner pour n'importe qui.*

Je lui ai donné rendez-vous à dix-neuf heures, il me reste

une petite trentaine de minutes avant qu'elle n'arrive, et je suis complètement sur les nerfs en l'attendant. J'ai toujours pour habitude de prendre de l'avance, pour être sûr de ne jamais être en retard, mais cette fois-ci j'ai l'impression que l'attente est interminable, et j'aurais dû garder des choses à faire pour m'occuper l'esprit.

Je monte dans la chambre de Charline après que le babyphone a retransmis ses pleurs. Je suis loin d'être un papa parfait, je n'ai toujours pas compris comment lui faire à manger ou comment marche cette gigoteuse qu'elle semble tant aimer, mais je commence à me débrouiller de mieux en mieux. Je regrette juste de ne pas l'avoir fait plus tôt, j'ai loupé les premiers mois de la vie de ma fille et je ne me le pardonnerai jamais car je ne peux pas les rattraper, mais je peux au moins profiter des suivants.

Je prends doucement Charline dans mes bras alors qu'elle gigote dans tous les sens, ses yeux rougis, et je souris doucement en attrapant sa tétine pour la lui rendre, ce qui a le mérite de la calmer immédiatement. *Pour une fois que je sais vraiment ce qu'elle veut.*

Au moment où je descends, ma fille dans les bras, quelques coups à la porte résonnent et je fais signe à Martha que je m'en occupe avant que celle-ci n'ait pu ouvrir la porte. J'ouvre le lourd battant d'une main, l'autre calant ma fille contre moi, et je découvre Anna, les joues rosies par la fraîcheur et son manteau fermé jusqu'en haut. Je reste comme un con à l'observer alors qu'elle danse d'un pied sur l'autre.

– Je peux entrer? finit-elle par demander.

Mais que je suis con.

– Oui. Bien sûr que oui.

Je m'écarte en essayant de m'asséner une claque mentalement pour avoir l'air si stupide en l'observant pendant que Charline gazouille dans tous les sens en voyant Anna. On dirait que je ne suis pas le seul à qui Anna a manqué, et le visage de celle-ci s'illumine en voyant mon bébé.

– Anna ! nous interrompt Martha. Vous êtes revenue ? Vous voulez que je vous prépare votre chambre ?

Mon intendante se précipite pour lui prendre son manteau comme elle le fait toujours, dépassant de loin ses fonctions. Mais son enthousiasme est de courte durée lorsque Anna lui répond.

– Non, merci. Je ne suis là que pour écouter ce que Liam a à me dire.

La couleur de la soirée vient d'être annoncée, et je tente de masquer mon air déçu. Elle n'est là que pour écouter, et je vais devoir maîtriser chacun de mes mots si je veux la convaincre de rester. Ça ne doit pas être plus compliqué que de manager mon équipe de directeurs de filiale… Non ? Quoique. Aucun d'eux ne m'a jamais insulté ni mis le cœur en vrac.

Charline continue de gigoter dans mes bras, et Anna s'approche de moi, les yeux rivés sur mon bébé, se moquant éperdument de ma présence. *L'affection qu'elle lui porte semble sans fin.*

– Je peux ? demande Anna en me jetant un bref coup d'œil.

Je hoche la tête et je la laisse porter ma fille, nos mains

se frôlant au passage et lui procurant des frissons bien visibles qui font écho aux miens. Anna fait comme si de rien n'était et sourit sincèrement en regardant Charline, alors que je ne peux détourner les yeux de son visage. J'aimerais moi aussi être responsable de sa joie et être le destinataire de ses sourires.

Anna finit par relever la tête vers moi, son sourire a disparu et ses yeux sont tristes quand elle m'observe. Je déteste la voir dans cet état ; c'est comme si, moi aussi, je lui avais fait du mal sans le vouloir.

Ce qui est fortement possible…

– Viens. On va aller se poser, lui proposé-je.

Je l'emmène jusqu'à la salle à manger, où je ne suis pas sûr qu'elle ait déjà mis les pieds, et je la laisse observer en restant en retrait. Je ne me sens pas dans mon élément dans ma propre maison et je déteste ça. Sa simple présence me met mal à l'aise presque autant qu'elle me réconforte, et ça me déroute plus que tout de voir qu'elle a cet effet sur moi. Son attention se balade partout dans la pièce, jusqu'à ce qu'elle pose les yeux sur la table que j'ai dressée pour deux.

– Est-ce que c'est toi qui as fait ça? demande-t-elle.

Elle ne se retourne pas, continuant d'observer les lieux. J'ai glissé dans un vase quelques roses que je suis allé cueillir dans le jardin, et j'ai essayé de mettre correctement les serviettes de manière à faire quelque chose de presque romantique, espérant lui en mettre plein les yeux. *Je ne vois pas ce que je pourrais faire de plus pour ce soir.*

– Oui.

Anna lâche un rire qui résonne jusqu'au fond de mon âme, et lorsqu'elle se retourne, je suis soulagé de voir ce mélange de surprise et d'incompréhension sur son beau visage. Je voulais la surprendre, et cela semble être mission réussie. Elle sourit plus largement en observant Charline jouer avec son collier, et je ne peux pas m'empêcher de sourire à mon tour en les voyant ensemble. Si je n'avais pas tant de choses à dire à Anna, je n'oserais pas les séparer tant j'aime la voir s'amuser avec ma fille.

– Martha peut s'occuper de Charline pour qu'on soit tranquilles si tu veux, proposé-je.

– Juste deux minutes.

Elle lui sourit d'une façon presque maternelle en lui prenant une de ses mains avec douceur. Anna dépose un baiser sur le front de ma fille puis laisse Martha aller lui donner à manger et nous nous retrouvons seuls dans un silence pesant. Je ne le brise pas, je me contente de la laisser s'asseoir avant de prendre place en face d'elle sans la quitter des yeux, le plat de lasagnes entre nous, et j'attends patiemment qu'elle fasse le premier pas. *J'ai peur de tout faire de travers.*

– C'est toi qui as cuisiné? finit-elle par demander.

Je fronce les sourcils, surpris par son sujet de discussion, mais je me reprends bien vite.

– Oui. Martha a essayé de m'apprendre un plat simple.

Anna plante ses yeux dans les miens, et je sais qu'elle attend que je parle mais je profite encore quelques instants du calme pour l'observer. J'ai peur qu'elle ne décide de me laisser après ce soir, je veux pouvoir me souvenir de chacun de ses traits si jamais cela arrive. Je ne veux rien oublier d'elle.

– Tu n'as pas dit que tu voulais me parler? me rappelle Anna.

Elle commence à s'impatienter et elle se mord la lèvre inférieure comme chaque fois qu'elle s'agace. Ce tic involontaire m'a donné envie de l'embrasser dès la première fois où je l'ai vue faire, et cette fois-ci ne fait pas exception, mais je fais taire mes envies primaires pour pouvoir lui répondre. Si je me débrouille bien, nous aurons tout le temps du monde pour profiter l'un de l'autre.

– Si. Je veux que tu me laisses une vraie chance, répété-je.

Elle ne détourne pas les yeux, elle essaie de masquer ce qu'elle ressent mais ses yeux parlent pour elle, elle n'est pas douée à ce jeu-là et je ne vais pas m'en plaindre. Je pensais qu'elle serait contente de mon aveu; pourtant, elle semble simplement intriguée, comme si ce n'était pas un argument suffisant.

– Et quel genre de chance?

Anna sait parfaitement que je ne suis pas de ceux qui s'étalent sur leurs sentiments, mais j'ai parfaitement conscience qu'elle est en train de me tester. Elle veut voir si je suis capable de lui répondre, de passer outre mon mutisme, et je compte bien lui prouver que je le peux.

– Une chance pour toi et moi. Une vraie relation.

Elle s'avance et s'accoude à la table, la tête posée sur son poing. Je sais d'avance qu'elle ne va pas me rendre la tâche facile, parce que ça fait partie de son caractère de cochon et c'est l'une des choses que j'apprécie chez elle.

Elle a cette lueur insolente qui brille dans les yeux, celle qui me montre toujours quand elle va me contredire ou tenter de me déstabiliser.

– Est-ce que tu me dis ce que je veux entendre pour que je revienne?

Je ne sais pas d'où elle sort ça, je n'ai jamais rien dit de tel, j'en suis sûr. Parlez-moi de statistiques, de marché en Bourse ou de rachat d'entreprise, je comprendrai parfaitement. Mais parler à Anna… C'est un peu un défi à chaque seconde.

– Non! Pas du tout. Je suis sérieux. Je veux vraiment avoir une chance.

– Pourquoi alors que tu dis ne plus rien vouloir depuis la mort de ta femme?

Je ne sais pas si elle me le demande ou si elle réfléchit à voix haute, mais je réponds quand même. Je n'aime pas sa tristesse vis-à-vis d'Elizabeth. J'ai tenu ces propos au début, oui, quand je ne risquais pas encore de la perdre, mais aujourd'hui je remets les choses en cause, je me rends compte de mes propres sentiments. J'avais peur de me laisser atteindre depuis la mort d'Elizabeth, et je refusais de voir ce qui m'entourait.

– C'est différent. J'aimais Elizabeth, mais je…

Je perds mes mots. Je n'ai aucune idée de ce que je vais lui dire. J'ai beaucoup de mal à exprimer ce que je ressens au fond de moi, mais je dois faire des efforts, c'est la seule façon de la retenir.

– Si je te racontais notre histoire, à Elizabeth et moi, est-ce que ça t'aiderait?

Je n'en ai jamais parlé depuis sa mort. Je me sentais coupable, j'étais incapable de me confier à qui que ce soit, mais curieusement j'ai envie de tout lui dire, même si ça fait remonter des souvenirs douloureux, je veux lui raconter ce qu'il s'est passé, qu'elle comprenne pourquoi je me sens responsable. Anna hoche doucement la tête et attend que je commence sans dire un mot. Je prends une respiration profonde et je me lance enfin, assez incertain de ce que je vais dire.

– Nos parents étaient partenaires en affaires. C'était très fructueux pour les deux entreprises, mais nos pères ont voulu plus, il leur fallait toujours plus, ils voulaient une fusion en bonne et due forme, de façon à assurer un avenir à l'entreprise commune. Et quel meilleur moyen que de marier leurs enfants et de s'assurer une descendance commune par la même occasion? J'étais contre. J'avais travaillé dur pour hériter de cette entreprise et, à mes 25 ans, on m'annonce que je dois me marier. Je savais que ce genre de chose allait arriver, mais ce n'est pas pour autant que je voulais m'y résigner…

Je souris légèrement en pensant à cette époque qui me paraît bien loin aujourd'hui. J'étais jeune et je ne rêvais que de mon travail, je ne me pliais jamais à ce que l'on me demandait, j'étais têtu. Me marier était le cadet de mes soucis et je ne croyais même pas en l'amour. Aujourd'hui, je ne suis plus sûr de rien.

– Je n'aimais pas Elizabeth. Et c'était réciproque au début, continué-je. On avait toujours été amis mais rien de ce genre. Elle avait quatre ans de moins que moi et elle était avec Smith. Évidemment, lui aussi était contre toute cette mascarade, il l'aimait beaucoup trop pour ça. Mais Elizabeth a dû passer du temps avec moi pour représenter l'entreprise de son père, et je crois bien qu'elle a fini par m'apprécier. Elle m'a choisi plutôt que Smith, j'étais son avenir professionnel en quelque sorte.

J'expire profondément; si elle avait juste dit non à son père, jamais elle ne serait morte. Elle serait même peut-être avec Smith et très heureuse. Mais Charline n'existerait pas…

Anna fronce les sourcils en m'écoutant, et je soupire avant de poursuivre.

– Je sais que c'est horrible à dire. Mais je crois que même après le mariage, même après la conception de Charline, je ne l'ai jamais aimée comme elle l'aurait voulu. C'était ma meilleure amie, ça l'avait toujours été. Et je n'ai jamais réussi à la considérer comme plus. Elle était attirante, mais je ne suis jamais tombé amoureux d'elle, je me contentais de cet arrangement parce que je pensais ne jamais connaître mieux.

Je sursaute quand la main d'Anna se pose sur la mienne, et je croise son regard compatissant.

– Et après? murmure Anna.

Sa voix est douce, on dirait qu'elle appréhende la suite autant que j'angoisse de la lui révéler. C'est un sujet douloureux qui n'a jamais été révélé à personne, même du vivant de ma femme. On a préservé notre vie jusqu'au bout, parce que les journaux se seraient fait une joie de dévoiler cette histoire.

– Et après sont venues les complications. Elizabeth ne voulait pas du bébé, elle refusait cette grossesse. Je ne sais pas ce qu'il s'est passé, pourquoi les choses ont pris ce tournant, mais elle est tombée en dépression. Être enceinte la rebutait profondément. Elle n'aimait pas son propre bébé.

Aujourd'hui, je me dégoûte d'avoir ressenti la même chose envers un petit être innocent. J'ai reproché à Elizabeth quelque chose que j'ai moi-même fini par faire et je m'en veux énormément. Lorsque je la voyais détourner les yeux à chacune des échographies, je ne comprenais pas. Comment pouvait-elle ne pas vouloir regarder son propre bébé ? Et finalement, je ne me suis pas comporté en parent plus exemplaire alors que Charline aurait mérité d'être heureuse et entourée dès sa naissance.

– Charline n'était pas voulue ? s'étonne Anna.

– Non. Mais quand je l'ai appris, j'étais heureux. Je voulais faire mieux que ce que mon père avait fait avec moi, je voulais être le papa que je n'ai jamais eu. Je voulais aimer ma fille, lui donner un bel avenir, et j'y ai vu une occasion d'être enfin heureux avec ce bébé.

Et j'ai tout raté. Je me rends compte que j'ai fait exactement ce que je ne voulais pas, j'ai été pire que mon père et, sans Anna, ce serait peut-être toujours le cas. J'ai failli passer à côté du bonheur de connaître ma fille. Anna cherche mon regard, ses lèvres pincées, et je serre sa main dans la mienne.

– Elle est morte en la mettant au monde, c'est ça ? continue Anna.

Je hoche doucement la tête en caressant le dos de sa main pour essayer de me réconforter. La cause de sa mort n'est pas un secret, tous les journaux en ont parlé, et Anna a sûrement dû lire certains articles quand elle est arrivée ici. Mais qu'elle le sache déjà n'empêche en rien cette douleur que je ressens en y pensant, parce qu'elle ne connaît pas le pire.

– Oui. Je n'étais même pas là. J'avais un rendez-vous en ville quand j'ai appris qu'elle allait accoucher. Je suis rentré directement mais c'était trop tard.

Je m'en veux encore terriblement aujourd'hui. Elle est restée seule jusqu'à la fin, je n'ai pas été présent pour elle comme je l'aurais dû. J'ai été un mari et un ami pitoyable, je l'ai abandonnée au pire moment. Je baisse les yeux pour ne pas affronter le regard d'Anna, et je serre les paupières pour refouler ma culpabilité.

– Elle ne voulait pas mettre le bébé au monde, les médecins ont été obligés de lui faire une césarienne en urgence. Ils ont pensé l'avoir tirée d'affaire, mais son utérus s'était déchiré et elle est décédée d'une hémorragie interne. Elle n'a même pas tenu Charline dans ses bras, pas parce qu'elle n'en a pas eu le temps, mais parce qu'elle n'en a pas eu l'envie.

Je suis surpris de sentir une larme rouler sur ma joue et je l'essuie avec rage tout en relevant la tête vers Anna. Je ne suis pas du genre à pleurer, mais je ne peux pas empêcher mes larmes de couler à ce souvenir. Ce jour-là, j'ai perdu ma meilleure amie, et je m'en suis voulu de ne pas avoir su voir les choses en face.

– Qu'est-ce que je suis censé dire à ma fille plus tard ? Que sa mère ne l'aimait pas suffisamment pour avoir envie de lui donner la vie ? dis-je en secouant la tête.

Tout d'un coup, j'en veux à Elizabeth. Elle a laissé un vide béant dans nos vies et il ne pourra jamais être comblé parce que nos derniers moments ensemble n'ont été que des moments sombres qui nous ont blessés, Charline et moi. Elle n'était plus que l'ombre d'elle-même, et la Elizabeth que je connaissais avait disparu depuis bien longtemps. Anna a elle aussi les yeux brillants et une expression horrifiée, mais je continue tout de même mon histoire. Je veux qu'elle sache tout.

– Après ça, j'en ai voulu à ce pauvre bébé. Je lui en ai voulu parce que je voyais Elizabeth à travers ses yeux. J'avais perdu ma meilleure amie parce que je n'avais pas fait attention à ce qu'elle ressentait pour ce bébé. Je me sens ridicule à présent d'avoir agi ainsi. Charline n'est qu'un dommage collatéral. Elle ne mérite pas d'être rejetée et je me rends compte de ce que j'ai raté à présent. J'aime ma fille plus que je ne l'aurais pensé possible, je n'aurais jamais dû la rendre responsable du décès de sa mère parce que je m'en voulais à moi-même.

Je m'attends à ce qu'Anna s'éloigne, qu'elle me prenne pour une personne horrible, mais au lieu de ça, elle me sourit avec tendresse et je retrouve celle qui vivait ici et qui était toujours là pour moi, même dans mes moments sombres, même quand j'étais insupportable avec elle. Elle est toujours un soutien inestimable, y compris quand elle a ses propres problèmes, et j'ai l'impression que mes confessions l'aident à me refaire confiance. Je n'attends que ça.

– Je comprends mieux. Tu lui en veux d'avoir rejeté votre fille, et tu t'en veux de ne pas l'avoir aimée assez. C'est pour ça que tu refuses d'avancer.

C'est l'occasion ou jamais de la convaincre. Elle me tend une perche que je ne dois absolument pas rater. Oui, je ne voulais pas avancer, j'avais peur d'aimer quelqu'un comme je n'ai jamais aimé Elizabeth, mais je sais que les choses ont changé.

– Je ne voulais pas. Je le veux maintenant, je veux au moins essayer. Avec toi. Ne me laisse pas.

Elle me fixe de ses grands yeux verts, je sais que mes mots la touchent plus qu'elle ne veut l'admettre. Ils reflètent exactement ce que je ressens. Je suis terrorisé à l'idée qu'elle m'abandonne, à l'idée de la perdre. Pourtant elle ne me répond pas et change radicalement de sujet.

– Et Smith te tient pour responsable de son décès, c'est pour ça qu'il te déteste, n'est-ce pas?

Je serre les dents en repensant à mon cousin. Je n'apprécie pas qu'il tente de se rapprocher d'Anna alors qu'il voit pertinemment ce que je ressens. Il m'en veut peut-être pour Elizabeth, mais je refuse de le laisser se venger sur Anna. Je ne veux pas qu'il lui fasse du mal.

– Oui.

Je finis par me décider à poser la question qui me brûle les lèvres depuis que je l'ai retrouvée. Je sais qu'elle ne va pas forcément lui plaire mais j'ai besoin de savoir.

– Pourquoi est-ce qu'il était chez ton amie?

– Ame l'a appelé. Il est venu voir si j'allais bien.

Je lâche un rire amer. Je ne sais pas si elle y croit elle-même, mais je sais très bien que Smith ne fait jamais rien sans calcul. Il a forcément une idée derrière la tête, et elle est le plus souvent mauvaise. *Mais ce qui m'inquiète le plus, c'est de voir qu'il semble réellement tenir à Anna.*

– Serais-tu jaloux? demande Anna, un sourcil haussé.

– Oui.

Il n'y a pas de honte à l'avouer. Je suis jaloux de savoir que mon cousin a été là pour elle alors que je ne l'étais pas. J'aurais dû voir le mal que je lui faisais, j'aurais dû me rendre compte plus tôt des choses, avant qu'elle ne parte. Anna tient toujours ma main, son menton posé sur son poing, et elle penche la tête sur le côté en me dévisageant.

– Pourquoi? m'interroge-t-elle.

– Parce que si je pensais qu'il faisait ça uniquement pour m'atteindre, je m'en ficherais. Mais il a l'air de vraiment s'intéresser à toi et je sais qu'il ne va pas lâcher l'affaire. Il est plus jeune, dans ta tranche d'âge, et il est intelligent.

Je ne sais même pas pourquoi je chante les louanges de Smith auprès d'Anna. Il ne mériterait même pas que je parle de lui. Mais je pense tout ce que je dis, il n'y a pas de raison qu'elle ne le préfère pas à moi, s'il sait se montrer comme il était à l'époque avec Elizabeth, Anna pourrait l'aimer… Et cette simple idée me terrorise.

– Est-ce que tu as lu ma lettre? lâche-t-elle.

Anna retire sa main de la mienne et recule sur sa chaise, attendant ma réponse, le visage fermé. Je fronce les sourcils, me rappelant chacun des mots que j'ai lus.

– Oui. Plusieurs fois.

Elle pose ses mains à plat sur la table, l'air sérieux et déterminé. Je ne l'ai encore jamais vue comme ça.

– Bien. Alors dis-moi ce que je disais dedans.

– Que tu avais aimé cette nuit. Que tu étais désolée de partir. Qu'on allait te manquer, mais que tu nous aimais, dis-je comme si je répétais une présentation de projet.

Ces derniers mots me rassurent un peu. Si elle nous aime vraiment, j'ai bon espoir qu'elle me laisse une chance, qu'elle nous laisse une chance. Mais je n'oublie pas pour autant que, malgré ses sentiments, elle est quand même partie; aimer quelqu'un ne veut pas dire rester à ses côtés... Anna paraît satisfaite de ma réponse au vu de son expression.

– Exactement! Tu as retenu ces mots mais tu ne les as visiblement pas bien compris. Je t'en veux beaucoup pour m'avoir repoussée, pour m'avoir autant blessée chaque fois que tu devenais froid et méchant, et c'est pour ça que je suis partie, pour ne plus être blessée. Mais je suis amoureuse de toi. Pas de Smith.

Le fait qu'elle me le redise à voix haute, en dehors d'une dispute, me fait un drôle d'effet. C'est comme si elle rendait les choses plus réelles et que je les comprenais enfin. Elle est amoureuse, et mon cœur s'emballe en réalisant l'étendue de ses mots. Tout n'est pas foutu, elle ressent toujours toutes ces choses pour moi...

– Et je m'en fous de ton âge, sérieusement, reprend Anna. Si on avait vingt ans d'écart, peut-être que cela finirait par nous poser un problème. Mais on est tous les deux adultes et consentants.

C'est ça que j'aime chez elle. N'importe quelle fille de son âge aurait réagi différemment, peut-être en s'énervant et en m'envoyant chier ; pourtant, Anna s'arrange toujours pour retourner le problème dans un autre sens et me le faire accepter.

– Et tu veux que je te dise un secret ? continue-t-elle.

Je lève un sourcil en attendant la suite.

– Je trouve que Smith a vraiment un humour de merde. Ce n'est pas du tout mon genre.

Je la regarde, mi-choqué, mi-amusé, et un rire m'échappe malgré moi. Je passe un certain temps à la fixer en souriant, profitant simplement de ce moment ensemble. J'aimerais que ça dure, et j'espère qu'elle ressent la même chose. Je ne veux pas qu'elle quitte définitivement le manoir, je voudrais que ce repas soit le début d'une nouvelle étape pour nous.

– Liam ? attire-t-elle mon attention.

Je lui fais un signe de tête, l'invitant à continuer. Je n'ai pas envie de briser ce moment de sérénité.

– Est-ce que tu ressens quelque chose pour moi ? demande-t-elle de but en blanc.

Je la vois retenir son souffle un court instant, et je ne suis pas déstabilisé, cette fois-ci. Je savais qu'elle me le demanderait, je savais qu'elle voudrait connaître mes sentiments à son égard et, même si parler amour me trouble, je peux comprendre son besoin de savoir, parce que je ressentais la même chose.

– Oui.

Sa respiration s'accélère et je sais qu'elle écoute chacun

de mes mots avec attention en espérant entendre ce qu'elle souhaite. Je sais aussi que c'est le moment ou jamais d'être honnête avec elle et de la récupérer.

– Je ne connais rien aux relations. Je te l'ai dit, tout a été arrangé avec Elizabeth. J'étais un accro du travail depuis mon adolescence et je n'ai jamais eu de rencard ou ce genre de chose. Je n'y connais vraiment rien. Je pense que je gère même mieux les couches de Charline que les relations amoureuses. Mais quand il s'agit de mes sentiments… c'est compliqué.

Elle lâche un petit rire à ma remarque sur ma fille, et j'ai l'impression d'être sur la bonne voie. Je la retrouve peu à peu, sa tristesse commençant à s'effacer pour laisser place à un sourire radieux.

– Tu veux une relation… amoureuse? s'assure-t-elle.

Je me passe une main dans les cheveux, hors de ma zone de confort. Je n'ai jamais vraiment vécu ce genre de situation et, même si ça me terrifie, je ne peux pas nier que j'en ai envie avec Anna. Je ne sais pas pourquoi. Je la désire, je veux la garder près de moi, pouvoir lui parler, je veux être avec elle dans tous les sens du terme. Je n'ai jamais ressenti ça avant, je connaissais le désir charnel, mais rien de comparable à ce que je peux ressentir à présent. Je la veux sur un plan physique, mais pas seulement. *Je la veux tout entière.*

– Je crois oui. Si tu le veux toi aussi.

Elle se prend la tête dans les mains et je redoute qu'elle me repousse. Je ne sais pas ce que je ferai dans ce cas… Quand elle me regarde enfin de nouveau, elle aspire ses joues et me répond.

– Je suis venu ici pour te dire que je ne voulais pas revenir. Pas comme ça. Que je ne supporterais pas d'être avec toi si c'était pour faire comme si de rien n'était entre nous.

Ses reproches sont justifiés. J'ai été horrible avec elle et j'ai toujours du mal à croire qu'elle est amoureuse de moi malgré tout. C'est comme si elle arrivait à voir quelque chose en moi que je ne vois pas moi-même. Mais je ne veux pas faire comme si de rien n'était, loin de là.

– Je ne pensais pas que tu me demanderais ça, finit-elle par avouer.

Je ne sais pas si sa remarque est positive, mais je l'espère. Je me doute qu'elle ne s'y attendait pas après des semaines de silence de ma part, mais je pense absolument tout ce que je lui ai dit ce soir.

– Est-ce que ça veut dire oui? m'assuré-je.

– Oui. Si tu me promets de ne plus me repousser comme tu l'as déjà fait.

Je ferme les yeux, prenant le temps d'assimiler ses mots. Elle me laisse une chance de me rattraper, de faire ça bien et d'essayer de construire quelque chose entre nous. Il n'est plus question de la repousser, loin de là.

– Donc tu vas revenir au manoir?

– Non, pas pour l'instant. Et pour Charline, commence-t-elle…

Mais je ne lui laisse pas le temps de finir. Si elle revenait pour son travail, j'en serais heureux, mais elle ne serait pas revenue pour moi. Et je veux que les choses soient réelles, pas forcées.

– Ne t'en occupe pas. Je verrai avec Martha, et nous en discuterons le moment venu.

Je tente de masquer mon air déçu, me consolant au moins de la chance qu'elle m'accorde. Je dois prendre les choses comme elles viennent, sans tenter d'aller trop vite.

– Alors… Qu'est-ce que nous sommes? demande Anna.

Je la fixe, la bouche ouverte, et elle éclate de rire face à mon air profondément dérouté. Je n'avais pas pensé à ce détail-là. Pour moi, elle allait dire oui et tout irait bien, on passerait du temps ensemble et elle reviendrait au manoir comme si de rien n'était. Ça n'allait pas plus loin.

– Je plaisante, Liam, dit-elle en continuant à rire. On prendra les choses comme elles viennent.

Je souris, rassuré, puis je tends la main pour saisir la sienne et elle ne me repousse pas.

– Ça me va, dis-je. Mais si Smith me parle de toi, je te préviens, je ne me gênerai pas pour lui dire que tu n'es pas disponible.

Elle lâche un rire sincère et je retrouve toute la douceur et la joie de vivre qui la caractérisent si bien. Je déteste savoir qu'elle aurait pu mettre fin à tout ça avant même que ça n'ait commencé. Je ne sais pas ce qu'il va se passer pour nous, ni même si les choses marcheront, mais je compte faire de mon mieux pour lui prouver que je suis digne de cette chance. Je ne veux plus aucun non-dit entre nous.

18

La soirée s'est finie entre discussion et rire, et c'est comme si Anna n'était jamais partie. Elle a fini par rentrer chez son amie, même si j'aurais aimé la retenir, et je ne l'ai pas revue depuis. Elle a prétexté une trop grosse quantité de travail à faire pour l'université, alors que je sais parfaitement qu'elle prépare tout en avance et que ses partiels ne sont pas pour tout de suite. Pourtant je n'ai rien dit, je l'ai laissée gérer les choses à sa manière, et je me suis contenté de l'inviter à passer du temps avec moi en fin de semaine. Seul problème : je n'ai pas la moindre idée d'où l'emmener ou de quoi faire.

Je veux quelque chose de simple, qui ressemble à Anna sans être trop classique, quelque chose qui nous permettrait de nous retrouver en tête à tête et de profiter d'un moment ensemble, mais trouver une idée s'avère plus difficile que je ne le pensais. Il ne me reste qu'une petite demi-heure avant que je n'aille chercher Anna par surprise, étant donné qu'elle était censée me rejoindre ici, et je n'ai toujours aucune idée d'où l'emmener.

J'avoue ne pas comprendre moi-même pourquoi je ne

trouve pas le lieu idéal pour un rendez-vous. J'arrive à traiter n'importe quel dossier, mais je ne suis pas capable de gérer ma vie amoureuse. J'ai l'impression d'être un novice, et je déteste cette sensation.

J'ai au moins profité de cette semaine sans Anna pour finir sa chambre moi-même. La peinture n'a jamais été mon truc, mais j'avais envie de finir les choses, et je dois avouer que je ne suis pas peu fier du résultat.

Charline me détourne de mes réflexions en gigotant dans son parc à côté de moi, s'amusant avec les peluches qui pendent au-dessus d'elle, et je me penche par-dessus l'accoudoir pour l'observer sourire seule.

– Et toi, alors ? Tu penses qu'elle aimerait quoi, Anna ?

La petite tape dans le requin avec sa petite main et une idée me vient en voyant ce gros poisson en peluche. Je n'ai pas mis les pieds à la plage depuis une éternité mais je suis sûr que ce genre de chose devrait plaire à Anna. Après la sortie que nous avions faite avec Charline à l'aquarium, la plage semble être un endroit tranquille, à l'écart de tous. Parfait pour se retrouver.

***

J'ai confié ma fille à Martha juste avant de partir. Elle était heureuse de s'en occuper même si j'ai bien conscience que ce n'est pas son rôle, mais je n'ai pas envie de faire entrer un ou une inconnue sous mon toit pour le moment. Je veux me concentrer sur ce que j'ai raté dans la vie de ma fille, et prendre le temps pour convaincre Anna de revenir pour moi. Je sors du manoir après avoir embrassé ma fille pour me rendre jusqu'à la dépendance où ma voiture est sagement garée, et je prends place côté conducteur pour mettre le contact. Ce bolide m'avait manqué plus que je ne le pensais, et le prendre pour retrouver Anna me redonne goût à la conduite.

Je savoure le bruit du moteur qui ronronne et je sors de ma propriété plus vite que je ne le devrais, mais la vitesse a toujours été quelque chose que j'apprécie. J'arrive en un rien de temps à l'université et je me gare un peu plus loin pour ne pas qu'Anna remarque tout de suite ma voiture. Je sors de l'habitacle pour rejoindre le trottoir face à l'entrée et attendre Anna. Je fixe l'université, sachant pertinemment qu'elle ne devrait pas tarder mais, au lieu de ça, j'ai la mauvaise surprise de voir une tornade violette se diriger vers moi, un sourire moqueur sur le visage.

– Monsieur White. Vous attendez quelqu'un ?

– J'attends Anna, dis-je simplement.

– Je ne sais pas ce qu'elle vous trouve. Elle pourrait avoir tellement mieux.

– Comme vous, peut-être ?

Ma remarque fait mouche. Elle a l'air surprise que je sois au courant tandis que je n'ai jamais été aussi heureux de savoir ce détail qui m'a énormément torturé au début. Je ne pensais pas que cette information me serait utile un jour, et pourtant si. Amethyst a l'air encore plus en colère et je crois que c'est un don chez moi que de réussir à mettre en rogne la gent féminine.

– Vous ne la méritez pas. Vous n'êtes qu'un idiot qui

a dû attendre son départ pour se rendre compte de ce qu'elle représentait à vos yeux.

Ses mots m'atteignent plus qu'ils ne le devraient parce qu'ils sont vrais. Si je n'avais pas manqué de la perdre, je passerais sûrement encore mon temps à la repousser et à me voiler la face à propos de ce que je peux ressentir. Mais ce n'est pas pour autant que je vais laisser une inconnue me parler comme si j'étais une vieille connaissance. Elle n'a aucune idée de qui je suis ni de quoi je suis capable.

– Je vous interdis de me parler de cette façon. Vous ne savez rien de ce qui peut se passer avec Anna, et ne vous avisez pas de me reparler sur ce ton, ou vous le regretterez. Est-ce que c'est clair ?

Je n'en pense pas un mot, je cherche juste à l'intimider. Je sais pertinemment que si je faisais quoi que ce soit contre elle, Anna m'en voudrait. Mais cette fille ne semble même pas se formaliser de mes paroles, elle se contente de me sourire. *Bordel. Est-ce que c'est une blague ? Elle est complètement folle, il lui manque une case.*

– Très clair. En tout cas, je comprends mieux pourquoi Anna est en train de parler avec Smith plutôt que d'être avec vous. Vous êtes d'un désagréable !

Elle me sourit une dernière fois et me fait un signe de la main en s'éloignant, sachant très bien l'effet que me fait sa remarque. Je suis pantois, je ne sais pas que penser, mais lorsque j'avise mon cousin et Anna ensemble, mes épaules s'affaissent. Elle est en pleine discussion avec Smith et ne m'a même pas encore remarqué ; je ne supporte pas de la voir lui sourire. Je traverse pour m'approcher d'eux, me foutant éperdument des gens qui me dévisagent, je veux juste les interrompre dans leur discussion passionnante. Quand Anna m'aperçoit enfin, elle me sourit comme si de rien n'était.

– Salut. Qu'est-ce que tu fais là ?

Elle s'approche de moi et m'embrasse doucement sur la joue, ce qui ne manque pas de me surprendre et de surprendre ce crétin de Smith, qui nous dévisage. Je ne le quitte pas des yeux et lui non plus, on se défie mutuellement du regard jusqu'à ce qu'Anna pose une main sur ma chemise pour attirer mon attention.

– Arrête ça, Liam.

Elle a chuchoté pour que mon cousin ne nous entende pas et je soupire en posant enfin les yeux sur elle. J'ai compris ce qu'elle m'a dit hier, mais je ne supporte quand même pas de la voir avec lui. Elle ne ressent peut-être rien pour lui, mais je sais qu'il la veut. *Et quand Smith veut quelque chose, il l'obtient.*

– Je voulais te faire une surprise. Je préfère venir te chercher, je t'emmène quelque part.

Je dis ça sans porter la moindre attention à mon cousin, mon regard posé sur Anna, et elle me sourit doucement.

– Je vais vous laisser. Si jamais tu changes d'avis, tu peux passer chez moi, lance Smith.

Je pose de nouveau le regard sur Smith, la mâchoire crispée. Il est sérieux ? Il ose essayer de l'inviter face à moi ?

– C'est gentil, Smith, mais je ne changerai pas d'avis, rétorque Anna, sa main toujours posée sur mon torse.

Smith tourne les talons, l'air déçu, et quelque part je ne

peux pas m'empêcher d'avoir un peu de peine pour lui. S'il n'essayait pas de me prendre la femme pour qui je ressens des choses si fortes, je comprendrais ses réactions. Malheureusement, j'ai l'impression que l'on ne s'entendra jamais. Lorsque je tourne enfin la tête vers Anna, celle-ci me dévisage d'un air furieux.

– Quoi? demandé-je.

Elle continue de me fixer en secouant la tête, je commence à la connaître assez pour savoir ce qui se trame dans sa tête.

– Il faut vraiment que tu arrêtes de te mettre en colère contre lui.

Je ne me mets pas en colère. Ou peut-être que si. Mais ça m'est égal. Il convoite quelque chose qu'il n'aura jamais parce que je ne le laisserai pas faire. J'ignore l'air mécontent d'Anna et je ne lui réponds pas, je me contente de lui tourner le dos pour retourner à la voiture, espérant qu'elle me suive.

– Tu es au courant que c'est exactement pour ça que je suis partie?

Je m'arrête net et je la fixe sans comprendre. Je ne veux pas qu'elle parte, au contraire. Je ne saisis pas où est le problème. Je fais des efforts, sinon j'aurais fait partir Smith moi-même, et je suis sûr que son visage se souvient de la dernière fois…

– Mais je ne te fuis pas, pourtant.

Elle s'approche prudemment de moi, comme si j'allais lui sauter à la gorge. Je déteste quand elle fait ça, c'est comme si elle avait peur de moi, de mes réactions, alors que je ne lui ferai jamais de mal volontairement.

– Non, mais tu t'énerves pour un rien. Tu as des sautes d'humeur que tu ne tentes même pas de contrôler. C'est avec toi que je sors ce soir, pas avec lui, donc ne gâche pas ta bonne humeur pour quelque chose d'aussi insignifiant...

Je soupire, parfaitement conscient que ma jalousie me bouffe. Je n'étais pas comme ça. Je suis toujours resté calme en toutes circonstances jusque-là, mais il a fallu qu'Anna ait le pouvoir de me faire ressentir tout un tas de choses que je ne ressentais pas avant. Je pars au quart de tour dès qu'il s'agit d'elle, et je sais que ce n'est pas bon, mais c'est plus fort que moi.

Je m'approche d'elle jusqu'à me retrouver tout près et j'encadre son visage de mes mains avec douceur pour la regarder dans les yeux. Je me fiche que quelqu'un puisse nous voir ou nous prendre en photo. Elle a raison et je dois m'excuser.

– Je suis désolé. Je t'assure que ce n'est pas contre toi. C'est juste que... Ton amie Amethyst m'a dit certaines choses pour me mettre en colère, et quand je vous ai aperçus tous les deux, j'ai vu encore plus rouge.

– Amethyst ne t'aime pas. C'est tout. Autant t'y habituer. Et on en a déjà parlé la semaine dernière, tu n'as pas à voir une menace en Smith.

Elle enlève doucement mes mains de ses joues et, alors que je pensais qu'elle allait s'éloigner, elle se met sur la pointe des pieds pour déposer ses lèvres sur les miennes. Son baiser est doux, sa bouche se contente de frôler la mienne et même si je rêve de plus, je ne peux que prendre ce qu'elle a à m'offrir...

Anna finit par se reculer légèrement en restant tout près de moi, si bien que nos souffles s'entremêlent et qu'il me suffirait d'un minuscule mouvement pour rencontrer de nouveau ses lèvres. Si je n'avais pas autant envie de faire les choses bien, je l'emmènerais au manoir pour la déshabiller et me retrouver de nouveau en elle. Cette sensation était indescriptible, mémorable, et j'ai très envie de la ressentir de nouveau, mais je ne dois pas y penser, pas pour l'instant. Je dois aller à son rythme.

– Si tu pouvais arrêter de te prendre la tête pour qu'on puisse faire ce que tu avais prévu, ce serait chouette.

Elle me fait ce sourire dont elle a le secret et qui m'a fasciné la première fois que je l'ai vu, un sourire qui reflète toute sa beauté et sa gentillesse. Je finis par rompre notre contact visuel et je lui prends la main pour l'amener jusqu'à la voiture devant laquelle je m'arrête avec fierté. Anna regarde autour de nous, visiblement perdue.

– Où est ton chauffeur?

– Devant toi. C'est moi qui conduis.

Je pose une main sur le toit de ma voiture et ses yeux s'écarquillent en découvrant cette petite merveille de couleur bleu nuit.

– Mais d'où tu sors ça…

Elle fait le tour de la voiture et observe chaque millimètre de la carrosserie, elle a l'air subjuguée, autant que je le suis quand je la regarde. Pour peu, je serais jaloux de ma voiture. Mais je peux comprendre qu'elle ne doit pas voir ce genre de modèle tous les jours et qu'il l'impressionne, c'est l'effet qu'il m'a fait lorsque je l'ai vu il y a longtemps.

Elle se redresse et me fixe, la mine radieuse, puis siffle d'admiration.

– J'aurais dû me douter que quelqu'un comme toi avait forcément une voiture de ce genre. C'est quoi?

Je souris, fier de savoir que ma voiture lui plaît.

– Une Ferrari 250 GT SWB California Spider.

Elle lâche un rire gêné devant ma réponse.

– Je vais faire comme si je comprenais.

Je m'esclaffe puis déverrouille la voiture avant d'aller lui ouvrir la portière. Elle sourit et me remercie de mon geste; je savoure de la voir s'émerveiller en observant l'intérieur. Je rejoins l'autre côté pour prendre place derrière le volant et je ne me gêne pas pour faire gronder le moteur, ce qui la fait rire, un son agréable qui m'a manqué cette semaine.

Je prends la direction de la plage et, pour une fois, Anna ne se la joue pas curieuse et se contente d'observer autour d'elle en touchant à tout. Si ça avait été quelqu'un d'autre, je ne l'aurais même pas laissée prendre place dans cette voiture. Mais pour Anna… je suis prêt à faire beaucoup de concessions, même si cela implique qu'elle dérègle tout…

J'aperçois enfin la plage au loin et, quelques minutes plus tard, je me gare sur le bas-côté pendant qu'Anna commence à s'exciter sur son siège.

– Tu m'emmènes à la plage? Je ne savais même pas qu'il y en avait une si proche!

Elle sort de la voiture en courant et descend les marches jusqu'au sable, où elle enlève ses chaussures pour se retrouver pieds nus. Ses orteils s'enfoncent dans le sable et elle a l'air de s'en réjouir alors que le vent fait voler ses cheveux dans tous les sens. Je la suis à contrecœur, dans le seul et unique but de lui faire plaisir, détestant la sensation du sable sous mes pieds.

Anna se retourne et se dirige à grands pas vers moi avant de me sauter au cou, et elle m'étreint durant de longues secondes. Je reste d'abord sans bouger, légèrement surpris par son élan de gaieté, avant de passer mes bras autour de sa taille pour la serrer à mon tour contre moi. Si j'avais su qu'il en fallait si peu pour la rapprocher de moi, j'aurais fait ça bien plus tôt.

– Merci.

Elle se recule et me sourit avant d'avancer vers l'eau, et je la suis en essayant de faire abstraction de ce qui va finir par rentrer dans mes chaussures pour l'observer s'amuser avec le sable.

– C'est toi qui as eu cette idée?

Je ne peux pas m'empêcher de rire.

– Pas vraiment. C'est grâce à Charline et son requin en peluche.

– Je savais bien qu'elle était plus intelligente que son papa.

Elle prend cet air de défi qui me rend dingue chaque fois.

– Dois-je en déduire que tu la préfères à moi? me moqué-je.

Je m'approche d'elle doucement, cherchant à l'impressionner de toute ma hauteur pour lui faire retirer ce qu'elle vient de dire. Mais elle n'en a rien à faire et se tient bien droite en souriant, son regard fièrement vissé au mien.

– Peut-être.

Je me retrouve tout près d'elle, avec une envie irrépressible de l'embrasser que je tente de refouler, la regardant de haut, au sens propre. Elle s'en fiche éperdument et j'aime le fait qu'elle ne se ratatine plus quand je fais ça, je détestais lui faire réellement peur au début. Mais maintenant j'ai l'impression que ça l'amuse plus qu'autre chose, et je dois avouer que moi aussi.

– Il faudrait que tu me donnes une raison de te préférer…

Je suis surpris par son regard espiègle, mais je me prends au jeu. J'attrape sa taille, posant une main sur sa hanche et l'autre dans le creux de ses reins, et je la fais reculer vers l'eau sous son regard amusé.

– Liam? Qu'est-ce que tu fais?

Quand elle se retourne et avise la mer, elle se met à rire. Elle a très bien compris ce que je voulais faire. Nos pieds s'enfoncent dans l'eau et je me moque de mes chaussures, trop occupé à m'amuser avec elle.

– Non! Liam! Ne fais pas ça!

Je continue à nous faire reculer jusqu'à ce qu'elle ait les pieds entièrement dans l'eau et qu'elle lâche un hurlement de surprise quand une vague vient taper ses jambes. Elle s'accroche à mon cou de toutes ses forces et essaie de me pousser en arrière à son tour, mais c'est peine perdue, je fais sûrement deux fois son poids. Elle rit toujours quand je manque de lui faire perdre l'équilibre en arrière, mais son expression devient vite paniquée en apercevant les vagues au loin.

– Ça ne va pas? dis-je en la serrant contre moi.

Elle se détache doucement de moi sans me regarder dans

les yeux et retourne sur la plage sans que je comprenne ce qu'il vient de se passer. Je la suis, surpris par ce changement d'humeur, jusqu'à ce qu'Anna me fasse un sourire désolé.

– Je ne sais pas nager. J'ai toujours peur de tomber et de me noyer.

Je suis surpris par son aveu mais je cerne mieux son angoisse en apercevant l'eau à l'horizon. Elle semble avoir honte, pourtant je n'y vois aucun problème. J'ai appris à nager assez tard, comme sûrement beaucoup de personnes.

– Je suis désolé. Je ne voulais pas te faire peur.

Je m'approche d'elle et je l'attrape par la taille, sans trop savoir que faire d'autre, et Anna vient se blottir contre moi, le regard perdu vers l'horizon.

– Je peux t'apprendre, si tu veux.

Anna relève la tête et accroche mon regard, et je lui souris tendrement. Ce serait un bon moyen de tisser des liens et de passer du temps ensemble.

– Tu ferais ça? s'étonne-t-elle.

Je pose mes lèvres sur les siennes avant de lui répondre, profitant simplement de la possibilité le faire. Je ne pensais pas pouvoir me montrer à ses côtés librement, et être en droit de l'embrasser à ma guise est une sensation grisante dont je compte bien profiter le plus possible. Ma langue cherche la sienne et ses mains viennent jouer avec la base de mes cheveux. Ses gestes se montrent de plus en plus pressés, sa langue commençant à jouer avec la mienne et ses mains se baladant partout sur ma chemise.

– Et si je t'accompagnais au manoir? murmure-t-elle contre mes lèvres.

Je cligne plusieurs fois des paupières en la dévisageant, surpris par sa proposition, avant que je ne l'embrasse une dernière fois langoureusement. *Ce n'est pas moi qui vais refuser.* Je nous tire avec empressement et envie jusqu'à ma voiture, bien trop enjoué à l'idée de retrouver ce que j'ai pu ressentir pendant notre première nuit. Mais je suis interrompu dans mon élan et je lâche une flopée d'insultes en apercevant une silhouette non loin de nous.

– Anna, ne fais aucun geste déplacé.

– Quoi ?

Elle ne comprend pas tout de suite mes directives jusqu'à ce qu'elle aperçoive à son tour un appareil photo qui nous vise. J'aurais dû y penser avant. Évidemment que ma voiture ne passe pas inaperçue pour les paparazzi, j'aurais dû m'en douter et faire plus attention. Notre relation commence tout juste, je ne veux pas qu'elle soit médiatisée. Anna monte dans la voiture en tentant de ne pas regarder le photographe et je démarre en trombe pour nous éloigner de cet abruti qui nous a suivis.

Même quand je veux faire les choses bien, tout est gâché par ma notoriété. Je ne supporte pas de savoir qu'ils veulent l'épier uniquement parce qu'elle est avec moi.

– Je suis désolé, soufflé-je en donnant un coup de volant.

Je serre les dents en restant concentré sur la route. J'ai peur qu'Anna ne m'en veuille car elle va forcément se retrouver sur cette connerie d'Internet. C'est toujours le cas. Ils vont s'en donner à cœur joie de l'utiliser pour alimenter ces conneries de presse people ou je ne sais quoi et créer tout un tas de rumeurs sur elle.

– Ne t'inquiète pas.

Elle pose sa main sur ma jambe et je suis surpris par son geste. Elle a l'air différente. Comme si savoir que je voulais quelque chose avec elle la rendait plus libre de ses gestes, plus sûre d'elle, et j'aime ça. Son contact a au moins le don de me détendre légèrement, la chaleur de sa paume se répand dans ma cuisse et me décontracte peu à peu.

– Si tu ne veux plus sortir en public avec moi, je le comprendrai, dis-je pour m'assurer que tout va bien.

Bordel, qu'est-ce que ça me coûte de dire une chose pareille parce que je n'en pense pas un mot ! Je n'ai pas envie de me cacher, je veux lui prouver que je ne déconne pas quand je lui dis que je veux qu'elle revienne, même si ça entraîne des articles dans la presse, je suis prêt à me montrer avec elle pour lui signifier à quel point je suis sincère. Mais je suis presque convaincu que ce n'est pas ce qu'elle souhaite, elle est beaucoup trop discrète pour ça. Pourtant, contrairement à ce que je pensais, elle se contente de rire doucement et de presser un peu plus ma cuisse.

– Tu es un package. Si je te veux, toi, je dois accepter cette partie-là aussi.

Je suis toujours aussi surpris par la sagesse dont elle fait preuve chaque fois alors que je sais pertinemment qu'elle a détesté se retrouver sur un site Internet la dernière fois. Je ne me souviens que trop bien de sa réaction et je suis d'autant plus touché par ses paroles.

– Tu veux toujours finir la soirée avec moi? la questionné-je.

Je lui jette un coup d'œil rapide, espérant intérieurement qu'elle me dise oui. J'ai bien trop envie d'elle pour renoncer maintenant, et Anna me sourit de façon explicite tandis que sa main remonte peu à peu vers mon entrejambe. Je lutte pour rester de marbre, mais c'est impossible lorsqu'elle est près de moi. Je sais que je fonce vers l'inconnu avec elle, mais ça ne me fait pas peur parce que je sais qu'elle sera là au bout du chemin.

19

Je sors de mon bureau après avoir raccroché avec mon assistante. J'ai appelé juste après notre retour de la plage dans le but de prévenir de mon absence pour la semaine à venir. J'ai besoin de prendre du temps pour moi et de me consacrer à Anna. Je l'ai laissée avec ma fille dans sa chambre, elle avait l'air heureuse de la retrouver après cette semaine d'absence. Je remonte sans faire de bruit et je les observe toutes les deux, je ne peux pas m'empêcher de me dire qu'Anna sera sûrement une super maman un jour et que j'aurais voulu qu'Elizabeth aime autant notre fille si elle avait pu la connaître. *Mais je ne le saurai jamais.*

Depuis que j'en ai parlé avec Anna, j'ai beaucoup repensé à mon histoire avec Elizabeth. J'ai souffert de sa mort et j'en souffre toujours, mais j'ai fait mon deuil sans me soucier des vivants, en mettant Charline complètement de côté, sans l'aimer, alors que c'est exactement ce que je reprochais à Elizabeth. Je me sens toujours aussi coupable, car d'un côté elle ne voulait pas de ce bébé, et c'est moi qui l'ai mise enceinte, mais il faut être deux pour faire un bébé, et Elizabeth est tout aussi responsable de sa grossesse que moi. Je ne veux pas vivre avec mes regrets, j'ai arrêté de me fermer à l'avenir.

Anna remarque enfin ma présence et me tire de mes pensées en me souriant tendrement, Charline sur les genoux. Cette vision me montre à quel point j'aurais raté ce genre de moment si je l'avais laissée partir. Je me pince la lèvre avec la furieuse envie d'immortaliser ce moment, et je ne tiens pas plus avant de céder.

– Ne bouge pas ! Je reviens !

Elle me fixe sans comprendre, d'un air amusé, et je descends rapidement chercher mon matériel pour remonter avec mon appareil photo déjà prêt à la mitrailler. *J'ai toujours aimé capturer des instants heureux.* Anna semble capter ce que je veux faire et elle sourit de plus belle en fixant l'objectif. Je fais une dizaine de clichés avant de me poser sur l'accoudoir du fauteuil où elles sont assises, puis les fais défiler, et j'observe chaque photo.

– Tu me montres ? demande Anna.

Je m'exécute et j'abaisse l'appareil pour la laisser observer les clichés avec attention. Elles sont incroyablement belles sur ces photos, ces images reflètent à la perfection l'instant présent, et je n'oublierai jamais.

– Tu pourras me les imprimer ?

Je souris bêtement tout en hochant la tête, l'air sûrement béat. Je pense que j'en mettrai une dans la chambre de Charline aussi. Je veux qu'elle sache qu'il y a des gens qui l'aiment, qui l'entourent et qui sont là pour elle. Sa chambre est pour le moment incroyablement impersonnelle, mais je veux remédier à ça.

Je jette un coup d'œil à Anna, l'envie de la tirer dans sa chambre pour lui montrer les changements se faisant ressentir. Je reprends mon appareil photo pour le poser sur le côté et je lui tends la main, ignorant son sourire interrogateur.

– Où est-ce que tu veux m'amener?

– Surprise. Donne-moi Charline, je vais la poser dans son lit.

Elle fronce les sourcils, visiblement intriguée, et attrape ma main pour s'aider à se relever, ma fille calée contre elle. Je récupère Charline et la dépose doucement dans son petit lit, puis je me concentre sur Anna, après m'être assuré que Charline est bien installée.

– Ferme les yeux, lui intimé-je.

Anna obtempère sans broncher et je vérifie qu'elle a les paupières bien fermées en passant une main devant ses yeux, puis je la pousse jusqu'à sa chambre en passant par la porte mitoyenne. Je vois un sourire naître sur son visage en même temps que mes mains sur ses hanches la guident. Je la place au milieu de la chambre et je me recule légèrement pour lui laisser une vision d'ensemble de la pièce.

– Vas-y. Ouvre les yeux.

Elle soulève les paupières et observe tout autour d'elle, la bouche à moitié ouverte. *Je commence à me demander si c'est vraiment une bonne idée d'avoir fait ça alors que je ne suis même pas sûr qu'elle revienne...* Elle finit par remarquer la vraie surprise sur une étagère que j'ai fait poser ce week-end et s'en approche pour attraper les deux cadres qui y sont exposés bien en évidence. Une des photos, qui la représente avec Charline a l'aquarium, y est encadrée, et une autre à un moment où elle ne savait même pas que j'étais là. Elle était posée dans le salon avec un roman et était profondément plongée dans sa lecture, le visage expressif. Je ne sais même pas pourquoi j'ai fait ça. Je me suis dit que ça lui ferait plaisir. Mais avec le recul, j'ai peur que mon geste ne soit mal perçu, qu'Anna n'apprécie pas.

– Si ça ne te plaît pas, je pourrai comprendre…

Je me passe une main dans les cheveux, de plus en plus gêné. Habituellement, je serais parti pour ne pas voir sa réaction, je l'aurais laissée seule ici, mais cette fois-ci, je reste. Je lui ai promis d'arrêter de fuir chacun de nos moments ensemble, et je compte tenir ma promesse.

Plutôt que de me répondre, Anna se dirige vers moi d'un pas déterminé et plaque ses lèvres contre les miennes dans un mouvement brusque qui me déstabilise totalement. Je recule de quelques pas avant de finir par poser une main dans le creux de son dos pour la retenir contre moi. Je l'embrasse en retour, très heureux de ce contact soudain mais bienvenu. Ma langue caresse sa lèvre inférieure jusqu'à s'insinuer autour de la sienne dans un ballet endiablé. Quand elle se recule, elle est à bout de souffle, elle me sourit tendrement et son regard est voilé d'un désir similaire au mien.

– Ça veut dire que tu aimes? soufflé-je.

– Oui. Oui. Et oui.

Elle m'embrasse de nouveau en passant une main sur

ma nuque puis se détache de moi. Je l'observe aller fermer la porte et revenir vers moi en la détaillant des pieds à la tête. Je ne bouge pas, attendant de voir ce qu'elle a en tête, la laissant complètement diriger ce moment. Elle pose ses mains sur mon torse et me fait reculer jusqu'au lit, sur lequel je m'allonge entièrement, puis elle grimpe à califourchon sur moi, son bassin contre le mien. Je place mes mains de part et d'autre de sa taille, mon regard ancré au sien, et un désir grandissant pour elle.

– Et maintenant, que comptes-tu faire, Anna?

Elle s'approche doucement de mon visage en maintenant d'une main ses longs cheveux sur le côté et dépose ses lèvres sur les miennes dans un baiser chaste qui m'a l'air de durer une éternité et qui ne fait que me frustrer davantage. Je passe une main sur sa nuque pour l'embrasser vraiment, comme j'en meurs d'envie depuis qu'elle m'a embrassé à la plage. Ses lèvres s'étirent en un sourire contre les miennes et elle gémit quand je mords sa lèvre inférieure.

Je passe une main sous son haut, caressant chaque parcelle de sa peau, voulant savourer son corps comme j'aurais dû le faire la première fois. *Je veux prendre tout mon temps pour la découvrir.* Je finis par lui enlever son tee-shirt et lui retirer son soutien-gorge dans la foulée, et j'observe le galbe de ses seins avec gourmandise avant de l'embrasser de nouveau, collant sa poitrine à ma chemise. Elle gémit contre ma bouche quand je frôle un de ses tétons de mon pouce puis lorsque je l'aspire dans ma bouche après avoir abandonné ses lèvres.

Je parcours sa poitrine avec délicatesse et elle passe

une main dans mes cheveux en me rapprochant un peu plus de sa peau, me laissant la goûter à ma guise. Je finis par la retourner pour pouvoir me déshabiller moi aussi, me retrouvant en simple boxer au-dessus d'elle, une bosse déjà proéminente le déformant. Elle passe une main par-dessus le tissu, ne faisant que me tendre plus que je ne l'étais déjà, et elle réitère plusieurs fois sa caresse, touchant mon membre qui n'attend qu'elle.

Je l'aide à enlever mon dernier vêtement en même temps que nos yeux se croisent, Anna passe une langue sur ses lèvres et empoigne mon sexe. Je romps ce contact visuel qui nous liait, fermant les yeux pour tenter de me contrôler. Je ne veux pas précipiter les choses, je veux prendre mon temps, mais c'est plus difficile quand une certaine rousse s'évertue à me masturber de plus en plus vite. Je finis par l'arrêter en l'attrapant par les poignets, ayant d'autres idées en tête, et je lui descends son jean et sa culotte en même temps, avec douceur.

Je remonte jusqu'à sa poitrine, que je caresse encore une fois avec toute l'envie que je peux ressentir, pour finir mon chemin sur sa bouche. J'aime l'embrasser, c'est comme une drogue. Ma drogue.

Je me décolle légèrement de son corps et je tends la main vers son ancienne table de nuit pour en sortir un préservatif, et elle me regarde avec un air moqueur.

– En fait, tu avais tout prévu ?

– On n'est jamais trop prudent.

Je fais taire son rire avec ma bouche, qui repart à l'assaut de la sienne, et j'enfile le préservatif avant de m'introduire en elle d'un coup de reins contrôlé. Mes mouvements sont volontairement lents, nous infligeant à tous les deux une douce torture qui nous mène au bord du précipice. Je compte bien savourer cette sensation, celle d'être enfoui en elle, jusqu'au dernier moment, puis recommencer, encore et encore.

***

Je trace des cercles sur son dos nu, son corps toujours collé au mien. Je me sens simplement complet après avoir parcouru chaque centimètre de son épiderme. J'ai déjà connu les plaisirs du sexe, mais c'est différent avec quelqu'un pour qui on a de vrais sentiments, avec quelqu'un dont on est amoureux. J'aimerais le lui dire, mais je ne suis pas prêt, pas encore assez sûr de moi, de ma capacité à la rendre heureuse, pour me mettre à nu et lui exprimer ce que je ressens. Je veux attendre le bon moment.

La tête sur mon torse, Anna respire lentement, mais je sais qu'elle est réveillée, grâce à ses doigts qui jouent avec les miens sur mon ventre. Elle finit par bouger légèrement et poser son menton sur mon épaule pour me regarder, un sourire béat aux lèvres.

– Pourquoi avoir ajouté un fauteuil ? demande-t-elle.

Je regarde le meuble en question dans un coin de sa chambre, amusé. Je l'ai fait installer ce matin, et je suis surpris qu'elle n'ait pas déjà deviné pourquoi.

– J'ai remarqué que tu te mettais beaucoup dans celui de la chambre de Charline. Je me suis dit que tu aimerais en avoir un si jamais tu revenais…

Je la vois fermer les yeux et perdre son sourire alors que mon cœur s'emballe, appréhendant sa réaction. Je ne sais pas ce qui la retient. Nous passerions plus de temps ensemble et, même si nous n'avons pas abordé le sujet, si elle décidait de reprendre son travail, je ne lui refuserais pas. J'aimerais qu'elle revienne, mais elle n'a pas l'air de ressentir la même chose.

– S'il te plaît, Anna. Reviens, insisté-je.

Quand elle rouvre les yeux, je la sens perdue. Son regard accroche le mien, et j'ai peur de l'entendre me dire ce que je redoute.

– Liam, c'est plus compliqué qu'un simple oui.

– Bien sûr que non.

Elle se dégage légèrement de mon étreinte, laissant un vide contre mon torse, pour se reposer sur l'oreiller, son attention fixée au plafond. Elle a l'air de réfléchir à mille à l'heure.

– J'adore m'occuper de Charline. Je t'assure. Au début, ce n'était pas dérangeant que je vive ici parce que tu étais juste M. White.

Je ne vois pas en quoi je ne le suis plus aujourd'hui, mais je m'abstiens de toute remarque, je dois comprendre son point de vue. Si je n'ai pas toutes les données en ma possession, je ne pourrai pas fournir les bons arguments. Je continue de l'observer en m'appuyant sur mon coude pour me relever légèrement, toute mon attention fixée sur son visage soucieux.

– Mais maintenant, tu es Liam. Une personne dont je

suis amoureuse, mon amant, et quelqu'un avec qui je me lance dans une relation sérieuse.

Je sais déjà tout ce qu'elle me dit, je suis quand même le principal concerné, au même titre qu'elle l'est. Et pourtant nous n'avons pas l'air de prendre les choses de la même façon.

– Et alors? demandé-je.

Elle se retourne vers moi avec un air légèrement amusé qui n'arrive tout de même pas à effacer ses angoisses.

– Et alors? Ça reviendrait à emménager avec toi en tant que couple.

Je la fixe, un peu perplexe. Je ne vois toujours pas de problème. On cohabitait déjà avant que ça ne commence, je ne suis pas contre le fait qu'elle revienne, même si c'est en tant que plus. Au contraire, j'en serais même heureux, on partagerait encore plus de choses.

– Je le sais.

Elle est surprise par ma réponse et se redresse dans le lit, se fichant royalement d'être à moitié nue devant moi, la poitrine entièrement découverte et soumise à mon regard. Elle me fixe d'un air incrédule.

– Liam. Je ne suis pas un contrat pour lequel tu peux prendre une décision comme ça.

Je lève un sourcil en entendant mon prénom dit de façon si autoritaire. J'apprécie sa franchise, mais je dois avouer que ça me fait un certain effet. Je frôle son ventre du bout des doigts, commençant à descendre jusqu'à son intimité encore couverte avant qu'elle ne vire ma main d'une tape.

– Je ne crois pas qu'un contrat soit sexy, m'amusé-je.

Elle lève les yeux au ciel, ne cachant pas son agacement. Je sais qu'elle n'est pas un contrat, c'est une personne, et une personne avec qui je veux passer du temps, rien à voir avec un stupide contrat ou quoi que ce soit. Elle fait toute une histoire de quelque chose de simple.

– Je ne plaisante pas, Liam. Et puis j'aurais l'impression de me prostituer si je vis ici, que je couche avec toi, qu'on passe du temps ensemble, alors que je suis censée m'occuper de ta fille et que tu me paies pour ça.

– Ça ne me dérange pas que tu te prostitues si ce n'est qu'avec moi, rétorqué-je.

Elle me frappe le bras avec plus de force que je ne l'aurais cru et me jette un regard meurtrier qui ne me fait absolument pas peur. Ma blague n'est visiblement pas la bienvenue, et je ne peux pas m'empêcher de lâcher un rire face à son air consterné.

– Je ne plaisante pas.

Je m'assieds pour attraper son visage, espérant qu'elle m'écoute attentivement. Elle ne se défait pas de ma prise et se contente d'accrocher mes avant-bras de ses mains, ses iris verts dans les miens.

– Je me fous de savoir ce que les gens peuvent penser, commencé-je. Ou que tu ne trouves pas cette situation très morale. Ce que je veux savoir, c'est si tu as envie de revenir ici.

J'espère avoir mis les mots justes sur ce que je pense, sur ce que je ressens. J'essaie de capter son regard, qui commence à se faire fuyant, mais c'est peine perdue, elle se détourne chaque fois.

– Oui. J'en ai envie, mais…

Il n'y a pas de mais. Je ne veux pas laisser cette chance passer, c'est à son tour d'arrêter de fuir.

– Non. Arrête de te prendre la tête. Reviens vivre ici. Si tu veux, tu peux même prendre ma chambre. Ou je partage la tienne. Mais reviens.

– Arrête, Liam.

Anna soupire et j'ai l'impression de la perdre petit à petit, de la sentir s'éloigner de moi. Elle va refuser. Je caresse sa joue pour rétablir ce contact entre nous et je la laisse se rallonger contre moi. Je sais qu'elle fait ça pour ne pas avoir à me regarder, mais je profite quand même de sentir son corps contre le mien.

– Tu ne veux pas vivre avec moi, c'est ça? demandé-je.

Peut-être qu'elle ne m'aime pas assez pour vouloir être avec moi à plein temps. Ou peut-être que je suis trop compliqué. Je ne sais pas. Peut-être qu'elle est aussi partie pour ne plus vivre ici. J'ai le cœur serré comme chaque fois qu'elle est là et que je redoute ses réactions. Anna arrive à insinuer le doute dans ma tête et à marteler mon cœur comme personne ne l'a jamais fait avant. Elle finit par relever la tête pour me répondre en face.

– Oh, je t'en prie! Ne dis pas des choses que je n'ai pas dites. Ça n'a rien à voir. Tu vas juste trop vite.

Mais qu'est-ce que je me fous d'aller vite! Depuis quand une relation est-elle codifiée?

– Trop vite selon quoi? Ou qui? On va à notre rythme. Si tu as envie de vivre ici, avec moi, avec Charline, alors reviens. Ma fille a besoin de toi, et moi aussi, j'ai besoin de toi.

Anna passe une main sur son beau visage. J'ai l'impression qu'elle est à bout de nerfs, peut-être presque autant que moi devant l'attente interminable de sa réponse.

– Je déteste quand tu fais ça, souffle-t-elle.

J'essaie de comprendre, en vain.

– Quand je fais quoi? l'interrogé-je.

– Quand tu chamboules toutes mes décisions en moins d'une heure.

Je souris, pensant saisir ce qu'elle veut dire par là.

– Est-ce que ça veut dire que tu reviens?

Anna lève les yeux au ciel avant de me sourire à son tour, et je crois que je ne pourrais pas me sentir plus complet. Elle dépose ses lèvres sur les miennes dans un baiser sans aucune arrière-pensée mais qui représente assez bien nos sentiments mutuels, un mélange de passion et de tendresse qui me consume à petit feu.

20

Mon sommeil est interrompu par un bruit légèrement étouffé de porte qui claque. Anna a passé la nuit ici après avoir prévenu Amethyst qu'elle ne rentrerait pas et nous avons rattrapé la semaine passée comme il se doit mais, en tendant le bras vers sa place, je rencontre le vide, aussi vide que la nuit où elle est partie, il y a une semaine. Je me lève en enfilant mes fringues à la va-vite et je vérifie dans la chambre de Charline qu'elle n'y est pas, mais celle-ci dort paisiblement, aucun signe d'Anna par ici.

Et si le bruit de porte provenait de l'entrée, d'Anna qui partait encore une fois?

Je ne peux pas le croire. Pas après hier, elle ne m'aurait pas abandonné de nouveau. On a parlé, on s'est aimés toute la nuit, elle a décidé de revenir, ça ne collerait pas. Elle ne le referait pas, j'en suis presque sûr. *Mais je me dois de vérifier.* Je sors de la chambre pour descendre en vitesse dans le hall, où je tombe sur Martha qui ne devrait pas être là à cette heure-ci. *C'est quoi, ce bordel?*

– Que faites-vous réveillée? Vous devriez dormir, dis-je, inquiet.

– Une visite nocturne. Cette personne voulait voir Anna.

Je fronce les sourcils, cette idée me déplaisant plus que de raison, étant donné que seules deux personnes sont susceptibles de vouloir la voir et que je n'en apprécie aucune. Je ne sais pas s'il s'agit d'Amethyst ou de Smith, mais ce visiteur va regretter sa présence. Je m'apprête à sortir les rejoindre, quitte à rester pieds nus, mais Martha m'attrape le bras pour me retenir en arrière. Je suis surpris par ce geste, mes yeux allant de sa main serrée autour de mon bras à son visage. Elle qui est toujours restée dans son rôle depuis que je suis devenu adulte, elle a l'air bien déterminée à me contredire, d'un coup.

– Laissez-la. Faites-lui confiance.

Je la regarde, surpris qu'elle ait tout compris. *Enfin... nous ne sommes pas très discrets non plus.*

– Je ne suis pas aveugle, Liam. Je vous connais depuis que vous êtes tout petit, et je suis heureuse de vous voir enfin aimer quelqu'un. Mais ne l'emprisonnez pas, vous allez l'étouffer. Elle ne fera jamais rien contre vous, Anna est bien trop douce et intègre pour ça, alors laissez-la.

Je la remercie d'un sourire gêné avant de rejoindre le salon et d'essayer de prendre mon mal en patience. Je suis surpris que Martha ait remarqué ce que je ressentais. Il a fallu qu'Anna me quitte pour que je prenne conscience de mes propres sentiments, et encore, je ne suis toujours pas capable de les exprimer. Mais les conseils de Martha sont avisés et je me dois de les appliquer, je me dois de laisser de l'air à Anna.

Je finis par me placer devant la fenêtre, tout de même

curieux, pour apercevoir ce que je craignais le plus. *C'est bien Smith qui a le culot de débarquer en pleine nuit et de demander à voir Anna.* Je suis quand même soulagé de voir qu'elle a ma veste sur les épaules ; si avec ça il ne comprend pas qu'il se passe quelque chose entre nous, il faudra que j'achète un cerveau à mon pauvre cousin.

Je serre les dents en le voyant tenter de s'approcher un peu trop d'Anna, mais celle-ci le repousse, mettant une certaine distance entre eux. *Pas de doute, il n'a aucune chance.* Ses mains baladeuses essaient de la toucher à plusieurs reprises, mais elle arrive à esquiver chaque fois, s'éloignant toujours plus de lui alors que je commence à taper du pied pour me retenir de sortir régler ça moi-même.

Mais Anna finit par se rapprocher de lui et je vois rouge en la voyant passer un bras autour de sa taille et avancer vers l'entrée avec lui. *C'est quoi, ce bordel ? Elle ne compte quand même pas le faire entrer ?*

Je me précipite dans l'entrée pour ouvrir la porte et la surprendre, ma mâchoire crispée. Une expression désolée apparaît sur son visage lorsqu'elle me voit.

– Viens m'aider. Il est complètement saoul, dit-elle en le soutenant encore un peu.

J'observe le visage à moitié inconscient de Smith, puis je lâche un juron avant d'avancer vers lui pour m'en occuper. Je décharge Anna alors qu'il ne tient même plus sur ses jambes, et je pénètre dans le hall avec mon cousin déjà à moitié avachi sur moi.

– Attends-moi ici. Je vais aller le mettre dans ma chambre, indiqué-je en prenant déjà la direction de celle-ci.

Smith tente de parler sur le chemin, un charabia incompréhensible sortant de sa bouche en flot continu, et je n'y prête pas attention, ouvrant ma porte comme je le peux avec ce poids mort près de moi. Je le laisse tomber sur le lit sans aucune délicatesse avant de poser un verre d'eau sur la table de nuit.

– Dis-toi que tu n'es là que parce que Anna est plus gentille que moi. Après ta dernière visite, tu ne mériterais même pas d'être ici.

Smith sourit et regarde dans le vide, comme si mes mots lui passaient au-dessus. Son air béat lui donne un côté idiot, et je m'assieds au bord du lit en le fixant tristement. Tout n'a pas toujours été comme ça entre nous. On était proches, à une époque, avant Elizabeth. Puis il a fallu décider lequel de nous deux reprendrait l'entreprise familiale, sans savoir que ce choix définirait aussi l'avenir amoureux d'Elizabeth.

– Ah, Anna... Elle aussi, elle t'a choisi, lâche Smith en continuant de sourire. C'est dommage, elle est teeeellement parfaite. Je l'aime vraiment beaucoup, mais il a fallu que tu tombes amoureux pour une fois et que tu gâches tout, comme toujours. Tu crois qu'elle voudrait de nous deux? demande-t-il en riant.

Je serre la mâchoire en expirant profondément pour m'empêcher de l'insulter.

Il est saoul. Ne fais pas attention.

Mais le simple fait de l'entendre parler d'Anna de cette façon me met hors de moi. Je ne dois pas m'énerver, je sais qu'il tente de me faire sortir de mes gonds, et Anna devient peu à peu mon point faible. Alors je me relève pour ne pas céder à l'envie de répondre et je quitte la chambre sans un regard de plus pour lui pour rejoindre Anna dans le salon. Elle est assise sur le canapé, ma veste serrée contre elle et le regard dans le vide, l'air fatigué.

Sans attendre, je la rejoins pour l'attirer à moi, et Anna se love contre mon torse en lâchant un soupir d'aise avant de caler sa tête dans le creux de mon épaule.

– Je suis vraiment désolée de t'avoir réveillé, souffle-t-elle.

Si elle savait comme je n'en ai rien à faire.

– J'ai cru que tu étais partie, avoué-je.

Anna relève la tête pour me fixer, un sourire angélique sur les lèvres, et je sais qu'elle comprend ma crainte, elle est sans doute similaire à celle qu'elle ressent lorsqu'elle a peur que je ne la repousse. On a tous les deux nos lots d'angoisses envers l'autre et on doit apprendre à les appréhender.

– Je ne serais pas partie.

Je l'embrasse tendrement pour seule réponse avant de me reculer, l'esprit déjà ailleurs, et Anna semble le percevoir.

– Merci. Je sais que tu as pris sur toi pour ne pas sortir.

« Pris sur moi » est un euphémisme, mais je sais que mon geste compte pour elle, et c'est grâce à Martha que je n'ai pas cédé.

– Qu'est-ce qu'il te voulait? demandé-je avec hésitation.

J'ai déjà ma petite idée vu ce qu'il m'a dit, il a Anna dans la peau, mais je veux l'entendre de sa bouche, savoir ce qu'il a pu lui raconter. Anna soupire et attrape ma main dans la sienne tandis que je fixe le haut de son crâne.

– Me dire qu'il me voulait et il a voulu m'embrasser. Mais ensuite, il a dit qu'il était fou amoureux de moi et que je n'aurais jamais dû t'épouser, en finissant par m'appeler Elizabeth…

Je me fige alors qu'Anna se détache de moi pour analyser ma réaction. Son obsession pour ma femme décédée commence vraiment à m'inquiéter, autant que celle pour Anna. Il a l'air de ne pas réussir à faire son deuil et il reste bloqué sur une histoire vieille d'il y a plusieurs années. Je ne me rendais pas compte à quel point il avait souffert… Et je le regrette sincèrement.

– Je suis désolé que tu sois mêlée à ça, Anna.

– Ça ne m'atteint pas, je n'en ai pas grand-chose à faire qu'il me confonde avec une autre femme. Il a bu plus que de raison, il est triste ; lui en vouloir ne changerait rien.

Elle se blottit un peu plus contre moi, frissonnant de la tête aux pieds, et je serre ses doigts frigorifiés dans les miens. Elle a raison. Je ne dois pas prendre l'avis de Smith en considération, parce que c'est son chagrin qui parle, comme le mien a guidé beaucoup de mes mots. Anna bâille alors que je commence enfin à me détendre, et je m'écarte d'elle afin de me lever et de lui tendre la main.

– Allez, viens. On va te remettre au chaud.

Elle dépose ma veste dans l'entrée avant de me suivre jusqu'en haut, où je la laisse s'assoupir en la serrant dans mes bras avec amour. Je crois que je pourrais vite prendre goût à l'avoir si près de moi : m'endormir à ses côtés, en la tenant contre mon torse, est ce qui se rapproche le plus du paradis.

***

Cette fois-ci, quand je me réveille, Anna est à côté de moi. Dans le lit, près de moi, elle dort profondément. Elle a la tête blottie contre mon torse, une main entourant ma taille, et je l'observe quelques instants avant de m'extirper des draps en douceur pour aller voir ma fille, que j'entends s'agiter grâce au babyphone. Charline est réveillée et tranquillement allongée sur le dos dans un calme agréable, et je m'approche en souriant de son lit pour la prendre dans mes bras et descendre. Je crois qu'après cette nuit, Anna a bien le droit de profiter de sa matinée.

Je passe par la cuisine pour prendre un biberon et je demande à Jessy, mon chauffeur, d'aller me chercher des beignets à la boulangerie pour quand Anna sera réveillée. En attendant, j'installe Charline pour lui donner son biberon. Puis je la dépose dans son parc et je reste à côté d'elle dans un silence paisible, assis à même le sol pour jouer avec elle, jusqu'à ce que je voie Smith entrer dans le salon et troubler ce moment de calme. *Je l'avais presque oublié, celui-là.*

– Salut, dit-il, l'air gêné.

Je ne lui réponds pas et je me retourne vers ma fille, qui s'amuse avec l'une de ses peluches. Il ne mérite pas une once de mon attention. Je me tends en le sentant s'approcher de moi, mais surtout de Charline.

– Est-ce que je peux la porter ? demande-t-il en se penchant au-dessus du parc.

– Non.

Son air de gentilhomme ne me trompe pas ; ça fait des années qu'il me met des bâtons dans les roues parce qu'il m'en veut, ce n'est pas aujourd'hui qu'il va changer. Il ne s'approchera pas de ma fille, d'autant moins si l'on considère l'état dans lequel il est arrivé cette nuit.

– Mec… Sérieusement, on est de la même famille. Laisse-moi au moins l'approcher. On vaut mieux que ça, souffle Smith.

Je me tourne brusquement vers mon cousin.

– Je t'ai dit non. Tu ne touches pas à ma fille.

Et je ne reviendrai pas sur ma décision. Celui qu'il est devenu me déteste, et je ne supporte pas d'imaginer ma fille entre nous. Smith souffle d'agacement avant d'aller se poser sur le canapé comme si de rien n'était, et j'essaie de l'ignorer comme je le peux. J'envie Charline d'être si innocente et inconsciente, de ne pas savoir qui est Smith.

Au bout de longues minutes, du coin de l'œil, j'aperçois Smith se lever, et lorsque je pense le voir quitter la pièce, c'est Anna qui nous rejoint, habillée d'un jean et d'un débardeur. Elle fronce les sourcils, son regard naviguant entre lui et moi, et je tente un sourire rassurant dans sa direction. Mon cousin fait un pas vers elle, mais Anna l'ignore et le contourne pour s'avancer vers moi alors que je me relève. Elle m'embrasse doucement sur les lèvres, comme si la présence de Smith la dérangeait, mais je souris tout de même comme un idiot. *Au moins, elle est là.*

– Salut, soufflé-je.

Anna quitte mes bras pour se pencher au-dessus de Charline et lui embrasse le front, ma fille aux anges de la retrouver, puis elle se campe devant Smith, le visage à présent fermé.

– Tu me dois des excuses, dit-elle.

Sa voix claque dans la pièce et Smith paraît tout à coup gêné. *Je vois que je ne suis pas le seul à me faire mener à la baguette par cette femme aux cheveux de feu.*

– Ouais. Excuse-moi.

Elle croise les bras et n'a pas l'air satisfaite de sa réponse alors que je fusille Smith du regard. Mais je ne dis rien, conscient qu'il faut qu'Anna gère ça seule.

– Et tu t'excuses pour quoi? demande Anna.

– Pour cette nuit, je n'aurais pas dû tenter…

Il me jette un coup d'œil inquiet, se rappelant sûrement parfaitement ma droite de la dernière fois, dont il garde encore une trace, mais il a de la chance, j'ai promis à Anna de l'ignorer.

– … ce que j'ai tenté, finit-il par dire. Ni te dire tout ça. Je suis désolé.

– Je commençais tout juste à t'apprécier, à penser qu'on pouvait être amis, mais je crois que ce ne sera jamais possible si tu n'acceptes pas ce que je ressens et ne ressens pas.

Anna se laisse tomber sur le canapé, bras croisés, et je la rejoins en quelques pas pour me poser à ses côtés. Smith nous observe à tour de rôle, l'air sincèrement désolé.

– S'il te plaît, Anna, ne fous pas tout en l'air pour ça. J'avais juste trop bu.

Je ne peux pas m'empêcher de secouer la tête, désabusé. Ce n'est pas Anna qui gâche tout, c'est lui. Elle était prête à le garder en tant qu'ami malgré tout, et c'est lui qui a de nouveau tenté de lui faire des avances. *Il ne mérite même pas d'être ici.*

– Trop bu ? C'est un euphémisme, Smith. Et si je me moque du fait que tu m'insultes, je n'apprécie pas tes remarques sur ma relation avec Liam. Et tout ça pour quoi ? Pour satisfaire une rancœur puérile ? Je ne serai pas entre vous.

Je fronce les sourcils en entendant ses mots. Elle s'est bien gardée de me dire qu'il l'avait insultée, mais je crois que c'est pour le mieux, sinon j'aurais eu du mal à me calmer cette nuit.

– Je ne m'en souviens pas vraiment… murmure Smith en se passant une main dans les cheveux.

La belle affaire.

C'est facile de mettre ses actions sur le dos de l'alcool et de ne plus s'en souvenir après. Mais Anna ne semble pas prête à le laisser s'en tirer comme ça, elle s'avance sur le canapé et pose ses coudes sur ses cuisses alors que je passe une main dans son dos en attendant la suite. Je ne me mêlerai pas de cette histoire, même si j'ai très envie de mettre Smith à la porte.

– Et tu as oublié quand tu m'as prise pour Elizabeth, aussi ? lui rappelle-t-elle.

Le visage de mon cousin se décompose. Je croyais qu'il faisait semblant, mais visiblement, il n'a véritablement aucun souvenir de la nuit passée. *Il était plus torché que je ne le pensais.*

Anna lâche un rire désabusé et se passe une main sur le

visage. Charline se met à gigoter dans son parc, et je me lève pour récupérer ma fille, mais Anna tend les bras en souriant pour que je la lui confie. Je n'hésite pas une seule seconde alors que Smith observe la scène. Il fixe Charline avec un regard curieux, puis porte son attention sur moi.

– Je peux la prendre ?

Je pose une main derrière ma tête avant de jeter un regard à Anna, me faisant violence pour ne pas de nouveau envoyer chier mon cousin, et je ne suis pas surpris de la voir aussi perplexe que moi.

– Je t'ai déjà dit non, Smith. Tant que tu ne seras pas digne de confiance, tu n'approcheras pas ma fille.

– Ce n'est pas que la tienne… C'est aussi celle d'Elizabeth…

Il détourne les yeux en disant ça, et je me mords la lèvre en baissant la tête. J'ai parfois tendance à oublier que je ne suis pas le seul à avoir souffert de tout ça… mais lorsqu'il s'approche un peu plus de Charline, mon corps se crispe. *Je ne le sens pas.*

– J'ai du mal à réaliser que c'est elle qui a tué Elizabeth, souffle-t-il en la regardant dans les yeux.

Je me place entre lui et ma fille, les poings serrés et la mâchoire crispée à la simple évocation de ces mots que j'ai moi-même pensés à plusieurs reprises. Je ne veux pas qu'il aborde ce genre de sujet face à un bébé qui n'a rien demandé. J'ai mis du temps à le comprendre, et je ne laisserai personne faire la même erreur que moi. *Charline mérite bien mieux.*

– Sors de chez moi, Smith.

– Il n'empêche que c'est quand même ta fille qui l'a tuée, insiste-t-il.

Je passe une main sur ma barbe naissante et serre fort les paupières pour ne pas céder à mes émotions. Il ne mérite même pas que je m'emporte contre lui, encore moins face à Anna et ma fille. *Qu'est-ce qu'il fera plus tard ? Il traitera ma fille de meurtrière ?* Sa rancune l'aveugle autant qu'elle m'a aveuglé, mais j'ai retiré mes œillères et je compte enfin protéger ce qui m'est précieux. Je m'apprête à rétorquer afin de le faire partir, mais Anna se place devant moi, le visage dur alors que Charline commence à pleurer dans ses bras et qu'elle tente de la calmer malgré la colère apparente sur son visage.

– Elle s'en voudra déjà bien assez plus tard quand elle apprendra la vérité sans pour autant que tu ne viennes aggraver les choses. Maintenant, dégage, si c'est pour continuer à être si con, conclut-elle.

Le visage de Smith se décompose et il lâche une excuse avant de se tirer sans demander son reste. Je me tourne vers Anna, surpris par ce ton froid qu'elle n'avait jamais employé jusqu'ici, et une part de moi est heureuse de voir que nous comptons assez à ses yeux pour qu'elle veuille nous défendre.

21

Un sachet de beignets dans une main, je monte les escaliers pour rejoindre Anna. Après le départ de Smith, elle s'est éclipsée sans dire un mot, comme si quelque chose la chagrinait. Je suis resté un peu avec Charline, laissant à Anna le temps de redescendre si elle le souhaitait, mais ce n'est jamais arrivé. Alors j'ai confié ma fille à Martha pour pouvoir discuter tranquillement, et je toque quelques coups à la porte mitoyenne.

– Vas-y, entre.

Je pousse la porte, la trouvant assise au bord de son lit, concentrée sur un petit bout de papier, et je m'assieds à ses côtés pour regarder le papier. Un jeune homme aussi roux qu'Anna se tient près d'une jolie blonde, et leur sourire illumine la photo ; pourtant, Anna les observe avec une tristesse non dissimulée. Je pose le sachet de beignets sur le lit puis je passe un bras autour de ses épaules, et Anna se repose sur moi. Je pose mon menton sur le haut de son crâne alors que je caresse son épaule du pouce, et elle lâche un profond soupir.

– Ce sont mes parents sur cette photo, avoue-t-elle.

– Et tu en es proche ? la questionné-je.

– De ma mère, beaucoup. Mais je n'ai aucun souvenir de mon père, il est décédé quand j'étais toute petite...

Je m'écarte d'elle pour observer son expression, la bouche entrouverte, surpris par son aveu. Je ne veux pas imaginer ce que cela doit être de grandir en sachant l'un de ses parents décédés... *Et c'est ce que ma fille vivra.*

– Qu'est-ce qui est arrivé ? demandé-je avec hésitation.

– Il s'est suicidé.

Elle baisse les yeux en disant ça, et je me passe une main sur le visage, les yeux écarquillés. *Comment peut-on penser à quitter ce monde quand un enfant nous y attend ?*

– Il n'a laissé aucune lettre. Personne n'a jamais su pourquoi il a fait ça, même si ma mère suppose que leurs problèmes d'argent de l'époque ont fini par lui peser.

Elle ne pleure pas, elle raconte simplement l'histoire de son père comme un poids qu'elle supporterait depuis trop d'années, et je n'ose rien dire, de peur de rompre ses confidences.

– Je comprends un peu ce que vivra Charline plus tard, tu sais. Ma grand-mère paternelle a tenu ma mère responsable, avant de m'accuser, moi. Elle avait besoin d'un coupable pour faire son deuil, et ma mère et moi étions les parfaits boucs émissaires.

Je commence enfin à percevoir pourquoi elle semble porter tant d'importance à ce qui signifie la famille. Est-ce que c'est ça que cherche Smith ? À trouver un coupable pour la mort d'Elizabeth ? Peut-être bien. Et même si j'intègre sincèrement son chagrin, je refuse qu'il mette cette mort sur la conscience de ma fille, alors que celle-ci n'était même pas encore née lorsque sa mère a décidé qu'elle ne voulait pas la voir vivre.

– Tu as peur que Charline ressente la même chose ? demandé-je.

Anna se tourne vers moi avant de me sourire de façon triste, la photo toujours calée entre ses doigts.

– Je pense que ce n'est pas quelque chose qu'il est possible d'empêcher dans des situations pareilles, mais si les adultes qui l'entourent se mettent à la tenir responsable… Ce sera de pire en pire. Elle n'en a pas conscience pour l'instant, mais aucun enfant ne devrait entendre ça, peu importe son âge. Je ne comprends même pas que Smith puisse tenir pour responsable un bébé.

Elle soupire alors que je baisse les yeux, coupable. Je n'ai peut-être pas accusé Charline de la mort d'Elizabeth, mais je n'osais même pas la regarder à cause de la ressemblance avec sa mère. Je ne me rendais pas compte de ce qu'elle pourrait ressentir en grandissant ; j'étais focalisé sur moi-même, et je le regrette sincèrement.

Anna finit par se lever doucement et va replacer sa photo dans son portefeuille avant de se tourner vers moi, un sourire triste sur les lèvres.

– Désolée, je plombe un peu l'ambiance !

Elle se rapproche de moi jusqu'à se caler entre mes jambes, ses mains sur ma nuque et son regard dans le mien. Je n'ai aucune idée de comment nous en sommes arrivés là. Qui aurait cru que je finirais par avoir des sentiments pour une femme plus jeune que moi, et que cette femme serait l'une des rares personnes à me faire sortir de mes gonds? Certainement pas moi. Je pensais finir ma vie seul, et voilà que la vie a réussi à me surprendre. Je ne veux plus en gâcher une seule seconde.

– Est-ce que je peux t'emmener quelque part? soufflé-je non loin de ses lèvres.

– Maintenant? s'étonne Anna en tentant de s'éloigner.

J'encercle sa taille pour la rapprocher de nouveau, afin d'avoir la tête près de sa poitrine et de l'embrasser sur son haut, à la naissance de son décolleté, et Anna me repousse en riant, retrouvant cette joie de vivre qui illumine toujours ses traits.

– Maintenant ou quand tu veux. J'ai une maison de vacances à quelques heures d'ici, j'aimerais t'y emmener avec Charline.

– Pourquoi ça ne m'étonne pas que tu aies plusieurs propriétés?

Elle se détache de moi en souriant et se recule jusqu'à s'appuyer sur la commode. Je proteste en sentant le froid m'entourer comme lorsqu'elle quitte mes bras ces derniers temps, et je la fixe en attendant sa réponse. Je ne lui propose pas de l'emmener aux Maldives, simplement de profiter d'un temps loin de tout, juste tous les trois.

– Hier, tu me demandes de revenir; maintenant, tu veux m'emmener en week-end. Est-ce que tu sais faire les choses à moitié? demande-t-elle sérieusement.

Je reste assis sur le lit, m'allongeant juste assez pour me tenir sur les coudes. Je la fixe, amusé par sa remarque, alors que je sais pertinemment que je précipite tout, mais je n'ai aucune envie de prendre un mois pour chaque étape, car ce serait du temps gâché. Quand on est sûr de soi, de ses choix, rien ne sert d'attendre.

– Non, dis-je en souriant.

Elle secoue la tête et j'observe ses cheveux roux bouger au rythme de son crâne.

– J'aimerais beaucoup…

Je fronce les sourcils, la connaissant suffisamment pour savoir qu'il y a un « mais ».

– … mais j'ai cours lundi, finit-elle.

Je me laisse tomber complètement en arrière, déçu par cette réponse que j'aurais dû prévoir. Évidemment, on a tous les deux nos obligations, mais j'aimerais oublier les miennes pendant un temps pour profiter. J'ai passé ces derniers mois à travailler sans relâche pour ne plus penser, à faire de mon entreprise ma vie, et je ne veux plus vivre de cette façon. Anna semble comprendre ma déception et s'approche de moi jusqu'à grimper sur le lit et se placer à califourchon sur mon bassin.

– Les cours de lundi prochain sont annulés. Alors si ça te convient… Je suis toute à toi pour tout le week-end.

Elle se penche pour m'embrasser et je la fais basculer avant qu'elle n'ait pu faire quoi que ce soit, manquant de nous faire tomber. Je souris, mon visage au-dessus du sien, puis je l'embrasse à en perdre haleine sans me soucier un seul instant de ce que demain nous réserve. Mes mains descendent jusqu'à ses fesses et Anna gémit avant de venir détacher la ceinture de mon pantalon.

***

Cette semaine ne s'est pas exactement déroulée comme je le souhaitais. Je suis bel et bien resté au manoir, mais j'ai passé une grande partie de mon temps à travailler, sans pouvoir réellement consacrer du temps à d'autres choses… J'ai pu m'occuper un peu de Charline, et j'ai réussi à dégager une petite heure en début de semaine pour emmener Anna chercher ses affaires chez son amie Amethyst.

Celle-ci n'avait pas l'air ravie de ce changement, mais peu m'importe. Je sais que tout n'est pas acquis avec Anna, mais au moins, elle est rentrée. Nous avons passé chaque soirée ensemble et, même si j'aurais aimé profiter de son corps et la tenir éveillée durant de longues heures à chacun des moments passés ensemble dans son lit, je n'ai pas pu. Soit Anna devait travailler pour la fac, et je me contentais de rester près d'elle avec mon ordinateur, soit je devais moi-même travailler, et Anna s'installait sur le canapé de mon bureau avec un roman, attendant patiemment le moment où je finirais ma journée.

Je me demande si c'est ça être amoureux. Aimer tellement une personne qu'on ne supporte pas d'être loin d'elle. Outre cette attraction entre nous qui nous dévore depuis un certain temps maintenant, je crois que je tombe amoureux. J'aime tout chez elle. Son rire, la façon dont elle me défie sans arrêt, le fait qu'elle ne cache jamais ce qu'elle pense, et surtout sa présence et sa vivacité d'esprit. Je pourrais passer des heures à la tenir dans mes bras comme j'aime le faire la nuit. C'est devenu mon addiction.

Mes questions sont interrompues par une tornade rousse qui me saute dessus en sortant du campus, et elle m'embrasse avec fougue sans se soucier des autres étudiants qui nous dévisagent. Je suis venu la chercher pour partir directement, Charline sagement attachée et endormie dans la voiture, que j'ai choisi de conduire moi-même, cette fois encore.

– Moi aussi, je suis content de te voir, soufflé-je contre ses lèvres, mes mains sur sa taille.

Anna sourit sincèrement avant de faire un signe de la main à Amethyst un peu plus loin, et je lève les yeux au ciel en voyant la fille aux cheveux violets me jeter un regard noir. Je n'attends pas plus pour ouvrir la portière côté passager, et Anna s'engouffre dans l'habitacle en lançant un regard attendri à ma fille tandis que je prends place derrière le volant et fais démarrer la voiture.

Nous nous éloignons d'Édimbourg dans un silence agréable, Charline dormant profondément et Anna concentrée sur sa tablette, un bras sur l'accoudoir. Je glisse ma main dans la sienne sans quitter la route des yeux, cherchant à rétablir un contact entre nous, mais Anna sursaute brusquement, l'air ailleurs.

– Tout va bien ? Qu'est-ce que tu fais ?

Anna soupire comme si quelque chose l'agaçait, et elle lâche ma main pour mettre en veille sa tablette.

– Je regardais un lien que cette peste de Beth m'a envoyé sur Facebook, avoue-t-elle.

Je fronce les sourcils, perplexe.

– Qui est Beth ?

– Une fille de la fac qui aimerait bien faire de toi son quatre-heures, dit Anna avec ironie.

Je lâche un rire franc à sa remarque, plus amusé qu'autre chose. Je ne suis pas stupide, je sais que mon argent et mon statut attirent la convoitise de certaines femmes, mais je n'en ai jamais eu grand-chose à faire. *Anna me convient amplement sur tous les plans.*

– Je suis sûr qu'elle ne fait pas le poids face à toi.

– Si tu savais comme je me moque qu'elle ait envie de te mettre dans son lit, elle n'est sûrement pas la seule en plus. C'est juste qu'elle aime critiquer, et c'est lassant.

Je hoche la tête, les yeux rivés sur la route. Je vois ce qu'elle veut dire. C'est fatigant d'avoir quelqu'un qui vous dénigre à la moindre occasion, j'en ai fait les frais lorsque j'étais un peu plus jeune et que personne ne me pensait capable de reprendre l'entreprise familiale. Il faut simplement réussir à faire la part des choses…

– Et à quoi renvoyait le lien?

J'attends patiemment que les secondes passent, mais le silence perdure.

– Anna… continué-je.

– Un article sur nous.

Je serre les dents tout en soupirant, en ayant moi-même vu et lu quelques-uns durant la semaine passée. Ce n'était pas très reluisant, mais peu importe. Les conneries qu'ils peuvent déblatérer n'ont aucun intérêt, justement parce que ce ne sont que des conneries. Ne pas y faire attention n'est pas chose aisée, j'en ai parfaitement conscience, mais si les choses durent entre Anna et moi… Elle ne pourra qu'apprendre à les ignorer. *Il n'y a rien d'autre à faire.*

– Tu ne devrais pas lire ça. N'écoute pas les conneries qu'ils peuvent dire sur toi. Ils veulent juste noircir le tableau de notre relation.

Elle pose sa tête contre la vitre, et je reprends sa main dans la mienne pour la serrer. Elle n'a pas l'air très réceptive à ce contact mais je ne la lâche pas pour autant, elle doit savoir que je suis là et que je veux qu'elle me parle.

– Ça n'a rien à voir avec ça, murmure-t-elle.

Je fronce les sourcils, de plus en plus perplexe.

– Alors, quoi ?

– C'est simplement la façon dont ils nous décrivent. J'ai l'impression que je n'ai pas ma place dans tout ça.

Je prends la sortie d'autoroute pour rejoindre des petites routes qui nous mèneront à la maison de vacances, et je profite d'un feu pour dévisager Anna. Comment pourrait-elle ne pas avoir sa place dans tout ça ? Elle fait partie de ce tout. Je pensais me trouver face à une étudiante immature lorsque je l'ai rencontrée ; elle m'a surpris et ces surprises n'ont jamais cessé. Si elle n'a pas sa place dans tout ça, alors je suis complètement largué.

– Qu'est-ce qu'ils ont dit qui te ferait croire une chose pareille ?

– C'est… un tout. Ils me décrivent comme ta nouvelle compagne, ils ont réussi à avoir des photos de nous quand tu m'as emmenée chez Ame, ils ont sorti celles de la plage où on s'embrasse… et le « qu'est-ce qu'une personne aussi influente que White pourrait trouver à une étudiante ? » est assez représentatif de ce que je ressens… murmure-t-elle.

Je serre un peu plus fort sa main dans la mienne, même si intérieurement j'aimerais démolir ces journaux à la con. Je refuse de la laisser croire des inepties pareilles, les journaux ont déjà fait trop de mal autour de moi.

– Pour commencer, copine, petite amie, compagne… on s'en fout, du terme, Anna. Tu représentes beaucoup pour moi, peu importe comment les journaux nous décrivent. Et si tu veux mon avis, ce que je te trouve ne regarde que nous.

Et je le pense. Les journaux n'ont pas besoin de savoir à quel point je la trouve intelligente, belle, ou encore généreuse.

– Et dis-toi que, dans une situation inverse, les choses auraient été pires. Qu'est-ce qui pourrait te pousser à sortir avec quelqu'un de plus vieux que toi, qui a un bébé, qui plus est?

J'essaie de ne pas la regarder, cachant derrière cet exemple la vraie question qui me taraude. J'ai peur que, finalement, ce ne soit elle qui finisse par partir, et cette fois-ci pour de bon.

– Est-ce que tu plaisantes?

Je me mords la lèvre alors que nous pénétrons dans l'allée de la maison, et je coupe le moteur de la voiture pour me tourner vers Anna, celle-ci me dévisageant sans même s'en cacher.

– Ce sont tes questionnements, n'est-ce pas?

Je soupire, coupable.

– Peut-être bien.

Anna se passe une main sur le visage et lâche un rire alors que Charline commence à se réveiller, et je serre la mâchoire de peur de la voir confirmer mes craintes. Mais ma fille se met à pleurer, et je me tourne pour la découvrir pleinement réveillée, sa tétine tombée.

– On en parlera plus tard, dit Anna en sortant de la voiture pour récupérer Charline.

J'observe Anna, pantois, sans trop savoir comment nous avons pu en arriver là. Une chose est sûre, il faut que nous parlions. Et le seul moyen de savoir si ce que je ressens est réciproque, c'est de lui dire ce que j'ai sur le cœur, et je suis bien décidé à profiter de ce week-end pour le faire, pour ne pas laisser nos interrogations respectives nous faire douter.

22

Je suis surpris de voir qu'Anna fait comme si de rien n'était, comme si elle n'esquivait pas une discussion importante. Cela fait une dizaine de minutes qu'elle n'arrête pas de sourire en explorant la maison, on dirait que rien ne la tracasse alors que je suis à bout de nerfs. Je l'ai tout de même emmenée visiter les pièces après avoir installé le parc de Charline, c'est une vieille maison de famille du style victorien, et elle a l'air de beaucoup lui plaire.

C'est comme si elle avait complètement oublié notre discussion, mais pas moi. Je déteste ces non-dits entre nous, mais je n'ose pas aborder de nouveau le sujet pour l'instant et je la suis à bonne distance jusqu'au salon d'été, où elle s'approche des étagères remplies de photos de ma famille.

Elle prend un cliché dans les mains et se tourne vers moi avec un air amusé. J'essaie tant bien que mal de ne pas réagir à sa moue qui me fait toujours autant d'effet. Elle est belle quand elle sourit et quand ses yeux brillent d'une lueur espiègle, mais je veux qu'elle comprenne que j'ai besoin qu'on ait cette discussion.

– Tu m'as caché que tu étais fan de danse? demande-t-elle en fixant un cadre.

Je jette un coup d'œil à la photo en question, une expression neutre sur le visage. Elle va forcément finir par réagir, je sais qu'elle n'aime pas quand je fais ça, quand je suis distant.

– C'est ma mère, dis-je seulement.

Anna passe un doigt sur la photo, l'air songeur.

– Tu m'avais dit, pour la salle de danse, je me souviens. Elle est vraiment belle…

Elle repose la photo sur l'étagère avant de s'approcher de moi, un sourire aux lèvres avec l'intention flagrante de me toucher, mais je fais demi-tour avant. Je sais que si elle me touche, je vais la laisser m'adoucir et ce n'est pas ce que je veux. Je souhaite qu'elle comprenne mon point de vue, ce qui ne sera pas possible si je me laisse aller avec elle. Je rejoins la cuisine et je commence à sortir les quelques produits alimentaires qui ont fait le voyage avec nous pour m'occuper les mains et ignorer Anna.

J'aperçois sa silhouette approcher de moi dans le miroir et je me tends en sentant ses mains m'encercler par-derrière, ses paumes sur mon ventre. Elle est collée à mon dos et, si je n'écoutais que mon cœur, je me retournerais pour l'embrasser, mais pas tant que nous n'aurons pas discuté. Je mets toute la volonté du monde pour la repousser et je lui prends les mains fermement pour la détacher de moi, puis je vais ranger la nourriture à son opposé.

J'entends Anna soupirer dans mon dos et, quand je me retourne, je la trouve assise sur une des chaises de la table de bar, sa tête appuyée sur ses mains et un air triste sur le visage.

– C'est à cause de la discussion dans la voiture, c'est ça? souffle-t-elle.

Je l'ignore royalement et je m'en vais en passant à côté d'elle mais elle m'attrape le bras pour me retenir.

– Liam, arrête. Tu m'as promis de ne plus m'ignorer.

– Et toi, tu as dit que tu voulais qu'on communique. Tu es visiblement revenue sur cette idée.

Ma remarque fait mouche et Anna semble comprendre où je veux en venir, et elle baisse les yeux pour fixer l'îlot central.

– Ça n'a rien à voir avec toi, Liam. Si tu savais comme ça m'est égal que tu aies une fille. Charline est géniale, elle ne change rien et ne changera jamais rien de ce que je ressens. C'est juste que je doute beaucoup, de toi et moi…

Je fronce les sourcils, de plus en plus perplexe. Savoir qu'Anna doute de nous est sans doute pire que ce que je m'imaginais. *Comment peut-on avancer si elle-même ne pense pas à un avenir possible?*

– Mais qu'est-ce que tu racontes…

– Je suis loin d'être du même milieu social que toi, commence-t-elle. Je ne suis qu'une gamine comparée à certaines femmes, je n'ai même pas encore mon diplôme et tu finiras sûrement par en avoir marre.

Je la fixe avec de grands yeux, ne comprenant rien à son comportement, qui ne ressemble pas à celui de la Anna que je fréquente. Elle est toujours si optimiste, à croire en nous deux, à avoir confiance en moi; son aveu ne rime à rien. Il contraste avec tout ce qu'elle a pu dire ou faire auparavant. Elle-même m'a avoué que la différence d'âge n'avait aucune importance, et voilà qu'elle revient sur ses propres mots? Ça n'a aucun sens.

– Qu'est-ce qui te prend? Je peux savoir pourquoi tu penses à ça?

Elle baisse la tête et fixe ses mains avec lesquelles elle joue, bien plus intéressée par ça que par ma présence.

– Et je me dis qu'en t'écoutant, je vais vraiment croire à nous sur la durée, et quand tu me quitteras, j'aurai le cœur brisé et ça me fait peur.

Je suis complètement sidéré par ses paroles. Elle a l'air très affolée, je ne crois pas l'avoir vue comme ça un jour et ça m'inquiète. Mais bon sang! Je ne comprends rien! Pourquoi est-ce qu'elle change radicalement de mentalité, d'un coup? Je croyais qu'elle était heureuse de venir avec moi ici, je ne pensais pas qu'elle allait tout remettre en cause concernant ce nous que nous formons.

– Ensuite…

– Anna, stop! Tais-toi, finis-je par lâcher.

Elle sursaute à mon ton sec, et je vérifie que je n'ai pas fait peur à Charline d'un simple coup d'œil dans le salon avant de me reconcentrer sur le visage d'Anna ébahie par le ton que je viens d'employer. Je viens d'évacuer toute ma frustration en quelques mots et, même si Anna déteste ça, je crois qu'il valait mieux qu'elle arrête là.

– Je commence à te connaître, Anna. Tu n'aurais jamais pensé à ça seule. Alors je vais te laisser une chance de me répondre avant de trouver par moi-même, ce qui ne te plaira sûrement pas. Qui t'a mis ces conneries dans la tête?

Elle se ferme complètement et sa façon de réagir me prouve que j'ai raison, quelqu'un lui a embrouillé les idées. *Je le savais.* Et j'ai ma petite idée sur qui est l'instigateur de ses doutes. Elle ne me répond toujours pas et je me lève pour aller attraper sa tablette dans son sac. Tout est parti de ça, je suis persuadé que c'est cette Beth qui l'embrouille. Je déverrouille sans aucun souci et Anna commence à comprendre ce que je fais car elle tente de me la reprendre en se levant d'un bond.

– Liam, rends-moi ça! Tu n'as pas le droit!

– Certainement pas. Et si tu ne veux pas que je fouille, mets un mot de passe. Je t'avais dit que je trouverais par moi-même si tu refusais de me le dire.

Je la repousse d'une seule main pour la maintenir à l'écart et j'ouvre la conversation qui m'intéresse. Je trouve assez vite le message que je cherchais et je le lis à voix haute pour montrer à Anna que je ne suis pas stupide.

– « Tu vois, même les journalistes se demandent ce que tu fous avec lui. Ce n'est pas une fille dans ton genre qui va lui passer la corde au cou et profiter de son argent. Après tout, je suis sûre qu'il préfère les femmes plus expérimentées. Tu pourras toujours me le présenter quand ce sera fini, je saurai m'en occuper. »

Je jette un regard mauvais à Anna, n'appréciant absolument pas qu'elle ne m'en ait pas parlé. Je ne sais pas qui est cette gamine mal baisée, mais elle ne s'immiscera pas entre Anna et moi.

– Rends-la-moi! s'emporte Anna.

– Non, j'ai encore une chose à faire.

Elle finit par capituler et m'observe avec une expression paniquée et lasse, comme si elle baissait les bras en attendant de voir ce que j'ai prévu de faire. Je trouve rapidement le petit logo que je cherche et j'appuie longuement dessus pour lancer un message vocal.

– Bonjour, Beth. Je suis Liam, le compagnon d'Anna. C'est très gentil à vous de vous inquiéter, mais je suis très bien avec elle. Je crois même que je vais la garder près de moi encore très longtemps.

Anna me fixe avec un regard sidéré, mais elle n'a encore rien vu. Personne n'a le droit de m'utiliser pour faire du mal à mes proches.

– Votre intérêt pour notre vie sexuelle est pour le moins déplacé, mais si vous voulez, j'ai sûrement un poste de concierge vacant dans mon entreprise, ça vous irait à merveille.

Anna a posé une main devant sa bouche, les yeux écarquillés.

– Bien sûr, si vous envoyez cet audio aux médias, vous aurez mes avocats sur le dos.

Je lâche le logo du micro et mon message vocal est envoyé. Anna reste la bouche entrouverte ; je fixe le téléphone et vois que le message vient d'être ouvert.

– Eh bien. Elle ne doit pas avoir une vie très palpitante pour être accrochée à son portable.

Anna me jette un regard noir tandis que je me sens soulagé d'avoir réglé ce problème.

– Liam. Elle va me faire la misère. Tu viens juste de

mettre de l'huile sur le feu, alors que je voulais laisser couler.

Laisser couler? Il en est hors de question. Ne rien dire, c'est lui laisser croire qu'elle a le pouvoir. Cette jeune femme ne fait pas le poids face à mon désir de protéger la femme que j'aime. Je tends le téléphone à Anna pour la laisser lire la réponse qui vient d'apparaître, et celle-ci fronce les sourcils face au simple « Excusez-moi » de cette Beth. Elle n'est certainement pas la première croqueuse de diamants à laquelle je fais face; elles ne font jamais le poids.

– Bien. Maintenant qu'on a réglé le premier problème, on va s'occuper du deuxième.

– Et je suppose que c'est moi? souffle Anna.

– Oui.

Anna me contourne pour rejoindre le canapé et s'y asseoir. Charline est dans son parc. Je m'agenouille devant Anna pour être à sa hauteur et prendre ses mains dans les miennes avant de me radoucir. Je ne dois pas la faire se renfermer, je dois lui parler à cœur ouvert. Je crois bien que c'est le moment pour moi de me lancer, de lui dire ce que je ressens, même si je sais que c'est me rendre vulnérable.

– Contrairement à ce que les autres peuvent penser, on ne va pas se séparer, sauf si tu te lasses de moi et de mon sale caractère, évidemment.

J'arrive à lui tirer un léger rire, une bataille de gagnée dans cette guerre. Je suis persuadé qu'elle sait où je veux en venir, et le fait qu'elle ne m'interrompe pas me donne le courage de continuer.

– Je… Je veux rester avec toi. Pour de vrai. Je veux que les gens sachent que tu es ma compagne, et pas parce que les médias le disent, mais parce que j'en ai envie. Je sais que c'est rapide selon toi, mais je suis sûr de moi. De mes sentiments…

Sa respiration s'accélère et ses yeux sont ancrés aux miens, j'ai toute son attention cette fois-ci. Je serre un peu plus ses mains dans les miennes, prêt à dire ces trois petits mots qui me terrifient.

– Écoute. Je t'aime. En tout cas, c'est l'idée que je me fais de l'amour, parce que c'est la première fois que je suis amoureux.

Ses lèvres s'entrouvrent légèrement et j'ai très envie de l'embrasser, mais je dois d'abord finir. Il faut qu'elle sache absolument tout ce que je ressens pour elle, qu'on puisse avancer ensemble.

– Je n'ai pas envie de rester loin de toi, de m'embêter avec ces conneries de codes qui nous disent qu'on ne peut pas s'engager avec quelqu'un si vite. Tu t'es occupée de Charline comme personne ne l'a fait, tu m'as fait évoluer ; je t'aime, tout simplement. Je te le dirai autant que tu le veux mais, s'il te plaît, arrête de douter de nous. On se fout de ce que dit cette pauvre fille jalouse. C'est toi qui m'as convaincu de me battre pour notre couple, alors fais-le aussi.

Je m'attends à tout moment à ce qu'elle me contredise de nouveau, têtue comme elle est, mais Anna lâche un rire sincère avant de poser ses lèvres sur les miennes. J'y ressens absolument toute la douceur qu'elle a en elle, tous les sentiments que nous partageons et qui nous consument, et je sais que je vais continuer à tomber amoureux de cette femme un peu plus chaque jour et que je ne m'en lasserai jamais. Comment le pourrais-je ?

23

J'ai passé la nuit à montrer mes sentiments à Anna de toutes les façons possibles et imaginables. Elle n'a pas beaucoup dormi, et pourtant même avec des cernes, elle est toujours aussi belle. Des images d'elle nue me reviennent en tête en même temps que je l'observe. Je commence à connaître chacune de ses courbes et, même quand nous sommes en public, j'ai envie de l'emmener dans un coin pour profiter de nouveau de son corps. Pourtant je n'en fais rien, profitant juste de cette sortie à trois en prenant des photos afin d'immortaliser chaque moment pour m'en souvenir à jamais.

On a décidé de passer la journée de samedi à la fête foraine. Anna m'a dit ne jamais y être allée et je dois avouer que moi non plus. J'avais envie de faire une activité normale pour une fois, et je voulais que Charline fasse ce que font tous les enfants, et elle a l'air de beaucoup s'amuser avec Anna. Je suis seulement déçu de savoir qu'elle ne se souviendra de rien du tout en grandissant alors qu'elle semble émerveillée par tout ce qui l'entoure.

En revanche, je suis beaucoup moins enthousiaste, je ne me sens pas très à l'aise, entouré de tout ce monde même si je suis avec elles. J'ai l'habitude d'être enfermé dans mon bureau depuis des années et je ne sortais jamais avec Elizabeth ; être mêlé à toute cette foule bruyante est perturbant.

Pourtant, j'essaie d'en faire abstraction. Je suis bien trop heureux de voir les deux femmes de ma vie si joyeuses, alors je ne veux pas tout gâcher avec mon manque de sociabilité. Anna ne semble pas remarquer mon malaise et revient vers moi avec Charline dans les bras, un sourire aux lèvres.

– Ça te dit un tour dans le carrousel ?

Elle pointe du doigt le manège, et je commence à regretter mon choix de les suivre partout. Je déteste ce genre de chose, terriblement ennuyeux et, moi qui aime la vitesse, j'ai le temps de m'endormir.

– Allez ! dit Anna face à mon air perplexe. Je suis sûre que Charline va adorer. Ce sera son premier tour de manège !

Je finis par céder devant ses yeux doux et elle me prend la main pour m'emmener au manège, Charline calée contre elle. C'est sûr que je suis heureux de faire certaines premières fois avec ma fille, mais je ne l'aurais pas fait si Anna ne me faisait pas sortir de ma zone de confort comme elle le fait constamment. J'aurais laissé Charline faire un tour avec Martha en observant de loin, et je m'en serais contenté. *Mais aujourd'hui, je veux vivre les choses pleinement.*

Anna grimpe avec agilité malgré le bébé dans une espèce

de carrosse après avoir acheté des tickets, et elle me fixe d'un air interrogateur tandis que j'observe le manège avec réticence.

– Tu viens?

– Est-ce que tu te rends compte que si on me prend en photo là-dedans, ma réputation d'homme d'affaires va en prendre un coup?

Je ne plaisante qu'à moitié, mais c'est aussi un moyen désespéré de me soustraire à cette activité. Anna me connaît comme ça mais, en dehors de la maison, je suis obligé d'être cet homme qu'elle déteste, celui qui ne doit rien laisser paraître et qui doit se faire respecter. C'est essentiel pour que mon entreprise reste telle qu'elle est. Passer pour le patron sans cœur, c'est me faire craindre, et personne n'ose défier une personne qui inspire de la crainte. Je préfère ça et que mes employés soient efficaces, plutôt que d'être gentil et de m'entendre avec eux si c'est pour faire couler le navire. Mais Anna n'a pas l'air de cet avis.

– Oh, allez! On n'a qu'un week-end, alors viens profiter!

Je me résigne et je grimpe à contrecœur pour m'asseoir avec elles dans ce carrosse incroyablement étroit. Je prends Charline sur moi après qu'elle s'est mise à attraper ma manche de ses petites mains, et je l'observe s'amuser toute seule.

– J'aime te voir avec ta fille. C'est attendrissant.

Je relève la tête vers Anna, qui m'a piqué mon appareil pour nous photographier. Elle le repose sur ses genoux et me caresse la joue avant de coller ses lèvres sur les miennes dans un baiser doux qui ne devrait jamais avoir à se terminer. *En fait, je crois que je me fous de ma réputation tant que je peux passer du temps avec elles.*

***

Je regarde mes mails pendant qu'Anna est partie donner son bain à Charline. Nous sommes rentrés éreintés de notre journée, mais satisfaits. Nous avons passé le reste de notre temps à nous balader dans la fête foraine et sur les quais au bord de l'eau, main dans la main, avec une Charline qui n'a pas arrêté de babiller. Mais mes vacances n'en sont jamais vraiment, mes obligations de patron reviennent toujours au galop et je dois m'en occuper au plus vite. J'attrape mon téléphone et j'appelle mon assistance sans me soucier de l'heure : si elle veut son salaire, elle a intérêt à régler ce problème. Je dois arranger ça au plus vite. Elle décroche vite et semble essoufflée quand elle me répond.

– Monsieur White ?

– Bonjour, Alice. Je viens de recevoir un mail qui ne me satisfait absolument pas.

Un blanc se crée, signe qu'elle sait exactement de quoi je parle, et je ne fais que m'agacer un peu plus. Ils sont incapables de gérer un problème en mon absence, d'autant plus qu'ils l'ont créé eux-mêmes, si j'ai bien compris l'affaire.

– Je n'ai fait que transmettre. Je ne sais pas ce qui a pu se passer, même si je pense pouvoir affirmer que c'est une erreur de la part de M. Miles.

Je me pince l'arête du nez, déjà agacé. Ce financier ne va pas faire long feu dans mon entreprise s'il fait des erreurs pareilles. Je me demande ce que les RH font, puisqu'ils n'embauchent visiblement pas les meilleurs. Alice enchaîne sur le problème sans attendre ma réponse pour mieux m'expliquer.

– Les chiffres sont complètement faussés. Votre projet humanitaire, celui qui consiste à amener l'eau courante dans certains villages du Cambodge, ne peut pas être réalisé sans ces fonds. On prend un retard important sur le programme.

Je soupire, je le sais déjà, tout ça. Et c'est ça qui m'emmerde. Je ne sais pas ce que cet abruti a fait, mais il nous a bien foutus dans la merde. Autant nous que ces pauvres gens qui n'attendent que l'eau potable.

– Je n'ai pas besoin de vos explications, je connais très bien nos affaires. Regardez mon planning et dites-moi ce que j'ai mardi.

Je l'entends s'exécuter et taper sur son clavier en vitesse, puis reprendre le combiné pour me répondre.

– Vous avez une réunion avec les investisseurs indiens, chinois et espagnols. Mais votre journée de lundi est entièrement libre.

Je le sais déjà, je suis censé la passer avec Anna et ma fille. J'avais tout prévu, je voulais passer quelques jours tranquilles avec Anna pour lui montrer que je prends notre relation à cœur. Mais je ne peux pas négliger mon entreprise, nous allons devoir rentrer plus tôt même si ça me déchire.

– Organisez un gala de charité et une collecte de fonds au profit de cette affaire. Appelez tous nos clients les plus influents, et prenez des contacts dans mon agenda personnel. Espérons que cela suffira pour permettre aux travaux de commencer. Tout doit être prêt pour lundi. Je serai de retour dans l'après-midi pour tout vérifier.

Le téléphone toujours à l'oreille, j'aperçois Anna dans l'encadrement de la porte, le bébé dans les bras, et le regard curieux. Elles sont toutes les deux en pyjama et cette vision me touche au plus profond de mon être, j'ai l'impression de me construire une famille… Mais je me reprends vite, reportant mon attention sur notre conversation. Je lui fais signe de ne rien dire, un doigt sur la bouche, avant de reprendre.

– Est-ce que je dois convier M. Miles ? me questionne Alice.

– Non. Il a déjà fait assez d'erreurs comme ça, prévenez-le que, à la prochaine, c'est la porte.

Ma voix claque et le verdict tombe, il ne lui reste qu'une chance ; s'il échoue, il dira au revoir à son travail. Je ne peux pas garder ce genre d'élément dans mon entreprise si cela signifie prendre du retard chaque fois.

– Bien, monsieur. Je vais vous transmettre au plus vite tous les détails de la soirée par mail.

Je la remercie rapidement avant de raccrocher et j'éteins mon ordinateur pour me déconnecter de mon boulot pendant qu'Anna vient s'installer à côté de moi avec Charline.

– Je suis désolé, mais…

– J'ai entendu.

Elle me sourit tendrement, toujours compréhensive quelle que soit la situation, et ça ne me fait que l'aimer un peu plus. Je suis rassuré de savoir qu'elle comprend mes obligations et qu'elle accepte mon travail.

– Si je peux faire quoi que ce soit, n'hésite pas, dit-elle.

Je me cale dans le fond du canapé et je pose une main sur sa cuisse avec douceur. J'ai besoin d'avoir ce contact physique permanent entre nous, je ne peux pas m'en empêcher. Je cale ma tête en arrière.

– À vrai dire, j'ai bien quelque chose à te demander.

Elle paraît surprise mais heureuse de savoir qu'elle peut se rendre utile pour moi, même si ce n'est sûrement pas ce à quoi elle s'attend.

– Dis-moi.

– Si tu as tout entendu, tu sais que c'est un gala de charité. Et j'aimerais beaucoup que tu m'y accompagnes.

Ma confession crée un silence, vite troublé par Charline, qui gazouille sur les genoux d'Anna. Cette dernière a perdu ses couleurs, et je ne suis plus sûr que ce soit une bonne idée. C'est purement égoïste comme question. Je voulais l'avoir auprès de moi pendant cette soirée ; c'est la seule à pouvoir me détendre et son soutien est important à mes yeux.

– Si tu préfères ne pas t'afficher avec moi, je comprendrai…

En réalité, je ne comprendrai pas. J'ai envie de l'avoir à mon bras, de montrer à tout le monde ce qu'elle est pour moi, même si je sais que les rumeurs et les comparaisons entre elle et Elizabeth iront bon train. Je veux que les gens sachent que, même si j'ai toujours mal en pensant à Elizabeth, j'ai avancé avec Anna, mais si elle n'est pas d'accord… Je ne veux rien faire qui la mette mal à l'aise.

– Non! me contredit-elle. Ce n'est pas ça. Je serais très heureuse de t'accompagner.

J'attends patiemment la suite, qui arrive assez vite. Elle a toujours quelque chose à ajouter.

– C'est juste que je ne suis jamais allée à ce genre d'événement, explique Anna. Et je ne sais même pas comment m'habiller.

Je lâche un rire, ses inquiétudes me paraissant bien futiles. Elle n'avait qu'à me demander directement, je lui aurais répondu que ce n'était pas un problème. Je suis sûr qu'elle saura charmer tout le monde comme elle l'a fait avec moi, et elle sera sûrement la plus belle des femmes présentes à cette soirée, peu importe ce qu'elle portera.

– Ne t'inquiète pas pour ça. Du moment que je t'ai avec moi, tout me va.

Elle pose sa tête sur mon épaule en souriant, et Charline commence à s'endormir entre nous. Si je pouvais me dédoubler, je prendrais une photo de ce moment magique.

***

Je me sens coupable d'avoir dû écourter notre week-end. Nous sommes rentrés au manoir et j'ai bien remarqué qu'Anna est déçue, même si elle a essayé de ne pas le montrer, je sais qu'elle aurait voulu rester jusqu'au bout.

Mais je compte renouveler ce genre de vacances même si elle ne le sait pas encore.

Elle a eu l'air encore plus atterrée quand je lui ai annoncé que je sortais, seul. Mais je ne peux pas l'emmener pour ce que j'ai à faire. Jessy arrête la voiture devant une boutique haute couture, la seule ouverte le dimanche, et je descends pour aller chercher ce que je désire. Je trouve assez vite mon bonheur, le modèle parfait pour Anna, et je fais emballer mon achat, dans le seul but de lui faire plaisir.

Je confie le paquet à Jessy et je remonte dans la voiture juste après, vérifiant mon portable pour être sûr que tout se passe bien dans l'organisation, et attendant patiemment d'être de retour au manoir. En arrivant, je ne rentre pas immédiatement, je me dirige vers la dépendance tout au fond de la propriété et je donne mes directives à mon personnel pour une autre surprise que je souhaite préparer. Ils ne bronchent pas et prennent note de ce que je leur demande.

Une fois que tout est programmé pour le week-end prochain, je rentre au manoir, pressé de retrouver Anna et de lui offrir son cadeau. Je récupère le paquet des mains de Jessy et je monte les marches deux à deux avant de m'arrêter devant la porte pour écouter ce qu'elle fait afin d'être sûr de ne pas la déranger. Je suis surpris de l'entendre parler d'une façon qui me montre assez clairement que ce n'est pas à Charline qu'elle s'adresse.

Je m'approche un peu plus pour mieux distinguer ses paroles, tout en sachant que je ne devrais pas violer son intimité.

– Ça ne va pas bien. Je ne peux pas faire ça !

Le silence qui s'ensuit me fait deviner qu'elle est sûrement au téléphone avec quelqu'un. Son rire résonne dans la pièce, son interlocuteur semble beaucoup l'amuser, et cette simple idée m'agace. *Je déteste être jaloux dès qu'il s'agit d'elle.*

– J'ai dit non. Tu es complètement barrée, tu as peut-être le culot de le faire, mais pas moi, continue de rire Anna.

Un nouveau silence s'ensuit pendant lequel je m'impatiente derrière la porte.

– Je vais y réfléchir. J'aimerais bien ne pas faire tache dans le décor demain, je voudrais impressionner Liam.

Je me redresse, surpris de l'entendre parler de moi, mais fier de savoir qu'elle ne s'en cache pas. Il faudrait juste qu'elle comprenne que, quoi qu'elle fasse, elle m'impressionne toujours…

– Je sais que tu ne l'aimes pas, poursuit Anna. Mais respecte au moins mes sentiments.

Je souris malgré moi. J'ai compris ses sentiments, même si elle ne les exprime que peu, et l'entendre, peu importe à qui elle en parle, me fait un effet de dingue.

– Je vais te laisser. Je te dirai ce qu'il en est. Bisous.

Je compte jusqu'à dix avant de frapper et j'attends patiemment qu'elle m'ouvre. Je la découvre en serviette, comme la fois où je m'étais invité dans sa chambre. Sauf que, cette fois-ci, je peux lui faire absolument tout ce que je désire, et je ne me prive pas pour parcourir ses courbes des yeux.

– Liam ? Je croyais que tu rentrerais tard ?

– Je peux entrer?

Elle n'a pas vraiment l'air ravie de me voir mais me laisse quand même pénétrer dans sa chambre. J'essaie de ne pas me formaliser de son air mécontent et j'observe le bordel monumental, des vêtements étalés un peu partout, au sol, sur le lit… Je me retourne vers Anna, intrigué de la raison de ce foutoir, mais elle a l'air gênée.

– J'essayais de trouver une tenue pour demain.

J'y vois là l'occasion parfaite de lui offrir le paquet, et je le lui tends en souriant. Anna l'observe, légèrement surprise, avant de le prendre avec précaution et de le déposer sur sa commode pour l'ouvrir. Elle en sort le tissu rose pâle et elle le détaille avec de grands yeux ébahis, son attention allant et venant entre la robe et moi. Je n'ai aucune idée de ses goûts, mais le simple fait de l'imaginer dans cette robe a suffi à me convaincre de la prendre. Elle caresse le tissu du bout des doigts, comme si c'était un trésor précieux qu'elle avait peur d'abîmer.

– Tu es complètement fou, souffle-t-elle.

Elle se retourne vers moi et vient m'embrasser fiévreusement. Si j'avais su qu'un cadeau aussi simple qu'une robe la mettrait dans cet état, je l'aurais fait bien avant, juste pour avoir le plaisir de l'embrasser comme ça. Je passe une main en haut de sa serviette et je la dénoue avant de me séparer d'Anna, utilisant tout le self-control donc je suis capable pour ne pas laisser mon regard dériver sur ses courbes.

– Tu l'essaies?

Anna semble surprise par ma demande alors que son

corps se trouve découvert mais obtempère et enfile le tissu tandis que j'observe chacun de ses mouvements, mon désir pour elle se réveillant un peu plus à chaque seconde.

– Tu m'aides à l'attacher?

Je m'approche d'Anna à pas de loup, puis viens nouer le ruban dans son dos en laissant mes doigts frôler son épiderme le long de son échine. Je me recule ensuite pour l'observer, ébloui par ce qu'elle dégage. *Elle est tellement belle.* Cette robe lui donne un air de femme fatale qui lui va à ravir.

Anna me renvoie un sourire éclatant avant de sortir les escarpins du fond de la boîte et de les enfiler, soulignant ainsi ses jambes interminables que j'aimerais voir nouées autour de ma taille…

Elle observe son reflet dans le miroir de sa chambre, et je m'approche de son dos pour l'enlacer par-derrière, déposant mes lèvres sur sa nuque découverte. Je laisse mes mains glisser le long de son ventre quand Anna penche la tête en arrière pour me laisser libre accès à son cou, et elle lâche un profond soupir en venant poser ses mains sur les miennes.

– Tu as très bon goût… dit-elle en tournant la tête.

Je dépose mes lèvres sur les siennes alors qu'Anna se retourne pour rompre notre baiser.

– Tu es l'incarnation de la tentation. Si je n'avais pas peur d'abîmer la robe avant la soirée, je te l'enlèverais tout de suite.

Anna rougit à ma remarque. Ma main glisse sous la fente qui laisse apparaître sa jambe droite et s'arrête au milieu de ses cuisses. Elle noue ses bras autour de mon cou, son regard brûlant posé sur moi, et je suis incapable de me détourner d'elle.

– Comment as-tu trouvé la bonne taille?

– Je connais tes courbes par cœur, murmuré-je en cherchant sa bouche.

– Tu es un piètre menteur…

Je souris, coupable. Même si chacune de ses courbes hante mon esprit, je n'ai fait que fouiller dans ses vêtements afin de trouver ses mesures. Anna se rapproche un peu plus de moi, jusqu'à caler son bassin contre le mien, là où mon désir pour elle se fait sentir.

– Si je te fais cet effet-là, tu ne t'es pas dit que je ferai le même aux autres hommes? me cherche-t-elle.

Je me crispe immédiatement à cette idée, conscient qu'Anna attirera les regards sans peine. Cette robe n'est pas indécente, elle la met simplement en valeur, et il faudrait être aveugle pour ne pas la voir. Anna me rit au nez, se moquant sûrement de mon expression figée, et elle laisse échapper un cri de surprise lorsque je la pousse sans ménagement pour l'emprisonner entre le mur et moi, la faisant taire.

– Ils peuvent regarder. Mais pas toucher. Tu es à moi et rien qu'à moi.

– Je ne suis à personne, monsieur White.

Elle s'amuse encore de ma réponse et je l'embrasse pour faire taire son insolence sans fin, alors qu'Anna glisse ses mains sous le tissu de mon haut. Je rêve de la dévêtir pour parcourir ses formes de mes mains, mais j'ai bien trop peur d'abîmer sa robe avant qu'elle n'ait pu la porter. Je veux d'abord l'avoir à mon bras dans cette tenue. Mais demain soir, elle n'y échappera pas. Je lui enlèverai ce tissu et j'explorerai chaque parcelle de son corps jusqu'à ce que l'on soit tous les deux complètement rassasiés, pendant ou après ce fichu gala.

24

Je regarde ma montre pour la énième fois en tapant du pied nerveusement. Martha s'occupe de Charline ce soir afin de nous laisser le champ libre pour ne pas être en retard. J'ai mis à peine une demi-heure à me préparer, mais ce n'est pas le cas d'Anna, elle est enfermée dans sa chambre depuis le milieu de l'après-midi, et je commence sérieusement à m'inquiéter de ne jamais la voir en sortir.

Je ne sais pas ce qu'elle y fait, elle a pensé à fermer les deux portes pour une fois et elle m'a formellement interdit de venir la déranger. J'en ai profité pour aller dans les locaux du gala de charité pour tout vérifier, puis je suis rentré lorsque j'ai par moi-même constaté que tout était en ordre. Mon assistante a réussi à organiser quelque chose de satisfaisant en si peu de temps. Elle est toujours très efficace et c'est bien la seule chose que j'apprécie chez elle et qui me pousse à la faire travailler avec moi.

Je me retourne en entendant des talons claquer et j'observe Anna descendre avec une lenteur calculée, sans voix. Elle est magnifique. Elle a relevé ses cheveux en un chignon bas et bouclé que j'aimerais lui défaire pour passer mes mains dedans, dévoilant sa nuque à mon regard avide, et la robe lui va toujours à merveille. La couleur fait ressortir le feu de ses cheveux et le vert de ses yeux, la rendant presque angélique. Son visage à peine maquillé la met en valeur, et je crois pouvoir dire que je viens de tomber amoureux d'elle une seconde fois. Lorsqu'elle arrive enfin à ma hauteur, elle tourne sur elle-même en riant, et je sens mon cœur rater un battement.

– Ça te plaît? demande-t-elle.

– Plus que ce que tu ne peux imaginer. Tu es resplendissante.

Elle me sourit un peu plus et me prend la main pour que nous rejoignions Jessy, qui nous attend près de la voiture. J'aide Anna à entrer dans l'habitacle pour qu'elle ne salisse pas sa robe puis je m'installe avec elle à l'arrière en me collant à son corps. Elle cale sa tête sur mon épaule, comme elle aime le faire lorsqu'elle est à côté de moi, et je l'entends soupirer d'aise.

– Qu'est-ce que je dois faire ce soir?

– C'est-à-dire?

Elle relève légèrement la tête pour accrocher mon regard, son menton sur mon épaule, elle semble soudainement songeuse.

– Eh bien, je suppose qu'il y a des gens à qui je ne dois pas parler. Des concurrents, ou des personnes importantes. Non?

Je me retiens de rire. Je ne compte pas lui interdire de s'exprimer et, de toute façon, même si je l'en empêchais, elle n'aurait pas sa langue dans sa poche et ne pourrait pas les ignorer. Elle est bien trop tumultueuse pour ça.

– Sois juste toi-même, ne change rien.

Elle sourit et dépose un baiser sur ma mâchoire avant de regarder dans le vide. Elle a l'air vraiment heureuse de m'accompagner, je crois que le fait que je lui fasse découvrir le monde de mon entreprise lui plaît et y est aussi pour beaucoup. Je la tenais à l'écart de tout ça jusqu'ici, mais il n'y a plus aucune raison à présent, je veux qu'elle fasse complètement partie de ma vie.

Anna ne dit plus rien du trajet et on profite de la présence de l'autre en restant simplement côte à côte. Elle finit par lever la tête quand la voiture ralentit, pour observer l'extérieur, et je la vois se crisper et commencer à paniquer en apercevant les photographes.

– Ne t'inquiète pas, ça ira.

Je sors en premier et, quand elle me rejoint, je dépose une main au creux de ses reins pour la faire avancer et gagner l'intérieur au plus vite. Je m'approche de son oreille pour lui chuchoter quelques mots, la sentant tendue sous mes doigts.

– Fais comme s'ils n'étaient pas là. Concentre-toi sur moi.

Elle me sourit et semble se détendre un peu en croisant mon regard un bref instant. Elle paraît soulagée quand nous entrons dans le hall, mais c'est un sentiment de courte durée lorsqu'elle aperçoit la foule qui nous entoure, et je la serre un peu plus contre moi pour la rassurer.

Je suis satisfait de voir qu'autant de monde est présent malgré la programmation de cet événement à la dernière minute. Je fonce dans la foule, accompagné d'Anna, et je serre quelques mains en même temps que je la présente comme ma compagne. Elle se détend au fur et à mesure de notre progression dans la salle et sourit à chaque personne que je lui présente. Je sens bien qu'elle n'est pas encore tout à fait à l'aise, mais c'est amusant de la voir évoluer dans ce milieu inconnu à ses yeux. Elle a l'air de séduire chaque personne qu'elle croise et je suis fier de l'avoir à mon bras.

En balayant l'assemblée du regard pour savoir qui il me reste à saluer, j'aperçois un de nos plus gros investisseurs.

– Là-bas, à droite du buffet, c'est Erik Valey. Un de nos plus gros investisseurs. Si cette soirée se passe bien, j'espère qu'il investira cinq pour cent de plus que ce qui était prévu. Il ne fait pas de don d'argent, mais des dons de matériel.

C'est surtout l'un de nos fournisseurs principaux. Cela fait des années qu'il travaille avec moi, et j'ai bon espoir qu'il nous fasse assez confiance pour que ses dons soient plus importants encore.

Anna hoche la tête, comprenant visiblement l'importance de mes propos. Je lui ai déjà expliqué le souci en long et en large. J'ai d'ailleurs été très surpris qu'elle s'y intéresse autant, et je dois avouer que ça m'a fait du bien de partager mes problèmes avec quelqu'un.

Mais alors que je m'apprête à lui expliquer plus précisément qui est Valey, Anna me lâche la main et me contourne pour foncer droit sur mon partenaire. Je laisse échapper un juron en la suivant. Je sais qu'elle ne ferait rien de stupide, mais ça n'empêche en rien mon angoisse de la voir faire un pas de travers grandir en moi lorsqu'elle se présente à lui.

– Enchanté, mademoiselle Taylor. Je suis ravi de voir M. White accompagné.

Il me sourit poliment et j'essaie de ne pas montrer mon inquiétude face à ma compagne un peu trop sûre d'elle. Je presse ma main sur la taille de cette dernière pour lui faire signe d'arrêter, mais elle la repousse sans ménagement et continue sur sa lancée.

– J'ai entendu dire par mon compagnon que vous étiez un fervent soutien dans cette affaire.

Il sourit à la flatterie, il a l'air sous le charme d'Anna et ça ne fait que m'agacer un peu plus. Je déteste voir les yeux du quinquagénaire se balader sur elle.

– En effet, confirme-t-il. Je suis cette affaire de près depuis ses débuts. J'aime savoir que leur entreprise est aussi impliquée dans des projets tels que celui-ci.

Je reste en dehors de cet échange, tout de même à l'affût de la moindre gaffe à rattraper. Anna a cette lueur espiègle dans les yeux qui me laisse penser qu'elle a une idée derrière la tête, et je soupire avant de me décider à la laisser faire. Je lui fais confiance, je dois lâcher prise.

– Alors vous avez sûrement entendu la triste nouvelle… suppose Anna avec fatalité.

Si je ne la connaissais pas si bien, je pourrais croire à son discours larmoyant. Elle fait mine d'être complètement dépitée face à lui, et je la dévisage. *Depuis quand est-elle capable de manipuler les gens ?*

– Oui. J'ai appris ça en recevant mon invitation pour ce gala, malheureusement.

Anna lui sourit tristement avant de poser une main sur

mon épaule et de m'adresser un sourire qui ne fait que m'inquiéter un peu plus. À quoi elle joue?

– Je suis si fière de Liam. Ce gala dans le but de récolter des fonds pour reprendre les travaux au plus vite est un beau geste. J'espère que les personnes présentes le percevront comme cela aussi.

Je lui pince la hanche, ne comprenant pas le but de cet éloge ridicule, et Anna me jette un regard discret comme pour me dire d'arrêter. Elle ne ressemble pas à la Anna que je connais à la maison; sa voix douce et sa façon de parler si soutenue sonnent faux à mes oreilles.

– Vous devez être fière de votre compagnon, en effet.

– Je le suis. Et j'espère que vous aussi vous êtes fier de votre associé dans cette affaire. Vous êtes son principal fournisseur de pièces informatiques, n'est-ce pas?

Erik a l'air amusé mais lui sourit tout de même avec tendresse, alors que je fixe Anna avec de gros yeux. D'où sort-elle des informations pareilles?

– En effet, vous semblez bien informée. Je suis heureux d'avoir investi dans ce projet.

– Avez-vous songé à investir plus? lâche-t-elle sans hésitation.

– Non. J'ai déjà mis une petite fortune dans ce projet, j'espère qu'il aboutira.

Anna plisse les yeux, cherchant des arguments à cette discussion qui va mal finir, et je m'apprête à tout moment à mettre fin à cet échange. Elle devrait en profiter pour battre en retraite et me laisser gérer mon affaire.

– Je suppose que vous connaissez Liam depuis longtemps,

poursuit Anna. Vous avez donc facilement pu voir qu'il se jette corps et âme dans son travail et ses projets, et je pense pouvoir affirmer qu'il n'a jamais failli à aucune tâche.

Elle a retrouvé sa hargne ; son côté doux a été remplacé par cette fougue qui la caractérise si bien. Son visage est fermé et, en la voyant prendre cette affaire à cœur, on pourrait presque croire qu'elle travaille pour moi. Erik réfléchit avant de lui répondre, continuant à m'ignorer complètement alors que je n'ai d'yeux que pour Anna et ses surprenantes connaissances.

– Il est vrai que c'est un homme brillant. Mais ça reste une affaire risquée… refuse poliment Valey.

– Si chacun des investisseurs venait à investir davantage, ce projet n'en serait plus un, il redeviendrait cette affaire concrète en laquelle vous avez eu confiance.

– Vous avez raison, si personne n'investit, ces travaux n'avanceront pas.

Il se retourne ensuite vers moi, retrouvant son air sérieux d'homme d'affaires, effaçant totalement cet air admiratif qu'il arborait en observant ma compagne, alors que je tente de reprendre mes esprits malgré la présence d'Anna tout près de moi.

– Envoyez-moi les démarches à suivre dès demain. Je verrai ce qu'il est possible de faire.

Je le remercie chaleureusement, toujours aussi perdu. Avant qu'il ne nous laisse, il me donne une tape amicale sur le bras en souriant.

– Vous avez trouvé une perle rare, Liam, me complimente-t-il.

Il s'en va ensuite et je me retrouve face à une Anna

tout sourire, visiblement fière de son coup de maître. Je ne sais pas d'où elle a sorti ses arguments ni comment elle a réussi à le convaincre, mais elle a réussi, et c'est un exploit que je n'attendais pas de moi-même.

– Peux-tu m'expliquer ce qu'il vient de se passer?

Elle se rapproche de moi sans pour autant me procurer ce contact dont je rêve, mais assez pour que je sois le seul à l'entendre et que je sente une douce chaleur émaner de son corps. *Elle va me rendre dingue.*

– Tu devrais savoir que j'ai beaucoup de talents cachés, murmure-t-elle.

À ses paroles, mon envie d'elle se réveille un peu plus et j'aimerais l'embrasser devant tout le monde. Je voudrais l'attirer dans l'une des pièces interdites au public, lui retirer ce vêtement et embrasser sa bouche insolente, mais je n'en fais rien, pour le moment. Je reprends une certaine maîtrise de moi-même en même temps qu'Anna recule à bonne distance de mon corps, j'ai encore des obligations professionnelles.

– Plus sérieusement, reprend Anna, j'ai passé l'après-midi à étudier les chiffres de ton entreprise et ses investissements. Je me suis dit que ça pouvait être utile.

Elle hausse les épaules comme si de rien n'était alors que je suis complètement et irrémédiablement amoureux de cette femme. Son geste a bien plus de valeur que ce qu'elle pense. Elle s'est investie dans mon travail et j'en suis sincèrement touchée. *C'était donc ça qu'elle faisait dans sa chambre...*

Mais je n'ai pas le temps de lui montrer ma reconnaissance, je suis submergé par des investisseurs potentiels, si bien que j'en perds Anna de vue. Je prends tout de même le temps de répondre à chacun, obtenant vite des matériaux et des fonds importants pour cette affaire. Lorsque je me libère enfin de cette foule, je trouve Anna en pleine discussion animée avec mon assistante. Je m'approche discrètement pour écouter, aucune des deux ne me voit approcher.

– M. White a revu ses exigences à la baisse.

Je hausse les sourcils, furieux et prêt à intervenir.

– Excusez-moi mais, qui que vous soyez, je ne pense pas que vous puissiez juger Liam de cette façon. Il est maître de sa vie sentimentale et si vous avez un quelconque problème avec notre relation, je vous défie d'aller lui parler comme vous venez de le faire avec moi.

Je me retiens de sourire, amusé lorsque Anna sort les griffes pour parler de moi. Elle ne cesse de m'impressionner, ce soir ! Je fais remarquer ma présence d'un toussotement et je viens encercler la taille d'Anna sous le regard penaud de mon assistante. *C'est ça. Descends de tes grands chevaux.*

– Je vous écoute, Alice, répétez-moi votre analyse de ma vie privée qui sort complètement du cadre de votre poste.

Elle détourne les yeux et devient pâle, mon ton froid étant une mise en garde à lui seul.

– C'est bien ce que je pensais. Alors, restez à votre place. Maintenant, excusez-nous, nous avons des choses plus importantes à faire.

Sur ce, j'entraîne Anna à l'écart, jusqu'à une salle interdite au public où sont stockées des chaises et des tables, comme je rêve de le faire depuis une bonne heure. Je la pousse à l'intérieur avec discrétion et je l'embrasse après avoir fermé la porte. Anna paraît surprise mais ne me repousse pas pour autant; au contraire, elle agrippe ma chemise avec force et fait descendre ma veste le long de mes épaules. Elle finit par se reculer légèrement, à bout de souffle, et les yeux voilés de désir.

– Ce n'est pas très professionnel de votre part, monsieur White…

Ma verge durcit un peu plus en entendant la façon dont elle prononce mon nom. Elle le remarque aussi et sourit avant de revenir à la rencontre de mes lèvres d'elle-même, sa langue s'insinuant autour de la mienne dans un baiser aussi fiévreux qu'impatient.

Elle finit par s'asseoir sur une des tables et entoure ma taille de ses jambes pour me rapprocher au plus près d'elle, sa robe remontant négligemment sur ses hanches et dévoilant sa peau laiteuse. Je plaque une main sur sa taille et une autre au creux de ses reins en même temps qu'elle défait ma boucle de ceinture dans des gestes maladroits à cause de son empressement, nos corps collés l'un à l'autre. Je suis soulagé quand elle libère mon érection et je soulève sa robe pour lui retirer son sous-vêtement, mais je relève vivement la tête vers elle en découvrant sa peau nue, heureux d'avoir ignoré ce détail tout au long de la soirée pour le bien de ma concentration.

– C'était une idée d'Ame… Je voulais te surprendre… souffle-t-elle.

Anna sourit de manière aguicheuse avant de rapprocher sa fente humide de mon érection, et je dépose mes lèvres sur sa nuque pour goûter chaque parcelle de sa peau, mon esprit mis en veille. Je m'apprête à la pénétrer, n'en pouvant plus d'attendre, mais je stoppe mes mouvements.

– Je n'ai pas de préservatif, réalisé-je.

– Peu importe. J'ai un stérilet et je suis clean. Alors si tu l'es…

Elle tente de m'embrasser, mais je me dérobe pour observer son visage. *Pourquoi elle n'a rien dit?*

– Je le suis. Tu as ça depuis quand?

– Quelques jours. Uniquement par sécurité.

Après une seconde d'hésitation, je me glisse lentement en elle. J'ai pleinement confiance, et je savoure sa peau contre la mienne, nos corps scellés, il n'y a pas de contact plus parfait que celui-ci. Je m'enfonce profondément en elle, profitant de sa moiteur et de sa chaleur à même ma verge et, même si l'envie de prendre tout mon temps et de la posséder de la meilleure façon qui soit est tentante, ce n'est ni l'endroit ni le moment. Je lui arracherai cette robe comme il le faut une fois que nous serons rentrés.

Au lieu de ça, je commence à me mouvoir en elle, sortant complètement pour entrer de nouveau avec force sous ses gémissements incessants. Je lâche un grognement rauque quand je sens venir la jouissance, mais je me contrôle jusqu'à ce que je la sente se contracter autour de moi, alors je m'abandonne enfin et je jouis pour la première fois en elle, nos bouches collées l'une à l'autre pour étouffer nos gémissements.

Je laisse mes lèvres dériver dans son cou et j'aspire la peau juste sous son lobe pour y laisser une marque avant de remonter vers son oreille pour lui murmurer quelque chose que je rêve de lui dire depuis qu'elle m'a montré à quel point elle est brillante.

– Si tu savais comme je t'aime…

– Je le sais. Je t'aime de la même façon.

À cet instant, je sais que, malgré les non-dits et les obstacles que nous rencontrerons, je l'aimerai jusqu'à la fin de ma vie. Je l'ai dans la peau et je ne veux pas m'en défaire, elle est mon tout.

Pourtant, je sais au fond de moi qu'il reste un sujet que nous n'avons pas abordé, et qui pourrait bien tout changer…

25

L'euphorie de la soirée est redescendue au fur et à mesure du départ des invités. Anna a brillé jusqu'à la dernière minute, et je la regarde encore plus amoureusement qu'avant. Elle a su charmer chacun de mes clients et associés à sa manière, en restant elle-même et en se montrant passionnée dans tout ce qu'elle disait. Je l'ai toujours vue comme une femme à l'esprit avisé, et j'en ai eu la preuve ce soir.

Je ne sais pas comment ça a pu arriver, nous deux, mais je ne changerais rien à notre histoire. Je l'aime plus que ma propre vie et, même si cette constatation me fait peur, j'en suis heureux. J'ai enfin compris ce que signifie le mot « aimer » à ses côtés.

Nous sommes à peine rentrés de la soirée qu'Anna s'est précipitée à l'étage, en silence pour ne pas réveiller Charline, afin de retrouver sa chambre. Je l'ai suivie avec plaisir et je l'observe à présent se laisser tomber sur son lit, visiblement exténuée par notre soirée bien chargée. Pourtant, il reste une chose qui me tracasse et j'ai besoin de lui en parler pour qu'il n'y ait plus aucun secret entre nous.

Ce que nous avons fait tout à l'heure a fait ressortir l'une de mes craintes, et ne pas la lui confier serait malhonnête.

– On peut parler de quelque chose d'important?

Elle a l'air déjà somnolente quand elle relève la tête pour me fixer. Elle a les yeux à moitié fermés, les paupières lourdes, et mon programme de lui retirer cette robe est visiblement tombé à l'eau.

– Tu veux bien qu'on attende que je rentre des cours demain? Je suis vraiment fatiguée. Mais viens te coucher avec moi.

Elle me tend la main en souriant et, même si je suis déçu, je n'en montre rien. Je peux comprendre que cette soirée a été réellement fatigante et qu'elle ait besoin de repos; après tout, c'est la première fois pour elle. J'attrape sa main et la rejoins pour lui voler un baiser avant de m'éclipser pour prendre une douche rapide avant de me glisser auprès d'elle sous les draps.

Ses mains se posent sur mon corps et je la laisse s'endormir, blottie contre moi, mes doigts caressant sa peau, mais les heures passent lentement et je ne trouve toujours pas le sommeil. Je réfléchis pendant ce temps, à notre avenir, au sien, à celui de ma fille; mon cerveau a décidé de ne pas me laisser en paix. Je nous imagine tous les trois dans quelques années, Anna diplômée, Charline en âge de rentrer à l'école, nous trois formant une famille. Je ne sais pas si Anna se projette si loin, mais pour moi c'est le cas. Je nous vois ensemble sur le long terme… Seulement tous les trois.

L'heure de me lever arrive bien trop vite et j'embrasse

Anna sur la tempe avant de sortir du lit à contrecœur. En m'extirpant de notre étreinte, je l'entends soupirer légèrement avant qu'elle ne se retourne dans le lit pour serrer mon coussin contre elle, et j'essaie de ne pas y prêter attention, voulant éviter d'être tenté de la reprendre dans mes bras, puis je descends torse nu jusqu'à ma chambre.

Je ne croise personne à cette heure si matinale, et je ne m'en plains pas. Je ne suis pas vraiment d'humeur à discuter aujourd'hui, j'ai beaucoup trop de choses en tête. Je me débarbouille rapidement et j'enfile l'un de mes costumes bleu marine puis je remonte embrasser Charline et Anna, cette dernière me murmurant un « je t'aime » discret qui me donne le sourire, avant de prendre ma propre voiture pour aller bosser. Je ne veux pas de Jessy aujourd'hui, je commence à prendre goût au fait de me débrouiller par mes propres moyens.

Une fois au bureau, je tente de me concentrer sur mes dossiers pour avancer, mes employés subissant ma mauvaise humeur, due au stress non dissimulé que je ressens à l'idée de parler à Anna. La journée me paraît interminable. J'enchaîne les rendez-vous par rapport au gala d'hier, les dons ayant atteint plus que nos espérances, en restant concentré mais, dès qu'un moment seul se présente, je ne peux pas m'empêcher de penser à Anna et à mes doutes. Si bien que je finis par écourter ma grosse réunion du soir, la laissant aux mains d'un de mes collaborateurs les plus brillants pour la rejoindre. *Je ne devrais pas faire ça, mais je veux avoir l'esprit tranquille.*

Je me gare devant le manoir, dans lequel je rentre à grandes enjambées, pressé de la retrouver et de lui parler de ce qui me tracasse. Je la trouve dans le salon, entourée de tout un tas de notes, souriante comme toujours quand elle m'aperçoit. Elle semble cependant comprendre mon trouble et penche la tête sur le côté en me fixant d'un regard inquisiteur.

– Est-ce que tout va bien ? Tu rentres tôt.

Je m'approche d'elle et je décale ses feuilles avec précaution avant de les poser sur la table basse pour m'asseoir, plus prêt que jamais à avoir cette conversation qui me tracasse. Son regard cherche le mien ; elle paraît de plus en plus inquiète de ce que je peux avoir à lui dire.

– Il faut qu'on parle de quelque chose.

Elle semble soucieuse mais hoche la tête pour m'inciter à continuer. Elle ferme son livre de cours et il rejoint ses fiches avant qu'elle ne se retourne vers moi, la mine sérieuse et le regard déterminé.

– Dis-moi.

Je me passe une main dans les cheveux, ne sachant pas trop comment aborder le sujet. J'aime lui parler mais je n'ai pas perdu mes mauvaises habitudes, je suis toujours incapable de m'exprimer facilement quand il s'agit de mes sentiments ou de nous deux, c'est un vrai défi pour moi.

– Je dois te demander quelque chose.

Anna commence à paniquer, je le sais car elle se met à triturer ses doigts comme elle le fait chaque fois. Mais cette fois-ci, je ne peux rien faire pour la réconforter car je suis dans le même état qu'elle. J'ai bien trop peur de l'issue de cette conversation. Elle me fait signe de continuer et je me lance.

– Est-ce que tu veux des enfants?

Son visage passe de la surprise au soulagement, elle n'a pas l'air très embêtée par cette question, même plutôt heureuse que ce ne soit que ça, alors que de mon côté elle me tétanise. Faites qu'elle dise non.

– J'aimerais bien, oui, mais pas maintenant. Pourquoi cette question? Ça a encore un rapport avec le fait que tu sois déjà papa?

Une boule se forme au creux de ma gorge et je devine facilement que mon visage a dû devenir livide. Je me perds dans mes pensées, revenant quelques mois en arrière, me remémorant le décès d'Elizabeth et ce qui s'en est suivi. Mais la main d'Anna sur ma joue me ramène à la réalité. Je ne veux pas revivre tout ça.

– Qu'est-ce que tu as? Parle-moi.

Elle semble sincèrement inquiète de mes réactions, sa voix est douce et elle me donne le courage de continuer. Je sais que je peux tout lui dire, elle m'écoute toujours, mais cette fois c'est différent. Peut-être que nous ne comptons pas emprunter les mêmes routes pour notre avenir.

– J'ai peur.

C'est la première fois que je le dis à voix haute et je dois avouer que c'est étrange. C'est une chose de lui avouer que je l'aime, mais c'en est une autre de lui révéler mes peurs et mes faiblesses, je n'ai pas l'habitude d'éprouver ce sentiment.

– Mais peur de quoi?

Anna ne semble pas comprendre. Pourtant tout est limpide dans mon esprit. C'est comme si je connaissais exactement le problème et que j'avais peur que les choses ne se déroulent de nouveau aussi mal, une sorte d'éternel recommencement de mon malheur.

– D'avoir un autre enfant un jour. Je ne supporterais pas de te perdre comme j'ai perdu Elizabeth.

Elle semble enfin percevoir mon angoisse, sa bouche formant un « o » de surprise. J'ai peur qu'elle ne veuille des enfants, un jour, et qu'il ne lui arrive la même chose qu'à Elizabeth. J'ai peur de la voir mourir. J'ai surmonté le décès de ma femme, même si j'en souffre encore, mais si Anna venait à subir le même sort, je ne me le pardonnerais jamais. Je l'aime tellement que je ne me vois pas sans elle.

– Liam… commence-t-elle.

Elle semble triste pour moi, j'ai peur qu'elle ne me quitte à cause de ça, que son désir de fonder une famille ne soit plus fort que son amour pour moi.

– C'était un malheureux concours de circonstances. Elizabeth a compliqué son accouchement en ne voulant pas mettre au monde le bébé. Mais si un jour c'est mon tour, notre tour, cet enfant sera voulu. Autant par toi que par moi.

Mes épaules se décrispent un peu et ses mots me réconfortent plus qu'elle ne l'imagine. Ils signifient qu'elle m'accepte, tout entier, avec mes peurs et mes doutes, sans avoir la certitude que je serai un jour prêt, et je crois que c'est le plus beau cadeau qu'elle pouvait me faire. Mon estomac commence à se détendre, éliminant l'angoisse que j'ai pu ressentir en l'imaginant me quitter.

– Maintenant, c'est à moi de te parler de quelque chose, reprend Anna.

Je déglutis péniblement, m'attendant au pire à mon tour.

– Je t'écoute.

Je prends ses mains dans les miennes et je caresse son poignet de mon pouce, essayant de me détendre à ce contact. Mon estomac, qui s'était détendu un peu plus tôt, se contracte de nouveau dans l'attente interminable de ce qu'elle peut avoir à me dire.

– Je démissionne.

Ses mots sont comme un couteau qu'on m'enfoncerait dans le cœur, et je l'observe, le corps figé. *Elle veut partir du manoir. Je ne comprends pas.* Je croyais que tout allait bien pourtant. Je prends son visage dans mes mains, complètement paniqué à l'idée de la perdre encore une fois et de ne pas la voir revenir.

– Non, non, non. Pourquoi? Ne me fais pas ça. Ne pars pas.

Plutôt que de me dire le contraire, elle rit et attrape mes mains des siennes pour les retirer de son visage en me souriant tendrement comme elle le fait si souvent.

– Liam. Je ne pars pas. Si tu veux de moi, je reste ici, et je paierai un loyer s'il le faut. Je ne veux juste plus travailler pour toi. Je m'occuperai de Charline avec plaisir pendant mon temps libre, mais je refuse que tu me paies alors qu'on sort ensemble.

Je recommence à respirer normalement, je ne comprends pas comment elle fait pour me mettre dans tous mes états si souvent et si rapidement, c'est comme être dans des montagnes russes quand je suis avec elle. Je ne ressentais rien de ce genre avant, et maintenant… Je découvre tout un tas d'émotions, dont certaines qui auraient mieux fait de rester inconnues. *Notamment cette panique constante de la voir partir.*

– Tu ne peux pas faire ça. Comment vas-tu payer tes cours et tes affaires?

Elle me sourit, tout à fait sereine. Elle prend le problème avec plus de maturité que moi alors qu'elle est plus jeune, ça n'a aucun sens. Ce travail est sa seule rentrée d'argent, et sa lettre de motivation était claire. Elle ne pouvait pas se permettre de s'endetter et avait besoin d'un logement ainsi que de rentrées d'argent. Si la question du logement est réglée, celle de l'argent ne l'est pas du tout.

– J'ai réussi à obtenir un prêt étudiant pour mes études, je les rembourserai après, même si je n'étais pas fan de l'idée au début, et pour mes fournitures... Je trouverai bien un job.

– Non.

Ma réponse est claire et nette, et elle semble surprendre Anna. Il est hors de question que je la laisse prendre un travail en parallèle alors qu'elle pourrait s'en passer, je ne veux pas la voir se tuer à la tâche.

– Si tu fais ça, tu n'auras plus de temps pour toi. Laisse-moi t'aider.

Elle sait que l'argent n'est pas un problème. Je pourrais dépenser des milliers pour elle sans en avoir rien à faire, je veux juste être sûr qu'elle est heureuse et qu'elle ne s'épuise pas, mais ma remarque ne semble pas lui plaire. Évidemment que je ne m'attendais pas à ce qu'elle accepte, ça aurait été mal la connaître.

– Certainement pas. Tu ne feras pas de moi une femme

entretenue. Je t'aime, et je n'ai pas besoin de ton argent pour ça.

D'autres auraient sauté sur l'occasion, mais pas elle. Anna est juste sincère, indépendante, forte, intelligente, tout un tas de qualités que j'apprécie chez elle. Et c'est précisément parce que mon argent ne l'intéresse pas qu'elle a pu commencer à m'approcher, mais je n'ai pas dit mon dernier mot. Si elle refuse que je paie une partie de ses achats, j'ai quand même une idée pour qu'elle ait de l'argent de côté.

– Très bien.

– Vraiment ?

Je lui souris et son visage se décompose, elle sait d'avance qu'elle a perdu.

– Qu'est-ce que tu vas faire ? demande-t-elle.

– Te verser la totalité des mois que tu aurais dû faire ici en tant que jeune fille au pair.

Elle ouvre la bouche et je passe mon pouce sur sa lèvre. J'aime la voir déroutée, j'ai l'impression d'avoir une certaine emprise sur elle dans ces moments-là et c'est grisant, elle d'habitude toujours si rebelle. Anna dégage ma main d'une tape, les sourcils froncés et le regard meurtrier.

– Je n'aime pas ça. La robe était magnifique, mais ne crois pas que je ne connais pas cette marque. Et maintenant ça… Je n'apprécie pas que tu dépenses autant d'argent pour moi. Je ne suis pas à acheter.

Je n'y avais même pas pensé. L'argent n'était pas pour la retenir ou pour acheter son affection, ça n'a rien à voir.

Je veux juste la savoir à l'aise et à l'abri de tout besoin ou, dans le cas de la robe, lui faire plaisir, c'est complètement différent.

– Bien sûr que non. Tu es indépendante et assez insolente pour me dire non, et je n'ai pas besoin de te donner de l'argent pour savoir que tu es toute à moi.

Elle lève les yeux au ciel et croise les bras, peu convaincue. Je sais très bien qu'on ne trouvera aucun sujet d'entente à ce niveau-là, nous sommes tous les deux trop têtus.

– Je t'ai déjà dit que je n'appartenais à personne.

Je hausse un sourcil. Je suis à elle autant qu'elle est à moi, même si elle ne veut pas l'admettre.

– Laisse-moi juste prendre soin de toi, dis-je.

– Je t'ai dit non.

Son regard est rempli de colère, nous voulons tous les deux avoir gain de cause, mais malheureusement pour elle, je ne la laisserai pas me faire changer d'avis, pas à ce sujet-là.

– Je ne te donne pas le choix. Tu auras cet argent sur ton compte dès demain et ton contrat sera caduc.

Elle se prend la tête dans les mains en soufflant ; je sais très bien que je l'agace plus que de raison mais peu m'importe. Je refuse qu'elle aille travailler je ne sais où alors qu'elle a la possibilité de ne pas le faire pour mieux se concentrer sur sa vie et ses études. Lorsqu'elle relève la tête, ses beaux yeux verts sont voilés par l'agacement.

– Anna.

– Qu'est-ce que tu ne comprends pas dans « non » ?

– Je suppose que je ne comprends pas le « non »…

Anna me dévisage et je me pince la lèvre pour me retenir de rire, alors qu'elle ne retient pas son hilarité. Elle se passe une main sur le visage, debout face à moi, et son regard intense me sonde.

– Je suis sérieuse, Liam. Je ne céderai pas là-dessus, laisse-moi faire mes propres choix.

Anna vient s'installer de nouveau à mes côtés.

– Je te promets qu'au moindre problème, je t'en parlerai, dit-elle en posant une main sur mon torse.

Je soupire, sachant pertinemment que je ne gagnerai pas.

– Si je te vois te fatiguer à la tâche, je te virerai l'argent. Et je ne te le demanderai pas avant de le faire.

Je crois que c'est ce qu'on pourrait appeler un compromis même si, en réalité, la moindre excuse pour la soulager d'un travail supplémentaire sera la bienvenue. Je veux être là pour elle, sur tous les plans. J'ai à cœur de prendre soin d'elle, de la rendre heureuse, de lui montrer que je tiens à ce « nous » que nous formons.

26

Ce matin, je suis sorti acheter un maillot de bain pour finir de préparer notre week-end. Évidemment, Anna s'est montrée curieuse, comme toujours, mais je n'ai rien dit. Je ne dois rien dire jusqu'à la dernière minute, ou elle n'acceptera jamais de me suivre. J'attends patiemment dans l'entrée qu'Anna descende avec Charline pour l'emmener à la dépendance, là où mon personnel a préparé la piscine pour lui apprendre à nager, comme je lui avais promis. Elle finit par apparaître en haut des marches, ma fille dans les bras, et un large sourire étire ses lèvres lorsqu'elle m'aperçoit.

– La demoiselle est prête ! Tu veux faire quelque chose cet après-midi ?

Je prends mon bébé dans mes bras en souriant, Charline babillant dans tous les sens, et je souris en observant son visage angélique. Je l'embrasse doucement sur le front en même temps que sa petite main serre un de mes doigts avant de répondre à Anna.

– Oui. Mais Charline va passer une partie de la journée avec Martha.

Anna ne comprend pas, mais me laisse la confier à Martha sans poser de question, avant de se laisser emmener dans le jardin. Je lui tiens la main sur le chemin, et Anna s'émerveille de tout ce qui nous entoure, comme si nous ne faisions que nous promener. *Elle est loin de la réalité.*

– Tu as pensé à faire de Martha ta gouvernante? finit-elle par demander pour rompre le silence. Elle aurait le titre officiel pour s'occuper de Charline. Au pire, je verrais bien ton majordome en tenue d'intendante.

Je ne peux pas m'empêcher de rire en l'imaginant. Adrien est discret, trop pour se plier à une blague pareille. Mais outre cette tentative d'humour, l'idée de faire de Martha une gouvernante est une chose logique. Après tout, c'est elle qui m'a élevé et elle s'occupe déjà tellement de Charline… Je pourrais trouver une autre femme de charge qui se contentera de ce rôle sans problème. C'est même une excellente idée.

– Je crois que tu as raison, acquiescé-je.

– Je suis sûre qu'elle va être heureuse quand tu le lui proposeras! me répond Anna en souriant.

Notre chemin s'arrête devant la dépendance et Anna me jette un regard curieux. Ce que j'ai prévu est risqué, mais je lui ai fait une promesse à ce sujet-là, et je m'y tiens toujours. Il faut simplement qu'elle dépasse sa peur.

– Si tu voulais me séquestrer, tu pouvais le faire dans ma chambre, plaisante-t-elle.

Je lâche un rire en l'embrassant passionnément, pas vraiment contre l'idée de la séquestrer dans un lit dans d'autres circonstances, avant de me reculer pour la regarder dans les yeux.

– Entre. C'est une surprise.

– Je ne me suis jamais baladée jusqu'ici, je ne savais même pas qu'il y avait un bâtiment.

Je suis rassuré qu'elle ignore ce que contient cette dépendance, et je m'approche de la porte pour la déverrouiller avec une lenteur calculée. Je la fais entrer en premier et la laisse observer les lieux, son regard s'attardant partout, sauf sur moi. Elle me tourne le dos et je n'ai aucune idée de ce qu'elle peut ressentir mais, lorsqu'elle porte enfin son attention sur moi, je lis de la panique sur son beau visage. Une panique à laquelle je m'étais préparé.

– Qu'est-ce qu'on fait là, Liam?

– On va t'apprendre à nager.

– Quoi? Maintenant?

Sa voix est devenue aiguë à cause de la panique et je l'observe en tentant de lui adresser un sourire rassurant. Je m'approche d'Anna pour prendre ses mains dans les miennes, mais elle continue de me dévisager, la bouche entrouverte et le regard perdu.

– La piscine est progressive, tu auras pied au début. Je vais juste te montrer la brasse, tu verras, ça se fait tout seul et, après ça, tu sauras nager.

Elle ne semble pas le moins du monde convaincue, même si je sais qu'elle a suffisamment confiance en moi pour me laisser faire. Je m'éloigne afin de prendre le sac que j'avais prévu, et j'en sors un maillot de bain pour elle. Anna l'attrape et rejoint la petite salle au fond pour y ranger ses vêtements secs. J'en profite pour retirer mes vêtements, mon maillot étant déjà sur moi. Lorsqu'elle revient, j'observe son corps mis en valeur dans ce deux-pièces qui laisse peu de place à l'imagination, et mon regard reste un instant fixé sur son décolleté, ce qui ne manque pas de tirer un rire à Anna.

– Tu veux m'apprendre à nager ou me retirer ce maillot de bain?

Un sourire espiègle s'affiche sur mes lèvres.

– Ne me tente pas, dis-je en descendant dans l'eau.

Anna sourit de façon peu assurée avant de s'asseoir prudemment au bord, ses jambes déjà immergées, et je m'approche d'elle pour attraper sa taille et la faire descendre doucement contre mon corps.

– L'eau n'est à une profondeur que d'un mètre cinquante, l'informé-je.

Elle hoche la tête, l'air plus sereine que je ne l'aurais cru possible, et je m'écarte d'elle. Anna se tient droite et n'ose visiblement pas bouger, comme clouée au sol.

– Tu ne viens pas? demandé-je.

– Je m'habitue à la température, argue-t-elle.

– Je doute qu'il faille s'habituer à une eau à 28 °C…

Anna plisse les yeux en me fixant, et je me pince la lèvre avant de m'approcher de nouveau et de lui prendre la main, l'entraînant vers un endroit plus profond avec douceur. Mais elle proteste quand elle sent qu'elle n'a plus pied, soudain prise d'une peur tétanisante. Je comprends son sentiment, mais elle ne doit pas laisser sa peur avoir le dessus. Elle s'accroche à mon cou, pour se maintenir hors de l'eau.

– Liam, s'il te plaît. Tu ne peux pas imaginer ce que ça fait d'avoir peur de l'eau.

– Fais-moi confiance. Tu n'as qu'à battre des pieds pour rester à la surface et, si tu n'y arrives pas, je te tiens.

Elle me laisse l'attirer là où j'ai toujours pied, mais plus en raison de notre différence de taille, et elle bat des pieds en tentant de respirer correctement. Je vois bien qu'elle n'arrive pas suffisamment à contrôler sa peur pour réussir. C'est un échec cuisant, elle finit par couler et elle s'accroche à moi.

– Je ne vais pas réussir. Est-ce que c'est vraiment nécessaire ? On pourrait faire ça plus tard… souffle Anna.

Je passe délicatement une main sur sa joue.

– J'aimerais qu'on retourne à la plage, et je ne veux pas que tu aies peur à cause de l'eau…

Je nous ramène à l'entrée de la piscine pour qu'elle retrouve ses marques sans la lâcher, ne voulant pas l'effrayer, puis j'observe son visage tiré.

– Tu me fais confiance ? la questionné-je.

Elle s'écarte à peine de moi pour hocher doucement la tête, l'air néanmoins méfiant. Je la relâche délicatement en déplaçant mes mains pour la maintenir par les épaules, mes yeux dans les siens. Je me place dans son dos et je sens Anna frissonner lorsque je la penche en avant jusqu'à ce qu'elle soit allongée à la surface en position pour nager, ma main placée sur son ventre, de façon à la faire flotter, la tête hors de l'eau, prête pour la première étape.

– On va commencer par les jambes. Tu les replies en rapprochant les talons de tes fesses, ensuite tu les déplies vers l'extérieur en repoussant l'eau, comme une grenouille.

Et enfin, tu rapproches tes jambes tendues. Tu dois répéter ce mouvement chaque fois.

Je la maintiens sur place et je la laisse commencer à bouger jusqu'à ce qu'elle ait bien assimilé le mouvement de jambes. Mes mains la maintiennent à la surface et ça a l'air de la rassurer, car elle contrôle à peu près sa respiration en même temps qu'elle bouge. Je la laisse se redresser ensuite, prêt à lui apprendre la suite, qui ne nécessite pas qu'elle soit totalement immergée.

– Tends tes bras dans l'eau vers l'avant.

Elle s'exécute, de plus en plus confiante.

– Maintenant, tu les écartes vers l'extérieur avec les paumes tournées dans la même direction. Tu ramènes tes bras vers ta poitrine, et tu les remets vers l'avant sous l'eau, ainsi de suite.

Sans attendre que je lui demande, elle essaie d'avancer en coordonnant ses jambes et ses bras et elle arrive à nager sur un ou deux mètres avant de boire la tasse. Je me précipite vers elle pour lui sortir la tête de l'eau, et je suis surpris de la voir rire en même temps qu'elle tousse pour recracher l'eau.

– Merde, c'est pas facile ! Moi qui croyais que les enfants faisaient exprès de galérer…

– Je trouve que tu te débrouilles pas mal, dis-je en souriant.

– Merci, Liam.

– Attends demain pour dire ça. Ceci n'est que l'entraînement pour la vraie sortie.

Je l'aide encore une bonne heure pour qu'elle s'entraîne à nager. Elle commence à bien gérer, même si ses mouvements restent incertains et qu'il lui arrive de couler. Pourtant, elle en ressort toujours avec le sourire, sa peur commençant à disparaître, même si elle n'ose pas s'avancer à plus d'un mètre de profondeur. Elle a déjà fait une avancée énorme et je suis fière de la voir s'épanouir dans l'eau. Anna revient vers moi après avoir fini une demi-longueur en brasse et s'arrête à ma hauteur en souriant.

– On fait la course? On s'arrête à la première échelle, pour ne pas que ce soit trop profond.

Je lâche un rire devant son audace. Elle sait très bien qu'elle ne gagnera pas, mes heures de natation ont fait de moi un bon nageur.

– Si tu veux, accepté-je tout de même.

Je m'apprête à nager mais elle m'attrape par le bras, une lueur espiègle brillant dans ses yeux. *Elle a une idée derrière la tête, que je soupçonne d'être de nature sexuelle, ce qui est loin de me déplaire.*

– Celui qui gagne a droit à quelque chose.

Je suis soudain très intéressé par ce qu'elle me raconte, gagner va être encore plus intéressant s'il y a une récompense à la clé.

– D'accord. Que veux-tu?

– Je veux qu'on fasse l'amour dans la piscine.

Je hausse un sourcil en entendant son fantasme, surpris qu'elle me le demande sans même rougir. *Mais elle n'avait pas vraiment besoin de mettre ce genre de chose en jeu, j'avais déjà eu cette idée bien avant, je l'aurais prise sans ce pari ridicule.*

– Et si je gagne? demandé-je, l'idée de perdre n'étant plus si déplaisante.

– Tu pourras demander ce que tu veux.

Tout un tas d'idées me traversent l'esprit et j'accepte son défi sans aucune hésitation. Je la prends en traître dès le départ en commençant à nager en crawl, me rendant bien plus rapide qu'elle, et je fais l'aller-retour à toute allure. Je reprends mon souffle en m'adossant au bord de la piscine, observant Anna nager, et attendant patiemment qu'elle revienne à son tour. Lorsqu'elle ressort de l'eau, elle paraît presque déçue, mais elle s'approche avec une allure féline de moi, un sourire explicite sur les lèvres.

– J'ai perdu.

Je jubile de la voir accepter sa défaite et je la colle à moi pour l'embrasser dans le cou. Je n'en ai rien à faire, qu'elle ait perdu le pari, je compte tout de même lui faire tout un tas de choses dans cette eau. Je décroche son haut de maillot de bain et je commence à lui embrasser les tétons, déjà tendus. Je les mords et je les aspire dans ma bouche, savourant chacun de ses gémissements, ses doigts passant dans mes cheveux avec envie.

– Je pensais que j'avais perdu… Mais je crois que ça me va…

Je relève la tête vers elle et je l'embrasse à pleine bouche pendant que ses mains se baladent avec envie sur mon corps. Elle a l'air aussi impatiente que moi, le regard brûlant et son corps désireux d'aller plus loin.

– Vous êtes un excellent professeur, monsieur White… dit-elle en penchant la tête en arrière.

Ma verge se gonfle un peu plus comme chaque fois qu'elle m'appelle de cette façon, et je colle mon bassin au sien pour lui montrer à quel point elle m'excite. Je passe mes mains sur ses fesses sous son maillot, savourant le contact de sa peau contre la mienne et de l'arrondi de son postérieur.

– C'est parce que vous êtes bonne élève, mademoiselle Taylor…

En prononçant son nom, l'idée de ce que je souhaite réellement pour avoir gagné cette course germe dans mon esprit. Une idée complètement folle mais qui ne me va plus me quitter si je ne lui dis pas. Je remonte vers son oreille en laissant une traînée de baisers sur sa peau pour lui chuchoter ce que je souhaite vraiment.

– Je sais précisément ce que je veux, lui murmuré-je.

– Dis-moi.

Anna semble détendue alors que je souris contre son lobe.

– Épouse-moi, lâché-je sans détour.

Elle gémit à cause de mes caresses qui ont dérivé vers son intimité dans laquelle j'ai glissé deux doigts, mais elle se tend rapidement, les yeux écarquillés, et me repousse bien vite. Eh merde.

– Tu n'es pas drôle.

– Je suis sérieux. Épouse-moi.

Elle se passe une main sur la figure, puis se pince le bras. J'ignore pourquoi j'ai dit ça, mais je sais que je le pense. J'ai envie que nous soyons ensemble jusque sur les papiers. Anna me regarde longuement, le visage fermé, et j'attends désespérément ce « oui » qui pourrait changer beaucoup de choses.

– Non.

Je détourne les yeux, soudain gêné. *Je suis trop con.* Bien sûr qu'elle allait dire non. Je ne sais pas ce que je m'imaginais en lui disant ça. Elle n'est absolument pas du genre à accepter ce genre de chose… Surtout pas si vite. Elle est déjà trop attachée à sa liberté pour s'enchaîner à moi. Je me passe une main sur la mâchoire, dépitée, et Anna s'approche de moi pour venir encadrer mon visage et me forcer à la regarder, même si je préférerais partir loin à cet instant.

– Je ne sais pas pourquoi tu me le demandes, Liam, mais je n'accepterai pas alors que cela ne fait que quelques semaines que nous sommes ensemble. Tu ne peux pas me demander de t'épouser du jour au lendemain. Je t'aime, mais je ne t'épouserai pas.

Je hoche la tête, la mâchoire contractée, ma déception ne s'évaporant pas. Je tiens à cette idée. Je veux que tout soit plus officiel, que les choses entre nous soient réellement sérieuses. Bien malgré moi, je laisse mon esprit s'égarer à la recherche d'une faille dans ses mots, et lorsque j'en trouve une, je sens mon corps se détendre. Ça coule de source. Je ne vois pas pourquoi je n'y ai pas directement pensé, il existe un parfait compromis à cette situation. Reste à ce qu'elle accepte.

27

Anna n'a pas reparlé de ma demande. C'est comme si elle n'avait jamais existé pour elle, comme si elle ne m'avait jamais dit non, mais je compte bien retenter ma chance en faisant les choses dans l'ordre et en obtenant un oui. Je suis parti acheter une bague pour commencer, voulant trouver celle qui lui ressemblerait le plus possible. J'ai hésité à en prendre plusieurs afin qu'Anna choisisse d'elle-même, mais mon choix a fini par s'orienter sur un bijou qui lui conviendra sûrement.

La bague est assez fine, en or rose, rehaussée d'une émeraude sertie qui me rappelle ses yeux, encadrée de trois minuscules diamants de chaque côté. Le tout est bien rangé dans un écrin en velours noir qui repose dans ma poche depuis ce matin et ne l'a pas quittée depuis car je ne voudrais surtout pas perdre ce bien si précieux à mes yeux.

Je veux lui faire ma demande sur cette plage, là même où je l'ai emmenée pour notre première vraie sortie. Elle m'a dit être heureuse d'être revenue ici, elle ne sait juste pas encore ce qui l'attend.

J'observe Anna marcher au bord de l'eau, son jean remonté sur ses mollets, pendant que je suis assis sur une serviette avec Charline dans son landau. Anna nous sourit chaque fois qu'elle tourne la tête vers nous, et je ne peux pas m'empêcher de sentir mon cœur s'emballer en la voyant si heureuse. Je détourne rapidement les yeux en entendant Charline babiller, à présent complètement réveillée de sa sieste, et je la prends sur mes genoux.

– Qu'est-ce que tu en dis, toi? Anna va dire oui à ton papa?

Elle me tape le nez pour toute réponse et je souffle sur sa petite main. Elle se met à rire comme elle le fait toujours, de façon adorable. Cette petite fripouille recommence son manège chaque fois, tapant sur mon nez pour que je lui souffle de nouveau sur la main. Je m'amuse avec elle en attendant qu'Anna revienne vers nous en courant, son jean à présent mouillé. Les aléas des vagues.

– Oh, elle est réveillée! J'ai cru qu'elle allait dormir tout l'après-midi!

Elle vient embrasser Charline sur la joue puis m'embrasse moi, doucement, m'envoyant quelques gouttelettes au passage, mais notre baiser est vite interrompu par ma fille, qui essaie d'attirer l'attention. Anna s'essuie rapidement les jambes en souriant et prend Charline sur elle, ma fille ayant réussi à avoir ce qu'elle désirait. Elle commence à me parler sans pour autant détourner son attention du bébé qui lui serre doucement la main.

– Je pense qu'il y a des journalistes près du poste de secours.

Je tourne la tête en direction du bâtiment en question pour apercevoir des silhouettes, les objectifs vissés sur nous. *Jamais bien loin, ces parasites.*

– Depuis le gala, je nous ai vus dans plusieurs magazines. C'est étrange qu'ils parlent de moi, se confie Anna.

Je n'ai même pas fait attention, volontairement. Je sais que je me moque de ce qu'ils peuvent dire de moi, mais je n'apprécie pas de les voir dénigrer Anna et j'ai préféré ne pas les lire, l'ignorance est parfois bénéfique. Je sais pertinemment que si je vois la moindre insulte envers elle, je vais partir au quart de tour et ça ne servira à rien.

– Je sais que c'est dur au début, dis-je en passant une main dans son dos.

Je ne le sais pas réellement, mais je m'en doute. J'ai toujours vécu comme ça à cause de mon père qui était à la place où je suis aujourd'hui et, lorsqu'il est décédé, je n'ai fait qu'être propulsé sur le devant d'une scène où j'étais déjà, mais il est aisé d'imaginer à quel point il est difficile de se trouver à cette place quand on a connu et apprécié l'anonymat. Pourtant, contre toute attente, Anna me sourit sereinement.

– J'avoue qu'au début, c'est très perturbant, mais finalement, ça n'a pas d'importance. C'est simplement amusant de voir tout ce que les journalistes peuvent inventer en faisant des suppositions sur ce qu'ils voient.

Sa réponse semble sincère, mais elle est avant tout extrêmement juste. Ces journaux sont un ramassis d'inepties, et lorsque l'on connaît la vérité, ces magazines se révèlent plus humoristiques qu'informatifs, car jamais ils ne divulguent la vérité. Mais elle est quand même au centre de ces inepties et je ne pensais pas qu'elle le prendrait avec tant de recul.

– Comme quoi? m'intéressé-je.

Je suis curieux de savoir ce qu'ils ont pu inventer cette fois-ci. Leur imagination lorsqu'il faut créer des scandales est sans faille, ils ont dû s'en donner à cœur joie lors de la soirée du gala.

– Ça dépend des photos, dit-elle en riant doucement. Certains suggèrent que tu me trompes avec ton assistante, d'autres que je suis peut-être la fille cachée d'un grand homme d'affaires et que tu n'as pas eu d'autre choix que de m'emmener, ou encore que tu m'as payée pour dire que je suis avec toi, même si, entre nous, je ne vois pas bien pourquoi ils pensent ça, tu aurais pu te payer beaucoup mieux!

Je lève les yeux au ciel face à ses propos. Anna ne se rend même pas compte qu'elle est ce « mieux » ni que je suis le plus heureux lorsque je suis à son bras. Elle tient les mains de Charline dans les siennes tout en me racontant tout ça d'un air amusé, et je ne peux pas détourner les yeux de cette femme qui me fait ressentir tant de choses. Jamais je ne pourrai la tromper, comme le prétendent ces journaux. Anna sourit de plus belle avant de reprendre, sans oser me regarder.

– Il y a même un article qui se demande si notre relation est sérieuse au point de nous marier, avoue-t-elle.

Je me tends presque immédiatement en entendant ses propos, de peur qu'elle ne soit en train de démasquer ma demande.

– Ce serait si dramatique ? m'inquiété-je.

– Étant donné que je t'ai dit non, un peu.

Anna me jette un coup d'œil, la bouche déformée par une moue désolée, et je soupire avant de me lever et de glisser une main dans ma poche. C'est ma deuxième tentative en deux jours, mais j'ai bon espoir que ce que je vais lui proposer la fera accepter, et qu'une demande dans les formes saura la charmer. Je pose un genou à terre avant de lui montrer l'écrin, mon cœur battant la chamade de peur de la voir refuser de nouveau.

Je me moque des journalistes ou de qui peut m'observer, il n'y a que nous trois à mes yeux. Anna écarquille les yeux, la bouche entrouverte en comprenant sûrement ce que je m'apprête à faire, et son regard paniqué va et vient entre l'écrin et moi.

– Mais… commence-t-elle.

J'ouvre l'écrin sous son regard ahuri et je sors le bijou avec peu d'assurance. Je n'ai jamais été si paniqué, mais aujourd'hui, je sais que c'est bon signe. J'ai peur de la voir refuser parce que je l'aime sincèrement, et que je voudrais passer ma vie à ses côtés.

– Est-ce que tu veux te fiancer avec moi ?

– Mais hier… Je t'ai dit… Mon Dieu, range ça, Liam ! Les photographes vont tout voir !

Je secoue la tête pour l'arrêter. Ma question n'est pas la même. Je ne lui demande pas de m'épouser, pas alors que je sais que les choses vont trop vite pour elle, je veux simplement cet engagement, pour elle, pour nous, pour notre avenir.

– Je ne bougerai pas tant que tu ne m'auras pas répondu. Je ne te demande pas de te marier avec moi demain, mais deviens ma fiancée. Laisse-moi te montrer à quel point je t'aime, laisse-moi le montrer à tout le monde.

– Je rêve ou c'est du chantage? s'offusque-t-elle.

– Peut-être bien, avoué-je.

Anna ne dit rien durant de longues secondes pendant lesquelles Charline trouble ce silence pesant en tirant les cheveux de cette dernière. Elle m'observe, l'air de plus en plus désappointé, et je commence à perdre totalement espoir, jusqu'à ce qu'elle se morde la lèvre, l'ombre d'un sourire apparaissant peu à peu sur son visage, faisant battre mon cœur un peu plus vite.

– C'est déloyal… souffle-t-elle.

– Je sais.

Je me retiens de sourire alors que son regard s'illumine lentement.

– D'accord, lâche-t-elle.

Je cligne plusieurs fois des yeux, pas sûr de réellement y croire.

– Tu es sérieuse?

– Oh, donc quand je te dis non, tu réessaies pour avoir un oui, et quand je te dis oui, tu n'y crois pas? Est-ce qu'un « je ne sais pas » te conviendrait? plaisante-t-elle, l'air amusé.

Elle vient de me dire oui.

J'attrape le bijou d'un geste incertain, mes yeux plongés dans les siens, et je lui glisse la bague au doigt avant de l'embrasser sous les rires de Charline, bon public. *Nous sommes fiancés. Pour de vrai.* Je sais que les photographes présents n'en perdent pas une miette et nous allons sûrement nous retrouver à la une de certains journaux, soit pour nous féliciter, soit pour nous rabaisser, mais je m'en moque royalement. J'ai la femme que j'aime près de moi et ma fille, jamais je n'aurais pu espérer une telle situation. Tout ce qui compte à cet instant, c'est notre bonheur partagé.

28

Je sens ma fiancée s'étirer tout contre moi, le corps toujours nu, elle ouvre doucement ses beaux yeux verts pour les ancrer aux miens. Je lui ai fait l'amour encore et encore jusqu'à ce qu'elle crie mon nom, qu'elle soit complètement épuisée et certaine de mes sentiments à son égard, même si je n'ai pas arrêté de lui répéter à quel point je l'aime. Je me sens plus comblé que jamais, et je veux que ce sentiment ne jamais s'estompe.

Pourtant, je sais qu'il me reste quelque chose à faire. J'ai posé ma journée encore une fois pour pouvoir l'emmener dans un endroit important à mes yeux, Anna n'ayant pas cours aujourd'hui, afin d'évincer les ombres qui pourraient venir troubler notre couple.

Je l'observe contempler la main où est sa bague et je l'attrape pour passer mon pouce sur la pierre verte qui orne son doigt. *Elle est vraiment magnifique sur elle, j'ai encore du mal à réaliser qu'elle m'a dit oui.* J'ai l'impression que tout ceci est un rêve dont je ne veux pas me réveiller. Je passe une main dans son dos et je l'entends soupirer de plaisir contre mon torse.

– Elle est tellement belle.

Je continue à lui caresser le dos en même temps que je lui réponds, j'adore l'avoir dans mes bras, sentir sa chaleur contre moi et savoir qu'elle est toute à moi.

– C'est parce que c'est toi qui la portes.

Elle me sourit tendrement en entendant mon compliment, et j'ai l'impression que nous sommes dans une bulle où rien ne peut nous atteindre. Anna est tellement belle quand elle est heureuse, j'aimerais que ce moment ne s'arrête jamais.

– Elle est parfaite. Je n'arrive pas à croire que je t'ai dit oui.

Je la retourne d'un geste souple pour qu'elle se retrouve en dessous de moi, ce qui lui arrache un cri de surprise alors que je lui vole un baiser. J'emprisonne ses poignets au-dessus de sa tête et je vois son sourire disparaître, laissant place au désir non dissimulé qui ressemble au mien. *J'ai du mal à croire que je vais pouvoir faire ça pendant encore très longtemps.*

– Et pourtant, c'est le cas. Tu ne vas peut-être pas m'épouser, mais tu es ma fiancée et je ne te laisserai plus jamais partir.

Je l'embrasse avec toute l'envie que je peux ressentir avant de me reculer en ignorant ses protestations. Je libère ses poignets et ses bras autour de ma nuque et essaie de me ramener à elle, mais je me maintiens sur mes avant-bras, restant éloigné au-dessus d'elle.

– Embrasse-moi…

Elle caresse ma nuque et passe ses doigts dans mes

cheveux, puis elle tente de se soulever pour atteindre ma bouche et se coller à moi, mais je me dérobe et elle commence à pester, ce qui ne fait que m'amuser un peu plus. *J'aime la voir frustrée, ça ne rend les choses que meilleures.*

– S'il te plaît, Liam…

Je caresse sa mâchoire de mes lèvres et je descends une main jusqu'à son intimité déjà brûlante, tournant autour sans jamais la caresser. Elle soulève son bassin pour tenter de m'approcher un peu plus mais je retire ma main d'un coup pour ne pas la satisfaire.

– Qu'est-ce que tu veux?

Ses yeux lancent des éclairs, je sais que je l'agace mais je veux l'entendre me le dire.

– Tu fais chier.

– Si tu ne me le dis pas, je ne ferai rien de plus…

J'enfonce un doigt en elle sans qu'elle s'y attende et je le ressors aussitôt, sa frustration est visible sur son visage et dans ses gémissements.

– Je te veux, toi. Merde, arrête de jouer et prends-moi.

Je ris en l'entendant pester mais je ne m'exécute pas pour autant. Je veux l'approcher du précipice, et enfin je la pénétrerai pour qu'on y plonge tous les deux. Mais c'est compter sans sa détermination sans faille. Elle commence un mouvement lent et sensuel en frottant son bassin contre le mien, nos corps à présent proches, démolissant peu à peu ma détermination à moi. Je résiste de toutes mes forces, mais les paroles d'Anna m'achèvent.

– Je vous veux en moi, monsieur White…

Il ne m'en faut pas plus pour ne plus lui résister et je la laisse me guider vers son intimité avant de donner un coup de reins libérateur pour nous deux. Je reste un instant sans bouger, savourant encore une fois cette connexion entre nous, cette chaleur qui m'entoure, puis je lui donne enfin ce qu'elle veut et que je désire tout autant.

***

Je sors de la douche en passant une main dans mes cheveux mouillés pour trouver Anna sur son lit en train d'attacher ses bottes hautes. Ses cheveux sont encore humides à cause de la douche que nous avons partagée, et elle me sourit en m'apercevant avant de venir m'embrasser avec tendresse.

– J'ai réfléchi à quelque chose, lance-t-elle.

Je l'interroge du regard pendant que ses mains se déplacent sur mon torse et que les miennes caressent ses hanches par-dessus ses vêtements.

– Tu devrais réaménager cette chambre-là pour qu'on y dorme tous les deux… En plus, tu serais plus proche de Charline, propose-t-elle. Enfin sauf si tu ne préfères pas…

Anna détourne les yeux, l'air gêné, et je ne peux pas m'empêcher de rire à la simple idée qu'elle ait pu penser que je ne passe pas tout mon temps ici. Je l'enlace pour l'embrasser encore, je ne peux plus me passer de ses lèvres et mes mains se baladent sur son corps, enhardies par le désir que je ressens pour elle.

– J'y passe déjà tout mon temps, ma chambre en bas n'est qu'un détail.

Elle me sourit, soulagée, avant que nous ne soyons interrompus par une Charline en pleurs. On se retourne tous les deux vers la porte en souriant et je m'excuse pour m'apprêter à y aller, mais Anna me devance et va prendre Charline dans ses bras.

– Salut, princesse…

Mon bébé arrête vite de pleurer au contact de ma fiancée, et je reste encore une fois dans mon coin à les observer, attendri par le lien qui les unit. Anna arrive toujours à la calmer en un rien de temps, comme si elle savait exactement quoi faire.

– J'aimerais t'emmener quelque part avec Charline, dis-je en ramassant la tétine de ma fille dans le lit.

Elle accepte sans même demander où nous allons et je m'occupe de préparer Charline. Nous sortons main dans la main du manoir et nous prenons la voiture de fonction de mon chauffeur ; je ne veux pas qu'il y ait quelqu'un d'autre avec nous. Je me gare devant le cimetière où je n'ai pas mis les pieds depuis l'enterrement d'Elizabeth et je regarde Anna qui semble avoir compris où je veux en venir. Son visage est tiré, et elle ne dit rien. Sortant de la voiture en silence, je détache Charline à l'arrière, avant de nous conduire jusqu'à l'emplacement de la tombe d'Elizabeth dans un silence lourd de sens.

Mon cœur se serre en voyant l'inscription sur sa pierre tombale : « Fille et amie aimée », comme la première fois que je l'ai vue. Son statut d'épouse n'est mentionné nulle part parce qu'elle n'aura jamais connu quelqu'un qui l'aura réellement aimée en retour. Je crois que c'est quelque chose que je ne me pardonnerai jamais.

La main d'Anna se glisse dans la mienne et je sais qu'elle me montre son soutien de ce simple geste. J'ai le cœur serré devant cette tombe, parce que cela représente tout mon passé.

– Pourquoi m'avoir emmenée ici ? souffle Anna.

Sa voix est douce, brisant ce silence lugubre qui nous entoure.

– Parce que je voulais que tu la rencontres en quelque sorte. Et je veux que tu saches que je ne t'ai pas demandé ta main pour l'oublier.

Ses doigts serrent les miens avec tendresse. J'ai besoin de lui dire tout ça, d'être sûr qu'elle sait que c'est elle l'amour de ma vie. Mes yeux restent vissés à la pierre tombale sous laquelle Elizabeth repose en paix, je n'arrive pas à détourner le regard en parlant.

– Je l'aimais, c'était ma meilleure amie depuis tout petit. Je regrette juste qu'elle n'ait pas connu le même amour que je connais avec toi. Elle aurait mérité de vivre un grand amour et de se réveiller heureuse chaque matin.

Mais malgré tous ces regrets, j'ai décidé d'avancer. Pour Charline, pour Anna, mais aussi pour moi. Je veux commencer à vivre, à être heureux. Je veux connaître ce bonheur dont Elizabeth me parlait si souvent et dont elle rêvait à mes côtés.

– Depuis son décès, j'ai ressenti beaucoup de choses vis-à-vis d'elle. De la culpabilité parce que je me sentais responsable de sa mort, une tristesse à cause du vide qu'elle a laissé, et je lui en ai aussi voulu de ne pas avoir assez aimé Charline pour vouloir lui donner la vie de son plein gré.

Elizabeth n'aura jamais profité de sa vie de femme. S'être mariée avec moi lui aura volé sa vie et l'aura rendue malheureuse à cause d'un amour non partagé, et elle aura fini sa vie seule. Je ne pourrai jamais réparer ça, mais je peux tout faire pour ne pas reproduire la même erreur qu'elle. Je vais m'efforcer d'honorer sa mémoire, pour vivre ma vie tant que je suis là, pour profiter de chaque instant avec ma fille ; notre existence est bien trop courte pour ne pas en profiter pleinement. Et c'est ce que je veux faire avec Anna. Je ne veux pas passer ma vie à ruminer mes regrets au risque de m'oublier moi-même.

– Mais tu sais ce que je me suis dit ? continué-je sans oser regarder Anna. Que ça ne servait à rien, que mes remords ne la feront pas revenir. Elle est décédée et elle ne reviendra jamais. Je ne saurai jamais pourquoi elle détestait autant l'idée d'être mère, et c'est pour ça que je dois arrêter de supposer, de me remémorer ce qui est arrivé, je dois juste avancer en me souvenant de celle qu'elle a été plutôt que de celle qu'elle aurait pu être.

Charline commence à s'agiter dans mes bras, ne se rendant même pas compte qu'elle est tout près de sa maman biologique. Elle ne connaîtra jamais sa mère, mais ça ne veut pas dire qu'elle ne saura pas qui elle est. Elle grandira, et reviendra ici le jour où elle sera suffisamment grande pour comprendre. Ma fiancée détache sa main de la mienne pour venir prendre Charline dans ses bras, caressant ma joue au passage, sentant sûrement mon malaise.

– Dans tout ce que tu as pu me dire d'elle, j'ai surtout retenu qu'elle t'aimait d'un amour sincère. Et je suis sûre qu'elle aurait été heureuse de savoir que tu as continué d'avancer malgré tout. En tout cas, si j'avais été à sa place, je t'aurais souhaité d'être heureux.

Je lui prends la main et j'embrasse sa paume. Elle a toujours les mots justes, et c'est ce que j'aime tant. Je me sépare doucement d'elle et je lui donne les clés pour la laisser retourner à la voiture avec Charline, ayant le besoin de passer quelques instants seul ici. Une fois que je la vois s'éloigner, je m'accroupis devant la tombe d'Elizabeth et je passe une main sur la surface noire et brillante de sa pierre tombale pour retirer la fine couche de poussière.

– Si tu savais à quel point je suis désolé. Je n'ai jamais compris quand tu me parlais d'amour, et maintenant que je suis tombé amoureux… Je regrette de ne pas avoir pu t'aimer en retour comme tu l'aurais souhaité.

J'ai sûrement l'air d'un fou à parler à une tombe, mais j'ai l'impression de me confier à ma meilleure amie comme je le faisais à l'époque. *Nos longues discussions me manquent.*

– Si tu savais à quel point j'aime Anna, continué-je. Elle arrive à me faire sourire et rire, j'aime même le don qu'elle a pour m'énerver, parce que dans ces moments-là aussi je me sens heureux. Je ne pensais pas connaître ce sentiment de béatitude un jour.

Je souris en pensant à Anna. *Je suis complètement mordu.* Elle a su me redonner goût à la vie et m'apprendre à les aimer, elle et Charline. Je ne lui en serai jamais assez reconnaissant.

– Je sais que tu n'as jamais voulu de Charline. On n'avait même jamais parlé du prénom, j'ai dû en trouver un seul alors que je venais d'apprendre ta mort. J'ai ouvert un magazine de prénoms de bébé à l'hôpital, et c'est le premier que j'ai trouvé. Mais si seulement tu pouvais la voir… Elle est merveilleuse. Il est impossible de ne pas l'aimer.

Elle est mon petit rayon de soleil. Elle est devenue en peu de temps l'une des choses les plus précieuses que j'ai dans ma vie et je ne pourrai jamais plus l'abandonner. J'en serais bien incapable, l'amour que l'on porte à un enfant est indescriptible.

– Je sais que tu ne l'aurais pas aimée tout de suite, les médecins m'ont donné ton diagnostic psychologique après ton décès. Ils avaient décrété que, au vu de ton état dépressif, tu l'aurais de toute façon rejetée. Je ne sais pas d'où t'est venu ce problème. Mais sache que j'ai appris à l'aimer, et que je ne me verrais plus la laisser comme je l'ai fait.

Je me relève, presque prêt à partir.

– Anna m'aide beaucoup, tu sais. J'espère sincèrement que tu as trouvé la paix et que, si tu nous vois, tu es heureuse de voir ta fille grandir et être aimée.

Je pars après un dernier regard sur sa tombe, comme si je disais au revoir à une partie bien triste de ma vie, et je rejoins la voiture où Anna m'attend avec ma fille. Je démarre, les épaules un peu plus légères, et un sentiment de soulagement m'envahit en pensant au fait que ça y est, la page est enfin tournée.

ÉPILOGUE

Anna
Trois ans plus tard

Je rentre directement au manoir après ma journée de cours. Je passe les portes en me frottant les mains, complètement frigorifiée par la neige qui tombe. L'hiver arrive à sa fin mais le froid est encore bien présent à Édimbourg. Je retire mon manteau comme je le fais tous les soirs en rentrant chez nous et je le dépose sur le portemanteau avant de m'avancer dans le hall en cherchant mon mari des yeux.

Je lui ai enfin dit oui l'hiver dernier. Nous fêtons notre première année de mariage aujourd'hui, et je lui ai prévu un cadeau de taille, qui ne pourra que lui plaire. Il a su me rendre heureuse pendant ces trois années et je l'aime toujours un peu plus chaque jour. Il est l'homme de mes rêves, même s'il est buté, mais je suis heureuse d'être devenue sa femme. Je ne me verrais pas autre part.

– Liam ?

Un silence me répond jusqu'à ce que j'aperçoive une petite tête brune se diriger vers moi en courant d'un pas encore incertain et me sauter dessus. Âgée de presque quatre ans, Charline a bien grandi. Je l'attrape et je la cale dans mes bras avant de l'embrasser sur la joue, heureuse de la retrouver après cette longue journée de février. Au fur et à mesure, elle est devenue aussi importante pour moi que si elle était ma fille, biologiquement parlant ; elle a une place indétrônable dans mon cœur.

– Coucou, ma puce.

– Coucou, maman.

– Ça s'est bien passé à l'école ?

– Oui !

Chaque soir, quand je rentre, le rituel est le même. Je la serre dans mes bras, elle me raconte sa journée et je la regarde avec amour. C'est comme ça depuis qu'elle sait parler et, même si c'était étrange au début qu'elle me considère comme sa maman, je m'y suis vite habituée, elle est autant ma fille que je suis sa maman, même si nous ne partageons pas le même sang. Je l'aime comme si c'était la chair de ma chair, et rien ne pourra jamais changer ça. Parfois, l'amour que l'on porte à une personne est bien plus fort que les liens du sang. Liam l'a compris beaucoup plus vite que moi, et c'est moi qui étais la plus réticente à l'idée de me faire appeler maman, par respect pour Elizabeth.

Mais je n'ai pas résisté longtemps. Je m'occupe d'elle chaque jour, je la prends dans mes bras la nuit lorsqu'elle fait des cauchemars et qu'elle veut dormir entre nous ; peu importe la façon dont elle m'appelle, je suis devenue sa maman, et je suis fière de pouvoir dire que je le suis.

Notre famille est restreinte, nous ne voyons presque jamais Smith, nos rapports sont cordiaux même si Liam continue à lui en vouloir pour ses mots envers notre fille.

Curieusement, Liam a fini par presque accepter Amethyst avec le temps et, même si nous nous voyons moins qu'avant, elle vient régulièrement manger à la maison et nous passons toujours de bons moments. La seule vraiment présente dans notre vie est ma mère. Elle gâte Charline plus que de raison, et notre fille a adoré ses premières vacances à Londres… Au plus grand regret de Liam, qui préfère Édimbourg, et de loin.

Charline attrape mon médaillon et l'ouvre comme elle aime le faire pour observer la photo de nous trois en souriant. C'est un cadeau de mariage de la part de Liam et je ne le quitte jamais, à part pour le prêter à Charline le soir avant de dormir, elle demande toujours à le voir.

– Tu dois venir avec moi, m'informe ma fille.

Je hausse les sourcils devant son ton autoritaire qui contraste avec son air de petit ange. Elle ressemble de plus en plus à son père et elle est déjà aussi têtue et déterminée que lui. J'imagine déjà ce que ça va donner quand elle sera adolescente… Je pense que je vais avoir quelques cheveux blancs. *Une mini Liam en ado, on va en voir de toutes les couleurs.*

Je la dépose au sol et je prends sa petite main dans la mienne pour la laisser m'emmener jusqu'à la salle de danse avec empressement. Je ne sais pas ce qu'elle a en tête mais, depuis quelques mois, elle adore y passer du temps pour s'observer danser dans les miroirs.

Je pousse la porte de la salle devant l'air impatient de ma fille et je m'arrête en découvrant une nappe au sol et un pique-nique installé dessus. J'ouvre la bouche et je relève la tête pour découvrir Liam en chemise et en jean, le visage incroyablement doux et un sourire aux lèvres. *Je ne suis visiblement pas la seule à avoir pensé à faire une surprise, et la sienne me va droit au cœur.*

Je lâche la main de ma fille, et je me précipite vers mon mari et l'embrasse, plus heureuse que jamais.

– Bon anniversaire de mariage, mon cœur.

Je souris contre ses lèvres et je me colle un peu plus à lui, sous les applaudissements de notre fille, qui se réjouit de voir ses parents amoureux. Si la plupart des enfants sont dégoûtés par la proximité de leurs parents, elle ne l'est pas, au contraire. Charline aime nous dire que nous voir amoureux est mieux que de regarder un Disney, ce qui ne manque jamais de nous faire sourire. Liam s'écarte légèrement de moi pour regarder notre fille d'un air faussement sévère.

– Bon, la fripouille. Si tu veux ton gâteau au chocolat, tu vas devoir être sage pour la soirée !

Elle court vers moi pour me faire un bisou et en fait de même avec son papa avant de partir, toujours en courant, jusqu'à la cuisine pour rejoindre Martha. Une fois la porte fermée, je me retourne vers Liam, les lèvres pincées, me retenant de rire.

– Je rêve ou tu l'as achetée avec du gâteau ?

Il détourne les yeux en souriant et en feignant l'innocence et va s'asseoir au sol en attendant que je le rejoigne. Je secoue la tête devant son comportement qui ne changera jamais et je vais m'installer près de lui en me blottissant dans ses bras.

J'observe tout ce qu'il a déposé sur la nappe au sol, des salades, des couverts, des assiettes… Et je ne retiens pas mon rire. Il n'a toujours pas compris le principe d'un pique-nique, mais ce genre de repas est devenu notre truc à nous.

– Tiens.

Il attrape un petit paquet posé au sol et il me le tend en souriant. Je le regarde d'un air curieux, ne comprenant pas vraiment quel cadeau il peut m'avoir fait. J'ai déjà absolument tout ce que je désire pour être comblée, même si je ne suis jamais au bout de mes surprises avec cet homme, et je m'attends à tout. Je ne l'ouvre néanmoins pas encore, me levant sous son air interrogateur.

– Où vas-tu? me questionne-t-il.

– Je reviens.

Je me précipite jusqu'à l'entrée pour attraper l'enveloppe que j'ai soigneusement préparée dans mon sac à main et je reviens dans la salle en courant pour me mettre en tailleur près de lui et lui tendre cette enveloppe qui contient mon présent et mon avenir avec lui.

Il me jette un regard curieux en tournant l'enveloppe dans tous les sens pour trouver un indice, mais elle est entièrement vierge. Je sais très bien qu'il déteste ne pas savoir les choses, et c'est pour ça que j'adore lui faire des surprises.

– On ouvre en même temps?

J'acquiesce et j'ouvre le paquet pendant qu'il décolle le rabat de l'enveloppe. J'ouvre soigneusement le petit écrin rouge et les larmes me montent aux yeux en découvrant un joli bracelet gravé de nos trois prénoms et… d'un trou. En relevant la tête, je découvre que Liam n'a pas encore sorti mon cadeau, trop occupé à m'observer et à me sourire avec amour.

Il me prend le bracelet des mains et me l'accroche au poignet en ne manquant pas de frôler ma peau au passage, ce qui me fait frissonner comme toujours lorsqu'il me touche.

– Dans quelques mois, tu vas être diplômée. Et je sais que tu veux des enfants alors, quand tu seras prête, dis-le-moi, parce que je le suis à présent.

Je n'en attends pas plus et grimpe à califourchon sur lui pour l'embrasser fiévreusement, bien trop heureuse de son cadeau. Je rêve de porter notre enfant, de donner un frère ou une sœur à Charline, et je rêve de les aimer tous les trois jusqu'à la fin de ma vie. Je ne pensais pas pouvoir être plus heureuse que je ne le suis déjà, mais je me trompais. Liam me rend plus heureuse chaque jour, et mon cœur se gonfle d'amour comme toujours. Je finis par me reculer, m'écartant de mon mari, à bout de souffle mais le sourire aux lèvres.

– Je t'aime.

– Moi aussi, mon cœur.

– Maintenant, ouvre mon cadeau.

Il rit devant mon impatience et sort les papiers de l'enveloppe. Je l'observe attentivement pendant qu'il commence à les feuilleter, fronçant les sourcils peu à peu, mais souriant en voyant ma signature sur chacune des pages.

– Est-ce que c'est… ?

– Oui.

C'est à son tour de m'embrasser comme si sa vie en dépendait après avoir découvert les papiers d'adoption de Charline, signés. Il a évoqué l'idée il y a déjà quelques mois, mais les papiers sont restés en suspens alors qu'en réalité j'attendais simplement le moment parfait pour les signer. Liam me serre contre lui, et je me laisse faire avec plaisir, savourant ce premier anniversaire de mariage qui me comble plus que de raison. Il n'imagine même pas à quel point il a su me rendre heureuse, lui qui pensait ne pas être fait pour moi.

– Vous êtes l'amour de ma vie, madame White.

Je souris un peu plus à sa déclaration et je l'embrasse du bout des lèvres avant de lui répondre sur le même ton.

– Et vous êtes celui de la mienne, monsieur White.

Il n'en attend pas plus pour revenir à la rencontre de mes lèvres et m'embrasse avec toute la douceur du monde et la passion que nous ressentons l'un pour l'autre.

Je n'aurais jamais cru, en débarquant ici, que j'y trouverais une famille, un mari, une fille incroyable et un futur bébé qui ne fera que sceller notre amour un peu plus. Nous en avons parcouru, du chemin, depuis le début, et j'ignore de quoi demain sera fait, mais je sais qu'aujourd'hui, je l'aime plus que tout et que je ne cesserai jamais de ressentir ça pour lui. Je l'aime depuis le début et je l'aimerai jusqu'à la fin, parce qu'il est l'homme le plus compliqué mais le plus aimant que j'ai rencontré.

Je ne pensais pas que ce train en direction d'Édimbourg, dans lequel je suis montée, me mènerait à un avenir radieux. À vrai dire, je n'avais rien imaginé de tout ça. Mais c'est précisément ce que représente l'amour, non? Il représente l'imprévu. Le destin nous surprend en mettant notre moitié sur notre chemin, et je le laisserai nous surprendre encore et encore, parce que c'est la clé de notre bonheur.

Fin

REMERCIEMENTS

Voilà le moment que je redoute toujours autant, même après cinq romans : les remerciements. J'ai toujours peur d'oublier quelqu'un, car, en toute honnêteté, j'ai énormément de personnes à remercier.

Ce roman a vu le jour sur Wattpad lors de mes débuts sur la plateforme et il a fait un bon bout de chemin depuis… Une réécriture et 200 000 vues plus tard, le voilà entre vos mains et me voilà, moi, en train de croiser les doigts pour que vous aimiez Liam, Anna et Charline autant que j'ai pu les aimer en écrivant leur histoire.

Comme toujours, merci à mes éternelles bêta-lectrices, Caro et Léanne, et à celles qui sont arrivées en cours de projet : Léa, Émilie, Flavy et Laetitia. Depuis le début de mon aventure dans l'écriture, j'ai été entourée d'un nombre incalculable de personnes bienveillantes et ce sont celles-ci que je veux remercier, ainsi que chaque personne qui m'a suivie, de Wattpad à aujourd'hui.

Merci à ma famille, à mes amis et à mes copines de l'université : Anne-Sophie, Valentine, Adélie, ainsi qu'à Quitterie, toujours présente. Merci à mon éditrice et à toute l'équipe Addictives pour leur accompagnement, et merci à vous, lecteurs, de continuer à faire vivre mes romans à travers vos lectures !

Extrait

B.O.S.S.
BEAU, ODIEUX, SEXY, SNOB

Aimée Bianca

1

Assise dans l'un des fauteuils de la véranda, je profite des derniers rayons de soleil de cette fin de journée qui filtrent par la baie vitrée. Le printemps a déjà pointé le bout de son nez en ce mois de mars, les arbres reprennent peu à peu de leur couleur, habillant leurs branches nues de bourgeons et de feuilles vertes. J'aime cette saison, lorsque l'hiver touche à sa fin et que la nature florissante reprend ses droits.

Mon verre de vin blanc dans la main, j'entends ma sœur passer les portes-fenêtres qu'elle referme à moitié derrière elle, nous isolant légèrement du reste de la maison.

– Enfin !

June soupire tout en s'affalant dans le canapé en face de moi. Elle récupère son verre sur la table basse et gobe une olive verte dénoyautée.

– Tu as fait vite.

– Tu parles, soupire-t-elle. J'ai bien cru que je n'allais jamais réussir à les coucher. Elles voulaient *absolument* que tu leur lises une histoire.

– Tu aurais dû m'appeler.

Elle secoue la tête, l'air épuisé.

– Oh, non, je les connais. Elles en auraient profité pour rester éveillées plus longtemps. Elles adorent quand tu es là.

Un sourire s'étire sur les lèvres de June qui avale une gorgée de vin. Elle est mariée avec Charly depuis bientôt trois ans, et ils sont parents de merveilleuses petites jumelles, Lauryne et Clarissa, nées seulement quelques mois après leur union. Si au début elles étaient plutôt de nature calme, elles ont vite commencé à se forger un caractère. Les chiens ne font pas des chats et elles ont de qui tenir : de vraies Barnett… Ça ne devrait pas étonner ma sœur, nous n'avons jamais été des enfants très sages.

– Moi aussi, j'aimerais pouvoir venir plus souvent, regretté-je.

– T'as toujours autant de boulot ?

– En ce moment, oui, et ce n'est pas près de s'arrêter. Ils ont décidé de lancer un nouveau produit pour la fin de l'année, et je vais tout donner pour pouvoir m'occuper de ce projet.

Depuis quelques mois, je travaille pour une grosse entreprise de cosmétiques et je ne compte plus mes heures passées au bureau. Ma sœur et moi sommes très proches, encore plus depuis que nos parents ont déménagé en Floride alors que j'entamais ma deuxième année à l'université. Avant que je décroche mon poste de responsable marketing chez Patience, nous avions l'habitude de nous voir plusieurs fois par semaine, que ce soit chez elle ou chez moi. J'ai toujours rêvé de travailler pour un grand groupe et ce poste est le saint Graal, une consécration après des années à enchaîner des boulots d'assistante sans grandes responsabilités. Et j'adore vraiment mon job !

– Encore un parfum ?

– Non, réponds-je la bouche pleine de chips. Une crème anti-âge.

– Si t'as des échantillons, tu sais à qui penser.

June se désigne des pouces.

– T'en fais pas, t'étais en haut de la liste. Ce n'est pas une nouvelle ride que je vois là, d'ailleurs ?

Avant que j'aie le temps de lui indiquer l'espace entre ses deux sourcils, je reçois un coussin en plein dans le visage. Son rire camoufle le mien et je mets quelques secondes à reprendre mon souffle. Je me redresse sur mon fauteuil et retire une de mes mèches brunes qui s'est infiltrée entre mes lèvres.

– Tu verras quand t'auras dépassé les 30 ans, reprend-elle. Tu ne jureras plus que par ces crèmes.

Je lève les yeux au ciel, en souriant devant l'attitude surjouée de ma sœur. Malgré nos quatre ans d'écart, elle aime me rappeler qu'elle est l'aînée autant que j'aime lui faire remarquer qu'elle est donc la plus vieille.

– Comment ça se passe avec l'Imperator ? Toujours aussi…

– Inqualifiable. Oui !

L'Imperator, *a.k.a.* mon boss, accessoirement appelé Perkins Junior. Il est le fils du P.-D.G. du groupe Patience. C'est une entreprise familiale, et il occupe le poste de directeur commercial et marketing, à savoir *mon* département. Évidemment. Si au départ cet homme me paraissait simplement un peu taciturne, il s'est vite montré sous un autre jour. C'est, certes, un bourreau de travail mais c'est aussi un emmerdeur de première, arrogant, imbu de lui-même et…

– Mais toujours aussi beau ?

– Foutrement séduisant.

June s'esclaffe, son verre de vin au bord des lèvres.

– Où est Charly, déjà ?

Je pose mes pieds nus sur le rebord de la table basse en face de moi sans prêter attention au regard suspicieux de ma sœur. Je sais très bien où il est. Elle me l'a déjà expliqué lorsqu'elle m'a proposé de venir dîner ce soir. Mais pour une fois que j'ai une soirée de libre, sans un monticule de travail à faire, je compte bien en profiter et éviter de penser à mon patron. June ne me tient pas rigueur de l'orientation nouvelle que je donne à notre conversation et me répète :

– À une réunion d'anciens élèves de son lycée. Il m'a envoyé un texto tout à l'heure. Apparemment, il a retrouvé un vieil ami qu'il avait perdu de vue. Il est ravi.

– Ça doit être drôle de revoir d'anciens camarades, enchaîné-je avec une pointe de nostalgie.

Je bascule ma tête en arrière pour reposer ma nuque contre le coussin du fauteuil.

– J'aimerais bien savoir ce que sont devenues les sœurs Dwight.

– Je crois que maman m'avait dit que Miranda était partie à New York pour tenter une carrière de mannequin.

Miranda était la plus jeune, elle avait mon âge. C'était une jolie brune, assez mince, avec des yeux verts à couper le souffle.

Elle était aussi belle que gentille et on s'entendait super bien. Nous étions dans le même cours de français.

– Par contre, Lydia : aucune idée. Elle n'était pas avec un joueur de foot ?

– Si, Bryant, confirme June. Je me demande s'ils sont encore ensemble.

– Bonne question.

– À son âge, ce serait dommage qu'elle soit célibataire.

Je lance un coup d'œil à ma sœur qui fait semblant de regarder autre part.

– D'ailleurs…

J'accroche enfin son regard et un sourire espiègle se dessine sur ses lèvres fines.

– Je te vois venir…

– Quoi ?

– Qu'est-ce que t'as encore fait ?

J'attrape la bouteille de vin au milieu de la table basse en soupirant, puis remplis nos deux verres.

– T'es libre le premier week-end d'avril ?

– June… soupiré-je.

Ça pue le plan foireux. Lorsque ma sœur a ce regard, c'est qu'elle manigance quelque chose.

– T'es libre ou pas ?

– C'est quelle date exactement ce premier week-end d'avril ?

– Dans dix jours.

– OK, et ce serait pour quoi ?

– Tu sais, l'ami de Charly qu'il a revu ce soir…

Je secoue la tête, le visage aussi blasé qu'amusé.

– … Il l'a invité à dîner. Viens, ça pourrait être sympa.

Ma mère et elle ont passé des années à vouloir me caser avec n'importe qui. Tous les jeunes hommes seuls de notre entourage y sont passés. Et quand ce n'est pas le fils de la voisine, c'est l'ancien camarade de classe du beau-frère. Ma famille a vraiment le don pour les situations embarrassantes. Je me souviens encore de cette soirée arrangée pour me présenter le petit Tomi. *Petit*, parce qu'il avait seulement 18 ans alors que j'entamais ma vingt-troisième année. Et même à l'aube de mes 29 ans, elles ne veulent toujours pas abdiquer concernant mon célibat – que j'aime et que j'accepte sans aucune résistance. Au début, ça ne m'amusait pas, maintenant je n'ai pas d'autre choix que de les laisser faire pour avoir la paix. Et ça me convient, au moins ça passe le temps et c'est souvent drôle.

– Je suppose que c'est un homme seul, fraîchement divorcé, qui n'aspire qu'à trouver une charmante épouse ? dis-je avec sarcasme.

– Je sais seulement qu'il est seul.

Comme par hasard.

Elle hausse les épaules, comme si sa proposition était totalement naturelle.

– June, tu sais très bien que les rendez-vous arrangés…

– Ce n'est pas un rencard, me coupe-t-elle.

– Menteuse !

Elle n'en rate pas une et ça me fait rire.

– Je serai là avec Charly. C'est simplement un dîner, entre amis.

– Entre amis, répété-je, pas convaincue du tout. Et il a un nom, ce camarade ?

– Il s'appelle Wade, déclare-t-elle, satisfaite de mon léger intérêt.

– Bien, bien !

– T'es d'accord ?

Je hoche la tête pour lui signifier que je suis partante. June gesticule sur le canapé, heureuse d'avoir une nouvelle fois réussi son petit manège pour me présenter un homme.

– Mais c'est la dernière fois, la préviens-je sans grande conviction.

Je sais que ce sont des paroles en l'air puisque, à la prochaine occasion qui se présentera, elle sautera dessus. Elle hoche la tête, satisfaite.

– J'espère au moins qu'il est mignon, ce Wade, marmonné-je.

2

Je sursaute lorsque j'entends mon téléphone sonner. Les yeux fixés sur mon ordinateur, je décroche et porte le combiné à mon oreille.

– Café ?

La voix d'Isabelle me sort immédiatement de ma concentration et je souris en entendant le ton plaintif de ma meilleure amie – et accessoirement collègue. Je la connais depuis l'année où j'ai été diplômée. Nous avons été embauchées dans la même entreprise lorsqu'elle est arrivée de Boston. Quand je l'ai vue pour la première fois, j'étais loin d'imaginer que sous ses petites boucles brunes se cachait une jeune femme pleine de vie, bavarde, sociable et extravagante.

Le courant est vite passé entre nous, la boîte était plutôt petite et nous nous retrouvions souvent sur le même dossier malgré son poste dans le secteur comptabilité. Les tâches ingrates et longues étaient pour la plupart données aux assistantes et aux nouveaux. Les heures passées aussi bien au boulot qu'à l'extérieur ont forgé notre amitié. Elle a été embauchée chez Patience deux ans avant moi, et lorsqu'elle a entendu parler d'une place vacante, elle s'est précipitée pour m'en informer.

– Dure journée ?

– In-ter-mi-na-ble ! déplore-t-elle en accentuant chaque syllabe.

Je glousse puis constate que mon PC indique quinze

heures passées. Effectivement, j'aurais bien besoin d'une pause, moi aussi.

– Dans le hall dans dix minutes ?

– Vendu ! conclut-elle avant de raccrocher.

J'enregistre l'intégralité de mon travail accompli depuis ce matin et éteins l'écran. J'effectue des mouvements de tête afin de détendre les muscles de ma nuque puis me lève de ma chaise avant de récupérer mon manteau.

J'ai la chance d'avoir un bureau personnel grâce au poste que j'occupe. Ce n'est pas la pièce la plus grande, mais cela me convient amplement. J'ai une magnifique vue sur Chicago grâce aux grandes fenêtres d'angle, et un petit espace où ont été installés un canapé, un fauteuil et une table basse. Même si ce coin ne m'a encore jamais servi – je n'ai clairement pas le temps de m'y détendre –, j'aime l'atmosphère reposante qu'il dégage. Mais ce que j'apprécie le plus, c'est la grande verrière qui ouvre sur le couloir, ainsi je n'ai pas l'impression d'être enfermée entre quatre murs. Si cette ouverture permet de voir l'espace de travail dédié aux assistants commerciaux et marketing, elle offre également – malheureusement – une vue plongeante sur le bureau de mon boss. Le sien n'est pas comme le mien. Pas d'ouverture lumineuse (hormis les énormes fenêtres qui donnent sur l'est de la ville et par ailleurs la meilleure vue de l'immeuble) ou de verrière qui donnent sur ses subalternes. Non. Lui, c'est cloisonné, délimité – comme s'il voulait prouver à tout le monde qui il est –, seule sa porte reste ouverte. Je suis sûre que c'est sa façon de garder un œil sur nous. Et moi, ça me donne une vue sur lui.

Forcément.

Un désastre pour la concentration.

J'ai bien tenté de changer la disposition de mon bureau, mais, quoi qu'il arrive, je l'ai dans mon champ de vision autant qu'il m'a dans le sien.

Dans mon malheur, j'ai néanmoins une certaine chance : pour accéder aux ascenseurs de l'immeuble, je n'ai pas à passer devant la porte de l'Imperator. C'est donc d'un pas assuré que je traverse la grande salle animée par le bruit des doigts qui dansent sur les claviers, les quelques sonneries de téléphone et le faible claquement de mes talons sur le sol en vinyle.

Il me faut un peu plus de cinq minutes pour descendre les soixante étages du building et c'est sans surprise que je vois Isabelle en bas avant moi. Elle m'attend à l'extérieur du bâtiment, au soleil, avec une cigarette à la main. Je fais glisser mon badge pour que les portiques s'ouvrent et traverse le hall en direction de ma meilleure amie.

– Te voilà enfin !

– Avoue, tu étais déjà en bas lorsque tu m'as appelée.

Elle secoue la tête en riant, ses lèvres peinturées de rouge entrouvertes sur ses dents blanches.

– Coupable, l'appel du café était bien trop important.

Elle me tend le carton où se trouvent deux gobelets. J'en attrape un que je porte immédiatement à ma bouche. J'avale le liquide brun et chaud tout en soupirant d'aise.

Ça fait un bien fou.

– Il y a un *afterwork* au Barco ce soir, tu te joins à nous ?

Tous les vendredis soir, certains collègues de Patience se retrouvent dans un bar à quelques rues d'ici pour décompresser de la semaine. C'est très rare que j'y aille et encore plus en ce moment.

– J'ai encore beaucoup de boulot ! déclaré-je.

– Aprile, t'as *toujours* du boulot. Souffle un peu.

– Je vais essayer, je ne te garantis rien.

– Il y aura Aaron, le petit informaticien.

Isabelle accompagne ses mots d'un clin d'œil.

– Ne t'y mets pas non plus…

Elle me fixe, étonnée.

– Ma sœur m'a encore fait le coup du rendez-vous arrangé.

– Encore ?

Je pince les lèvres en acquiesçant bruyamment.

– Qui est l'heureux élu cette fois ? demande-t-elle, amusée.

– Un certain Wade, un ancien camarade de Charly.

Elle tire sur sa fin de cigarette en riant.

– Elles auront vraiment tout fait, ta mère et elle.

– T'as vu ça, c'est dingue.

– T'as intérêt de me raconter.

Elle me bouscule gentiment de l'épaule et j'avale une nouvelle gorgée de café. C'est fou comme un simple liquide au goût amer peut détendre à ce point.

– Mais bon, au moins, tu sais qu'Aaron est gentil.

– Isa ! S'il te plaît, pas toi.

– Il est mignon en plus.

– Trop timide.

– De toute façon, avec toi, ils sont tous soit trop grands, soit pas assez petits, trop blonds, trop souriants, pas assez bavards… Toujours des excuses.

– J'ai des critères.

– T'es surtout une flippette.

Je ne peux m'empêcher d'exploser de rire.

– Une quoi ?

– Une flippette. T'as juste peur de te lancer avec quelqu'un.

– J'ai pas peur, me défends-je. Je suis juste très bien toute seule.

– Ou alors…

Elle me fixe de son regard noisette, les mains désormais autour de son gobelet. Elle me donne froid avec sa veste en cuir et son chemisier vert pomme. Même si la météo est clémente, il y a quand même un petit vent frais qui glace les os.

– T'as quelqu'un en tête.

Je lève les yeux au ciel. Comme si c'était possible en ce moment, j'ai bien trop de boulot pour penser à autre chose.

– Un grand brun au regard sombre et à la mâchoire carrée, aux larges épaules et à la voix grave.

Je n'ai pas besoin de réfléchir longtemps pour comprendre à qui elle est en train de faire référence et je l'arrête tout de suite.

– N'importe quoi ! Dis pas des bêtises aussi grosses que toi.

– T'es une petite menteuse, s'esclaffe-t-elle.

– Je ne pense pas du tout à M. Perkins.

– Et qui te dit que je parlais de lui ?

Isabelle se décolle de la vitre et s'avance jusqu'à l'entrée de l'immeuble où elle jette son gobelet vide. Au lieu de réagir à son piège et lui envoyer une remarque bien pensée, je la suis en trottinant. J'entends son rire d'ici tandis qu'elle pénètre dans le hall de Patience. Je marche sur ses talons, accélérant le pas.

Je sais ce qu'elle est en train de faire mais je me retiens de courir pour la rattraper. Depuis quelques mois, nous avons commencé à jouer à un jeu débile qui consiste à semer l'autre pour arriver en premier à notre poste. C'est sans surprise que j'arrive devant les portes de l'ascenseur au moment où elles se ferment sur elle, tout sourire, qui me tire la langue.

Difficile de croire qu'on a presque 29 ans.

Je ris bêtement et appelle un nouvel ascenseur qui arrive en quelques secondes. Les portes s'ouvrent sur quatre personnes qui descendent lorsque je monte. Seule, je fixe patiemment les chiffres qui défilent, indiquant les étages que je dépasse. À chaque arrêt, d'autres gens vont et viennent, jusqu'à ce qu'il n'y ait à nouveau que moi. Une fois au cinquantième étage, l'ascenseur s'immobilise et, concentrée sur les portes qui s'ouvrent et se referment, je ne fais pas attention au visage de la personne qui entre. Un raclement de gorge me fait sortir de mon monde. Je lève les yeux et tombe sur un dos enveloppé dans une veste de costume bleu marine. Je parcours cette surface jusqu'aux épaules droites et carrées de l'individu, couvertes par un tissu impeccablement repassé et parfaitement ajusté. Une chemise blanche dépasse légèrement et entoure une nuque à la peau hâlée.

C'est mon corps qui prend conscience, bien avant mon cerveau, de qui se tient à quelques centimètres de moi. Ce traître est déjà en ébullition. Mon souffle se bloque dans mes poumons.

Merde.

J'aurais dû m'en douter, cette odeur boisée m'était bien trop familière. Bien sûr, il ne fait pas comme les autres. Il a son propre parfum. Un arôme indescriptible. Inégalable. Inoubliable. Un truc qui te reste ancré dans les narines des heures après son départ et qui virevolte à chaque mouvement qu'il effectue. En même temps, quel héritier d'un célèbre grand groupe de cosmétiques n'aurait pas sa propre fragrance ?

Et forcément, ça me met dans tous mes états.

Il ne semble pas avoir percuté que j'étais juste derrière, ou alors il m'ignore ostensiblement. Je continue mon inspection sur sa nuque et la base de ses cheveux bruns, presque noirs, toujours taillés comme il le faut. Cette façon qu'il a de les coiffer, comme s'il avait passé un coup de main dedans le matin et qu'ils étaient restés figés par le geste. Ses oreilles dégagées, ni trop grandes, ni trop petites, ni trop décollées, ni trop collées. Et ce petit grain de beauté derrière celle de gauche…

Je préfère ne pas me souvenir depuis quand je l'ai remarqué, celui-là.

Je retiens un râlement, agacée par tant de perfection, d'arrogance et de supériorité. Comment c'est possible d'avoir autant de défauts et de qualités dans un corps pareil ?!

– Mademoiselle Barnett, respirez. Je n'ai pas envie de vous ramasser sur le sol.

Je sursaute, surprise par sa voix grave et profonde, le ton autoritaire qu'il emploie, et constate trop tard qu'il avait bien conscience que je me trouvais dans son dos.

Connard ! est ce qui me vient à l'esprit, mais je me contente de dire :

– Monsieur Perkins.

Je reconnais à peine le son qui sort de ma bouche. J'ai la

langue pâteuse alors que j'ai bu un café il y a seulement quelques minutes. J'ai extrêmement chaud et le peu d'espace qui m'entoure me fait hyperventiler.

Calme, Aprile. Self-control.

C'est dans un bruit libérateur que les portes de l'ascenseur s'ouvrent à notre étage. En une enjambée, Perkins sort de la cage d'acier et traverse la pièce où se trouvent tous les employés de notre département. Une bouffée d'air frais s'engouffre sous mon manteau et mon chemisier blanc. C'est en sentant le tissu me coller dans le dos que je me rends compte à quel point j'ai transpiré dans cet espace clos et si étroit.

Si seulement c'était à cause du stress d'être dans un endroit exigu…

Je sors à mon tour et le suis, silencieuse, à une distance – de dix mètres – raisonnable.

Bientôt huit mois que je travaille ici, à cet étage, sous la supervision de cet homme. Archibald Perkins, *a.k.a.* l'Imperator. L'imbuvable. L'inqualifiable. Pourtant, à chaque fois c'est le même scénario : mon corps me fait défaut, mon cœur s'emballe et le souffle me manque. À chaque fois une chaleur incontrôlable prend possession de ma poitrine, de mes joues et d'entre mes… Je secoue la tête.

Respire, Aprile.

C'est ton boss.

Perkins Junior, fils d'André Perkins, P.-D.G. de Patience.

L'être le plus arrogant, méprisant…

– Mademoiselle Barnett, maintenant que vous avez fait votre petite pause, il est peut-être temps de reprendre le travail. Ce poste est pour ceux qui bossent, pas pour ceux qui rêvassent.

Je n'ai pas le temps de répliquer quoi que ce soit qu'il ferme – étonnamment – la porte de son bureau.

Mais cet homme est un connard.

3

J'ai énormément de mal à émerger de mon lit. Je n'ai jamais été du matin, et c'est à chaque fois une torture de me séparer de ma couette et de sortir du cocon chaud de mes draps. Pourtant, je prends sur moi et me dirige vers la salle de bains où j'effectue un lavage sommaire du visage. Pas besoin de douche, je vais me dépenser dans une heure. J'enfile un legging, un T-shirt large où trône au centre une énorme tête de chien et glisse mes chaussures de sport dans un sac.

Isabelle voulait absolument que je l'accompagne à la séance de neuf heures. Elle s'est inscrite récemment à un club de sport où elle va le dimanche depuis deux semaines faire du Pilates. Passant de moins en moins de temps avec elle hors du bureau, j'ai décidé de faire un effort ce matin et de bénéficier de l'essai gratuit pour cette activité.

Je traverse mon salon jusqu'à la porte d'entrée où j'enfile une paire de bottines.

Pour le style, on repassera.

Mon appartement est loin d'être grand. J'ai une chambre, une salle de bains adjacente avec le strict nécessaire. La cuisine ouverte donne sur la pièce à vivre où une bibliothèque couvre l'intégralité du mur qui sépare la chambre du salon. Au milieu de la pièce trône un canapé rouge dont le tissu est tellement usé que j'ai dû mettre un plaid à carreaux verts et bleus. La table basse en bois s'accorde parfaitement avec le meuble télé ainsi que mon bureau qui est à l'extrémité de la pièce, à côté d'une grande fenêtre donnant sur rue.

C'est un logement assez lumineux l'après-midi et calme en tout temps de la journée, je suis contente de l'avoir déniché à la fin de mes études. Même si le loyer, pour l'emplacement et la taille, est bien plus élevé que ce que j'aurais aimé.

Mes bottines aux pieds, je dévale l'escalier et sors de l'immeuble. Un vent doux vient caresser mon visage lorsque je pose les pieds sur le trottoir. La météo est clémente en ce début de matinée, je décide donc de marcher jusqu'au métro plutôt que de prendre le bus au coin de la rue. Je suis une adepte des transports en commun. Même si j'ai passé mon permis de conduire dès que j'en ai eu l'âge, comme la plupart de mes amis à l'époque, je n'ai jamais eu envie d'une voiture. Bien trop encombrante avec si peu de parkings ici.

Je déambule dans les rues de Chicago, levant de temps en temps la tête pour admirer les buildings qui m'entourent et l'architecture typiquement américaine. J'adore cette ville, l'ambiance qui y règne, l'animation, le dynamisme. Je ne me suis jamais vue ailleurs qu'ici.

J'inspire une dernière bouffée d'air frais avant de m'engouffrer dans les tunnels du métro.

***

– T'aurais vraiment dû venir vendredi, on a passé une bonne soirée !

Essoufflée, je suis Isabelle jusqu'au banc où nous avons déposé nos sacs au début de la séance.

– Estime-toi heureuse, je suis là ce matin, réponds-je d'un ton taquin.

J'attrape la bouteille d'eau dans mon sac de sport et avale un bon tiers du liquide. Je suis en sueur et des gouttes perlent dans mon cou. Ça se voit que je n'ai pas fait d'activité sportive depuis longtemps, je ne sens déjà plus mes muscles alors que ce n'est que le début du cours. Pourtant, je ne m'imaginais pas que le Pilates était si physique. Moi qui pensais venir pour me détendre… Je vais être lessivée.

– Essaie de te libérer plus la prochaine fois.

– Promis, mais il fallait vraiment que je termine une présentation pour demain.

– Franchement, je ne comprends pas pourquoi Perkins te donne autant de boulot.

Isa soupire et s'essuie le visage avec une petite serviette de bain bleue.

– C'est moi, je ne sais pas m'organiser.

– Ce n'est pas parce que tu le trouves canon que tu dois lui trouver des excuses.

– Rappelle-moi pourquoi je t'ai avoué ça, déjà ?

Ma meilleure amie éclate de rire et refait sa queue-de-cheval, n'oubliant aucune de ses boucles brunes.

– Parce que je suis ta BFF et que je n'allais pas mettre longtemps à le comprendre.

Je lève les yeux au ciel devant tant de cinéma. Isabelle est une femme de caractère qui n'a aucun filtre. Elle est toujours de bonne humeur et à chaque fois qu'elle entre dans une pièce, elle s'assure que tout le monde la remarque. Si ce n'est pas spécialement le genre de personne que j'aime et que je côtoie d'habitude, avec elle c'est différent. Elle apporte de la gaieté et j'adore être avec elle. C'est une personne loyale, intelligente, qui, malgré son humour – parfois un peu lourd et puéril – sait être sérieuse et droite. C'est une amie que j'aurais adoré rencontrer plus jeune parce qu'elle m'aide à relativiser beaucoup de choses et à voir le monde différemment.

– En vrai, je suis sûre que tu aimes rester tard le soir au bureau. Ça te donne une excuse pour être seule avec lui.

Je glousse en secouant la tête, amusée.

Archibald Perkins est toujours le dernier à quitter l'immeuble, comme s'il n'avait aucune vie en dehors du boulot. Il passe son temps dans son bureau, les yeux rivés sur son ordinateur ou le téléphone à l'oreille. C'est donc naturellement que, lorsque je reste tard le soir, nous ne nous retrouvons qu'à deux à notre étage. Lui de son côté et moi du mien. Si je sors parfois me faire un café dans la salle de pause aménagée, lui ne bouge pas de sa pièce. La porte toujours ouverte, il ne lève jamais le nez de ses dossiers.

– Tu parles, il fait limite partie des meubles, je ne le remarque pas.

– À d'autres ! C'est pour ça que t'es si longue pour finir tes projets, tu passes ton temps à le mater de loin et tu te déconcentres.

– C'est clair que s'il y a bien une chose qu'on ne peut pas ignorer chez lui, c'est son physique. Si seulement il pouvait être aussi beau à l'intérieur qu'à l'extérieur.

À mon arrivée chez Patience, j'ai été surprise par la beauté saisissante de Perkins Junior, son regard sombre, sa mâchoire lisse, imberbe aux traits virils, son nez fin qui pointe légèrement vers le haut. Une coiffure toujours aussi irréprochable que ses costumes et ses chaussures cirées qui lui donnent une allure d'homme d'affaires redoutable. Moi qui suis du genre à trouver des défauts physiques sur chaque spécimen masculin que je croise, pour lui le coup de cœur visuel a été immédiat. Il m'a été difficile de l'ignorer. Mais bien sûr, ça s'arrête là, puisqu'il perd tout son attrait lorsqu'il ouvre la bouche et qu'il parle avec son arrogance légendaire.

– Je ne comprends pas comment une personne peut être aussi méprisante, soufflé-je. Ce mec est pourri et sans cœur.

– Il est perfectionniste, il aime le travail bien fait et les gens efficaces. Il a toujours voulu garder Patience en haut de l'échelle et prouver qu'il était aussi capable que son frère.

– D'après ce que j'ai entendu, il était nettement plus sympa.

James Perkins est l'aîné de la fratrie. S'il occupait le poste de directeur commercial avant Archibald, il a quitté la boîte mère il y a trois ans pour diriger une filiale à New York et ainsi étendre leurs produits. Apparemment, sous son autorité, l'ambiance à l'étage était totalement différente, plus joviale. Si l'efficacité était également au beau fixe, il était aussi possible d'aller prendre une pause-café sans se faire réprimander comme un enfant de 3 ans.

Alors que j'en connais un qui a-do-re sous-estimer le temps qu'on passe à bosser par rapport à celui où on boit du café.

– Je me demande bien comment il est dans le privé.

Je regrette immédiatement ma remarque lorsque je vois ma meilleure amie me lancer un regard empli de sous-entendus.

– Tu veux savoir s'il est dominant ?

– Espèce d'obsédée, gloussé-je.

– Moi, j'aimerais quand même savoir si son physique égale sa bi…

– Mais chut ! m'empressé-je de la couper en riant.

J'ai les joues qui chauffent immédiatement lorsque deux dames de l'âge de ma mère se retournent dans notre direction. Cette conversation n'est pas du tout discrète dans un lieu pareil.

– Ma théorie à moi, c'est qu'il doit combler un *petit* déficit avec son attitude.

– Tu sais ce qu'il te reste à faire : vérifier laquelle de nous deux a raison.

Le petit groupe de participantes commence à se replacer au centre, où la prof de Pilates va bientôt reprendre son cours. Je remets ma bouteille dans mon sac tandis qu'Isabelle range sa serviette.

– Pourquoi moi ?

– Parce que je te rappelle que *toi*, t'es libre.

Isabelle fréquente un type depuis quelques mois et je sais que, bien qu'elle ne me l'ait pas encore clairement annoncé, ça commence à être sérieux entre eux. Elle s'attache, je le vois. Elle a des étoiles plein les yeux quand elle parle de Josh. Ils se sont rencontrés alors qu'elle était tombée en panne en plein milieu de Chicago. Sa voiture a refusé de démarrer et, en parfait gentleman, il s'est arrêté et l'a aidée à pousser le véhicule sur le côté de la route. Il est resté avec elle jusqu'à ce que la dépanneuse arrive et a laissé son numéro sur le siège passager. Une rencontre comme dans les films, j'en ai été extrêmement jalouse lorsqu'elle me l'a racontée.

– Mais moi, je le déteste.

– Tu sais ce qu'on dit…

Je la suis jusqu'au centre de la pièce et nous nous installons sur nos tapis de sport, prêtes à reprendre la séance.

– La haine est la petite sœur de l'amour.

Elle me fait un clin d'œil lourd de sens et je hoquette de surprise.

Elle peut toujours rêver !

addictives

Rose Becker
Le Bébé, mon milliardaire et moi (aussi en poche)
Torride, sexy & dangereux
Forever You – saisons 1 et 2
Dangerous

Aimée Bianca
B.O.S.S. Beau, Odieux, Sexy, Snob

Phoebe Campbell
Lui résister… ou pas – l'intégrale
You Again
Single Daddy. Try Me if You Can

Mia Carre
Bad for You
Teach Me Everything
Charmant connard!

Mélodie Chavin
Campus Rules
Fucking Wedding
Coloc avec mon ennemi

Alexia Clemens
Red Python. Save Me

Sonia Eska
Ne me tente pas

Emma Green
Toi + Moi : L'un contre l'autre (aussi en poche)
Toi + Moi : Envers et contre tout (aussi en poche)
Toi + Moi : Seuls contre tous (aussi en poche)
Call Me Baby – volumes 1 et 2
Call Me Bitch
Love Me if You Can
Kiss Me if You Can
Bliss. Le faux journal d'une vraie romantique – volumes 1 et 2
Jeux interdits

Jeux insolents
Jeux imprudents
Une toute dernière fois
Fallait pas me chercher ! – volumes 1 et 2
Corps impatients (aussi en poche)
Cœurs insoumis (aussi en poche)
Âmes indociles (aussi en poche)
Cent facettes de Mr Diamonds – l'intégrale
Bliss. Le faux journal d'une vraie romantique – l'intégrale
(Im)parfait
Love Me if You Can – l'intégrale
Kiss Me if You Can – l'intégrale
It's Raining Love !
The Boy Next Room
Call Me Baby – l'intégrale
Call Me Bitch – l'intégrale
PS : Oublie-moi !
Fallait pas me chercher ! – l'intégrale
Recherche coloc : emmerdeurs, râleurs, lovers... s'abstenir !
10 bonnes raisons de te détester !
Just 17
Love & Lies on Campus
Bien plus forte que toi !
If You Wanna Be My Lover...
The Boy on Fire

Megan Harold
Breaking the Rules
Initiation with My Boss

Ludivine Hart
Arrogant & Tattooed

Amy Hopper
Gone Boy
Le Coloc

Charlie Lazlo
Mon insupportable boss

Sienna Lloyd
Mords-moi !

Caroline Mongas
Mariage forcé. Un contrat indécent

June Moore
Étreinte – volumes 1 à 3

Zoé Murat
Stepbrother Love
Boss Me Around

Clara Oz
Arrogant

Lina Parker
Campus at Sea

Gaëlle Sage
Kiss, Kill & Ride
Lost Rider

Ana Scott
Dark Ride
Last Ride
Vicious Ride
The Dominant
Evil Ride
Sensual Stepbrother
Un enfoiré mais un coup d'enfer !
Say Yes to the Boss
Le Meilleur Ami de mon frère

Camilla Simon
Le voisin parfait est un enfoiré
Initiation with My Enemy
Le mec parfait est un inconnu… ou presque !
Le rockeur parfait est insolent et tatoué

Ève Souliac
Sexy Mistake

Liv Stone
Love Lessons

Lisa Swann
Adore-moi ! – l'intégrale

Louise Valmont
Toi & moi, c'est compliqué !
Campus Initiation
Mon insupportable voisin !

Chloe Wilkox
Extreme Lover – l'intégrale
Immoral
Dominant Boss. Apprends-moi
The Virgin's Price

Luv

Ana K. Anderson
Indompté
Scottish Bastard

Sophie Auger
Be with Me

Sonia Birdy
L'Initiation
Touchdown. Campus Star

Laura Black
Dark Initiation
Games of Desire
H.A.R.D. Hot, Arrogant, Rebelle, Déterminé
Sulfurous Bad Boy

Margot D. Bortoli
Too Young

Juliette Brunel
Delicious

Anne Cantore
Promets-moi. Louise et Marco

Sarina Cassint
Avec toi… peut-être
Insolent Boss

Romy Cole
Never Kiss a Soldier

Mary Ann Davis
Coach Me Love

Sarah Dheilm
Hot Reward

Gwen Delmas
Noël, toi & moi
Sex Friends. Pas de contraintes, que du plaisir!

Eugénie Dielens
Imprévisible boss
The Boss Next Door

Cléa Dorian & Ninon Vars
Dark Love

Laurie Eschard
Love Naked

Lil Evans
Savage Rider
Crash & Burn
Boss Affair

Lou Garance
Can You Keep a Secret?
Foutu coloc!

Alexandra Gonzalez
Shades of You

Erin Graham
Teach Me Love
The Boss
Secret Stepbrother
Strong Addiction
Coloc avec mon boss
The Initiation

Joh Harper
Crazy Love
Broken but Alive

Marie Hayle
Under Control
Lover Next Door

Ellie Jade
About Last Night

Emma S. James
Under the Rain

Lucie F. June
Fight with Darkness

Sara June
Rider in the Dark
Sexy Wild Rider

Emily Jurius
Love to Hate You

Allie Krown
High School Challenge

Antinea Kane
In Love with My Enemy

Marion Laurent
Mr Alpha
I Want You in My Bed!

Pauline Libersart
Tiger. Entre ses griffes

Nina Loren
Breaking the Ice
Teach Me Again. Impossible Desire

Ella Lores
Mariée par accident à un connard arrogant rencontré la veille…
My Best Enemy

Jessica Lumbroso
Emma X. Secrète et insoumise

Lili Malone
Coloc avec un inconnu

Mila Marelli
Dark Man in Love
Crazy Wedding

Mag Maury
My Hipster Christmas

Billie Morgan
Free Fighter

Aurore Nox
Foutu menteur !

Alix Parks
Never Kiss the Boss

Jeanne Pears
Insupportable coloc
Colocs & Sex Friends
H.O.T. Hypnotique, Obstiné, Ténébreux
The Most Insolent Man

Alexia Perkins
Arrogant Fake Lover

Sophie S. Pierucci
L'Inconnu de l'ascenseur & Moi (aussi en poche)
My Stepbrother. L'initiation

Silvia Reed
Darkest. La dernière heure
Too Close

Anita Rigins
No Rules
My Rules

Isla A. Rowley
Le coloc de mon frère

Avril Rose
Coffee, Sex & Law

Jana Rouze
Effet de vague – saisons 1, 2 et 3

Wendy Roy
Une seule fois (ou presque)

Ana Scott
À corps brisés

Adora Sky
Decadent Lover

Léana Soal
Fight & Hope

Cara Solak
Perfect Obsession

Izia Soley
Fauve
Initiation. On Your Skin

Liv Stone
Initie-moi. Mes jours contre tes nuits

Lena K. Summers
Perfect Bad Boy
Donovan, roi des connards

Kaly Swann
Austin. Breathe with Me

Lily Tortay
Dance for Me

Flore Valier
Ta peau contre la mienne

Anna Wendell
Arrogant Bad Boy
Apprends-moi le désir
Colosse. Le maître du jeu
Break Your Chains

Mina Zadig
Just Sex & Tattoos
Arrogant Highlander

New adult addictives

Sonia Birdy
California High School

Mélodie Chavin
Stepbro' Next Door

Juliette Duval
Falling for my Stepbrother

Sianna Milano
High School Initiation

Isla A. Rowley
Toxic Games

addictives POCHE

Rose Becker
Le Bébé, mon milliardaire et moi (aussi en grand format)
Désirs & Désastres

Marjorie Burbaud
The Campus Teacher

Phoebe Campbell
Tes ordres sont mes désirs

Olivia Dean
À lui, corps et âme – volumes 1 et 2

Sonia Eska
My Last Chance

Lou Everly
Bad Boy Crush

Erin Graham
Nos amours contraires

Emma Green
Seuls contre tous (aussi en grand format sous le titre *Toi + Moi : Seuls contre tous*)
L'un contre l'autre (aussi en grand format sous le titre *Toi + Moi : L'un contre l'autre*)
Envers et contre tout (aussi en grand format sous le titre *Toi + Moi : Envers et contre tout*)
Corps impatients (aussi en grand format)
Cœurs insoumis (aussi en grand format)
Âmes indociles (aussi en grand format)

Kim Grey
Fausse fiancée & vrais ennuis

Megan Harold
Sublime-moi !

Charlie Lazlo
Kiss Me I'm Famous
The Duke

Jeanne Pears
Jamais avec mon coloc !

Sophie S. Pierucci
L'Inconnu de l'ascenseur & Moi (aussi en grand format)
Deep & Dark

Lise Robin
Forbidden Stepbrother

Alexane Tolley
The Boss Rules

Chloe Wilkox
Your Game, My Rules

Le Meilleur Ami de mon frère
Ana Scott

Ils vont devoir se supporter un mois. Qui craquera en premier?

Indépendante et sûre d'elle, Camille mène à Paris la vie dont elle a toujours rêvé: son cabinet d'avocat d'un côté, ses mecs d'un soir de l'autre. Mais quand son père fait un infarctus, elle plaque tout pour soutenir sa famille, qui possède un restaurant étoilé en Bourgogne, au milieu des vignes.
Rester un mois là-bas pour aider ses frères? C'est déjà un sacrifice. Alors, quand elle apprend que le nouveau chef pâtissier n'est autre que Léo, l'ami d'enfance de son frère qui la déteste depuis toujours, là, ça tourne au supplice!
Léo a toujours été insupportable avec Camille et elle est décidée à bien le lui rendre. Seul problème, il est aussi pénible que beau et charismatique! Et ça complique bien les choses…

Auteure: Eugénie Dielens

Edisource – Éditions Addictives
100, rue Petit, 75019 Paris
Imprimé par FINIDR – Lipova cp. 1965 – 73701 Cesky Tesin,
République tchèque
Dépôt légal: septembre 2022 – Achevé d'imprimer: juillet 2022
ISBN: 978-2-37126-522-6
Réf. contrat: ZNNA_001